ROSS THOMAS
Voodoo & Co.

Das Buch:
Seit den sechziger Jahren erzählt Ross Thomas, »Amerikas bester Geschichtenerzähler« (The New York Times), zu den herausragenden Autoren des angelsächsischen Polit-Thrillers. Nur wenige beherrschen so meisterhaft die Kunst der Verschwörung, die Dramaturgie des scheinbar undurchsichtigen Plots. In seinem neuen Roman läßt er das berüchtigte Team Artie Wu und Quincy Durant wiederaufleben.
Voodoo & Co. ist nicht gerade das, was man sich unter einem normalen Detektivbüro vorstellt. Arthur Wu, der chinesische Chef der exklusiven Agentur, und sein Partner Quincy Durant sind Spezialisten für Fälle, von denen andere lieber die Finger lassen – Fälle wie der Mord an dem Hollywood-Produzenten Billy Rice. Am Neujahrsmorgen 1991 wird die Film-Diva Ione Gamble volltrunken und mit abgefeuerter Tatwaffe in der Hand neben der Leiche ihres Ex-Verlobten aufgefunden. Zwei englische Hypnotiseure, die ihre Unschuld beweisen könnten, verschwinden spurlos. Später werden auch ihre Leichen entdeckt. Der Anwalt und Vertraute der Tatverdächtigen beauftragt über einen Mittelsmann Voodoo & Co. mit den Ermittlungen. Artie und Quincy machen sich mit einem erfahrenen Spezialistenteam in Los Angeles auf die Spurensuche – die Jagd beginnt, kulminierend in einem furiosen Finale von Mord, Verrat und Erpressung.

Der Autor:
Ross Thomas, 1926 in Oklahoma geboren, war Reporter und Wahlkampfmanager, bevor er sich für den Beruf des freien Schriftstellers entschied. 1966 und 1984 wurde er mit dem *Edgar Allan Poe Award* ausgezeichnet. Ross ist Präsident der *Mystery Writers of America* und lebt mit seiner Frau in Malibu, Kalifornien.

ROSS THOMAS

Voodoo & Co.

ROMAN

Aus dem Englischen von Walter Ahlers

WILHELM HEYNE VERLAG
MÜNCHEN

Band-Nr. 41/47

Titel der Originalausgabe
VOODOO, LTD.

DEUTSCHE ERSTAUSGABE

Redaktion: Dr. Uta Vogel

Printed in Germany 1993
Umschlagillustration: Michael A. Russ/Tintones Prod.
Umschlaggestaltung: Atelier Ingrid Schütz, München
Gesamtherstellung: Ebner Ulm

ISBN 3-453-06449-6

1

Bei dem Zweisitzer, der am Neujahrsmorgen kurz nach 5 Uhr mit mehr als 130 Kilometern pro Stunde durch Malibu raste, handelte es sich um einen fast neuen Mercedes 500 SL – Preis ab Werk 101 414,28 Dollar. Der Wagen wurde mit einer Hand gelenkt, der linken Hand der bildhübschen Doppelverdienerin Ione Gamble, deren Blutalkohol später mit über zwei Promille gemessen wurde, womit ihr nachgewiesen werden konnte – juristisch und auch sonst –, daß sie stark betrunken war, zum zweitenmal in ihrem Leben.

Die Schauspielerin und Regisseurin, deren zwei Handwerke oder Berufe sie im Jargon Hollywoods zu einer Doppelverdienerin machten, lenkte ihr Auto weiter mit der linken Hand, weil die rechte damit beschäftigt war, ein Telefon an ihr Ohr zu halten, mit dem sie gerade dem fünfunddreißigsten und letzten Klingelzeichen lauschte. Danach tauschte sie das Telefon gegen eine Halbliterflasche achtzigprozentigen Smirnoff-Wodkas, die auf dem Beifahrersitz lag. Nachdem sie sich die restlichen vierzig Kubikzentimeter einverleibt hatte, ließ sie das rechte Türfenster herunter und warf die Flasche nach draußen, wo sie gegen einen geparkten 86er Honda Civic prallte.

Die Gamble war durchaus geneigt anzuhalten und eine Nachricht zu hinterlassen, daß sie für jeden Schaden aufkommen würde. Aber bis diese Botschaft des Gehirns formuliert, überdacht und noch einmal überdacht war, befand sich der Honda bereits eine Meile hinter ihr, und sie näherte sich ihrem Ziel in Carbon Beach. Als sie es ein paar Augenblicke später erreicht hatte, waren die Botschaft, die zerschmetterte Flasche und der Honda vollständig aus ihrem Gedächtnis gelöscht.

Inzwischen hatte sie den Wagen auf die zugelassene Höchstgeschwindigkeit von 70 km/h verlangsamt und rollte die linke Spur des Pacific Coast Highway fast ohne Gas entlang. Nebenbei suchte sie nach der elektrischen Fernbedienung, mit der sie die Stahltore öffnen konnte, die das 13-Millionen-Dollar Haus sicherten, dessen Besitzer beinahe jeden damit verärgerte, daß er es seine Strandhütte nannte.

Die Gamble fand den elektronischen Türöffner nicht. Aber als sie nach links über die beiden Gegenfahrbahnen des Highway bog, erkannte sie im Licht ihrer Scheinwerfer, daß die Tore bereits offen waren. Sie fuhr hindurch und stellte den Wagen vor der Dreifachgarage ab, von deren Türen beinahe eine Woche nach Weihnachten noch immer ein fantasievolles Triptychon von Santa Claus, seinen Rentieren und den Elfen strahlte.

Die Gamble schaltete Motor und Scheinwerfer aus und nahm wieder das Autotelefon zur Hand. Sie rief die Nummer an, bei der sie es bereits vorher probiert hatte, und ließ es fünfzehnmal klingeln. Dann gab sie den Versuch mit dem Telefon auf und begann, die Hupe des Mercedes mehrmals hintereinander in der Signalfolge dreimal kurz und einmal lang zu drücken, einer groben Annäherung an den Morsecode für den Buchstaben V – dem einzigen Morsecode, den sie kannte.

Drei Minuten später hörte die Gamble mit dem Lärm auf, ließ das linke Seitenfenster herunter und wartete darauf, daß etwas passieren würde. Ihr wäre ein wütender Nachbar recht gewesen, der zu ihr rüberbrüllt, sie solle gefälligst mit der verfluchten Huperei aufhören. Oder auch auf Billy Rice, der aus dem Haus gelaufen kommt und sie anfleht, um Gottes willen hereinzukommen und einen Drink mit ihm zu nehmen – oder, noch besser, ein plötzlich erleuchtetes Fenster irgendwo im Haus, das ihr bewiesen hätte, daß es noch Leben gab in Malibu, an diesem Dienstag, dem 1. Januar 1991 um 5 Uhr und elf Minuten am frühen Morgen.

Als es jedoch weder verärgertes Gebrüll noch Einladungen zum Drink oder plötzlich erleuchtete Fenster gab, kletterte die Gamble aus dem Wagen, schlug die Tür so fest sie konnte zu, hoffte, daß etwas zerbrechen würde, und war doch erleichtert, daß alles heil blieb. Sie ging um das Heck des Wagens herum, trat äußerst behutsam drei Schritte zurück, sog soviel Luft wie sie konnte in ihre Lungen und brüllte: »Billy Rice ist 'n alter Mäuseficker!«

Sie wartete, lauschte, aber als sie weder ein Dementi noch eine Erwiderung hörte, drehte sie sich um und steuerte auf den Vordereingang zu. Während sie das tat, ging auf der anderen Seite des Highway im zweiten Stock eines gelben Hauses ein Licht an. Es fiel jedoch aus einem schmalen, hohen Fenster, wie Toiletten es haben, und die Gamble kam zu dem Schluß, daß es wohl irgendein armer Bursche sein mußte, den seine Prostatabeschwerden aus dem Bett gescheucht hatten.

Eine zweieinhalb Meter hohe Mauer, gebaut aus glasierten

Backsteinen, schirmte die Haustür vor neugierigen Blicken ab und diente gleichzeitig als Schallschutz gegen den Verkehrslärm vom Highway. Diese Mauer und die eigentliche Hauswand bildeten einen kurzen, nicht überdachten Durchgang, den die Gamble langsam entlangging, während sie alle drei Taschen ihrer cremefarbenen Wildlederjacke nach dem Schlüssel für Billy Rices Haustür durchsuchte.

Erst nachdem sie jede Tasche zum viertenmal durchsucht hatte, erinnerte sie sich – wenn auch dunkel – daran, daß sie hastig aus ihrem Haus in Santa Monica aufgebrochen war und sich gerade noch die Zeit genommen hatte, die Autoschlüssel und die Wodkaflasche mitzunehmen, nicht aber die braune Lederhandtasche. Und genau dort steckte natürlich der Schlüssel für die Vordertür des Hauses Rice: hinter dem Reißverschluß des Kleingeldfachs der Handtasche.

Die Gamble glaubte immer noch daran, daß es einen Weg geben müßte, Billy Rice wachzukriegen. Sie konnte gegen die Tür hämmern oder Sturm klingeln oder sogar heulen wie ein Kojote, bis sich endlich etwas tun würde. Sie hatte sich gerade für die Imitation des Kojoten entschieden, als sie bemerkte, daß die Tür nur angelehnt war. Erst versetzte sie ihr versuchsweise einen Stupser und dann gleich einen so harten Stoß, daß sie ganz aufflog.

Sobald sie in dem dunklen Haus war, tastete die Gamble links der Tür nach dem Lichtschalter, fand ihn und schaltete die Lichter ein, die das Marmorfoyer erleuchteten, das zu dem riesigen Wohnzimmer und der nicht minder weiträumigen Terrasse dahinter führte.

Die indirekte Beleuchtung des Foyers war darauf ausgerichtet, zwei Gemälde zur Geltung zu bringen, die sich von zwei gegenüberliegenden Wänden aus anblickten. Links hing der Chagall, rechts der Hockney. Unter dem Hockney stand ein kleiner, quadratischer Tisch aus stark gemasertem Ulmenholz, gerade groß genug, um der täglichen Post, drei Autoschlüsseln und – in diesem Augenblick – einer halbautomatischen 9-mm-Beretta Platz zu bieten.

Die Gamble nahm die Pistole zur Hand, untersuchte sie und rief dann aus: »He, Billy, willste nicht runterkommen und zugukken, wie ich mir den großen Onkel abschieße?«

Mit gesenktem Kopf, die Pistole an der rechten Seite nach unten gerichtet, wartete sie, als hoffte sie auf irgendeine Art Protest.

Als der jedoch ausblieb, hob sie die Beretta, zielte sorgfältig, drückte den Abzug durch, wie man es ihr auf dem Schießstand in Beverly Hills beigebracht hatte, und schoß ein kleines, sauberes Loch durch das linke untere Viertel des Chagall.

Als der Pistolenschuß weder einen Aufschrei noch ein Winseln auslöste, ging die Gamble vorsichtig durch den letzten Teil des Marmorfoyers und betrat das Wohnzimmer. Durch seine rundum verglasten Außenwände konnte sie die Lichter von Santa Monica und – etwas weiter weg – die schwächeren Lichter von Palos Verdes sehen, wo – daran gab es für sie nicht den geringsten Zweifel – die langweiligsten Menschen Kaliforniens wenn nicht gar der ganzen Welt lebten.

Als sie sich von diesem Anblick abwandte, fiel ihr ein großer heller Haufen in der südwestlichen Ecke des Zimmers auf. Aus irgendeinem Grund sah der Haufen aus, als sei er dort verloren, verlassen oder vielleicht auch einfach nur vergessen worden. Neugierig durchquerte die Gamble das Wohnzimmer; die Pistole nahm sie in die linke Hand. Mit der rechten Hand schaltete sie eine Tischlampe ein, und jetzt entdeckte sie, daß es sich bei dem Haufen um William A. C. Rice IV handelte.

Er lag auf dem Rücken, die blauen Augen offen und auf die mit Balken gestützte Spitzdecke gerichtet. Das lange rechte Bein hatte er am Knie etwas abgewinkelt, das nicht minder lange linke ausgestreckt. Arme und Hände waren willkürlich angeordnet, die rechte Hand zeigte nach Norden, die linke in süd-südwestlicher Richtung. In der nackten unbehaarten Brust hatte er, gleich links von der rechten Brustwarze, zwei dunkle Löcher. Seine Füße waren ebenfalls nackt, und die weißen Tennisshorts waren schmutzig.

Ione Gamble starrte mindestens eine halbe Minute lang auf den toten Mann runter, dabei keuchte sie in kurzen Zügen durch den Mund, bis sie zu keuchen aufhörte und sagte: »Ach zum Teufel, Billy, ich wünschte, ich wäre traurig.«

Sie wandte sich ab, ein wenig schwankend, und schaffte es bis zu der kleinen gutbestückten Bar, wo sie schätzungsweise sechzig Kubikzentimeter Whiskey in ein Glas kippte und in einem Zug runterspülte. Der Whiskey verursachte einen Hustenanfall. Als er zwei Minuten später vorüber war, stolperte sie quer durch den Raum zu einer Telefonkonsole, ließ sich in einen Sessel fallen, von dem sie wußte, daß es Billy Rices Lieblingssessel war, legte sich die Beretta in den Schoß, nahm den Hörer von der Gabel und tippte die Nummer 911 in die Tastatur.

In der Notrufzentrale der Polizei begann es zu klingeln. Nach dem achten Klingeln gähnte sie. Nach dem zehnten Klingeln legte sie den immer weiter Klingelzeichen von sich gebenden Hörer auf den Tisch, nahm den Griff der Beretta zwischen beide Hände, schloß die Augen und verlor das Bewußtsein.

Sie war noch bewußtlos und hielt immer noch die Beretta umklammert, als zwei Deputy-Sheriffs um 6 Uhr 27 das Wohnzimmer betraten, ihr die Pistole aus den Händen rissen, sie wachrüttelten, ihr die Rechte vorlasen und sie festnahmen unter dem Verdacht des Mordes an William A. C. Rice IV, der, seit er 1950 in den ersten Privatkindergarten von Kansas City aufgenommen wurde, von allen, die ihn nicht mochten oder verachteten – und das war, wie später einmal jemand meinte, ›beinahe jeder, der ihn länger als drei Minuten kannte‹ – Billy der Vierte genannt wurde.

2

Nach Ablauf der dritten Januarwoche des Jahres 1991 war Ione Gamble wegen Mordes an William A. C. Rice IV angeklagt und befand sich gegen Kaution auf freiem Fuß. Ein Staatsanwalt des Bezirks Los Angeles hatte auf eine Kautionssumme von mindestens 2 Millionen Dollar plädiert, aber der Richter des Obersten Bezirksgerichts in Santa Monica hatte statt dessen 200 000 Dollar festgesetzt und seine Entscheidung mit einer rhetorischen Frage begründet: »Wohin sollte sie sich flüchten, wo sollte sie sich verstecken können, mit einem Gesicht, das man auf der ganzen Welt kennt?«

Jetzt hatte die Gamble sich in ihr fünfunddreißig Jahre altes, im Stil der Missionarszeit erbautes Dreizehn-Zimmer-Haus am Adelaide Drive in Santa Monica zurückgezogen, wenn nicht gar dort versteckt. Sie wohnte allein in dem Haus, einmal abgesehen von dem salvadorianischen Ehepaar in der Garagenwohnung und ihren sechs Katzen, drei Hunden und einem stubenreinen, schlappohrigen Kaninchen, das die meisten seiner wachen Stunden damit verbrachte, die Treppe rauf und runter zu hoppeln.

Die Gamble saß im Arbeitszimmer im ersten Stock, das sie ihr Büro nannte, und beriet sich mit Jack Broach – einer Kombination aus Manager, Agenten und persönlichem Anwalt – über mögliche Strafverteidiger. Broach war ein Produkt der Universität Los Angeles (1968), der Boalt Hall (1971) und der Agentur William Morris (1973–79). Wie so viele Mittvierziger unter den Agenten der Unterhaltungsindustrie sah er aus wie ein systematisch lancierter Charakterdarsteller, der einen jungen schlankgesichtigen Präsidenten ebenso perfekt hätte verkörpern können wie einen alternden schlankgesichtigen Düsenjägerpiloten.

Das Arbeitszimmer hatte drei Bücherwände, deren Regale hauptsächlich mit Romanen und Biografien gefüllt waren, und eine Glaswand, die Aussicht auf den Santa Monica Canyon, ein paar Berge und den Pazifischen Ozean bot. Die Gamble saß hinter ihrem 1857 getischlerten Baumwollmakler-Schreibtisch aus Memphis, und Broach hatte neben ihr in einem Bürosessel Platz genommen.

Nachdem sie etwas Doktor-Pepper-Diättrunk durch zwei

Strohhalme aus ihrer Flasche gesogen hatten, sagte die Gamble: »Bis jetzt hab' ich mit dem Unitarier aus Memphis, dem Juden aus Wyoming, dem Episkopalen aus Texas und dem Baptisten aus New York telefoniert. Was ist der in Washington für einer?«

»Ich bin ziemlich sicher, daß er kein Moslem ist«, antwortete Broach.

»Erzähl mir von ihm – diesem Burschen aus Washington.«

»Wie all die anderen«, sagte Broach, »hab' ich auch ihn angerufen und, sinngemäß, gesagt: ›Hallo, ich bin der beste Freund und der persönliche Anwalt von Ione Gamble, und sie braucht den besten Strafverteidiger, den es auf der Welt gibt. Sind Sie interessiert?‹ Die vier anderen haben gesagt, ›Mann, und ob!‹, aber der Bursche in Washington meinte nur: ›Nicht besonders.‹ Wie immer war ich von dem beeindruckt, der am wenigsten beeindruckt war.«

»Und er ist gut – der aus Washington?«

»Er ist nicht so bekannt wie die anderen, aber ein paar Juristen, die ich besonders verehre, halten ihn für eine Kanone.«

»Ist ›Kanone‹ dein Gemeinplatz oder ihrer?«

»Meiner. Ich gebrauche solche Ausdrücke, weil jeder sie versteht. Deshalb heißen sie ja Gemeinplätze.«

Die Gamble schlürfte noch etwas von ihrem Diättrunk und sagte: »Du meinst also, ich sollte ihn nehmen – den Burschen aus Washington?«

Broach schüttelte den Kopf. »Ich meine, daß du den nehmen solltest, den du respektierst und zu dem du am meisten Vertrauen hast.«

»Was ist mit mögen?«

»Mit mögen hat das nichts zu tun.«

»Wird er mich fragen, ob ich Billy getötet habe?«

»Keine Ahnung.«

Ione Gamble schaute an die Decke, als könnte sie dort den Text für ihre nächsten Bemerkungen ablesen. Sie schaute immer noch dorthin, als sie sagte: »Ich mochte den Juden, den Baptisten hab' ich respektiert und zu dem Episkopalen hatte ich Vertrauen – trotz seiner texanischen Bauernmanieren. Nur der Unitarier schien vor allem von dem Ehrgeiz erfüllt, mich so schnell wie möglich ins Bett zu kriegen.«

»Hast du was gegen Optimismus?«

Ihr Blick kehrte zurück in die Horizontale.

»Hilf mir doch, verdammt.«

Broach schüttelte den Kopf. »Du wirst es rauskriegen – du oder dein Instinkt.«

»Bist du sicher.«

»Absolut.«

Sie hörten die Zweiklangglocke an der Eingangstür. Broach erhob sich und sagte: »Er ist da. Ich gehe runter und bring ihn rauf. Wenn ich euch bekannt gemacht hab', verschwinde ich.«

»Seh ich einigermaßen aus?«

Jack Broach hielt es nicht für nötig zu antworten.

Ione Gamble, die mit Jeans, einer karierten Bluse und ausgetretenen Timberlands über nackten Füßen bekleidet war, stand vor ihrer Glaswand und schaute hinaus auf den Canyon und den Ozean, als Broach mit dem Anwalt aus Washington zurückkam. Als sie sich umdrehte, sah sie einen mittelgroßen Mann in seinen Vierzigern, der einen teuren, aber schlechtsitzenden, dunkelblauen Anzug trug, dazu schlichte schwarze Schuhe, ein weißes Hemd und eine unauffällige Krawatte. Er hatte außergewöhnlich lange Arme, ein Gesicht, in dem nichts zusammenpaßte, und die klügsten Augen, die sie jemals gesehen hatte. Als die Gamble in diese Augen schaute, strömte ein intensives Gefühl der Erleichterung durch ihren Körper.

Jack Broach sagte: »Ione Gamble, Howard Mott.«

Die Gamble lächelte und ging auf Mott zu, die rechte Hand ausgestreckt. »Ich hoffe sehr, daß Sie mein Verteidiger werden, Mr. Mott.«

Howard Mott ergriff die kühle, trockene Hand, erwiderte das Lächeln und sagte: »Warten wir ab, ob Sie nach unserem Gespräch noch immer so denken.«

Mott war um elf Uhr eingetroffen, und um viertel vor eins ließen sie sich eine riesige Käse- und Peperoni-Pizza bringen. Die salvadorianische Haushälterin und Köchin servierte gleich im Arbeitszimmer, zusammen mit einer Flasche Bier für Mott und einem frischen Doktor-Pepper-Diättrunk für die Gamble.

Mott nahm einen Höflichkeitsbissen von der Pizza, trank einen Schluck Bier und sagte: »Erzählen Sie mir, wie Sie ihn kennengelernt haben.«

»Billy Rice?«

Mott nickte und nahm noch einen Bissen Pizza.

»Sie wissen, wer er war, oder? Vorher, meine ich.«

»Vor Hollywood? Ja, aber was meinen *Sie,* wer er war?«

»Er war die *Kansas City Post*«, antwortete sie.

»Die Zeitung, für die Hemingway nicht gearbeitet hat.«

»Es war außerdem eine der ersten Zeitungen, die in den zwanziger Jahren ins Radiogeschäft eingestiegen sind, und ins Fernsehen in den späten Vierzigern. Dazu gehörten schließlich drei Fernseh- und vier Radiostationen übers ganze Land verteilt, außerdem sechs Tageszeitungen, ein landwirtschaftliches Lagerhaus, eine Druckerei, die einen ganzen Häuserblock groß war, und ein ordentlicher Brocken der Innenstadt von Kansas City. Neunzig Prozent der Anteile an dem ganzen Kuchen gehörten William A. C. Rice dem Dritten, dem Enkel von William A. C. Rice dem Ersten, der das alles aufgebaut hat. Als Billy der Dritte starb, ging alles an Billy den Vierten über.«

»Und wann ist der Dritte gestorben?« fragte Mott. »Vor zehn Jahren?«

»Zwölf«, antwortete sie. »Billy der Vierte behielt das alles acht Jahre lang in Händen, und dann verkaufte er im Frühjahr 68, als die Preise ganz oben waren. Er nahm mindestens eine Milliarde mit, vielleicht mehr. Dann zog er hierher und verkündete, daß er ein unabhängiger Filmproduzent sei, und da er eine Milliarde oder so auf der Bank liegen hatte, sagte jeder zu ihm: ›Sicher, das bist du‹.«

»Und zu der Zeit haben Sie ihn kennengelernt?«

Sie nickte. »Er hatte ein Büro in Century City – nur er, eine Sekretärin und ein Drehbuchredakteur.«

»Das war wann – sechsundachtzig, siebenundachtzig?«

»Ende sechsundachtzig – einen Monat nach meinem dreißigsten Geburtstag, und um Ihnen das Nachrechnen zu ersparen: Ich bin jetzt fast fünfunddreißig.«

Mott lächelte nur und trank noch einen Schluck Bier.

»An meinem dreißigsten Geburtstag hab' ich mich auch betrunken und hatte einen Blackout«, sagte sie, und es war eher eine kühle Feststellung als eine Beichte.

»Warum?«

»Für eine Schauspielerin bedeutet der dreißigste Geburtstag, daß man nicht mehr auf dem Weg nach oben ist, sondern ein Plateau erreicht hat, auf dem man sich – wenn man Glück hat – halten kann, bis man vierzig ist, und dann beginnt der Abstieg, der manchmal langsam vor sich geht, manchmal aber auch schnell, sehr schnell.«

»Mit dreißig ist man doch noch schrecklich jung«, entgegnete Mott. »Sogar mit vierzig noch.«

»Aber nicht mehr mit fünfundvierzig, und deshalb hab' ich alle Tricks angewandt, um ein paar Jobs als Regisseurin zu kriegen. Das bedeutete Gastrollen in Fernsehkomödien und Abenteuerserien – aber nur, wenn sie mich auch Regie führen ließen. Auf diese Weise hab ich meine Lehrzeit abgedient.«

»Man könnte den Eindruck gewinnen, daß Regie führen für Sie eine Art Altersversicherung ist.«

»Schauen Sie, ich habe vor, auch mit fünfundvierzig, mit fünfundfünfzig und fünfundsechzig noch zu spielen, falls ich so lange lebe, auch wenn die Rollen dann immer rarer werden. Aber eine gute Regisseurin kann beinahe in jedem Alter arbeiten.«

»Und das alles haben Sie mit dreißig beschlossen?«

»Sicher«, antwortete sie. »Ein Schauspieler ist mit dreißig noch jung. Er entledigt sich gerade des letzten Babyspecks, und während der nächsten fünfundzwanzig oder fünfunddreißig Jahre kann er fröhlich weitermachen, Hauptrollen neben Schauspielerinnen zu spielen, die fünfundzwanzig, dreißig oder vierzig sind. Aber kennen Sie eine einzige fünfundfünfzigjährige Schauspielerin, die Liebesszenen mit fünfunddreißigjährigen Männern spielt – es sei denn, es handelt sich um 'ne perverse Inzest-Geschichte? Ich gebe Ihnen eine Stunde Zeit, um mir jemanden zu nennen.«

»Ist Ann Margret schon fünfundfünfzig?« fragte Mott und nahm das letzte Stück Pizza vom Teller.

Die Gamble setzte ein Lächeln auf, das sich schnell in ein Grinsen verwandelte. »Sind Sie ein Fan von ihr?«

»Ich würde sie unter Naturschutz stellen«, erwiderte Mott und biß in sein Stück Pizza.

»Also, aus dem Grund hab' ich mir jedenfalls an meinem dreißigsten Geburtstag einen Rausch angetrunken, und deshalb hab' ich auch seitdem nicht mehr als drei Bier und acht Gläser Wein getrunken – bis zum 31. Dezember vergangenen Jahres.«

»Kommen wir zurück auf Ihr erstes Treffen mit Mr. Rice.«

»Okay. Er hatte, wie gesagt, dieses Büro in Century City. Und von dort aus rief er Jack Broach an, und Jack rief mich an und schlug mir vor, es doch mal zu versuchen. Also fuhr ich mit dem

Fahrstuhl in den – welcher war's, der fünfunddreißigste Stock? –, wo ich in dieses ganz hübsche, aber keinesfalls aufsehenerregende Büro geführt wurde. Billy knipste seinen Charme an und drückte mir ein Drehbuch in die Hand, das auf Lorna Wileys Roman *Die Milner-Schwestern* basierte.«

Sie schaute Mott etwas besorgt an, bis er ihr bestätigte, daß er es gelesen habe. Nach einem leisen Seufzer der Erleichterung fuhr sie fort: »Also, nachdem uns jemand einen Kaffee gebracht hatte, sagte Billy: ›Für den Film will ich Sie.‹ Beide Schwestern sind großartige Rollen, aber Louise ist der Trampel, also hab' ich ihn gefragt: ›Welche von beiden soll ich spielen? Louise oder Rose?‹ Und raten Sie mal, was er geantwortet hat?«

»Keine Ahnung.«

»Er sagte: ›Ich denke, das sollte der Regisseur entscheiden, und da Sie die Regie führen werden, überlasse ich Ihnen die Entscheidung.‹ Ungefähr in dem Moment kam mir der Gedanke, daß ich mich eigentlich in Billy Rice, dieses Arschloch, verlieben könnte.«

»Bis jetzt hört er sich doch ganz vernünftig an.«

»Bis jetzt. Nun, wir machen also *Die Milner-Schwestern* zusammen, der Film kriegt hervorragende Kritiken und spielt keinen müden Dollar ein. Aber das scheint Billy nicht weiter zu kümmern, er knallt hunderttausend Dollar für die Option auf irgendso einen hundsmiserablen Techno-Thriller auf den Tisch, zahlt dann noch mal 'ne Million für das Drehbuch, übt seine Option auf den Roman aus – was noch mal eine Million kostet – und heuert einen vierundzwanzigjährigen britischen MTV-Regisseur an. Ich solle die Rolle der Mavis spielen – der mutigen Heldin, die herumläuft und redet wie ein Kerl –, an der Seite von dem alten Trottel Niles Brand, der dafür fünf Millionen einstreicht. Nun, das Ding kostet zusammen achtunddreißig Millionen, und es ist der ganz große Schlager. Ich gewinne den Preis der Filmkritiker von Los Angeles und werde von der Akademie nominiert, der Oscar geht an mir vorbei, aber wen, außer mir, kümmert das schon?«

»Und dann?«

»Und dann bittet Billy mich, seine Frau zu werden. Das war so ungefähr Anfang letzten Jahres. Und ich, der ewige Trampel, muß natürlich antworten, aber sicher, Billy, liebend gerne, und wir setzen den Termin auf den dreißigsten Dezember. Inzwischen kauft

Billy *Der böse, tote Indianer,* der seit dreizehn Monaten auf der Bestsellerliste steht. Es kostet ihn zwei Millionen. Bar auf den Tisch. Keine Optionen. Eine weitere Million gibt er für Autoren aus und kündigt an, daß seine zukünftige Ehefrau in diesem Fünfundsechzig-Millionen-Dollar-Epos über den alten Westen nicht nur an der Seite des alten Trottels Niles Brand die Hauptrolle spielen, sondern obendrein noch Regie führen wird. Kommen Sie noch mit, Mr. Mott?«

»Sie drücken sich im höchsten Maße deutlich aus.«

»Und dann kommt der Weihnachtsabend, vor etwas mehr als einem Monat. Billy gibt eine knappe dreizeilige Pressenotiz heraus, in der er mitteilt, daß er Ione Gamble nun doch nicht heiraten werde und daß sie auch in seinem wundervollen Film über die Ureinwohner Amerikas weder Regie führen noch die Hauptrolle spielen wird. Und ich war wie vor den Kopf geschlagen.«

»Und Sie hatten weder einen Vertrag für den Film noch in irgendeiner Form ein voreheliches Abkommen unterschrieben?«

»Jack Broach war immer noch dabei, den Filmvertrag auszuhandeln. Und als Billy einmal von einem vorehelichen Abkommen sprach, antwortete ich, daß ich eine Ehe will und keine Fusion. Kein besonders origineller Spruch, aber er schien ihn noch nicht zu kennen.«

»Was glauben Sie, weshalb hat Rice seine Meinung geändert?«

»Ich weiß es nicht. Ich hab' seitdem nicht mehr mit ihm gesprochen. Zumindest bin ich davon überzeugt.«

»Aber Sie haben's versucht.«

»Ich muß wohl unzählige Male versucht haben ihn anzurufen, aber ich bin nicht durchgekommen. Und dann, an Silvester, dem Tag nach unserer abgesagten Trauung, hab' ich zu trinken angefangen. Ich hab' den ganzen Tag getrunken, dann hab' ich ein bißchen geschlafen, bin wieder aufgewacht und hab' weitergetrunken. Ich erinnere mich noch, daß ich mich irgendwann in mein Auto gesetzt hab', mit einer Flasche Wodka, und zum großen Showdown mit Billy in sein Haus in Malibu gefahren bin. Aber an mehr kann ich mich nicht erinnern, bis mich die beiden Deputy-Sheriffs da oben in seinem Strandhaus aufgeweckt haben, wo Billy tot auf dem Boden lag.«

»Sie hatten einen Blackout?«

»Ja.«

Mott lehnte sich in der Couch mit dem Chintzbezug zurück

und musterte die Gamble, die jetzt auf der anderen Seite des Kaffeetisches stand, die Arme auf die Lehne des Bürosessels gestützt. »Das war also Ihr zweiter Blackout«, sagte er. »Was wissen Sie darüber?«

»Bis ich einen Arzt gefragt habe, wußte ich nur, daß sie für überraschende Wendungen in Seifenopern gut sind. Ihr braucht einen Konflikt? Dann laßt sie doch einen Blackout haben. Oder eine Amnesie. Der Arzt hat mir erzählt, daß ein Blackout eine Form von Gedächtnisverlust ist, die durch Alkohol hervorgerufen wird und die häufig bei Alkoholikern und Quartalssäufern auftritt. Er sagte, daß man Hypnose einsetzen kann, um die Erinnerung zurückzuholen. Manchmal funktioniert das, manchmal nicht. Aber falls ich es versuchen möchte, kann er mir mehrere hochqualifizierte Therapeuten nennen, die mit Hypnose arbeiten. Ich hab' ihm gesagt, ich würde drüber nachdenken.«

»Und? Haben Sie?«

»Sicher. Ich hab' drüber nachgedacht. Ich hab' auch drüber nachgedacht, was passieren könnte, wenn ich etwas Peinliches oder strafrechtlich Belastendes gestehen würde – vielleicht sogar den Mord an Billy. Hätte der Hypnotiseur es auf Kassette, könnte er es für einen Batzen Geld verkaufen. Und wenn er es gar auf Videokassette hätte, könnte er es für weiß Gott wieviel Geld verkaufen.«

»Und würde dafür ins Gefängnis wandern.«

»Nicht, wenn er behaupten würde, jemand sei bei ihm eingebrochen und hätte das Band gestohlen. Ich hab' Watergate noch nicht vergessen – jedenfalls nicht ganz. Dort haben sie doch so was gemacht, oder?«

»So was Ähnliches.«

»Aber er könnte noch etwas anderes mit dem Band machen, und davon würde kein Mensch erfahren«, sagte sie. »Er könnte es an mich verkaufen. Erpressung nennt man das dann wohl.«

Sie lächelte dieses schmale, kühle Lächeln, das Diskussionsteilnehmer oft aufsetzen, nachdem sie ein wichtiges Argument eingeführt haben. Mott kratzte sich den linken Handrücken und sagte: »Und wenn ich für Sie einen garantiert diskreten Hypnotiseur finden würde? Würden Sie gerne versuchen, sich wieder an diese Nacht zu erinnern?«

Die Gamble zog die Brauen zusammen. »Es wäre wichtig, nicht? Meine Erinnerung?«

»Extrem wichtig.«
»Kennen Sie einen Hypnotiseur?«
»Ich weiß von jemanden, der einige kennt.«
»Sie meinen, es ist sein Job, einen Hypnotiseur für Ehefrauen und Freundinnen zu finden, die sich betrinken, einen Blackout haben, ihren Freund oder Ehemann umlegen und sich hinterher den Teufel daran erinnern?«
Mott lächelte. »Er besorgt extrem qualifizierte, extrem diskrete Profis, die alle möglichen extrem heiklen Angelegenheiten erledigen.«
Sie schaute ihn aufmerksam an, zog wieder die Stirn in Falten und sagte: »Wollen Sie mir damit sagen, daß Sie bereit wären, meine Verteidigung zu übernehmen?«
»Wenn Sie wollen.«
»Okay. Was empfehlen Sie mir als mein Anwalt?«
»Einen diskreten und hochqualifizierten Hypnotiseur.«
»Dann rufen Sie mal gleich Ihren Mittelsmann an, wer immer das sein mag.«
»Sein Name ist Glimm«, erwiderte Howard Mott. »Enno Glimm.«

3

Die linke Wange von Enno Glimm war von einer verwachsenen Narbe verunstaltet, die beinahe für ein Grübchen durchgehen konnte – so, wie sein Englisch beinahe für Amerikanisch durchgegangen wäre, hätte er seine Ws nicht mit diesen Hauchlauten ausgesprochen, die aus der Wudu GmbH eine Voodoo GmbH machten.

Quincy Durant, der ein Geschäft witterte, machte keine Anstalten, seinen potentiellen Kunden zu korrigieren. Und was die Narbe betraf, so konnte sie Durants Meinung nach von einem kleinkalibrigen Geschoß stammen – entweder Kaliber .22 oder .25 –, aber ebensogut von einem neunjährigen Heißsporn, der Glimm bei einer Schulhofprügelei seine Schreibfeder durch die linke Wange gestochen hatte.

Es herrschte in diesem Februar eine arktische Kälte in England und im größten Teil Europas. In London waren beinahe dreißig Zentimeter Schnee gefallen, und selbst die Französische Riviera hatte ein paar Flocken abgekommen. Kälte und Feuchtigkeit krochen überall hinein, und auch vor dem holzgetäfelten Büro/Konferenzzimmer der Wudu GmbH – wo Durant ein elektrisches Heizgerät mit drei Heizstäben aus dem Wandschrank geholt und in den falschen Kamin gestellt hatte, um die unzureichende Zentralheizung zu unterstützen – machten sie nicht halt.

Enno Glimm saß in einem der Ohrensessel, die neben dem Kamin aufgestellt waren. Über dessen Rauchfang hing ein großes, in Öl gemaltes Porträt von Mrs. Arthur Case Wu (der früheren Agnes Goriach) und den beiden Zwillingspaaren der Wus.

Die sitzenden 14jährigen Zwillingsmädchen sahen durchaus weltoffen und ein wenig schelmisch aus. Ihre 17jährigen Brüder Arthur und Angus, die dahinter standen, trugen beide das gleiche Halblächeln zur Schau, das ihnen ein etwas unheimliches Aussehen verlieh. Die hübschen Gesichtszüge der Mutter, ihre königliche Haltung und sogar das Glitzern in den großen, grauen Augen, das den Eindruck vermittelte, als denke sie an etwas Obszönes, hatte der Künstler hervorragend eingefangen.

Enno Glimm ignorierte das Porträt und blieb vorgebeugt in dem Ohrensessel sitzen, röstete sich die Hände über dem elektrischen Heizer und runzelte die Stirn, als bedauerte er inzwischen, daß er es Durant gestattet hatte, ihm den schwarzen, zweireihigen Cashmere-Mantel abzunehmen.

Durant schätzte, daß dieser Mantel mindestens tausend Pfund gekostet haben mußte, oder, was wohl eher zutraf, dreitausend Deutsche Mark. Nachdem er den Mantel an die äußerst kunstvoll gearbeitete Garderobe gehängt hatte, die um das Jahr 1903 aus schwarzem Walnußholz geschnitzt worden war, ging Durant hinüber zu dem anderen Ohrensessel, setzte sich, schlug die Beine übereinander und wartete darauf, daß Glimm ihm eröffnen würde, warum er hergekommen war.

Glimm war immer noch dabei, sich die Hände zu wärmen. Ohne Durant dabei anzuschauen, fragte er: »Mr. Wu wird nicht anwesend sein?« Diesmal ließ er Artie Wus Nachnamen wie das *vieux* in Vieux Carré klingen, und er verlieh ihm sogar eine ganz passable französische Aussprache.

»Er ist fort«, sagte Durant. »Eine Familienangelegenheit.«

Mit blassen, grauen Augen schaute Glimm hinauf zu dem Porträt, und Durant dachte, daß sie weder dunkler noch wärmer als Rauhreif waren. »Ist jemand krank?« fragte Glimm und mischte unter seine Frage genau die richtige Dosis Besorgnis.

»Seine Söhne haben Probleme in der Schule«, antwortete Durant.

»Sind sie nicht fleißig genug?«

»Etwas in der Art.«

»Ist ihre Schule hier – in London?«

»Warum?« fragte Durant und ließ dieses eine Wörtchen wie eine Warnung, vielleicht sogar wie eine Drohung klingen.

Glimm mußte darüber lächeln. »Glauben Sie, ich bin ein Kidnapper – vielleicht gar ein Terrorist?«

»Ich weiß nicht, was Sie sind«, erwiderte Durant. »Vielleicht sollten wir jetzt darüber reden.«

»Hören Sie zu. Wenn ich mich auf ein Geschäft einlasse, egal, was das für ein Geschäft ist, dann hab' ich es gerne mit den Hauptdarstellern, den Bossen, den Ja-oder-Nein-Leuten zu tun. In diesem Fall also mit Voo und Ihnen. Also beschloß ich gestern abend, nachdem ich bei Schneesturm in Heathrow gelandet war . . .«

»Von wo sind Sie gekommen?«

Glimm ignorierte die Zwischenfrage. ». . . und mich im Connaught angemeldet hatte, noch einen kleinen Spaziergang zu machen, Schnee hin oder her, und einen Blick auf Bruton Street Nummer acht, Berkley Square, London West Eins im Herzen von Mayfair und so weiter zu werfen. Ich wollte sicher sein, daß es sich bei der Voodoo GmbH um ein richtiges Unternehmen handelt und nicht bloß um eine Kombination von Copy-Shop und Deckadresse – Sie wissen, was ich meine. Und sollte es die Firma wirklich geben, dann wollte ich am nächsten Morgen einfach hereinspaziert kommen, unangemeldet und unerwartet.«

»Und möglicherweise unwillkommen.«

»Werden wir ja sehen«, sagte Glimm. »Als ich jedenfalls in ihr hübsches kleines Empfangszimmer komme, fällt mir als erstes auf, daß dort keine hübsche kleine Empfangsdame sitzt, an die ich mich wenden könnte. Und dann bemerke ich etwas Staub auf ihrem Schreibtisch – nicht viel, aber genug, um zu wissen, daß sie seit einer Woche oder zehn Tagen nicht mehr zur Arbeit gekommen ist. Aber was soll's. Vielleicht hat der Onkel Doktor sie ins Bett gesteckt.«

Durant lächelte schwach. »Eine vorübergehende Unpäßlichkeit.«

»Was ich mir gedacht hatte. Und da niemand da ist, der mich empfängt, klopfe ich also an die Tür mit der Aufschrift Privat und warte geduldig, bis all die Schlösser und Riegel und Ketten aufgeschoben und ausgeklinkt sind. Schließlich öffnet sich die Tür, und mir gegenüber steht ein Bursche mit viel zuviel Sonnenbräune für Februar – ein Bursche, der eins neunzig oder eins fünfundneunzig groß ist und fünfundachtzig oder neunzig Kilo mit sich herumschleppt, wenn nicht mehr. Dieser Bursche hat seinen vierzigsten Geburtstag längst hinter sich, vielleicht sogar den fünfundvierzigsten, aber er bewegt sich wie jemand, der zwanzig ist. Okay. Sagen wir Ende Zwanzig. Und da weiß ich sofort, daß es sich bei meinem Gegenüber um niemand anderen als den verfluchten Durant handelt, wie alle Leute, mit denen ich gesprochen habe, Sie nennen.«

»Meine Fürsprecher«, sagte Durant. »Und Bürgen.«

Glimm nickte.

»Nennen Sie mir zwei von ihnen«, forderte Durant ihn auf.

»Jemals was von einem Cruz gehört, einem Captain bei der Polizei in Manila?«

»Ich kannte einen Polizei-Leutnant namens Hermenegildo Cruz.«

»Er ist befördert worden«, sagte Glimm. »Und was ist mit Maurice Overby in Amman?«

Ein neuer Ausdruck legte sich auf Durants Gesicht – eine gewisse Verschlossenheit um den Mund herum. Aber sie war gleich wieder verschwunden, und er antwortete: »Was tut Overby in Amman?«

»Er behauptet, er sei dort, um das persönliche Sicherheitssystem des TJK zu überprüfen.«

»Ganz alleine?«

»Er sagt, sein wichtigster Aktivposten, was immer das bedeuten mag, sei Dr. Booth Stallings, der weltberühmte Terrorismusexperte, von dem ich noch nie gehört habe. Wissen Sie, wer das ist?«

Durant nickte nur.

Glimm gestattete sich das nächste kleine Lächeln. »Ich stelle fest, daß Sie nicht einmal fragen, für was die Abkürzung TJK steht. Ich wußte es jedenfalls nicht und mußte Overby fragen. Er steckte da unten in Amman, Jordanien, und ich rufe ihn an aus ... nun, es spielt keine Rolle, von wo ich ihn anrufe. Overby ist ziemlich rotzig am Telefon, aber ich erfahre von ihm, daß TJK für tapferer junger König steht, und daß König Hussein von all den anderen alten Nahostkämpen so genannt wird.« Glimm zögerte. »Obwohl der König doch gar nicht mehr so jung ist, oder?«

»Overby hat sich als alter Nahostkämpe bezeichnet?« fragte Durant.

»Sie meinen, das ist er nicht?«

»Ich meine, es handelt sich nur um ein weiteres faszinierendes und bis jetzt noch nicht abgeschlossenes Kapitel in Mr. Overbys Leben.«

»Okay, dann ist er eben ein Lügner. Wen kümmert dieser Overby? Und Sie? Sind Sie schon mal dort gewesen – im Nahen Osten? Ich meine geschäftlich?«

»Beirut«, sagte Durant.

»Wann?«

»Vor ein paar Jahren.«

»Vor ein paar Jahren war's da unten noch ziemlich ungemütlich, stimmt's?«

Durant zuckte nur die Achseln und wartete, was als nächstes kommen würde. Er rechnete mit einer Pleite. Statt dessen entstand ein Schweigen, das sich immer weiter in die Länge zog, bis

Glimm ein Bein über das andere schlug und sogar ein bißchen in seinem Sessel hin und her rutschte. Durant hatte Schweigen noch nie etwas ausgemacht, deshalb saß er es aus, mit einem höflichen Lächeln um die Lippen, und schließlich war es Glimm, der dem mit einer Frage ein Ende machte: »Was haben Sie dort gemacht – in Beirut?«

»Nach etwas gesucht.«

»Haben Sie ihn gefunden?«

»Ich kann mich nicht erinnern, ›ihn‹ gesagt zu haben.«

»Okay. Ihn? Sie? Es?«

»Wir haben gefunden, wonach wir gesucht haben.«

»›Wir‹ bedeutet Sie und Mr. Voo, stimmt's?« fragte Glimm, und ohne auf eine Bestätigung zu warten, preschte er weiter vor; er befleißigte sich dabei eines schroffen, beinahe etwas unhöflichen Tonfalls. »Und was ihr Jungs da unten in Beirut gesucht habt, war die Leiche von einer ziemlich bedeutenden Persönlichkeit. Mir ist zu Ohren gekommen, daß die Witwe von dieser ziemlich bedeutenden Persönlichkeit endlich die Millionen-Dollar-Lebensversicherung ihres vermißten und wahrscheinlich toten Ehemanns ausbezahlt haben will, und daß sie nicht die sieben Jahre abwarten will, oder wie lange das dauert, bis er offiziell für tot erklärt wird. Und ihr toter Ehemann – oder der, für den er gearbeitet hat – muß eine verflucht hohe Prämie gezahlt haben, wenn die Versicherungsgesellschaft tatsächlich darauf verzichtet hat, die Zusatzklausel über Kriegs- und Bürgerkriegsgebiete wirksam werden zu lassen, was sie ganz sicher getan hat, denn sonst hätte die Witwe nicht Sie und Mr. Voo damit beauftragt, den Beweis für seinen Tod zu finden – oder jemandem abzukaufen.«

»Etwas würde mich interessieren«, sagte Durant. »Eigentlich haben Sie keine Probleme mit Ihren Ws, warum sprechen Sie dann Mr. Wus Namen falsch aus? Soll das ein Test sein? Ein Verkaufstrick? Oder finden Sie das einfach nur witzig?«

Ein Grinsen zeichnete einen flüchtigen weißen Spalt auf Glimms knochiges Gesicht. Seine hellen Augen kräuselten sich vor Heiterkeit, vielleicht sogar Entzücken, und Durant machte sich schon auf ein Kichern gefaßt, das jedoch ausblieb. Aber immer noch trug Glimms Gesicht diesen heiteren Ausdruck, als er antwortete: »Es ist ein Test.«

»Wie hab' ich abgeschnitten?«

Glimm schaute auf seine protzige goldene Uhr. »Nicht schlecht. Sie haben zwölf Minuten ausgehalten. Das bedeutet, daß Ihnen der Magen knurrt, stimmt's, auch wenn Sie noch nicht am Verhungern sind.«

Durant zeigte keine Reaktion, und Glimm, der wohl auch nicht damit gerechnet hatte, redete weiter mit dieser siegessicheren Zungenfertigkeit des geübten Vertreters, der es endlich an der Zeit findet, das Geschäft abzuschließen.

»Ich sage Ihnen, wie es funktioniert: Immer, wenn ich über etwas verhandle, dann spreche ich entweder den Namen des Mannes falsch aus, mit dem ich verhandle, oder den Namen seiner Firma.«

»Oder beides«, sagte Durant.

»Richtig. Oder beides.«

»Warum?«

»Wenn mein Gegenüber mich sofort verbessert, dann weiß ich, daß er keinen Appetit hat. Wenn er zehn bis fünfzehn Minuten braucht, dann hat er mittleren Appetit. Wenn er mich aber überhaupt nicht korrigiert, dann weiß ich, daß er kurz vorm Verhungern ist, und ich kann meine eigenen Bedingungen aushandeln.«

»Wir verhandeln hier über gar nichts«, sagte Durant.

»Und ob wir das tun«, erwiderte Enno Glimm.

4

Artie Wu saß vor dem Schreibtisch des Direktors auf dem massiven, 121 Jahre alten, hölzernen Büßerstuhl ohne Armlehnen, auf dem schon zahllose Jungen gethront und ihr Schicksal mit Tränen in den Augen und baumelnden Füßen erwartet hatten.

Von thronen konnte bei Wu, der fast eins neunzig groß war und nur wenig unter 120 Kilo wog, keine Rede sein. Aber er schaffte es immerhin, auf dem großen Stuhl einigermaßen bequem zu sitzen, wenn er sich auch nicht gerade hinlümmeln konnte – und sogar die Vorderbeine hoben sich ein paar Zentimeter vom Boden, als er sich zurücklehnte, um Perkin Ramsey zuzuhören, dem Schuldirektor, der gerade dabei war, eine ganze Liste von Beschuldigungen gegen die Wu-Zwillinge Arthur und Angus zu verlesen.

Die Anklagen wurden mit leiernder Tenorstimme vorgetragen, von der Wu schon fürchtete, daß sie nie mehr verstummen könnte. Während sie weiter und weiter redete, wanderte sein Blick hinauf zu dem gewaltigen, steinernen Deckengewölbe des Raums, dann hinüber zu dem Kamin zu seiner Linken, der so geräumig war, daß man aufrecht in ihm stehen konnte, vorausgesetzt man war nicht größer als eins sechzig oder eins fünfundsechzig.

Die Privatschule, die sich der Erziehung und Ausbildung der männlichen Wu-Zwillinge angenommen hatte, befand sich siebzehn Meilen nördlich von Edinburgh. Ein großer Teil der Schule war in einem kleinen Schloß untergebracht, das ungefähr 1179 fertiggestellt wurde und immer noch in einem erstaunlich guten Zustand war. Und hier hatte Reverend Robert Cameron im Jahre 1821 seine Schule gegründet, nachdem er die wohlhabenden Eltern seiner ersten Schüler davon überzeugen konnte, daß er durchaus in der Lage sei, aus ihren kleinen Ungeheuern kleine gebildete Gentlemen zu machen. Seit dieser Zeit hatten alle männlichen Goriachs Cameron besucht, und Agnes Goriach-Wu sah keinen Grund, warum nicht auch ihre Zwillingsjungen diese Familientradition fortsetzen sollten.

Als der Direktor seine Anklage verlesen hatte, zog er ein riesiges Taschentuch aus der Hose und schneuzte sich vorsichtig die

Nase, ein Nasenloch nach dem anderen. Es war eine blaßrosa Nase, dünn und mit feiner Spitze, die sehr schön zu den hageren Wangen und den tiefen Höhlen paßte, in denen sich Augen von einem geradezu frappierenden Blau versteckten. Von diesen blauen Augen zog sich eine hohe Stirn zurück, bis sie das sich zurückziehende Dickicht stumpfen roten Haares erreicht hatte.

Nachdem Perkin Ramsey sein Taschentuch weggesteckt hatte, tat Wu zum erstenmal nach beinahe einer Viertelstunde den Mund auf: »Sie sagen, die Zwillinge hätten fünf Jungen ins Krankenzimmer geschickt?«

Ramsey antwortete mit einem melancholischen Seufzer.

»Bitte, hören Sie jetzt genau zu, Mr. Wu. *Fünf* Jungen mußten nach Edinburgh ins Krankenhaus gebracht werden, nicht auf unsere Krankenstube. Angus und Arthur wurden von *acht* Jungen ungefähr ihres Alters und ihrer Größe angegriffen. *Drei* dieser *acht* Jungen konnten entkommen, um Meldung zu machen. Es war kein fairer Kampf.«

»Acht gegen zwei? Ganz bestimmt nicht.«

»Ich meine, Ihre Söhne haben nicht fair gekämpft.«

Artie Wu wirkte beinahe erleichtert. »Sie haben sich geschnappt, was herumgelegen hat, stimmt's? Einen Stein oder zwei? Einen Knüppel? Ein hübsches Stück Rohr?«

»Sie benützten ihre Hände und Füße und Knie und Ellenbogen.«

»Wie lange hat es gedauert?«

»Drei oder vier Minuten. Nicht länger.«

Wu zog eine lange, dicke Zigarre aus der Innentasche seines Jacketts und betrachtete sie mit offensichtlicher Sehnsucht, um sie dann wieder wegzustecken. »Sie sagen, daß alles mit den Beschimpfungen anfing?«

»Ja.«

Wu nickte nachdenklich, als werde ihm jetzt erst alles klar. »Also haben diese acht Banditen die Zwillinge beschimpft, sind auf sie losgegangen und haben für ihre Mühe 'ne Tracht Prügel bezogen. Aber immerhin hatten sie die Genugtuung, alle diese hübschen alten Ausdrücke wie Ching, Wog, Schlitzauge mal wieder zu . . .«

Ramseys rechte Hand schoß in die Höhe. Die Geste eines Verkehrspolizisten. Wu unterbrach seine Rede, und der Direktor sagte: »Habe ich Ihre volle Aufmerksamkeit, Mr. Wu?«

Wu nickte.

»Ausgezeichnet«, sagte Ramsey. »Während der vergangenen zwei Monate habe ich nämlich telefonisch und per Post vergeblich versucht, sie zu gewinnen.«

Wus Gesicht nahm den Ausdruck höflichen Interesses an, während sein Tonfall auf einmal verbindlich wurde. »Ach, das meinen Sie.«

»Ja, Mr. Wu. *Das.* Oder etwas präziser: die Schulgebühren. Sie sind immer noch nicht bezahlt.«

Artie Wu zog die Zigarre wieder aus seiner Tasche, steckte sie sich in den Mund und biß die Zähne fest zusammen, um den Biß dann gerade so weit wieder zu lockern, daß er knurren konnte: »Hat es einen Kampf gegeben?«

»Exakt, wie beschrieben«, antwortete Ramsey. »Nach allem, was man hört, haben die Zwillinge sich eindrucksvoll gehalten.«

Wus Gesicht erstrahlte um die Zigarre herum. Er nahm sie aus dem Mund und sagte: »Ich glaube, ich kann mich erinnern, daß Mrs. Wu sich vor einiger Zeit per Scheck um die Gebühren gekümmert hat.«

Der Damm, der Ramseys Zorn bis dahin zurückgehalten hatte, brach. Beinahe wäre er aus seinem Sessel gehüpft, dann beherrschte er sich, erhob sich etwas langsamer, die Handflächen fest auf die Schreibtischplatte gepreßt, und beugte sich zu Artie Wu hinüber. »Ich habe Sie in diesen Raum bestellt, Sie auf diesem Stuhl Platz nehmen lassen, Sir, um Sie darüber in Kenntnis setzen zu können, nein, um Ihnen garantieren zu können, daß die Zwillinge Sie nach London begleiten werden, sollten die Gebühren nicht heute noch bezahlt werden. Nicht morgen – heute noch.«

Das Telefon klingelte. Ramsey riß den Hörer von der Gabel, bellte ein verärgertes Hallo heraus, hörte zu, zog die Stirn in Falten, sagte: »Einen Moment«, und hielt Wu den Hörer hin.

Nachdem Wu sich erhoben, den Hörer entgegengenommen und »Hallo« gesagt hatte, hörte er Durants Stimme: »Ich halte hier in meiner Hand einen beglaubigten Scheck über 25 000 Pfund, einzulösen bei Barclay's, ausgestellt von deinem neuen Klienten, Herrn Enno Glimm. Der Scheck wird in ungefähr sechs Minuten hinterlegt werden, und dann bist du wieder flüssig.«

»Und was genau wird von uns verlangt?«

»Wir müssen zwei Hypnotiseure finden, ein Geschwisterpaar, das verschüttgegangen ist.«

»Wo?«

»Ist doch egal.«

»Eine höchst vernünftige Einstellung«, erwiderte Wu. »Ich bin morgen früh zurück.«

»Wir sind hier um zwei Uhr mit Glimm verabredet.«

»Ich werde da sein«, erwiderte Wu, drehte sich um und gab den Hörer zurück.

»Gute Nachrichten?« fragte Ramsey.

»Wie man's nimmt«, antwortete Wu, während er sein Scheckbuch aus einer Anzugtasche zog, es auf den Schreibtisch legte, geistesabwesend die anderen Taschen nach etwas abklopfte, um dann Perkin Ramsey anzulächeln und zu fragen: »Haben Sie einen Federhalter?«

In der Carriages Bar des Caledonian Hotel an der Princes Street in Edinburgh saßen die Söhne von Artie Wu ihrem Vater an einem Tisch gegenüber und schauten ihm dabei zu, wie er zum zweiten Mal seinen Namen unter einen Scheck setzte. Arthur und Angus hatten je ein Glas mit Lagerbier vor sich stehen. Vor ihrem Vater stand ein großer Whiskey, den er noch nicht einmal angerührt hatte.

Wu riß den Scheck aus dem Buch und gab ihn Arthur, dem neun Minuten älteren Sohn. Arthur warf einen Blick auf die Summe, zog eine Augenbraue in die Höhe und schob den Scheck zu seinem Bruder hinüber.

Angus studierte ihn und sagte: »Vierhundert Pfund«, wobei eine seltsame Modulation seiner Stimme das Schreckgespenst unzureichender Geldmittel heraufbeschwor.

»Er ist gedeckt«, sagte Wu. »Bis zum Ende des Monats wird's reichen, und dann schicke ich euch mehr. Jetzt müßt ihr beiden nur noch das Schuljahr zu Ende bringen, im Sommer über den Kontinent tippeln, und im August geht's dann ab nach Princeton.«

Angus gab seinem Bruder den Scheck zurück und studierte seinen Vater aufmerksam, bevor er ihn fragte: »Hast du mal darüber nachgedacht, was es kostet, uns für vier Jahre nach Princeton zu schicken?«

Wu nippte an seinem Whiskey und ließ sich ein paar Zahlen durch den Kopf purzeln. »Etwa hundertsechzig Riesen«, sagte er schließlich. »Für vier Jahre ohne große Kinkerlitzchen. Wenn ihr Kinkerlitzchen wollt, müßt ihr's mit Poker versuchen.«

»So wie du und Durant?« fragte Angus.

»Ja, wir haben so manche Runde gespielt.«

»Durant hat mal behauptet, ihr hättet mit Stud und Draw so durchschnittlich sechshundert im Monat gemacht«, sagte Arthur. »Und damals war der Dollar noch drei- oder viermal so viel wert.«

»Wir sind über die Runden gekommen«, antwortete Wu.

»Außerdem hat er erzählt, daß es damals in Princeton 'ne Menge Geldsäcke gegeben hat, die scharf drauf waren, sich auf 'ne Pokernacht mit dem chinesischen Thronfolger und seinem schweigenden, immer anwesenden Leibwächter zusammenzuhocken.«

Wu lächelte und nickte, als würde er in Erinnerungen schwelgen. Statt dessen musterte er seine beiden Söhne und war beinahe peinlich berührt, als er wieder einmal feststellen mußte, daß sie ihm ebenso ähnlich waren wie ihrer Mutter. Sie hatten seine Größe, aber den schlanken Körperbau der Mutter. Sein vorsichtiges Lächeln und ihren geschmeidigen Gang. Sein schwarzes Haar und ihre grauen Augen, die den Zwillingen in Kombination mit seinen Mongolenfalten das verliehen, was sie als ihren Pan-Amerasiatischen Pennälerlook bezeichneten.

»Hat's dir dort gefallen, in Princeton?« wollte Arthur wissen.

Wu schaute erst Arthur und dann Angus mißtrauisch an. »Immer wenn ihr beiden was von mir wollt, dann nehmt ihr mich bei der Hand und führt mich auf die Straße der Erinnerungen. Also, raus mit der Sprache. Um was geht's?«

Die Zwillinge wechselten zwei schnelle Blicke. Offensichtlich hatte Angus den unsichtbaren Münzwurf gewonnen. »Wir wissen, wo wir diesen Sommer einen großen Batzen Geld machen können.«

Wu steckte sich eine frische Zigarre in den Mund. Bevor er sie anzündete, fragte er: »Womit?«

»Es ist eine Art Sommerpraktikum«, antwortete Arthur.

Als die Zigarre brannte, stellte Wu fest: »Sommerpraktika werfen in der Regel kein Geld ab.«

»Dieses hier doch«, sagte Angus.

»Wo findet es statt und was ist es?« fragte Wu. »Drückt euch präziser aus.«

»Kuwait«, antwortete Angus. »Wenn der Krieg vorbei ist, nächste Woche, nächsten Monat – wann immer. Während des Wiederaufbaus wird 'ne Geldflut das Land überschwemmen, und die

Beraterfirma, von der wir gehört haben, hat sich bereits 'nen ganzen Batzen davon gesichert. Aber die Firma braucht Arbeitskräfte, amerikanische Arbeitskräfte, und sie ist bereit, dafür zu bezahlen.«

»Wie heißt die Firma?« wollte Wu wissen.

»Overby & Stallings Partner.«

Artie Wus Augen verengten sich, und sein Gesicht wurde ruhig. Kein Muskel zuckte mehr darin. Dann bewegte er die Lippen gerade genug, um sagen zu können: »Overby wie Maurice Overby?«

Arthur grinste. »Wie Onkel Otherguy, Paps.«

Agnes Wu saß vor der Frisierkommode im Zimmer des Caledonian Hotel, bürstete sich das Haar und hörte der wortwörtlichen Schilderung zu, die ihr Gatte von seinem Telefongespräch mit Quincy Durant gab.

Wu packte beim Reden seine Sachen. Er packte ganz automatisch, beinahe ohne nachzudenken, faltete zusammen, was zusammengefaltet werden mußte, und knüllte zusammen, was gewaschen werden mußte. Das landete dann alles in einer abgewetzten Lederaktentasche mit Messingbeschlägen, die sie die Gladstone und er ganz einfach die Tasche nannte.

Das Haar, das Agnes Wu bürstete, war noch immer vom blassesten Blaßgold, und um es so zu erhalten, bedurfte es nur minimaler Unterstützung von ihrem Coiffeur. Sie führte die Bürste wohl gerade zum hundertstenmal hindurch, wandte sich vom Spiegel ab, schaute Wu mit ihren großen klugen grauen Augen an und sagte: »Was war das für ein wunderbares Zusammentreffen, daß Quincy gerade in dem Moment angerufen hat.«

Nachdem er seine halbgerauchte Zigarre aus dem Aschenbecher genommen hatte, erwiderte Wu: »Wunderbare Zusammentreffen sind selten mehr als angenehme oder unangenehme kleine Ereignisse, wie sie jeden Tag passieren. Quincys Anruf war auch nichts anderes. Er hatte den Scheck von Glimm erhalten, wußte, daß wir pleite waren, und griff zum Hörer.«

Agnes Wu erhob sich von der gepolsterten Bank vor der Frisierkommode, ging zu einem Fenster, blickte hinunter auf die Princes Street mit ihrem halben Dutzend verfrorener Passanten und fragte: »Können wir uns das wirklich leisten? Princeton?«

»Das Problem stellt sich erst im August oder September. Jetzt haben wir Februar. Aber zwei Kinder gleichzeitig kann man nur dann nach Princeton schicken, wenn man in der obersten Einkommensklasse ist – und ich bin guter Hoffnung, daß wir uns im September wieder dort befinden.«

»Du zählst also auf diesen Herrn Glimm?«

»Irgendwie schon.«

»Vielleicht solltest du erst einmal herausfinden, ob das vernünftig ist.«

Wu blies einen fetten Rauchring in die Luft. »Da weiß ich einen schnelleren Weg.«

Agnes Wu drehte sich um und antwortete ihm mit einem Grinsen, das ihr Gesicht veränderte. Der unterkühlte, etwas unnahbare Ausdruck verwandelte sich in etwas Kühnes, Fröhliches und sogar ein wenig Hinterhältiges. »Cousin Duncan?« fragte sie.

»Geld kennt Geld«, antwortete Wu. »Wenn Glimm Geld hat, wird Duncan es wissen.«

»Ich sollte ihn wirklich besuchen, wo ich schon mal hier oben bin«, sagte sie. »Ich könnte mit den Kindern angeben, ihm ein bißchen Londoner Klatsch unterjubeln und herausfinden, ob er immer noch sauer auf dich und Quincy ist, weil ihr ihm nicht erlaubt habt, in die Wudu GmbH zu investieren.«

»Er hat keinen Grund, sauer zu sein. Schließlich haben wir ihn davon abgehalten, Geld in eine potentielle Bankrottfirma zu stekken.«

Bei diesem Cousin, der keinen Grund hatte, sauer zu sein, handelte es sich um Sir Duncan Goriach, den 62jährigen Chef des Goriach-Clans, der im Jahre 1984 zum Ritter geschlagen worden war, für Verdienste um die Krone – Verdienste, die hauptsächlich darin bestanden, daß er während des Ölbooms in der Nordsee für sich selbst und ein paar auserwählte Geschäftsfreunde gewaltige Profite erwirtschaftet hatte.

»Das Geld wäre Duncan egal gewesen«, sagte Agnes Wu. »Er ist der Meinung, daß du und Quincy ein aufregendes, ereignisreiches Leben führt, und davon wollte er sich ein Scheibchen aus zweiter Hand abschneiden. Ich werde ihn anrufen und mich selbst für ein verlängertes Wochenende nach Aberdeen einladen.«

»Da gibt es etwas, über das wir zuerst reden müssen.«

Agnes trat zurück vom Fenster und setzte sich gleich neben der ledernen Aktentasche auf die Bettkante. Sie verschränkte die

Hände im Schoß und legte einen zurückhaltend neutralen Ausdruck auf ihr Gesicht. Es war der Ausdruck, für den sie sich entschied, wenn sie mit schrecklichen Neuigkeiten rechnete. Während ihrer Ehe hatte sie diesen Ausdruck häufiger aufgelegt, als es ihres Erachtens wirklich nötig gewesen wäre.

Nachdem Wu einige Sekunden lang geschwiegen hatte, sagte seine Frau: »Also?«

Er blies einen weiteren Rauchring gen Zimmerdecke. »Den Jungs sind für den Sommer Ferienjobs angeboten worden.«

»Wo?«

»Kuwait.«

»Von wem?«

»Otherguy Overby.«

Der neutrale Ausdruck verschwand von Agnes Wus Gesicht. Ihr Blick verlor seine kühle Unnahbarkeit und schien sich in heißen grauen Rauch zu verwandeln. Die Stimme fiel in eine tiefere Tonlage, die es wie eine eindringliche Warnung klingen ließ, als sie sagte: »Sag bloß nicht nein. Denn sonst sind sie schneller weg als der Teufel.«

»Sie werden gehen, ganz egal, was ich dazu sage. Für sie ist Otherguy der Kronprinz des Amüsements.«

Es entstand ein weiteres kurzes Schweigen, als Agnes Wu überlegte, was jetzt zu tun wäre. Nachdem sie zu einem Entschluß gekommen war, gab sie einen Befehl aus – auch wenn es sich so anhörte, als hätte sie ihren Gatten gebeten, ihr mal eben das Salz zu reichen. Aber Wu wußte es besser, und es packte ihn ein kleines erotisches Kribbeln, als sie sagte: »Halt ihn zurück, Artie.«

Artie Wu blies einen letzten Rauchring gen Zimmerdecke und lächelte hinter ihm her. »Ich werde Otherguy nicht zurückhalten«, sagte er. »Ich werde ihn engagieren.«

5

Nur zwei Männer in der Bar des Intercontinental Hotel in Amman trugen Jackett und Krawatte, und diese beiden saßen an einem der Tische und tranken Scotch mit Wasser. Die meisten anderen Trinker waren europäische und amerikanische Korrespondenten, die sich entweder am einen Ende der langen Bar zusammendrängten oder in zurückgezogenen Zweier- und Dreiergruppen über die Tische verteilt saßen. Fast alle trugen sie paramilitärische Wüstenkleidung, und ganz offensichtlich hatten die meisten von ihnen die Klamotten per Post bei Banana Republic oder Eddie Bauer bestellt. Safarijacken oder ähnliches schienen allgemein bevorzugt zu werden.

Zusammen mit Sakko und Krawatte trug der ältere der beiden Männer einen dichten Schopf kurzgeschnittener, zinngrauer Haare und darunter ein eindrucksvoll zerfurchtes Gesicht, das ohne weiteres dem Aufsichtsratsvorsitzenden eines kleinen, hungrigen, internationalen Unternehmens hätte gehören können, das mit Esoterik und ähnlich zwielichtigen Dienstleistungen handelt. Der jüngere Jacketträger mit Krawatte hatte dunkelbraunes, mit Grau durchsetztes Haar und einen trüben Blick. Sein Mienenspiel war beherrscht. Er hätte durchaus der erste Geschäftsführer des älteren Mannes sein können, derjenige, der sich um Einstellungen, Entlassungen und Schmiergelder zu kümmern hat.

Der ältere Mann schluckte den Rest seines Drinks hinunter und ließ die Eiswürfel im Glas klingeln. Er schaute den jüngeren Mann an. »Erzähl mir das mit den Kaninchen noch mal.«

Der Mann, der etwas über die Kaninchen hören wollte, war Booth Stallings. Experte für Terrorismus, Doktor der Philosophie, Autor der *Anatomie des Terrors,* ehemaliger Berater im Weißen Haus und galt anerkanntermaßen als Anhänger des Grandseigneurstums. Er hatte das alles fünf Jahre zuvor – im Alter von sechzig Jahren – aufgegeben, um der Abenteuerlust zu frönen.

»Was für Kaninchen?« fragte Maurice Overby, der bei einigen Strafverfolgungsbehörden auch unter dem Namen Otherguy Overby bekannt war. Im Laufe der Jahre hatte Overby – mit bemerkenswertem Erfolg – immer wieder geltend gemacht, nicht er sondern ein *other guy*, ein anderer Bursche, habe all das verbrochen, weshalb die Polizisten ihn verhören wollten. Overby, der normalerweise in mehrere Unternehmungen gleichzeitig verwikkelt war, von denen einige durchaus legaler Natur sein konnten, war von Beruf ein reisender Betrüger und erfreute sich in seinen Kreisen großer Bewunderung.

Nachdem Overby jegliches Wissen um diese Kaninchen von sich gewiesen hatte, schüttelte Stallings traurig den Kopf und sagte: »Wenn du schon nichts über Steinbecks Kaninchen weißt, dann erzähl mir doch wenigstens noch mal die Geschichte von Artie Wus wunderbaren Stellenangeboten, die wir beinahe schon mit Händen greifen können.«

»Warum willst du das noch mal hören?«

»Zu meiner Beruhigung.«

In müdem Tonfall antwortete Overby: »Okay. Erinnerst du dich, wie uns hier in der Bar letzte Woche Graf von Lahusen über den Weg gelaufen ist?«

»Einen Abend mit dem Grafen von Lahusen vergißt man nicht so schnell.«

»Da hatte er bereits 'n paar intus. Wie würde es dir gehen, wenn du gerade zwei Monate in der DDR oder dem, was mal die DDR war, verbracht hättest, um Anspruch auf die Besitztümer deiner Vorfahren anzumelden, und man speist dich ab mit einem ›Sie können uns mal, Herr Graf‹?«

»Nach der zweiten Wiederholung dieser traurigen Geschichte bin ich ins Bett gegangen.«

»Und hast den besten Teil verpaßt«, sagte Overby. »Hör zu. Ich und der Graf und Artie und Durant, wir kennen uns seit vielen Jahren, und hin und wieder haben wir auch zusammen was gedreht, verstehst du?«

»Wo?«

Overby machte eine Kopfbewegung in die grobe Richtung des Südchinesischen Meeres. »Meistens da draußen«, sagte er. »Am Rand. Wo sonst? Jedenfalls erzählt mir der Graf, daß er vor 'ner Woche oder zehn Tagen in Berlin war, wo er im Hotel am Zoo gewohnt hat, und da kriegt er plötzlich 'nen Anruf von 'nem Burschen namens Enno Glimm.«

»Deutscher?«

»Was sonst, mit dem Namen?«

»Österreicher. Oder Schweizer.«

Overby ignorierte die Vorschläge. »Und dieser Glimm bittet den Grafen um seine Meinung über eine gewisse Voodoo GmbH. Zuerst glaubt der Graf natürlich, daß er einen Scheißdreck über diese Voodoo GmbH weiß, bis es ihm dämmert, daß dieser Glimm die Wudu GmbH meint, den Laden, den Artie und Durant damals in London aufgemacht haben, kurz bevor sie im 87er Markt baden gegangen sind.«

»Sie hätten ihr Geld vorsichtiger anlegen sollen – so wie du und ich.«

»Nun mal langsam«, sagte Overby. »Du hast weniger als zwanzig Tage gebraucht, um die Millionen zu machen, mit der du aus Hongkong abgezwitschert bist, und etwa achtzehn Monate, um sie wieder zu vergeigen. Zumindest den größten Teil davon. Eine Weile lang warst du auf dem Papier gut und gerne deine zwei, beinahe sogar drei Millionen wert.«

»Kalter Kaffee, Otherguy«, sagte Stalling. »Sehr kalt. Wieviel haben Wu und Durant verloren?«

»Jeder 'ne halbe Million, sagt man.«

»Da bin ich beruhigt. Jetzt kannst du mit dem fortfahren, was der Graf diesem Herrn Glimm erzählt hat.«

»Nun, von Lahusen wird weder über Artie noch über den verdammten Durant etwas Schlechtes sagen, also gibt er ihnen volle Rückendeckung. Aber Glimm reicht das noch nicht. Er will wissen, bei wem er sich noch erkundigen kann. Der Graf rät ihm, mich hier im Hotel anzurufen, und das hat er dann auch getan.«

»Und?«

»Glimm fragt mich über Artie und Durant aus, und ich frage ihn, warum er das wissen will. Natürlich denkt er nicht daran, es mir zu verraten, aber mir schwant, daß es sich um einen ziemlich dicken Fisch handeln muß. Also erzähle ich ihm, daß Wu und Durant die Besten sind – auch wenn Durant ein verdammt ungemütlicher Dreckskerl sein kann. Glimm sagt, das sei genau das, wonach er sucht, bedankt sich vielmals und legt auf. Ich überlege ein paar Minuten, und dann rufe ich Arties Zwillinge an, Arthur und Angus, in ihrer Schule in der Nähe von Edinburgh. Das ist in Schottland.«

»Danke für die Auskunft«, sagte Stallings. »Und jetzt wirst du mir sicher erzählen, warum du die beiden angerufen hast, oder?«

»Um ihnen Ferienjobs in Kuwait City anzubieten, für die Zeit nach dem Krieg, Jobs, bei denen jeder von ihnen dreitausend Dollar im Monat verdienen kann.«

»Du lieber Gott!« stöhnte Stallings.

Das Lächeln, das Overby seinem Freund Stallings jetzt schenkte, hätte eigentlich hart, berechnend, ja sogar grausam werden sollen. Statt dessen geriet es milde, beinahe freundlich und merkwürdig zufrieden. Stallings kannte dieses Lächeln und nannte es bei sich ›das Lächeln des Christen, der gleich den Löwen verschlingen wird‹.

Ein Großteil davon war noch an seinem Platz, als Overby fortfuhr: »Ich habe ihnen die Jobs unter der Bedingung angeboten, daß sie sich die Erlaubnis ihrer Familie holen, insbesondere ihrer Mutter Agnes, und deswegen wird Artie jeden Moment hier anrufen und uns einen Job anbieten.«

Stallings schüttelte langsam den Kopf. »Diesmal kann ich dir nicht ganz folgen, Overby.«

»Ist doch einfach. Die Zwillinge sind siebzehn oder achtzehn Jahre alt. Wenn sie ihren Leuten von Kuwait erzählen, dann wird die gute Agnes der Schlag treffen, und sie wird Artie, ganz ruhig und besonnen, wie es ihre Art ist, mitteilen, daß ihre Söhne um nichts in der Welt einen ganzen Sommer in den Klauen von Otherguy Overby verbringen werden.« Er schwieg, als müßte er die Logik des Gedankengangs kurz überprüfen, dann nickte er zufrieden und fuhr fort: »Natürlich könnte das alles nicht funktionieren, wenn ich nicht wüßte, wie Arties Gehirn funktioniert.«

»Und wie funktioniert es?« fragte Stallings, der sich in die Rolle des Zwischenfragers gefügt hatte.

»Artie würde seinen Jungs niemals etwas verbieten, das er in ihrem Alter gemacht hätte. Aber er muß auch dafür sorgen, daß Agnes glücklich ist. Also wird er die einzelnen Stücke ein bißchen herumschieben, bis ein neues Muster daraus wird.«

»Und eines dieser Stücke bist du.«

Overby nickte. »Und du bist auch eins. Artie wird beschließen, mich anzuheuern, und wenn er das tut, dann sage ich ihm, daß du mit zu dem Geschäft gehörst. Er wird einverstanden sein, und ich rufe die Jungs an und sage ihnen, daß der Kuwait-Job ins Wasser fällt, aber daß wir für den nächsten Sommer etwas im Auge behalten können. So werden die Jungs nicht zu enttäuscht sein, Agnes ist glücklich und Artie kauft sich ein paar Männer ein, denen er bei dem Glimm-Geschäft vertrauen kann, was immer das sein mag.«

Booth Stallings erhob sich langsam von seinem Stuhl und schaute beinahe mit Ehrfurcht auf Overby herunter. Er stand immer noch und schaute, als seine Lippen die Worte formten: »Gehirne wie deine gibt es also wirklich, ja?«

Nachdem er kurz darüber nachgedacht hatte, sagte Overby: »Ja, ich glaube ein paar davon gibt es noch.«

Um ein Uhr und acht Minuten am frühen Morgen des nächsten Tages wurde Booth Stallings durch lautes Klopfen an der Tür seines Hotelzimmers geweckt. Nachdem er die Tür geöffnet hatte, kam Overby hereingeschlendert, noch mehr Zuversicht ausstrahlend als sonst.

»Hab' gerade mit Artie gesprochen«, sagte er, ging hinüber zum Schreibtisch und schenkte sich ein paar Zentimeter von Stallings Whiskey ein.

»Und?«

»Ich fliege übermorgen nach London, und du, nun, du mußt die nächste Maschine nach Manila nehmen.«

Etwas explodierte in Stallings' Brust. Er wußte, daß es kein Herzinfarkt war, denn er verspürte keinerlei Schmerz. Er wußte auch, daß es weder Angst noch ihre böse Zwillingsschwester die Todesfurcht war, denn die kannte er beide, und nach keiner von ihnen fühlte es sich an. Aber was es auch für ein Gefühl sein mochte, es beschleunigte sein Herz auf 130 Schläge pro Minute und brachte einen seltsamen Kupfergeschmack hervor, der sich, auch wenn er gar nicht so unangenehm war, nicht herunterschlucken ließ. Und dann wußte er plötzlich, was das für ein Gefühl war, und er gab ihm den einzigen Namen, den es verdiente – wilde Vorfreude.

Nachdem ihm klargeworden war, daß Overby ihn neugierig anstarrte, sog Stallings einen tiefen Atemzug durch die Nase und räusperte sich, um sicher sein zu können, daß seine Stimme beim Sprechen nicht versagen würde. »Was gibt's in Manila?«

»Eine Erweckung aus dem Dornröschenschlaf.«

»Wessen Erweckung?«

Wieder zauberte Overby dieses Lächeln milder Berechnung auf sein Gesicht. »Georgia Blues. Artie meint, er und Durant können uns alle drei gebrauchen, dich, mich und sie.«

»Okay«, sagte Stallings, der seiner Stimme nicht mehr zutraute.

»Artie wollte wissen, ob du immer noch so 'n bißchen auf Georgia stehst. Nicht, daß es irgendwie von Belang wäre. Er war einfach neugierig. Ich hab' gesagt, ich würde dich fragen.«

Overby wartete. Als Stallings keine Anstalten machte zu antworten, sagte er: »Nun, was soll ich ihm sagen?«

»Du kannst Artie sagen, daß es ihn einen Scheißdreck angeht«, antwortete Booth Stallings.

6

Nachdem die Britische Eisenbahn für die Fahrt von Edinburgh nach London eher sieben Stunden als die in der Werbung heftig angepriesenen fünf benötigt hatte, verließ Artie Wu gegen 7.04 Uhr am Morgen mit seiner ledernen Aktentasche in der Hand die Victoria Station. Aber statt heimzufahren in das gemietete Haus in St. Johns Wood oder in das Büro der Wudu GmbH in Mayfair, ließ er sich von einem Taxi zu Durants kleiner Wohnung in Maida Vale bringen.

Mitte der siebziger Jahre hatte ein weitsichtiger Spekulant ein großes, alterndes, zweistöckiges Haus in der Ashworth Road gekauft und ausgeweidet, um es in vier sogenannte Luxuswohnungen aufzuteilen – zwei oben und zwei unten. Die oberen Wohnungen teilten sich eine gemeinsame Treppe im Haus, aber das Erdgeschoß hatte zwei separate Eingänge. Der linke führte in Durants Wohnung.

Obwohl er seit fast drei Jahren dort wohnte, wußte er kaum etwas über die anderen Mieter und hatte dem Nur-Katzen-und-kleine-Hunde-Tierarzt, einem 42jährigen Junggesellen, der das Erdgeschoß mit ihm teilte, nicht viel mehr als ›Guten Morgen‹ und ›Schöner Tag heute‹ zu sagen. Die Eheleute, die direkt über ihm wohnten – beide um die Fünfzig –, waren Durant so fremd geblieben, daß er sie auf der Straße nur erkannte, weil die Frau zwanzig Zentimeter größer war als ihr kleinwüchsiger Gatte. In der Wohnung über dem Tierarzt wohnte – die meiste Zeit allein – eine hübsche blonde Frau, aber von ihr wußte Durant nur, daß sie an jedem Wochentag exakt um fünf vor halb neun das Haus verließ und die Straße entlang zu Maida Vales U-Bahn-Station an der Elgin Avenue hastete.

Artie Wu, die Aktentasche in der Hand, zahlte das Taxi und ging durch die kleine, geschmiedete Eisenpforte und den kurzen Plattenweg entlang zu Durants Tür. Er drückte zweimal auf den Klingelknopf und zählte bis 41, bevor die Tür von einer etwa dreißigjährigen Frau geöffnet wurde, die eines von Durants blauen Oxfordhemden trug und außer dem kaum etwas. Sie musterte Wu mit einem langen, kühlen Blick und sagte: »Sie sind 'n bißchen groß, um schon so früh unterwegs zu sein.«

»Bin hier, um mir zu hol'n, was mir zusteht, Miß«, knurrte Wu in seinem gepflegtesten East-End-Akzent.

»Ich nehme an, Sie sind das Wu in Wudu«, sagte sie. »Also kommen Sie rein, bevor wir beide erfrieren.«

»Wer ist da?« rief Durant. Seine Stimme wurde von Wänden und Entfernung gedämpft.

»Ein chinesischer Gentleman«, rief sie zurück und führte Wu von der kleinen Haustür ins Wohnzimmer. »Er will dir die Kniescheiben zerschießen.«

»Gib ihm 'ne Tasse Tee«, rief Durant aus dem Schlafzimmer.

Die Frau stand da, die Fäuste in die Hüften gestemmt, die Beine gespreizt, und forderte Wu mit ihrem kühlen Blick heraus. Jetzt erst fiel ihm auf, daß sie nicht nur Durants Hemd, sondern auch ein Paar von seinen dicken, weißen Sportsocken trug.

»Ich bin Jenny Arliss«, sagte sie. »Tee?«

»Artie Wu. Mit Milch, bitte. Kein Zucker.«

»Legen Sie Tasche und Mantel irgendwohin«, forderte sie ihn auf und verschwand durch eine Schwingtür in der Küche.

Durant hatte einen großen Teil seines Lebens in Hotels verbracht, deshalb meinte Wu immer, die Wohnung in der Ashworth Road sollte eigentlich aussehen wie eine kleine, gemütlich möblierte Suite in einem betagten Hotel, das sich gerade eine neue Pullman-Küche geleistet hat. Statt dessen glich sie einem verstaubten Ausstellungszimmer eines zeitgenössischen Museums, das unter dem Motto steht: ›Wie wir in den dreißiger und vierziger Jahren gelebt haben.‹

Neunzig Prozent der Wohnzimmereinrichtung waren vor Durants Geburt hergestellt worden. Und hundert Prozent hatte sein Hauswirt ausgewählt, der weitsichtige Spekulant, der einen Eid darauf abgelegt hätte, daß der Wert der Sachen sich alle drei bis vier Jahre verdoppelte, und der sogar behauptete, ›ein paar Typen‹ zu kennen, ›die für 'n hübsches Stück 54er-Linoleum einen Mord begehen würden‹.

Der Kamin im Wohnzimmer war gefüllt mit Kohlebrocken aus Plastik, die auf Knopfdruck zu glühen anfingen. Gleich daneben stand ein Paar kastenförmiger Sessel, die mit Zebrafell bezogen waren – oder etwas, das so aussehen sollte. In Reichweite der Sessel befand sich ein eleganter Spirituosenschrank aus Chrom, Glas und Ebenholz, der, wenn man seine Tür öffnete, die ersten paar Takte des Ellington-Gershwin-Evergreens ›I Can't Get Started With You‹ spielte.

An den Wänden hingen in Postergröße schwarzweiße Kunstfotos von Paris, New York, London und Rom in den zwanziger und dreißiger Jahren. Die Tapeten wiesen graue Senkrechtstreifen in verschiedenen Breiten und Schattierungen auf. Gleich neben einer sehr langen, rosafarbenen Couch stand ein Radio aus dem Jahre 1938, um das sich während des Krieges die Familie versammeln konnte, um zu hören, wie in der westlichen Sahara der Feldzug gegen Rommel voranging.

Wu fand das Wohnzimmer ein wenig deprimierend, wie einen zu oft gehörten Witz. Durant meinte dagegen, daß es ihm gar nicht mehr auffiele.

Jetzt saßen die beiden sich in dem Sesselpaar gegenüber und warteten darauf, daß die nicht sichtbare Jenny Arliss die Wohnung durch die Vordertür verlassen würde. Nachdem sie das leise Zuschlagen gehört hatten, fragte Artie Wu seinen Partner: »Wo hast du die aufgegabelt?«

Durant schaute in das falsche Glühen des Kamins, als könnte er Ort und genaue Zeit daraus ablesen. »Vor zwei Sonntagen in der Tate Gallery, vor einem Turner«, antwortete er, ohne Wu dabei anzuschauen. »Ich weiß nicht genau, vor welchem.«

Wu trank seinen Tee aus, stellte die Tasse ab, verschränkte die Hände vor seinem Bauch und setzte ein Lächeln auf, das ihn noch gutmütiger als sonst aussehen ließ. Wie Buddha an einem wunderschönen Sommertag, dachte Durant.

»Vor zwei Sonntagen war's ziemlich ungemütlich draußen«, sagte Wu. »Erst Regen und dann Graupel, wenn ich mich recht erinnere.«

»Ich gehe gern bei schlechtem Wetter in Galerien, weil dann nicht so ein Gedränge herrscht«, sagte Durant. »Und die Frauen, die sich an solchen Tagen dort aufhalten, sind zugänglicher.«

»Einsam, meinst du.«

»Meine ich das?«

»Was macht diese Jenny Arliss?«

»Sie behauptet, für die BBC zu recherchieren«, antwortete Durant. »Aber dort hat man noch nie von ihr gehört. Ein Dutzend Anrufe später hatte ich dann herausgefunden, daß sie bei *Help!* beschäftigt ist – H-E-L-P und am Schluß ein Ausrufungszeichen.

Die Spezialität dieser Firma ist es, innerhalb kürzester Zeit hochqualifizierte Experten zur Verfügung zu stellen, die in der Lage sind, innerhalb kürzester Zeit an jeden Ort der Welt zu reisen und dort technische Dienste zu leisten. Sehr hohe Bezahlung und knochenharte Arbeit für einen oder zwei Monate – manchmal auch weniger. An *Help!* wendet man sich, wenn man in Madagaskar einen Mikrobiologen, einen Künstler in der Antarktis braucht oder ähnlich ausgefallene Wünsche hat.«

»Einen Urologen in Uruguay«, sagte Wu.

»Genau. Und das ist nicht etwa eine kleine Klitsche. Es gibt *Help!* in England, aber auch *Hilfe!* in Deutschland, *Au Secours!* in Frankreich und *Socorro!* in Spanien –, nur daß es in Spanien zwei Ausrufungszeichen hat, von denen das erste auf dem Kopf steht.«

»Ich nehme an, es gibt die Firma auch in den Staaten«, sagte Wu.

Durant nickte. »Und in Kanada, Singapur, Hongkong, Japan und Australien.«

»Und was macht unsere Jenny bei *Help!*?« wollte Wu wissen.

»Sie ist geschäftsführende Direktorin.«

»Für London?«

»Für Großbritannien.«

»Nicht schlecht«, sagte Wu.

»Das war auch meine Reaktion«, meinte Durant.

Wu zog eine Zigarre aus einer Innentasche und unterzog sie einer genauen Prüfung, bevor er Durant mit einem langen, verschmitzten Blick maß und zu ihm sagte: »Erst gestern habe ich erfahren, daß *Help!* seinen internationalen Hauptsitz in Frankfurt hat und daß sein Präsident, Aufsichtsratsvorsitzender und Hauptaktionär, alles in einem, niemand anders als unser neuer Freund Enno Glimm ist, der uns gerade gestern erst vor dem Ruin gerettet hat.«

Durant lächelte anerkennend. »Du hast mit Sir Duncan gesprochen, stimmt's?«

»Agnes hat mit ihm gesprochen.«

»Was hat Duncan gesagt?«

»Daß Glimm großes Geld ist«, sagte Wu. »Möglicherweise sogar ganz großes Geld. Duncan sagt, Glimm habe *Help!* gegründet, nachdem er eine ähnlich profitable Firma namens *Camaraderie!* ins Leben gerufen hatte. Die trägt auch ein Ausrufungszeichen am Schluß. *Camaraderie!* hat Glimm sogar erst auf die Idee gebracht, *Help!* zu gründen.«

»Und was ist *Camaraderie!* für eine Firma?«

»Ein Pauschalreise-Unternehmen für Fremdenhasser. Glimms Prämisse war – und ist es immer noch –, daß beinahe jeder Mensch seine Auslands-Ferienreise am liebsten mit Familie oder Freunden macht, und wenn das nicht geht, dann wenigstens mit Leuten, die ihm so ähnlich wie möglich sind. 1974 hat Glimm eine 727 gechartert, vielleicht war's auch 'ne 707, hat sie mit Chemiearbeitern aus Hoechst – einem Vorort von Frankfurt – vollgestopft und hat diese glücklichen Menschen an die Costa del Sol geflogen, zu einem vierzehntägigen Urlaub, der an der italienischen Adria das Doppelte gekostet hätte. Und dort, am Strand von Francos Spanien, wurde *Camaraderie!* geboren.«

»Und dann?« fragte Durant.

»Und dann ging's aufwärts mit *Camaraderie!*. Die hart arbeitende Kundschaft wurde zwar nicht vergessen, aber man fing jetzt auch damit an, besserverdienende Berufstätige zu bedienen, die sich gerne für drei Wochen nach, sagen wir mal Borneo fliegen ließen, wenn sie von ihresgleichen begleitet wurden, wenn man ihnen allen Komfort bot und die Reise sich womöglich noch von der Steuer abschreiben ließ. Also teilte Glimm sie nach ihren Berufen ein in Gruppen von Steuerberatern, Ärzten, Rechtsanwälten, Börsenmaklern, Ingenieuren und was es sonst noch alles gibt.«

»Du hast mir immer noch nicht erzählt, woher Glimm seine Idee für *Help!* hatte.«

»Während er auf diese Weise Berufstätige an Land zog, stieß Glimm auf eine andere Gruppe von Menschen – meistens unzufriedene Einzelgänger –, die lieber zum Mond geflogen wären als sich auf eine dieser Pauschalreisen schicken zu lassen. Viele von diesen Sonderlingen erzählten Glimm, daß sie nichts dagegen hätten, für ein paar Wochen, vielleicht auch für ein, zwei Monate in einem exotischen Land anzuheuern, nur die Bezahlung müßte natürlich stimmen. Und das brachte Glimm auf die Idee, *Help!* zu gründen.«

Wu hörte auf zu reden, als er merkte, daß seine Zigarre ausgegangen war. Er zündete sie wieder an, blies den Rauch nach rechts, um ihn Durant nicht ins Gesicht zu blasen. »*Help!* kann, bei Bedarf, Choreographen nach Tibet und Chorsänger nach Malaysia vermitteln – alle auf Zeit. Cousin Duncan will wissen, daß Glimm so um die fünfzehntausend Namen von Experten in seinem Rolodex stehen haben soll und bereits fette Vorschüsse von mindestens drei Dutzend internationalen Firmen kassiert hat.«

»Wenn er so viele Experten an der Hand hat, warum wendet er sich dann an uns?«

»Vielleicht ist ihm zu Ohren gekommen, daß wir die besten sind.«

»Im Aufspüren vermißter Hypnotiseure?«

Wu zuckte die Achseln. »Hast du ihn gefragt, warum er sie finden will – oder wie sie verschüttgegangen sind?«

»Darüber will er beim nächsten Treffen mit uns reden.«

»Hat er sonst noch was gesagt?«

»Nicht viel«, antwortete Durant. »Nur, daß wir die 25 000 Pfund behalten können, ob wir den Job nun übernehmen oder nicht.«

Durant gefiel es, Artie Wu dabei zu beobachten, wie er versuchte, sich die Überraschung nicht anmerken zu lassen. Selten genug bot sich die Gelegenheit, und Durant erwischte sich bei einem Grinsen, als Wu jetzt ein paarmal bedächtig mit dem Kopf nickte und dazu sanft und weise lächelte. Schließlich sagte Wu: »Was muß ich sonst noch wissen?«

»Daß Glimm ein gründlicher Mensch ist. Als er gestern hereinspaziert kam, war er bereits seit ein, zwei Wochen von Jenny Arliss mit Berichten über dich gefüttert worden. Er selbst hat sich bei Hermengildo Cruz in Manila, der inzwischen Captain ist, und bei Overby in Amman über uns erkundigt. Als ich ihn fragte, was Otherguy Overby in Amman zu suchen habe, erzählte mir Glimm, daß er zusammen mit Booth Stallings König Husseins Sicherheitssystem überprüft habe.«

»Glimm hat sich auch beim Grafen in Berlin über uns erkundigt«, sagte Wu.

»Bei von Lahusen?«

»Was kennen wir sonst noch für Grafen? Und durch ihn ist Glimm an Otherguy gekommen.«

Durant zog eine Augenbraue in die Höhe, die linke, was ihm ein mißtrauisches Aussehen gab, das exakt zu seiner Stimme paßte. »Du hast mit Otherguy gesprochen?«

Artie Wu blies einen verunglückten Rauchring nach rechts. »Ich hab' nicht bloß mit Otherguy gesprochen, ich hab' ihn angeheuert.«

Sie waren Partner, seit sie im Alter von 14 Jahren zusammen

aus einem methodistischen Waisenhaus in San Francisco getürmt waren, deshalb konnte Wu auf Durants Gesicht die Hinweise auf die aufsteigende Wut ablesen. Zuerst wurde Durant ganz still. Dann spannten sich die Lippen zu einer harten unversöhnlichen Linie. Inzwischen hatten sich auch seine Augen verengt, und wenn man ganz genau hinschaute, konnte man unter seiner Dauersonnenbräune eine ganz leichte Blässe erkennen. Aber am deutlichsten verriet ihn seine Stimme. Sie klang ganz weich und sanft, beinahe einschmeichelnd, als er sagte: »Jetzt erklär mir doch bitte, warum zum Teufel du einen solchen Schwachsinn gemacht hast, Artie.«

Zuerst seufzte Wu, dann sagte er: »Um in meiner Familie den Hausfrieden zu sichern. Otherguy hat Angus und Arthur angerufen, um ihnen Ferienjobs in Kuwait anzubieten. Für jeden dreitausend im Monat. Und Agnes – nun, eher noch dürften die beiden Banken ausrauben als Otherguy in die Hände fallen. Ich hätt's ihnen ja einfach verbieten können, aber dann wären sie jetzt unterwegs nach Amman.«

»Ich hätte dir geholfen, sie in den Keller zu sperren.«

»Ich hielt es für das beste, Otherguy hierher zu locken. Und um das zu schaffen, mußte ich ihm etwas anbieten, für das er alles stehen- und liegenlassen würde, was er in Jordanien und Kuwait am Laufen hatte.«

Durants Stimme wurde gar noch etwas sanfter, als er sagte: »Er hatte dort allen möglichen Scheißdreck am Laufen, und das weißt du.«

»Vielleicht«, räumte Wu ein. »Aber ich hab' ihm erzählt, daß wir gerade ein dickes neues Projekt an Land gezogen haben und daß wir nicht nur ihn, sondern auch Booth Stallings und – bitte verzeih mir, Quincy – Georgia Blue gebrauchen können.«

Durant wußte, wann er verloren hatte. Er lehnte sich zurück in den Sessel mit den Zebrastreifen, starrte auf einen Punkt direkt über Wus Kopf und tränkte seine Stimme in Gleichgültigkeit, als er sagte: »Wenn ich den guten Otherguy richtig einschätze, dann hat er die Zwillinge sofort nach dem Gespräch mit dem Grafen angerufen und ihnen die Jobs angeboten, weil er Agnes' Reaktion vorhergesehen hat und verdammt genau wußte, was du daraufhin tun würdest. Er hat sich selbst ins Geschäft gebracht.«

»Richtig«, sagte Artie Wu. »Glaubst du, ich wüßte nicht, wie Otherguys Gehirn funktioniert?«

»Doch, doch«, gab Durant zu. »Und was passiert nun mit Otherguy und Co., wenn wir den Glimm-Job nicht übernehmen?«

»Wir müssen ihn übernehmen«, erwiderte Wu und fügte nach einer Pause hinzu: »Ist dir das nicht klar?«

Nach einem kurzen Zögern nickte Durant und sagte: »Okay, ich kann mit Otherguy arbeiten und ihn gleichzeitig im Auge behalten. Und mit Booth komme ich einigermaßen zurecht. Aber Georgia mußt du mir erst noch schmackhaft machen.«

»Ich weiß nicht, ob ich das kann«, sagte Wu. »Sie hat mir vor ein paar Wochen einen Brief geschrieben. Sie soll aus dem Frauengefängnis auf Luzon entlassen werden.«

»Dem Knast in Mandaluyong?« fragte Durant. »Wann?«

Beim Versuch, sich daran zu erinnern, schaute Wu an die Decke. »Entweder morgen oder übermorgen. Ihr Brief war offensichtlich herausgeschmuggelt und in San Francisco aufgegeben worden. Sie hat mit Aquinos Gegnern ein Abkommen getroffen. Die haben eingewilligt, sie herauszuholen, dafür muß sie ihnen alles geben, was wir sechsundachtzig besorgt haben, und was bei den 92er-Wahlen noch peinlich für die Aquino und ihre Freunde werden kann.«

»Politischer Sprengstoff«, meinte Durant.

Wu nickte. »Ich nehme an, Georgia hat 'ne Menge Zeug zusammengetragen – jedenfalls genug, um ihre Freilassung zu sichern. In ihrem Brief fragt sie nach Jobs, Kontakten – allem, was ihr wieder auf die Beine helfen könnte.« Er zögerte. »Ich hab' den Brief nicht beantwortet.«

»Statt dessen hast du sie einfach eingestellt und Booth mit der frohen Kunde nach Manila losgeschickt.«

Wu studierte seine Zigarre und erwiderte: »Vielleicht glaube ich doch noch an Vergebung. Oder will zumindest dran glauben.«

»Weißt du, wie ich Georgia im Gedächtnis behalten hab'?« fragte Durant, und seine Stimme klang wieder ganz sanft und weich und überhaupt ziemlich unheilvoll. »Wir sind auf dieser Hongkong-Fähre. Sie steht in halbgebückter Secret-Service-Stellung vor mir, die Kanone vorschriftsmäßig im zweihändigen Griff und direkt auf mich gerichtet. In weniger als einer Sekunde wird sie den Abzug durchdrücken und mich wegpusten. So habe ich Georgia Blue im Gedächtnis behalten – wenn überhaupt.«

Wu nickte, formte einen neuen Rauchring, sagte aber nichts. Durants Stimme klang wieder ganz normal, als er sagte: »Okay, du hast sie angeheuert. Aber erwarte nicht, daß ich ihr vertraue. Niemals.«

Nach einem düsteren Kopfnicken hellte Wus Miene sich auf. »Wie wär's, wenn wir sie mit Booth Stallings ein Team bilden lassen?«

»Steht der immer noch auf sie?«

»Das hab' ich Otherguy auch gefragt«, antwortete Wu. »Und kurz bevor ich gestern zum Bahnhof aufgebrochen bin, hat er mich aus Amman angerufen, um mir eine Nachricht von Booth zu übermitteln. Die Nachricht lautete: ›Sag Artie, daß ihn das einen Scheißdreck angeht!‹«

»Dann steht er immer noch auf sie«, meinte Durant.

7

Weder Wu noch Durant waren erstaunt darüber, daß Enno Glimm zu der Zwei-Uhr-Verabredung in Begleitung von Jennie Arliss erschien.

Durant sagte nur zu Wu: »Jenny hast du ja bereits kennengelernt.« Dann stellte er ihm Glimm vor. Sie standen alle zusammen in dem Raum, den Glimm ihr hübsches, kleines Empfangszimmer genannt hatte. Nachdem alle miteinander bekannt gemacht waren, übernahm Wu das Kommando und führte die anderen in das Büro, hinüber zu dem zweieinhalb Meter langen Tisch aus Walnußholz, der sowohl als Schreib- wie auch gelegentlich als Konferenztisch diente.

Miß Belle Hazlitt, Wudus Büroleiterin, Empfangsdame, Sekretärin, Buchhalterin und Protokollchefin, hatte vier Tischkärtchen mit hübscher Handschrift ausgefüllt und wie kleine Zelte aufgestellt. Miß Hazlitt, die auf das Miß bestanden hatte, als man sie vor drei Jahren einstellte, war weder hübsch noch klein – wie Enno Glimm vermutet hatte –, sondern eine stattliche, gepflegt gekleidete Dame von 66 Jahren, die fünfunddreißig Jahre ihres Lebens damit verbracht hatte, einer nicht näher bestimmten, vielleicht sogar geheimdienstlichen Tätigkeit im Außenministerium nachzugehen, bevor sie mit 62 Jahren pensioniert worden war. Aber es wurde ihr bald langweilig, also antwortete sie auf eine Chiffreanzeige in der Londoner *Times*, mit der man eine ›flexible Perfektionistin‹ suchte – Artie Wus Formulierung –, und fünf Minuten nach Beginn des Bewerbungsgesprächs war sie bereits eingestellt.

Miß Hazlitt absolvierte bei bester Laune Zwölf-Stunden-Tage, wenn es nötig war, aber nicht minder gutgelaunt tat sie auch tage- oder sogar wochenlang überhaupt nichts, wenn Wu und Durant geschäftlich unterwegs waren. Die Mußestunden verbrachte sie mit der Lektüre amerikanischer Romane, wobei es ihr diejenigen besonders angetan hatten, die vor dem brodelnden Hintergrund des tiefen Südens spielten. Immer wenn die Wudu GmbH mal knapp bei Kasse war und ihr Gehalt nicht bezahlen konnte, blieb Miß Hazlitt zu Hause und kam erst dann wieder zur Arbeit, wenn Wu oder Durant sie davon überzeugen konnten, daß frische Gelder auf dem Firmenkonto eingetroffen waren.

Zufrieden damit, daß alles in dem großen Büro so war, wie es sein sollte, schloß Miß Hazlitt leise die Tür und nahm einen Roman über einen Anwalt mittleren Alters aus dem Savannah der dreißiger Jahre zur Hand, einem Mann, der an gebrochenem Herzen litt.

Hinter jedem Tischkärtchen waren Flaschen mit Evian-Mineralwasser und Dortmunder Bier sowie getrennten Gläsern für beides aufgebaut. Bei Bedarf standen für später Teetassen bereit, und rechts neben jedem Tischkärtchen stand ein Aschenbecher, nur nicht neben Durants, weil er das Rauchen aufgegeben hatte. Der ovale Tisch war mit einem selten benutzten, grünen Flanell-Tischtuch bedeckt, einer von Miß Hazlitts ersten Anschaffungen. Zwei frisch gespitzte Bleistifte lagen auf jedem der vier unlinierten Notizblöcke bereit.

Jenny Arliss schien eher amüsiert als überrascht darüber zu sein, daß sie auch ihren Namen auf einem der Kärtchen fand. Sie schaute hoch zu Durant, lächelte und sagte: »Seit wann weißt du, daß ich bei *Help!* bin?«

»Seit dem Tag nach unserer Begegnung in der Tate-Galerie. Wenn du das nächste Mal geheimnisvolle Dame spielst, dann solltest du deinen richtigen Namen aus dem Spiel lassen.«

»Und ich hab' mich immer für eine gute Lügnerin gehalten.«

»Du bist auch nicht schlecht«, sagte Durant.

Nachdem er Durant und der Arliss mit halbem Ohr zugehört hatte, wandte sich ein offensichtlich ungeduldiger Glimm an Wu und sagte: »Können wir uns in Gottes Namen nicht endlich hinsetzen und anfangen?«

»Sicher«, erwiderte Wu, zog seinen eigenen Stuhl unter dem Tisch hervor und wartete, bis die anderen Platz genommen hatten. Nachdem alle saßen, nahm Wu zwischen Glimm und Jenny Arliss Platz. Wu lächelte ihr zu, dann wandte er sich an Glimm und sagte: »Ich würde vorschlagen, Sie erzählen uns Ihr Problem, und wir sagen Ihnen, was wir – falls überhaupt – für Sie tun können.«

»Ich wäre nicht hier, wenn Sie nichts tun könnten.«

»Sie dürfen uns nicht überschätzen«, warnte ihn Durant.

»Hören Sie«, sagte Glimm, »es ist mein Geschäft, niemanden zu überschätzen. Aber bevor wir zu mir und meinem Problem kommen, würde ich euch beide gerne etwas fragen.«

»Bitte«, forderte Artie Wu ihn auf.

»Als was bezeichnet ihr euch? Ich meine, wenn jemand zu mir sagt: ›Ich besorge mir bei der Voodoo GmbH die und die Leute‹, dann ist das nicht unbedingt eine präzise Beschreibung von eurem Unternehmen, vor allem deshalb nicht, weil ihr zwei euch auf Mundpropaganda verlaßt.«

»Nicht übermäßig präzise«, stimmte Durant ihm zu.

Glimm zog die Stirn in Falten, dann wandte er sich wieder an Wu: »Und seid bitte nicht sauer, daß ich eure Firma immer falsch ausspreche. Ich hab' mal damit angefangen, und jetzt platzt es eben so aus mir raus. Aber nun zurück zu euch beiden. Ich weiß, daß ihr keine private Ermittlungsagentur seid. Und für Gangster habt ihr zuviel laufende Kosten. Vielleicht ist es Industriespionage, aber das soll doch so schrecklich langweilig sein. Also, wie seht ihr euch? Als hochbezahlte Laufburschen? Nichtkämpfende Söldnertruppen? Schon von Geschäfts wegen muß ich jeden in eine Schublade tun, und wenn ich das nicht kann, hab' ich 'nen Bammel vor ihm.«

»Einen Bammel?« fragte Durant.

»Ja, es macht mich ausgesprochen fickerig.«

»Trete ich Ihnen zu nahe«, sagte Wu, »wenn ich Sie frage, wo Sie Ihr Englisch gelernt haben?«

»Gleich. Zuerst die Beschreibung Ihrer Arbeit.«

»Die Wudu GmbH«, sagte Wu langsam, »ist eine straff geführte Gesellschaft mit beschränkter Haftung, die für andere das tut, was sie selbst für sich nicht tun können.«

»Für Geld«, fügte Glimm hinzu.

»Natürlich.«

»Und wenn ihr es nicht für das verdammte Geld tun würdet«, sagte Glimm, »dann könntet ihr euch Heilige nennen.«

»Da wir aber Gebühren erheben«, erwiderte Wu und strahlte dabei, »könnte man uns doch für professionelle Altruisten halten.«

»Ich werd' mir Mühe geben«, erwiderte Glimm, zögerte und fragte dann: »Und jetzt wollt ihr wissen, wo ich mein Amerikanisch gelernt hab'? In Frankfurt hab' ich's gelernt. Nicht weit entfernt von einem großen PX, und einen Katzensprung entfernt vom Gebäude der I.G. Farben mit seinen lustigen Paternostern, das eure Luftwaffe bei den Bombardements vergessen hat. Über die Gründe woll'n wir jetzt nicht mehr diskutieren. Das sind alte Kamellen.«

»Sehr alte«, stimmte Durant ihm zu.

Glimm schenkte sich ein Glas Bier ein, probierte einen Schluck und sagte: »Meine Mutter arbeitete nach dem Krieg als Hausmädchen und Putzfrau bei Offizieren der amerikanischen Armee und später bei Zivilpersonal. Bei so vielen GIs um mich rum wuchs ich zweisprachig auf. Mein Alter war entweder ein amerikanischer Captain, ein Lieutenant oder vielleicht auch ein Sergeant beim Stab. Mama hat es nie mit letzter Sicherheit sagen können. Ich wurde Ende 46 geboren, als sie gerade zwanzig war und alle eventuellen Väter bereits in die Staaten zurückgekehrt waren.«

»Haben Sie jemals versucht, ihn ausfindig zu machen?« fragte Wu.

»Wozu?«

»Aus Neugier.«

»So neugierig bin ich nicht. Falls Sie es vergessen haben sollten, 1946 war ein hartes Jahr für uns Deutsche, und meine Mutter tat alles, um uns vorm Verhungern zu bewahren. Und wenn dieses ›alles‹ nicht auch eine bestimmte Form der Verbrüderung mit den Amerikanern eingeschlossen hätte, wären wir womöglich verhungert. Sie ist jetzt fünfundsechzig und lebt in Hamburg, aber die Winter verbringt sie in Spanien oder in Florida. Vor ein paar Jahren hat sie's mal mit Hawaii versucht, und dort gefiel's ihr auch ganz gut. Also, das bin ich, Enno Glimm, ein stinkreicher Bastard.« An Wu gewandt, fügte er schnell hinzu: »Was ist das eigentlich für ein Quatsch, daß Sie der chinesische Thronfolger sein sollen?«

Bevor Wu antworten konnte, sagte Jenny Arliss: »Mr. Wu hat einen gut begründeten, wenn auch bescheidenen Anspruch auf den chinesischen Kaiserthron.«

Glimm, der immer noch Wu anstarrte, sagte: »China wird nie wieder einen Kaiser haben.«

»Das kann man nur hoffen«, meinte Wu.

Durant lehnte sich vor und stützte die Ellbogen auf den Tisch, den Blick auf Glimm gerichtet. »Okay, und jetzt erzählen Sie uns, was Sie erledigt haben wollen, und wir sagen Ihnen, ob wir's für Sie erledigen können. Wenn nicht, dann trinken wir alle noch einen zum Abschied.«

Glimm wandte sich an Jenny Arliss und sagte: »Erzähl du's ihnen.«

Sie überlegte einen Moment, zog die Stirn in Falten, als finde sie nicht die richtigen Worte, dann sagte sie: »Wir möchten, daß Sie zwei britische Hypnotiseure finden, die in Kalifornien verlorengegangen sind.«

Es entstand ein kurzes Schweigen, währenddessen Wu und Durant es vermieden, sich anzuschauen. Schließlich nickte Wu, lächelte und antwortete: »Warum sollte sich das nicht machen lassen?«

8

Jenny Arliss berichtete, daß die beiden vermißten Hypnotiseure, Hughes Goodison, 32, und seine Schwester Pauline, 27, eher zufällig in das Gewerbe des Hypnotisierens geschlittert seien.

»Ihre Begeisterung dafür entdeckten sie auf einer Party«, sagte sie. »Hughes war damals 25, ein Buchhalter, und seine fünf Jahre jüngere Schwester Pauline arbeitete als Sekretärin. Sie wohnten zusammen in einer Wohnung in Hammersmith, die ihnen ihre Eltern vererbt hatten. Die waren beide im Jahr zuvor während eines Urlaubs auf Malta an einer Lebensmittelvergiftung gestorben.«

»Botulismus«, fügte Glimm hinzu. »Jemand hatte vergessen, die Milch zu kochen.« Artie Wu machte sich eine sorgfältige Notiz auf seinem Block: ›Zigarren besorgen.‹

»Auf dieser Party«, fuhr die Arliss fort, »versetzte ein Hobby-Hypnotiseur die Leute in Trance und trug ihnen auf, alberne Dinge zu machen, wie Hunde zu bellen, wie Hähne zu krähen oder zu miauen wie Katzen. Alberner, harmloser Blödsinn.«

»Und das faszinierte die Goodisons?« fragte Durant.

»Natürlich nicht. Was sie faszinierte war die Tatsache, daß sie selber so willige Subjekte waren. Der Hobby-Hypnotiseur sagte zu ihnen, er hätte noch nie mit sensibleren Leuten gearbeitet.«

»Man kann niemanden gegen seinen Willen hypnotisieren«, sagte Glimm und schaute Wu an, als warte er darauf, daß der sich wieder eine Notiz machen würde. Wu gehorchte, indem er auf seinen Block schrieb: ›Booth in Manila anrufen.‹

Jenny Arliss berichtete weiter, daß Bruder und Schwester so fasziniert von ihrer neuen Marotte waren, daß Hughes Goodison sich sogleich ein Buch über das Thema Hypnose besorgte. »Es war eine von diesen leichtverständlichen, simplifizierten Darstellungen, so in der Art: ›Wie hypnotisiere ich meine Freunde?‹ Zuerst übten sie an sich selbst, dann an ihren Kumpeln, und sie stellten fest, daß sie wirklich ziemlich gut waren. Sie belegten sogar einen Kursus und begannen damit, Bücher von anerkannten Autoren zu lesen, solchen wie, nun, Estabrook war einer, und dann Moodie und Gilla und Fromm und, richtig, und Shor.«

»Das ist 'n Gedächtnis, was?« sagte Glimm.

»Bemerkenswert«, lobte Durant.

Kurz nachdem die Goodisons mit ihrem Kursus begonnen hatten, berichtete die Arliss weiter, habe Hughes sich danach erkundigt, wie man es zum diplomierten Hypnotiseur bringen könne, und dabei habe er erfahren, daß die Bestimmungen außergewöhnlich lax waren. Außerdem erfuhr er von Hypnoseschulen, deren Ausbildungskurse nur vierzig Stunden dauerten – und anschließend noch sechzehn Stunden Praxisarbeit unter Supervision. Er und seine Schwester konnten die Kurse sogar abends besuchen, und als sie schließlich alles absolviert hatten, durften sie sich als konzessionierte Hypnotiseure niederlassen.

»Und das taten sie dann auch«, sagte die Arliss.

»Erzähl ihnen von dem Trick«, forderte Glimm sie auf.

Sie nickte. »Ja. Ihr Trick, wie Mr. Glimm es nennt, war die Eröffnung einer Klinik, in der man schlank werden und das Rauchen aufhören konnte – nur, daß sie es nicht Klinik nannten. Sie nannten es einen Workshop, und ihre Erfolgsquote lag – wie in fast allen diesen Einrichtungen – bei fünfzehn bis zwanzig Prozent, wenn überhaupt so hoch. Aber man stellt natürlich nur Erfolge heraus und nicht Fehlschläge, und auf dem Gebiet der Selbstdarstellung machte Hughes und Pauline niemand etwas vor. Sie erarbeiteten einen halbwegs witzigen Vortrag mit anschaulicher Darstellung, waren klug genug, ihn auf fünfzehn Minuten zu beschränken, und stellten ihn Gruppen Berufstätigen zur Verfügung, die sich wöchentlich oder monatlich trafen. Sie garnierten ihre Bühnenshow – und so muß man das Ganze wohl nennen – mit großzügigen Einlagen von Psychogeschwätz und jeder Menge Publikumsbeteiligung. Pauline entwickelte ein besonderes Geschick darin, diejenigen aus dem Publikum herauszupicken, die leicht zu hypnotisieren waren.«

»Raffiniertes Duo, was?« sagte Glimm.

»Aber bis jetzt noch im kleinen Stil«, bemerkte Durant.

»Warten Sie nur ab.«

»Die große Chance klopfte an ihre Tür«, fuhr die Arliss fort, »als eine Kriminalpolizistin, eine sehr starke Raucherin, zu einem der Treffen für weibliche Berufstätige kam. Ich weiß nicht mehr genau zu welchem.«

»Spielt auch keine Rolle«, sagte Glimm.

»Die Polizistin meldete sich für das Nikotinentwöhnungsprogramm der Goodisons an, und dabei machte sie noch den Witz, daß sie die beiden wegen Betrugs festnehmen würde, wenn sie ihr das Rauchen nicht abgewöhnen könnten. Aber schon nach zwei Sitzungen hörte sie mit dem Rauchen auf, offensichtlich für immer.«

»Warum offensichtlich?« fragte Wu.

»Weil ich sie seit mehreren Monaten nicht gesehen habe. Die Polizistin arbeitete an einem Fall von Vergewaltigung, als sie die Goodisons kennenlernte. Das Opfer war ein siebenjähriges Mädchen, das einen traumatischen Gedächtnisverlust davontrug und nicht mehr sagen konnte oder wollte, wer über sie hergefallen war, obwohl die Polizistin ihren Onkel Ned in Verdacht hatte.«

Jenny Arliss schenkte sich etwas Evian-Wasser in ein Glas, trank einen kleinen Schluck und fuhr fort: »Inzwischen hatte die Polizistin sich mit den Goodisons angefreundet, und sie fragte die beiden, ob sie schon viel mit Kindern gearbeitet hätten. Sie sagten daraufhin, Kinder seien häufig die empfänglichsten Subjekte – was natürlich keine Antwort auf die Frage war. Dann fragte die Polizistin, ob sie bereit seien, ein siebenjähriges Vergewaltigungsopfer zu hypnotisieren, das unter traumatischem Gedächtnisverlust leide. Jetzt mußte Pauline eingestehen, daß sie noch nie so etwas gemacht hatten. Aber natürlich waren sie gerne bereit, in jeder erdenklichen Weise mit der Polizei zusammenzuarbeiten.«

»Du gehst viel zu sehr in die Einzelheiten«, kritisierte Glimm.

»Ich höre gerne alle Einzelheiten«, sagte Wu und lächelte der Arliss aufmunternd zu.

Sie trank noch einen Schluck von ihrem Wasser. »Die Polizistin hatte inzwischen eine Art wortlose Freundschaft mit dem siebenjährigen Mädchen angeknüpft, das seit der Vergewaltigung kein Wort mehr gesprochen hatte. Aber manchmal nickte sie oder schüttelte den Kopf, wenn die Polizistin sie etwas fragte, und das war mehr, als sie für ihre Eltern oder sonst jemanden tat. Nachdem die Frau sich nun die Erlaubnis der Eltern eingeholt hatte, erklärte sie dem Kind alles ganz genau, dann ging sie zu ihren Vorgesetzten und erzählte ihnen, was sie im Sinn hatte. Nach einem kleinen bürokratischen Hickhack wurde beschlossen, den Goodisons einen Versuch zu gestatten, allerdings nur in Gegenwart eines Arztes.«

»Ich dachte immer, in den Großstädten hätte die Polizei ihre eigenen Hypnotiseure«, sagte Durant.

»Hat sie auch«, bestätigte Jenny Arliss. »Aber das sind alles männliche Beamte. Pauline hypnotisierte jedenfalls das Kind – mit Unterstützung ihres Bruders –, und die Kleine erlangte Sprache und Gedächtnis zurück und nannte prompt ihren Vater als ihren Vergewaltiger.«

»Nicht schlecht«, sagte Wu, weil Jenny Arliss eine Pause einlegte, als wartete sie auf Kommentare oder Ausrufe des Erstaunens.

»Und dann?« fragte Durant.

»Und dann ließ jemand die ganze Geschichte durchsickern«, antwortete sie. »Die Polizei weiß heute noch nicht, wer das war, aber ich hatte von Anfang an Hughes in Verdacht. Es war ein Festessen für die Revolverblätter. Hypnotisierter Fratz behauptet: Daddy hat mich vergewaltigt. In dem Stil. Der Name des Fratzes und der Eltern wurde erst sehr viel später bekannt. Aber die Namen von Hughes und Pauline standen groß in den Zeitungen, und daraufhin hab' ich zugeschlagen und sie einkassiert.«

»Wann ist das alles passiert?« wollte Wu wissen. »Vor ein paar Jahren?«

»Ja. Seitdem haben die Goodisons vier weitere Schlankheits- und Schluß-mit-dem-Rauchen-Workshops eröffnet, und die Polizei hat sie wiederholt konsultiert, und sie haben jede Menge Interviews gegeben und sind unzählige Male im Fernsehen aufgetreten.«

»Und Sie sind was – ihre Agentin?« fragte Durant.

»Nein, *Help!* hat sie ausschließlich für gelegentliche Aufgaben im Ausland engagiert. So engagieren wir alle unsere Klienten. Wir verlangen nie eine Gebühr von ihnen und nehmen auch keine Prozente vom Honorar. Die Gebühren bezahlt bei uns immer nur der Auftraggeber.«

»Und wie hoch liegen die?« fragte Wu.

»Noch mal zusätzlich fünfundzwanzig Prozent von dem, was unser Klient bekommt«, erklärte Glimm.

»Klingt einträglich«, meinte Wu, öffnete eine Flasche Bier, schenkte sich etwas in ein Glas und trank einen Schluck, bevor er fortfuhr: »Und jetzt würde ich gerne etwas über Kalifornien hören – und wie die Goodisons verschüttgegangen sind.«

»Okay«, sagte Glimm. »Aber zuerst möchte ich Ihnen zwei Namen nennen. Sollten Sie sie kennen, würde uns das 'ne Menge Zeit und Erklärungen ersparen. Die Namen lauten Ione Gamble und William A. C. Rice der Vierte. Läuten irgendwelche Glocken?«

Durant erwiderte: »Geprellte Schauspielerin ermordet Milliardär, behauptet die Polizei.«

»Und was ist mit Ihnen?« sagte Glimm zu Wu. »Sind Sie auch auf dem laufenden?«

»Bin ich«, antwortete Wu. »Wäre ja auch gar nicht einfach, nicht auf dem laufenden zu sein.«

»Dann wissen Sie auch, daß die Frau behauptet, einen Rausch mit Blackout gehabt zu haben und sich an nichts mehr zu erinnern. Darüber wissen Sie Bescheid, oder?«

»Wissen wir«, bestätigte Durant.

»Und haben Sie auch von ihrer Strategie erfahren?«

»Was für Strategie?« fragte Wu.

»Sie sucht einen geeigneten Strafverteidiger«, antwortete Glimm. »Sie hat sie alle einfliegen lassen, Burschen mit ausgezeichnetem Ruf. Und dann hat sie einen aus Washington D.C. ausgewählt, jemanden, den sie für den klügsten Mann hält, der ihr je über den Weg gelaufen ist, und da muß ich ihr zustimmen. Sie hat Howard Mott ausgewählt. Kennen Sie ihn?«

Wu schaute Durant an, und dann sagte er: »Ich glaube nicht, daß wir dem schon mal begegnet sind, oder?«

»Nein«, antwortete Durant. »Noch nie.«

»Aber Sie wissen, wer er ist?« fragte Glimm.

Wu nickte.

»Nun, Mott und ich, wir hatten schon geschäftlich miteinander zu tun, also war ich nicht besonders erstaunt, als er mich anrief. Ich war in Frankfurt, er in L. A., Santa Monica. Er stellte sich mir als Anwalt von Ione Gamble vor und bat mich, ihm von Hughes und Pauline Goodison zu erzählen. Also riet ich ihm, Jenny hier in London anzurufen – oder ich würde sie bitten, ihn anzurufen. Mott sagte, er sei sehr in Eile, also gab ich ihm Jennys Nummer, und er rief sie an. Sie wird Ihnen berichten, was dann passierte.«

Durant und Wu schaute Jenny Arliss an. Sie starrte Wu an, dann ließ sie den Blick hinüber zu Durant schweifen: »Mr. Mott rief bei mir an und quetschte mich eine halbe Stunde oder länger über die Goodisons aus. Ich gab ihm ein paar Telefonnummern, unter anderem die der Londoner Polizei. Zwei Stunden später rief er zurück und sagte, er würde gerne die Goodisons engagieren, damit sie Ione Gamble dabei helfen, sich wieder zu erinnern. Ich war neugierig, warum er gerade auf sie gekommen war, wo es doch gerade im südlichen Kalifornien nur so von Hypnotherapeuten wimmelt, angesehenen und weniger angesehenen. Also fragte ich ihn.«

»Was hat er geantwortet?« wollte Durant wissen.

Einen Augenblick schaute sie zur Seite, um einen Blick auf das Porträt von Agnes Wu und den beiden Zwillingspaaren zu werfen. Dann kehrte ihr Blick zurück zu Durant, und sie sagte: »Mr. Mott wollte einen Hypnotiseur – in diesem Fall ein Paar – engagieren, deren absolute Diskretion garantiert wäre. Er fragte mich, ob *Help!* für das Schweigen oder die Diskretion der Goodisons garantieren könne. Ich antwortete ihm, daß wir natürlich für die Diskretion aller unserer Spezialisten einstehen würden. Danach handelten wir noch ein Honorar aus und . . .«

Durant unterbrach sie: »Was meinen Sie damit, Sie ›stehen dafür ein‹?«

»Sie meint damit, daß wir für jeglichen Verlust haften, den Ione Gamble durch die Arbeit der Goodisons erleiden könnte«, erklärte Glimm. »Und das könnte ein ganz schöner Batzen werden.« Er schwieg einen Moment, um Wu anzuschauen. »Deshalb will ich, daß die beiden gefunden werden.«

Nach einem zuversichtlichen Kopfnicken wandte Wu sich wieder an die Arliss: »Sie waren beim Honorar stehengeblieben.«

»Ich rief Hughes an«, sagte sie, »und fragte ihn, ob er und Pauline nicht Lust hätten, nach Los Angeles zu fliegen und Ione Gamble für hunderttausend Dollar plus Spesen zu hypnotisieren. Er wäre beinahe ohnmächtig geworden, aber dann nahm er natürlich an, und am nächsten Tag flogen sie los.«

»Und dann?« fragte Wu.

»Eine Woche später erhielt ich einen Anruf von Mr. Mott, der mir mitteilte, daß die Goodisons drei Sitzungen mit Ione Gamble abgehalten hätten. Nach der dritten Sitzung hatten sie Mr. Mott um zwei Uhr nachts angerufen und ihm gesagt, sie hätten ein wichtiges Problem mit ihm zu besprechen, über das sie am Telefon keine Auskunft geben wollten. Mott erwiderte, sie sollten ganz ruhig bleiben, er würde sofort rüberkommen. Er wohnte im Santa Monica Hotel und die beiden im Bel-Air Hotel. Soviel ich weiß, dauert es im Normalfall zwanzig bis fünfundzwanzig Minuten, um vom einen zum anderen zu kommen. Mr. Mott schaffte es in weniger als zwanzig. Aber die Goodisons waren bereits verschwunden.«

»Hat man seitdem wieder etwas von ihnen gehört?« fragte Wu.

»Mott hat einen Anruf vom Bruder erhalten«, antwortete Glimm. »Er sagt, es sei nur dummes Geschwätz gewesen.«

»Also, was beunruhigt Sie? Daß es um Erpressung gehen könnte?« fragte Durant.

»Genau«, sagte Glimm.

»Es gibt keinen Beweis dafür«, meinte Wu.

»Und trotzdem«, erwiderte Glimm. »Schauen Sie«, fuhr er fort, »vielleicht sind sie Erpresser, vielleicht auch nicht. Vielleicht sind sie auch entführt worden, und jemand anders ist der Erpresser. Und so könnten wir den ganzen Nachmittag damit verbringen, uns weitere Möglichkeiten auszudenken. Aber das sind keine Antworten, oder?«

»Und wenn's nun Erpressung ist«, sagte Wu, »wer muß dann zahlen – Sie oder die Gamble?«

»Ich.«

»Sie könnten sich da herauswinden«, meinte Durant.

»Sicher«, antwortete Glimm, »aber das würde sich herumsprechen, meinen Sie nicht auch? Ich würde alle meine Kunden verlieren, und dann würde ich mir für den Rest meines Lebens in den Hintern treten, weil ich mit 'ner lächerlichen Million Dollars geknausert hab'. Und während der Pausen, die ich meinem Hintern gönnen würde, müßte ich mit meinen Anwälten darüber reden, wie ich mich um die Zahlung von zehn oder fünfzehn Millionen Dollar herumdrücken könnte, auf die Ione Gamble mich verklagen würde. Aber ich will nichts von all dem tun, und deshalb engagiere ich eure Firma.«

»Um die Goodisons zu finden«, sagte Wu.

Glimm nickte lebhaft. »Tot oder lebendig oder von beidem ein bißchen.«

»Wie denkt Howard Mott darüber?« fragte Durant.

»Es spielt keine Rolle, wie er darüber denkt«, erwiderte Glimm. »Wichtig ist, was ich denke. Mott ist ihr Verteidiger. Er wird dafür bezahlt, sie für unschuldig zu halten. Mir ist es schnuppe, ob sie unschuldig ist oder nicht. Mir geht es darum, daß die Goodisons gefunden werden. Und was mich betrifft, so ist die Zeit der Ratespiele vorbei. Ich will, daß ihr Jungs nach Kalifornien fahrt, und ich will, daß ihr sie entweder findet oder herausfindet, was mit ihnen passiert ist. Wenn euch das glückt, dann ist vielleicht noch nicht alles verloren.«

»Dann würde ich vorschlagen, daß wir jetzt über Geld reden«, sagte Wu.

»Nur zu. Reden Sie.«

»Sie übernehmen alle Unkosten.«

»Wenn sie einzeln ausgewiesen werden.«

»Bei manchen wird das der Fall sein, bei anderen nicht.«

Glimm dachte kurz über Wus Erklärung nach, dann nickte er und sagte: »Soweit bin ich einverstanden.«

»Unser Honorar beträgt siebenhundertfünfzigtausend, unabhängig vom Ergebnis«, sagte Durant.

»Zweihundertfünfzigtausend sofort, dieselbe Summe nach zwei Wochen noch einmal und der Rest, wenn alles vorbei ist. Und sollte Ihre Firma ohne Schaden aus dieser Sache hervorgehen, beanspruchen wir einen garantierten Bonus von noch einmal zweihundertfünfzigtausend.«

»Dollar oder Pfund?« fragte Glimm.

»Dollar.«

»Der Bonus würde das Ganze auf eine Million aufrunden. Aber ich habe in meinem ganzen Leben noch keinen Bonus gezahlt, und ich werde nicht gerade bei euch beiden damit anfangen. Ich bezahle meine Leute gut, aber wenn sie nicht liefern, sind sie raus. Dasselbe gilt für euch. Ich werde euch jetzt zwohundertfünfzigtausend zahlen und noch mal dieselbe Summe in zwei Wochen, und sollte ich ohne Flecken auf der Weste aus dieser Geschichte rauskommen, dann kriegt ihr die letzten zweihundertfünfzigtausend. Aber wenn mein Ruf Schaden nimmt, dann bleibt's bei den fünfhunderttausend – plus der fünfundzwanzigtausend Vorschuß. Und das ist mein letztes Wort. Ja oder nein?«

»Ich denke, ja«, sagte Wu. Durant nickte bloß.

Glimm schaute Jenny Arliss an. »Du schreibst ihnen einen Scheck über die zwohundertfuffzig Riesen aus.«

»Wir fliegen morgen nach Kalifornien ab, also hätten wir ihn gerne noch heute nachmittag«, sagte Wu.

Arliss schaute auf ihre Uhr. »Dann sollten wir beide uns ein Taxi zu meinem Büro nehmen.« Sie schob ihren Stuhl zurück und erhob sich.

Artie Wu, der wieder über das ganze Gesicht strahlte, erhob sich ebenfalls und kam eilig um den Tisch herum, um Jenny Arliss in den Mantel zu helfen.

»Diese Kriminalbeamtin«, sagte Durant zu der Arliss, »wie kann ich Kontakt zu ihr aufnehmen?«

Sie knöpfte sich erst ihren Mantel zu, bevor sie antwortete: »Warum wollen Sie Kontakt mit ihr aufnehmen?«

»Sie könnte etwas Nützliches über die Goodisons wissen.«

»Sie wird nicht mit Ihnen reden wollen.«

»Warum nicht?«

Jenny Arliss setzte zu einer Antwort an, überlegte es sich jedoch anders, nahm einen gelben Bleistift vom Tisch, schrieb etwas auf einen der Blöcke, riß das Blatt ab und reichte es Durant mit den Worten: »Finden Sie es selber heraus.«

9

Die Adresse erwies sich als Wohnung über einer Drogerie in der Shirland Road am nördlichen Ende von Paddington, die man, falls das Wetter es zuließ, von Durants Wohnung aus zu Fuß erreichen konnte. Nachdem er das Taxi bezahlt hatte, las er die Namen, die in Druckbuchstaben mit zwei verschiedenen Kugelschreibern auf zwei mit Reißzwecken über einer Doppelklingel befestigten Kärtchen geschrieben waren. Der Name über der linken Klingel lautete Joy Tomerlin. Rechts stand der Name Mary Ticker. Durant drückte auf den rechten Klingelknopf.

Kurz darauf meldete sich eine weibliche Stimme, die durch die Sprechanlage blechern klang. »Ja?«

»Es ist wegen der Goodisons, Hughes und Pauline.«

»Kein Interesse.«

»Mein Name ist Durant. Ich bin ein Freund von Jenny Arliss. Sie hat mir Ihren Namen und Ihre Adresse gegeben.«

»Sie sind Amerikaner, stimmt's?«

»Stimmt.«

»Und Sie sind ganz sicher keiner von diesen verfluchten Zeitungsleuten?«

»Ganz sicher.«

»Nun, dann kommen Sie rauf.«

Der Türöffner summte, und Durant trat durch eine dicke Glastür. Er ging eine Treppe hinauf zu einem kleinen Absatz, von wo aus zwei Türen zur vorderen und zur hinteren Wohnung führten. Die Vordertür gehörte Mary Ticker. Durant klopfte, und sofort wurde die Tür von einer schlanken, aber nicht mageren Enddreißigerin geöffnet, die einen dicken Pullover, graue Hosen und einen melancholischen Gesichtsausdruck trug. In der linken Hand hielt sie eine brennende Zigarette.

Sie hatte dunkelblaue und vielleicht etwas verbitterte Augen, deren Blinzeln Durant auf Kurzsichtigkeit zurückführte. Ihr Haar war von einem lichten Braun und dicht gewachsen und so kurz geschoren, als wäre es ihr ziemlich gleichgültig. Außerdem hatte sie eine rote Nase, blasse, breite Lippen und hervorstehende Wangenknochen, die ihrem Gesicht einen gewissen Reiz verliehen. Sie mußte zu Durant hochschauen, aber nicht so hoch wie die meisten Frauen, und er schätzte ihre Größe auf ungefähr eins fünfundsiebzig.

»Detective Ticker?« fragte Durant.

Sie musterte ihn sorgfältig, vom Kopf bis zu den Füßen und wieder zurück; dann erst schüttelte sie den Kopf und sagte: »Nein.«

»Aber sie *waren* Detective Mary Ticker?«

Sie nickte.

»Ich würde gerne mit Ihnen über die Goodisons reden.«

»Warum?«

»Sie sind verschwunden.«

Ein zufriedenes, ja sogar fröhliches Lächeln blitzte auf und entblößte eine Reihe gutgepflegter Zähne. Dann verschwand es so plötzlich, wie es gekommen war, aber nicht ohne ihr Gesicht aufgehellt und etwas von der Verbitterung aus ihrem Blick genommen zu haben. Nachdem das Lächeln wieder verschwunden und die Verbitterung zurückgekehrt war, sagte sie: »Vielleicht sollten Sie hereinkommen und mir die pikanten Einzelheiten erzählen.«

Das Wohnzimmer war klein und vollgestellt, und die Möbel waren auf ein großes Fernsehgerät mit angeschlossenem Videorecorder ausgerichtet. Gegenüber vom Fernseher befanden sich eine Kochnische und gleich dahinter eine verschlossene Tür, von der Durant vermutete, daß sie zu Schlafzimmer und Bad führte. Drei Sessel waren vor den Fernseher gezogen worden. Vor dem mittleren Sessel stand ein niedriger Tisch, gerade so groß, daß Tee- oder Abendbrotgedeck darauf Platz fanden, und das hielt Durant auch für seine Bestimmung. Ihm fiel auf, daß die Tapeten mit einem Muster hellroter, sich hochrankender Rosen bedruckt waren, hier und da unterbrochen durch billige Reproduktionen von Landschaften, die Durant an Devon erinnerten. Ein großer Schrank mit einem Spiegel ersetzte den Wandschrank, und vier an der Wand befestigte Kiefernbretter boten Platz für eine Sammlung von Porzellankatzen. Eine echte Katze, ein fetter, gescheckter Kater, schlief in einem der Sessel.

»Nehmen Sie doch Platz«, sagte Mary Ticker und ließ sich selbst in dem Sessel neben dem kleinen Tisch nieder. Durant bedankte sich und setzte sich in den Sessel, der nicht von der Katze eingenommen war. Mary Ticker zündete sich eine neue Zigarette an ihrem glimmenden Stummel an. Durant zählte sieben Aschenbecher, die überall im Zimmer verteilt standen.

»Ich dachte, die Goodisons hätten Sie von dem Laster befreit«, sagte er.

»Die Wirkung der Kur hat nicht lange vorgehalten.« Sie machte eine kleine Geste mit der Zigarette. »Stört es Sie?«

»Nein.«

»Und jetzt erzählen Sie mir, wie die beiden sich in Luft aufgelöst haben.«

»Viel weiß ich nicht«, sagte Durant. »Eigentlich nur, daß sie nach Los Angeles geflogen sind, um Ione Gamble zu hypnotisieren. Dann sind sie verschwunden.«

»Muß 'ne ganze Stange Geld im Spiel gewesen sein.«

»'nc ordentliche Stange.«

»Und was haben Sie damit zu tun?«

»Meine Firma wurde engagiert, um sie wiederzufinden.«

»Wie heißt Ihre Firma?«

»Wudu GmbH.«

»Nie gehört.«

»Es ist eine kleine Firma.«

»Und das ist Ihre Hauptbeschäftigung? Nach Leuten suchen, die verlorengegangen sind?«

»Hin und wieder.«

»Und wie verbringen Sie den Rest Ihrer Zeit?«

Durant lächelte bloß.

»Hat Jenny Sie angeheuert?«

»Ihr Boß.«

»Dieser deutsche Typ?«

Durant nickte, und nach einem längeren Schweigen, welches von einem Stirnrunzeln und drei Zügen an ihrer Zigarette begleitet waren, sagte Mary Ticker: »Das sind Verrückte, wissen Sie?«

»Die Goodisons?«

»Mhh-hm.«

»Wie verrückt?«

»Sie haben ihre Eltern umgebracht. Auf Malta. Sie haben sie vergiftet, wegen einer Wohnung in Hammersmith und ein paar tausend Pfund von der Versicherung.«

»Aber das können Sie nicht beweisen.«

»Sie säßen längst hinter Schloß und Riegel, wenn ich es könnte.«

»Ich dachte, Sie wären Freunde, Sie und die Goodisons.«

»Hat Jenny das gesagt?«

Durant nickte.

Mary Ticker inhalierte mehr Rauch, blies ihn wieder heraus und sagte: »Das war vorher.«

»Vor was?«

»Bevor sie mich zum Narren gehalten haben.« Sie drückte ihre Zigarette in einem Aschenbecher aus, nahm sich Zeit dabei, quetschte sie fest gegen den Boden, freute sich an ihrer Zerstörung. »Mögen Sie einen Drink – Whiskey?«

»Gerne.«

»Mit Wasser? Eis hab' ich nicht.«

»Gerne mit Wasser.«

Sie ging in die Küchenecke, schenkte zwei Gläser voll und servierte sie. Durant fiel auf, daß sein Drink blasser war als ihrer. Sie nahm einen Schluck und zündete sich mit einem Einwegfeuerzeug eine neue Zigarette an. »Es ist nicht alles auf einmal passiert.«

Durant, der nicht wußte, was sie damit meinte, zog die Brauen zusammen und fragte: »Nein?«

»Sie haben ein falsches Spiel mit mir getrieben. Sie waren ziemlich gerissen. Wollen Sie wissen, wie ich mir wirklich das Rauchen abgewöhnt habe?«

»Hypnose?«

»Das hab' ich alles nur gespielt. Ich hab' mich nicht wirklich in Trance versetzen lassen. Hab' mich gefürchtet. Aber nach der zweiten Sitzung hab' ich mit dem Rauchen aufgehört, nur um dem lieben Hughes und der süßen kleinen Pauline zu gefallen. Ich hab' ihnen gefallen, den beiden Hübschen.«

»Ist irgendwas dabei rausgekommen?«

»Zuerst nur 'n bißchen Geschmuse, zu dritt, wobei sie die Schockierten gespielt haben, aber dann haben sie mich weiter verführt, bis ich es getan habe.«

»Was?«

»Ihnen ein bißchen Polizeiarbeit verschafft.«

»Der Vergewaltigungsfall?« fragte Durant.

Sie nickte. »Jenny hat Ihnen davon erzählt, ja?«

»Ein bißchen.«

Mary Ticker trank ihr Glas in zwei Schlucken aus, dann sagte sie: »Nennen wir sie Alice.«

»Das kleine Mädchen – das vergewaltigt wurde?«

»Gewaltsamer Analverkehr. Geblutet hat sie wie 'n Schwein.

Die Eltern kriegten's mit der Angst, wußten nicht mehr, was sie tun sollten. Schließlich haben sie auf dem Revier in Paddington angerufen, und ich war am Apparat.«

»Dort haben Sie gearbeitet – Polizeirevier Paddington?«

Sie nickte. »Ich brachte Alice ins Krankenhaus und ließ sie nicht mehr aus den Augen. Ich blieb bei ihr, während der Doktor sie zusammenflickte. Sie lag einfach nur da, auf dem Bauch, und gab keinen Ton von sich; sie war noch halb weggetreten, nicht mal geweint hat sie. Der Doktor ließ mich ihre Hand halten. Damals war sie sieben, noch nicht ganz acht.«

»Jenny Arliss sagte, sie hätte nicht reden können oder wollen.«

»Kein Wort, nicht mal einen Mucks. Und nicht eine einzige Träne. Aber als der Doktor fertig war, hat sie mir ein schwaches Lächeln geschenkt, und das hat mir das Herz gebrochen.«

»Wann haben Sie den Goodisons von Alice erzählt?«

»Noch in derselben Nacht – nachdem ich die Kleine nach Hause gebracht und ins Bett gesteckt und mich davon überzeugt hatte, daß Mami und Papi wenigstens halbwegs nüchtern waren und daß der liebe Onkel auch da war, um einzuspringen, falls Mami und Papi doch umkippen sollten.«

»Das war Ned, stimmt's? Dieser Onkel.«

Der Blick, mit dem sie ihn jetzt anschaute, war kalt, ruhig und unversöhnlich. Ein richtiger Polizistenblick, dachte Durant. »Hat Jenny Ihnen Neds Namen verraten?« fragte sie.

Durant nickte.

»Manchmal ist sie 'n bißchen vorlaut.«

»Kommen wir wieder zu den Goodisons«, sagte er.

»Ich mußte über Alice reden, also verabredete ich mich mit Hughes und Pauline zum Abendessen in diesem indischen Café, wo sie ein gutes Curry machen. Als ich ihnen von Alice erzählte, waren sie angemessen schockiert, oder sie taten jedenfalls so. Und dann, ich weiß nicht mehr, ich glaube, ich bin auf die Idee gekommen, Alice zu hypnotisieren, um zu sehen, ob sie in Trance sagen würde, wer es getan hatte.«

»Wie haben sie reagiert – die Goodisons?«

»Sie waren nun einmal ein gerissenes Pärchen. Wie hatten die mich belämmert, damit ich ihnen einen Job für die Polizei verschaffe, und dann, als ich ihnen einen anbiete, sind sie auf einmal ganz bescheiden und sagen, sie wüßten nicht recht, vielleicht bräuchten sie doch noch ein bißchen mehr Erfahrung und ähnlichen Quatsch, bis ich sie schließlich beinahe anbetteln mußte, damit sie es tun. Zuerst lehnten sie ab, dann sagten sie, vielleicht, mal sehen, bis sie endlich einwilligten. Und dann gingen wir zur Feier des Tages alle zusammen in ihre Wohnung in Hammersmith und vergnügten uns mit allerlei perversen Sexspielchen.«

»Was passierte dann?«

»Am nächsten Tag gehe ich zu meinem Revierleiter in Paddington. Er steht dieser Idee reserviert gegenüber, aber ich gebe keine Ruhe, und schließlich weicht er wenigstens bis zu einem Vielleicht auf – vorausgesetzt, ein Arzt ist dabei. Es dauert beinahe eine Woche, bis ich ihn ganz rumkriege. Jeden Abend verbringe ich soviel Zeit wie möglich bei Alice, die immerhin angefangen hatte zu summen.«

»Was hat sie gesummt?«

»Lieder. Sie lag einfach da und summte ein Lied nach dem anderen. Aber sprechen wollte sie nicht. Kein Wort. Mami und Papi standen immer noch unter Gin, und Onkel Ned flitzte herum, stöhnte ständig ›Ach du lieber Gott‹ und tat so, als würde er für Ordnung sorgen.«

»Wie alt waren die Eltern und Onkel Ned?«

»So Anfang Dreißig, alle drei. Warum?«

»Ach, nur so«, antwortete Durant. »Reine Neugier.«

»Also, wir legten ein Datum für die Sitzung fest, aber die Goodisons wollten erst noch mit Alices Eltern sprechen. Also treffen wir uns alle in einem Café, wo Pauline und Hughes ihnen erklären, was sie zu erreichen hofften, hübsch einfach und verständlich. Aber Mami und Papi kriegen auf einmal Bedenken, von wegen, was das alles kosten könnte, und ich erkläre ihnen immer wieder, daß sie sich keine Sorgen machen müssen, daß das Revier in Paddington die Rechnung bezahlen würde und so weiter. Nachdem ich es ihnen schließlich eingetrichtert habe, bessert sich ihre Laune, und sie schwirren ab in den nächsten Schnapsladen. Daraufhin bringe ich die Goodisons hinüber, damit sie Alice und Onkel Ned kennenlernen. Und danach verließ ich sie, weil ich zurück aufs Revier mußte.«

Mary Ticker hielt ihr leeres Glas hoch und fragte: »Noch eins?«

»Ja, gerne«, antwortete Durant.

Nachdem sie aus der Küchenecke zurückgekehrt war und ihm

seinen Drink gereicht hatte, trank sie einen Schluck von ihrem eigenen, lehnte sich zurück und fragte: »Wo war ich stehengeblieben?«

»Die Goodisons waren bei Onkel Ned.«

»Und Alice«, fügte sie hinzu. »Zwei oder drei Tage danach fand die Hypnosesitzung in Papis und Mamis Wohnzimmer statt. Anwesend sind ich und ein anderer Beamter, das Medium, Mami und Papi, Onkel Ned und natürlich die Goodisons. Pauline versetzt Alice in Trance, und keine zwei Minuten später sagte Alice, ihr Papi habe sie in den Arsch gefickt.«

»Haben Sie ihr geglaubt?«

»Natürlich«, antwortete sie. »Ich sage Ihnen, solch einen Tumult haben Sie noch nicht erlebt. Papi geht auf Alice los, und ich muß ihn zu Boden schlagen. Mami schreit Zeter und Mordio oder was auch immer hysterische Frauenzimmer schreien. Onkel Ned hüpft herum, ringt verzweifelt die Hände und stammelt immer wieder: ›Armes kleines Ding, armes kleines Ding‹, bis ich ihm einen Korken ins Maul stopfe. Der andere Polizeibeamte und der Arzt versuchen, die Mutter zu beruhigen, und Alice plappert munter drauflos, wie oft Papi es mit ihr getrieben habe. Also lege ich Papi Handschellen an, und er wird schließlich vor Gericht gestellt und bekommt fünf Jahre. Mami verschwindet von der Bildfläche. Alice lebt von da an bei Onkel Ned, und die Goodisons sind nach all der Publicity beinahe so etwas wie Berühmtheiten.«

»Wie sind Sie seitdem mit ihnen ausgekommen?« wollte Durant wissen.

»Überhaupt nicht. Sie haben mich fallenlassen.«

»Haben Sie Alice jemals wiedergesehen, seitdem sie bei Onkel Ned wohnt?«

»Ich hab' hin und wieder vorbeigeschaut, wenn ich einen Moment Zeit hatte. Und eines Sonntagmorgens hatte ich Zeit. Es war ihr Geburtstag, ihr neunter, und ich hatte ein Geschenk dabei. Ich klopfte, weil die Klingel nicht funktionierte. Als niemand an die Tür kam, stieß ich dagegen. Sie war nur angelehnt, und ich ging hinein. Ich wollte eigentlich nur mein Geschenk hinlegen und wieder gehen. Und dann hörte ich es. Eine Art Stöhnen. Es war keine große Wohnung, ungefähr so groß wie diese, aber im Erdgeschoß.«

Sie machte eine Pause, um noch etwas Whiskey zu trinken und sich eine neue Zigarette anzuzünden. Dann seufzte sie den Rauch heraus und sagte: »Da lagen sie, splitternackt und voll bei der Sache, die kleine Alice und der liebe Onkel Ned. Ich drehte ziemlich durch.«

»Wie?«

»Ich packte Alice und sperrte sie ins Bad. Dann ging ich auf Onkel Ned los und brach ihm seinen beschissenen Arm, den linken. Dann schwor ich ihm, daß ich ihm auch noch den rechten brechen würde, wenn er nicht mit der Wahrheit rausrücke. Nun, er rückte mit der Wahrheit raus, und ich brach ihm seinen beschissenen Arm trotzdem.«

»Es war immer Onkel Ned und Alice, richtig? Nicht Papi und Alice.«

Sie antwortete Durant mit einem müden Kopfnicken. »Sie trieben es, seit sie fünf war. Onkel Ned bezahlte Hughes und Pauline dreitausend Pfund dafür, daß alles schön echt aussah. Hughes und Pauline brachten Alice bei, wie sie die Hypnotisierte spielen sollte, was sie über ihren Vater sagen und wie sie es sagen sollte. Hughes beauftragte einen Freund, die Presse zu informieren. Es war eine einzige, große Scheiße.«

Sie trank ihren zweiten Drink aus, aber er schien keine Wirkung zu haben. Im Aschenbecher lag eine brennende Zigarette, die sie wohl vergessen hatte, denn sie zündete sich mit dem Feuerzeug eine neue an. Nachdem sie den Rauch in die Luft geblasen hatte, sagte sie: »Kein Mensch glaubte mir. Onkel Ned behauptete, ich sei eingebrochen und hätte ihn angegriffen. Alice bestätigte seine Aussage und behauptete, ich hätte mehr als einmal versucht, sie zu streicheln. Als die Goodisons verhört wurden, sagten sie aus, ich hätte Pauline Avancen gemacht. Man erlaubt mir, ohne viel Aufhebens den Dienst zu quittieren. Es ging alles sehr still über die Bühne – vor allem, weil sich genau zu der Zeit der arme Papi umbrachte.«

Sie schaute Durant mit ihrem harten Polizistenblick an. »Sie wissen, was man im Knast mit Kinderschändern anstellt?«

Durant nickte.

»Sie hatten Papi kräftig hergenommen, immer und immer wieder. Als er es nicht mehr ertragen konnte, ging er eines Nachts mit einer Plastiktüte ins Bett und wachte nicht wieder auf.«

»Sind Sie einigermaßen wieder auf die Beine gekommen?« fragte Durant.

»Ich arbeite unten in dem Laden. Er verkauft an eine ausgewählte Kundschaft Aufputsch- und Beruhigungsmittel, und es ist ihnen ganz recht, eine Expolizistin zu beschäftigen, falls mal ein Kunde ungemütlich wird, wenn er keinen Kredit kriegt. Mein Lohn läuft nicht durch die Bücher, und, nun, ich komme zurecht.«

»Was ist mit Alice passiert?«

»Ich hab' mich nicht erkundigt«, antwortete Mary Ticker und zog die Brauen zusammen, als hätte sie gerade an etwas gedacht. »Besteht die Möglichkeit, daß sie tot sind?« fragte sie.

»Die Goodisons?«

Sie nickte.

»Möglich.«

»Das ist gut«, sagte sie mit einem kleinen Lächeln, das sie beinahe ein bißchen zufrieden aussehen ließ, wenn auch noch lange nicht glücklich.

10

Wegen der internationalen Datumsgrenzen wurde das Ferngespräch, das Artie Wu um 0.04 Uhr am Dienstag führte, von Booth Stallings um 8.04 Uhr am Mittwoch in seiner Drei-Zimmer-Suite im Peninsula Hotel in Manila entgegengenommen.

Wu und Stallings hatten seit fünf Jahren nicht mehr miteinander gesprochen, und deshalb wurden erst einmal eine gute Minute lang – wie Stallings fand – ziemlich kostspielige Formalitäten und Höflichkeitsfloskeln ausgetauscht, bevor Wu zum Geschäftlichen kam.

»Laß uns zuerst über Geld reden, Booth, denn wenn wir uns da nicht einig werden, dann brauchen wir über den Rest kein Wort mehr zu verlieren.«

»Soll mir recht sein.«

»Das Anfangshonorar beträgt fünfhunderttausend. Wenn wir erledigen, wofür man uns angeheuert hat, gibt es noch einmal zweihundertfünfzigtausend. Ergibt insgesamt siebenhundertfünfzigtausend. Von dieser Summe bekommen Quincy und ich, als Chefs, jeder zweihunderttausend. Du, Otherguy und Georgia, ihr bekommt pro Nase hunderttausend.«

»Hört sich ordentlich, wenn nicht gar üppig an«, meinte Stallings.

»Der Kunde hat sich die Dienste unserer Firma mit einer nicht rückzahlbaren Summe von fünfundzwanzigtausend Pfund gesichert. Aber dieses Geld ist für rückständige Löhne, Schulden und laufende Unkosten vorgesehen.«

»Du mußt eine ziemlich trockene Zeit hinter dir haben, Artie.«

»Knochentrocken.«

»Wenn ich richtig gerechnet habe«, sagte Stallings, »dann addieren sich die Summen, die du genannt hast – den Vorschuß nicht mitgerechnet –, zu siebenhunderttausend und nicht zu siebenhundertfünfzigtausend.«

»Die restlichen fünfzigtausend werden für Eventualitäten zurückbehalten, bis der Job erledigt ist. Sollten keine Eventualitäten eintreten, dann wird die Summe in fünf gleiche Teile geteilt und ausgezahlt, als Gratifikation oder als Abfindung.«

»Oder beides«, sagte Stallings.

»Oder beides.«

»Es fängt an, sich interessant anzuhören. Was müssen wir tun, um es zu verdienen?«

»Zwei verschollene Hypnotiseure finden.«

»Was noch?«

»Das ist das Ziel, aber um es zu erreichen, werden wir wahrscheinlich die üblichen verschlungenen Seitenpfade gehen müssen.«

»Und wo befinden sich diese Seitenpfade?«

»In Los Angeles und Umgebung.«

»Ach, Scheiße, ich hatte irgendwie auf London und Umgebung gehofft.«

»In L. A. ist besseres Wetter.«

»Das ist wahr«, stimmte Stallings ihm zu.

Nach einem kurzen Schweigen sagte Wu: »Kannst du reden?«

»Georgia ist noch nicht wach.«

»Wann ist sie rausgekommen?«

»Gestern nachmittag. Ich hab' sie in der Besserungsanstalt für Frauen in Mandaluyong abgeholt, mit einem Mercedes, den ich vom Hotel geliehen hab'. Ich hab' ihr sogar Blumen und 'ne Flasche Champagner mitgebracht. Den Schampus hat sie getrunken, aber die Blumen hat sie liegenlassen, als wir wieder im Hotel waren.«

»Wie geht's ihr?«

»Hat sich nicht sehr verändert.«

»Geistig?«

»Flink wie immer. Vielleicht sogar noch flinker. Aber ich fürchte, sie hat ein paar seelische Dellen, die ausgebessert werden müssen.«

»Was hast du ihr erzählt?«

»Nur, daß du und Durant was am Laufen habt und daß sie, Otherguy und ich euch dabei unter die Arme greifen sollen.«

»Was sagt sie dazu?«

»Sie findet, daß es sich ein bißchen nach Kinkerlitzchen anhört.«

»Mehr nicht?«

»Bis jetzt nicht.«

»Vielleicht braucht sie jetzt viel ermutigenden Zuspruch.«

»Ich frage dich, Artie, wie willst du jemanden ermutigen, der ein Ego aus Granit hat?«

»Dir wird schon was einfallen«, sagte Wu und schwieg. Während des Schweigens hörte Stallings ein leises Klicken aus zwölftausend Meilen Entfernung, das er als Wus Feuerzeug identifizierte. Dem Klicken folgte ein Seufzen, vielleicht war es auch nur Zigarrenrauch, der in die Luft geblasen wurde. Dann sagte Wu: »Und jetzt ein bißchen ein paar aufklärende Neuigkeiten: Bei den Hypnotiseuren handelt es sich um ein ziemlich gerissenes britisches Geschwisterpärchen, die mit Ione Gamble zu tun hatten.«

»Amerikas Herzblatt«, meinte Stallings.

»Wird sie so genannt?«

»Nur von alten Kleppern wie mir, die in den Klischees ihrer Jugend noch Trost finden. Um ehrlich zu sein, Artie, ich bin seit Sheilah Grahams Tod nicht mehr auf dem laufenden, was Hollywood betrifft.«

»Dann hast du vielleicht auch noch nicht gehört, daß man Miß Gamble des Mordes an William A. C. Rice dem Vierten beschuldigt.«

»In der ganzen Welt kriegt man *USA Today* aufs Hotelzimmer gebracht. Ich hab' die Schlagzeilen gelesen, aber ich hab' die Sache nicht sehr verfolgt.«

»Vielleicht hast du dann Lust, ein paar Recherchen anzustellen.«

»Okay.«

»Meine Neuigkeit ist, daß Miß Gamble deinen Schwiegersohn engagiert hat, um sie zu verteidigen.«

»Ich hab' zwei Schwiegersöhne«, erwiderte Stallings. »Der eine ist dumm wie die Nacht, also mußt du wohl von Howard Mott sprechen.«

»Richtig.«

»Kennst du Howie? Sicher, du mußt ihn kennen, denn er war es, der mir '86 empfohlen hat, mich an euch zu wenden.«

»Wir sind uns nie begegnet«, sagte Wu. »Aber wir scheinen eine ganze Reihe gemeinsamer Freunde zu haben.«

Stallings brummte etwas und sagte dann: »Wann sollen wir in L. A. sein?«

»Kannst du morgen losfliegen?«

»Erster Klasse?«

»Ich glaube, Georgia kann ruhig 'n bißchen erste Klasse vertragen.«

»Und ob«, antwortete Stallings. »Kann ich schon was tun in L. A.?«

»Ja. Du kannst uns ein möbliertes Haus mieten. Etwas Repräsentatives in den Palisades oder in Malibu. Es muß groß genug sein, daß sich fünf Leutchen drin wohl fühlen können. Miete es für vier Wochen mit Option auf einen weiteren Monat. Ich werde auf deinen Namen telegrafisch fünfzigtausend an die Bank of America überweisen – an die Filiale in der alten Malibu Road. Damit richtest du ein ganz normales Girokonto ein – mit Vollmacht für dich, Quincy und mich. Dann nimmst du dir so viel Bargeld, wie du brauchst, und bittest den Filialleiter, dir einen Immobilienmakler zu empfehlen.«

»Wer bin ich?« wollte Stallings wissen.

»Du bist der ständige Vertreter der Wudu GmbH, Burton Street 8, Berkley Square, London W1. Früher warst du unser Vertreter im Nahen Osten, Hauptquartier Amman, von wo aus du Nachforschungen und Überwachungen bis zum Erbrechen durchgeführt hast.«

»Apropos Erbrechen«, sagte Stallings. »Hat Otherguy sich schon blicken lassen?«

»Quincy hat ihn zum Mittagessen eingeladen, oder zum Abendessen, um ihm das zu verklickern, was ich dir eben erzählt habe.«

»Ich möchte wetten, daß Otherguy Quincy erzählt, er würde Ione Gamble persönlich kennen.«

In London ertönte entweder ein erneuter Seufzer, oder es wurde wieder Zigarrenrauch ausgestoßen. Dann antwortete Artie Wu: »Das Wunderbare ist: Er kennt sie vielleicht wirklich.«

Nachdem der Zimmerkellner den Frühstückswagen hereingekarrt hatte und wieder gegangen war, durchquerte Booth Stallings das Wohnzimmer der Suite und steuerte auf Georgia Blues geschlossene Schlafzimmertür zu. Bevor er sie erreichte, öffnete sich die Tür, und sie trat heraus, barfuß und eingehüllt in einen der weißen Hotel-Frotteebademäntel.

Stallings fiel nun wohl bereits zum siebtenmal in weniger als vierundzwanzig Stunden auf, daß sie sich immer noch mit derselben Anmut auf ihren langen, langen Beinen bewegte, die ihr auf schon nackten Füßen eine Größe von eins fünfundsiebzig verliehen und gar von eins achtzig, wenn sie Schuhe mit Absätzen trug.

Ihr hellgrüner Blick schweifte über Stallings hinweg zum Frühstückswagen. Als sie selber dort angekommen war, schlug sie die Augenlider auf und schnüffelte hungrig an jedem einzelnen Teller. Kurz bevor sie die Hand nach einem der Servierlöffel ausstreckte, fuhr sie sich noch einmal durch das kurzgeschnittene, rötlichbraune Haar, in dem inzwischen eine kurze, nicht einmal einen Zoll breite weiße Strähne schimmerte. Sie war im Gefängnis weiß geworden, kurz nach ihrem fünfunddreißigsten Geburtstag vor nicht ganz zwei Jahren. Die Strähne saß mitten über ihrer hohen, breiten Stirn, hinter der – das war Stallings seit langem klar – viel zuviel Grips auf der Lauer lag.

Während Georgia Blue vor dem Wagen stand und Rühreier, Wurst und tropische Früchte auf ihren Teller häufte – sie trug kein Make-up, und das Haar war nur von diesem einen Strich ihrer Hand zurechtgebürstet –, versuchte Stallings herauszufinden, ob aus seiner Vernarrtheit in sie schließlich doch eine Art Besessenheit geworden sein mochte. Gerade hatte er beschlossen, sich einen Dreck darum zu scheren, was daraus geworden sein mochte, als sie zwei weiche Semmeln auf ihren Teller legte und sagte: »Lieber Gott, Booth, das reicht ja für sechs Leute.«

»Wenn man den Schweinemästern, Müsliherstellern und Eierhändlern glaubt, ist das Frühstück die wichtigste Mahlzeit am Tag.«

»Milch«, sagte sie und schenkte sich ein Glas ein. »Ich hätte nie geglaubt, daß ich einmal von Milch träumen würde.«

Sie trug Teller und Glas hinüber zu einem kleinen Eßtisch, setzte beides ab und ging zurück zum Wagen, um sich Gabel und Löffel zu holen. Die Messer beachtete sie nicht. Nachdem sie am Tisch Platz genommen hatte, machte sie sich heißhungrig über die Speisen her; ab und zu warf sie einen argwöhnischen Blick hinüber zu Stallings, der sich nun seinerseits einen Teller mit Eiern und Speck füllte.

Er schaute sie an, bemerkte einen ihrer argwöhnischen Seitenblicke und sagte: »Langsam, Georgia. Niemand will dir was wegnehmen.«

Sie ignorierte ihn und setzte ihre hastige Mahlzeit fort.

Stallings nahm ihr gegenüber Platz, schmierte sich Butter auf eine Semmel und fragte: »Warum hast du kein Gewicht verloren?«

»Weil ich mir von den kleineren und schwächeren Frauen was zu essen besorgt hab'.«

»Und warum haben sie sich nicht zusammengetan und dich verprügelt?«

»Weil ich in der bösen Truppe längst die Arschtreterin Nr. 1 war.«

Obwohl ihr Teller noch halb voll war, legte sie Gabel und Löffel auf den Tisch, lehnte sich in ihren Stuhl zurück, schaute Stallings an und sagte: »Wenn wir morgen nach Los Angeles abfliegen wollen, muß ich mir noch 'n paar Sachen kaufen.«

»Ich kann mich nicht erinnern, gesagt zu haben, daß wir morgen abfliegen.«

»Artie hat's gesagt. Ich hab' den Hörer zwischen zwei Klingelzeichen abgenommen, wie's mir beim Geheimdienst beigebracht worden ist, und dann hab' ich mir angehört, wie ihr euch wie zwei alte Tanten über mich unterhalten habt. Was tun wir nur mit Georgia, dem armen Ding? Nun, das erste, was du tun kannst, ist mir 'n paar Sachen kaufen.«

»Was für Sachen?« fragte Stallings.

Sie lächelte ihn an. »Du glaubst, ich meine Dope, stimmt's?«

»Ich besorg dir, was du willst.«

»Sieh mal, ich bin eine verurteilte Schwerverbrecherin, deren Strafe ausgesetzt, die aber nicht begnadigt wurde. Wenn ich in den Staaten verurteilt worden wäre, dann dürfte ich weder wählen noch als Geschworene fungieren oder mich zur Präsidentin wählen lassen, es sei denn, einer der Staaten würde mir meine bürgerlichen Ehrenrechte zurückgeben – auch wenn die meisten Schwerverbrecher in Kalifornien nur das bürgerliche Ehrenrecht zurückhaben wollen, um eine Waffe tragen zu dürfen. Aber ich wurde in einem anderen Land verurteilt, und ich weiß nicht genau, wie die Rechtslage ist, aber ich weiß verdammt genau, daß die amerikanische Botschaft nicht ihren ganzen Mut zusammennehmen wird, um mir einen neuen Paß auszustellen oder das Stück Papier, das sie Schwerverbrechern gibt, die nach Hause wollen.«

»Wieso bist du nicht abgeschoben worden?«

»Das war Teil des Abkommens – keine Abschiebung.«

»Okay, du brauchst also einen Paß. Und was noch?«

»Klamotten.«

»Zieh dich an, dann gehen wir runter und kümmern uns um die Paßfotos. Und dann kriegst du Geld und kannst dir die Klamotten kaufen, die du brauchst, während ich dir einen Paß besorge.«

»Weißt du schon, wie?«

»Ich weiß, wie.«

»Muß wohl 'ne lehrreiche Zeit mit Otherguy gewesen sein. Wie lange jetzt, fünf Jahre?«

»Ungefähr.«

»Wie ist er so? Nicht, daß es mich wirklich interessiert.«

»Wie immer.«

»Warum haben Artie und Durant dich geschickt, um mich abzuholen, und nicht Otherguy?«

»Weil Artie glaubt, daß ich immer noch auf dich stehe.«

»Und? Tust du's?«

»Was glaubst du?«

»Ich hoffe nicht, denn außer Sex kann ich dir nichts bieten«, antwortete sie, um dann ein absolut gleichgültiges ›Baby‹ dranzuhängen.

»Vielleicht will ich gar nichts anderes«, sagte Stallings.

11

Nach seiner dritten Taxifahrt tätigte Booth Stallings den vierten Telefonanruf, diesmal von einer Zelle in der Eingangshalle des Manila Hotels. Nach dem ersten Klingeln meldete sich wieder eine dieser Stimmen mit philippinischem Akzent, eine Frauenstimme diesmal, die ihm mitteilte, daß die Übergabe in genau sechs Minuten stattfinden würde, hundert Meter südlich des Hotels am Roxas Boulevard. Stallings war um 12.08 Uhr dort, und eine Minute später kletterte er auf den Rücksitz einer 74er Toyota-Limousine, die keine Klimaanlage hatte und von einem jungen Philippino gesteuert wurde.

Neben dem Fahrer saß seine ebenso junge Gemahlin, Freundin oder gar, wie Stallings vermutete, die andere Hälfte eines Einsatzkommandos der Neuen Volksarmee, die von den Philippinos – in ihrer Liebe zu Spitznamen – Spatzenteams genannt wurden.

Stallings war erstaunt, um nicht zu sagen schockiert darüber, wie sehr die immer größer werdende Stadt heruntergekommen war, seitdem er Anfang 1988 mit Otherguy Overby hiergewesen war, während ihres gemeinsamen Versuchs, nach dem Börsenkrach von 1987 finanziell wieder auf die Beine zu kommen.

Erst nachdem Overby ihm seinen Plan immer wieder erklärt hatte, war Stallings einverstanden gewesen, daß sie sich in das Syndikat einkauften, das damals gebildet worden war, um nach den fünf oder fünfzig oder sogar hundert Tonnen Barrengold zu suchen, die General Yamashita Tomoyuki, dem Tiger von Malaya, nach der Legende versenkt, vermint und zurückgelassen hatte, als die japanische Armee sich im Frühjahr 1945 aus Manila zurückziehen mußte.

Stallings, der sich selbst für einen ausgesprochenen Philippinenkenner hielt, behauptete, daß Yamashitas Gold, wie es genannt wurde, ganz und gar nicht von Yamashita vergraben worden war, sondern von Iwabuchi Sanji, dem harten und skrupellosen japanischen Konteradmiral, der Manila zurückeroberte, nachdem Yamashita geflohen war.

Der Admiral hatte einen erbitterten Häuserkampf um Manila geführt, in dessen Verlauf die Stadt zerstört worden war. Und es war diese letzte, absolut unsinnige Schlacht, die Admiral Iwabuchi die Zeit verschaffte, die er brauchte, um die Goldbarren zu vergraben.

Otherguy Overby hatte Stallings langatmigen Ausführungen geduldig zugehört. Als sie beendet waren, fragte er: »Du glaubst also wirklich, daß es das Gold gibt, ja?«

»Du nicht?«

»Ich weiß, daß andere Menschen glauben, daß es das Gold gibt«, sagte Overby, »ebenso wie ich weiß, daß andere Menschen an die Unbefleckte Empfängnis glauben. Und das ist es, wo wir uns einkaufen müssen, Booth – in den blinden Glauben der Leute.«

Als bei den Ausgrabungen am nördlichen Stadtrand von Manila einen Monat später drei Goldbarren mit japanischer Prägung gefunden wurden, schnellten die Aktien an dem Unternehmen blitzartig in die Höhe, und Overby und Stallings stießen ihre Anteile ab, wobei sie einen Gewinn von 800 Prozent erzielten, selbst wenn man die Kosten für die drei Goldbarren in Rechnung stellte, die Overby gekauft, bearbeitet und mit denen er Pfeffer in die Grabungen geschüttet hatte.

Die junge Frau auf dem Vordersitz, die, wie Stallings vermutete, nicht älter als 20 oder 21 Jahre alt sein konnte, drehte sich schließlich um und fragte ihn: »Was sagen Sie zu diesem Verfall?«

»Scheint prächtig voranzukommen.«

»Waren Sie früher schon mal in Manila?«

Stallings antwortete, daß er 1945, 1986 und 1988 hiergewesen sei.

Sie wandte sich wieder an den Fahrer und sagte: »Er war mit McArthur hier!« Der Fahrer zuckte die Achseln, murmelte etwas, das sich wie »Wen interessiert das schon?« anhörte, und hupte einen umherirrenden Motorroller an.

Die scheinbar ziellose Fahrt endete vor einem großen, einstöckigen Haus am äußersten Rand eines weitläufigen, trostlosen Elendsviertels. Das Haus, das aus Betonblöcken gebaut war, hatte ein verrostetes Eisendach, das zur Hälfte mit wunderschöner Bougainvillea überwachsen war. Ein häßlicher Zaun aus Stecken und Hühnerdraht schloß den festgetretenen Lehm des Vorgartens ein und diente als Pferch für zwei Ziegen, drei Enten, sechs Hennen und einen Hahn. Nachdem der Toyota angehalten hatte, drehte die junge Frau sich wieder zu ihm um und sagte: »Sie wartet auf Sie.«

»Danke für die Fahrt«, erwiderte Stallings, stieg aus dem Auto, bekam schließlich heraus, wie die Pforte sich öffnen ließ, verschloß sie sorgfältig hinter sich, ging zu der offenstehenden Eingangstür und klopfte dagegen.

Ein muskulöser, etwa 35jähriger Philippino in einem verwaschenen Batman-T-Shirt erschien auf der Schwelle, begrüßte Stallings mit finsterem Gesicht und hartem, langem Blick, der schließlich mit einem kurzen Kopfnicken endete, welches Stallings in etwa so interpretierte: »Wenn Sie schon mal hier sind, dann kommen Sie halt rein.«

Drinnen verschwand der Mann durch eine andere Tür, während Stallings sich in einem quadratischen Raum mit zwei Dutzend eisernen Klappstühlen wiederfand, die in drei Reihen vor einem alten hölzernen Schreibtisch aufgestellt waren. Mitten auf dem Schreibtisch stand ein Telefon. Entlang der vier Kanten verliefen in geringen Abständen voneinander Brandlöcher, die von Zigaretten herrührten. An der Wand links vom Schreibtisch stand ein mit Vorhängeschloß verriegelter Stahlschrank – so ein Ding, in dem man Büromaterial aufbewahrt – und gleich links davon ein bejahrter Toshiba-Kopierer.

Eine Mittvierzigerin mit Vollmondgesicht und angegrautem Haar saß hinter dem Schreibtisch. Sie trug ein großes, weites Baumwollkleid mit einem riesigen Sonnenblumenmuster. Trotz dieses zeltartigen Kleides stellte Stallings fest, daß sie nicht annähernd so schwergewichtig war wie noch fünf Jahre zuvor, als er sie in Hongkong zum letztenmal gesehen hatte.

»Wie geht's dir, Minnie?«

Minnie Espiritu lehnte sich in ihrem Stuhl zurück und musterte ihn mit ernster Miene, bevor sie lächelte und sagte: »Setz dich, Booth.«

Stallings wählte sich einen der Klappstühle in der ersten Reihe aus. »Du hast abgenommen«, sagte er. »Steht dir gut.«

»Der Krebs hat's mir abgenommen, und ich sehe miserabel aus.«

»Tut mir leid. Das wußte ich nicht.«

»Woher solltest du auch? Sie haben mich aufgemacht und geschnitten und dann behauptet, sie hätten alles erwischt, aber . . .« Sie zuckte die Achseln.

»Irgend etwas, was ich für dich ...?«

»Nichts«, erwiderte sie. Sie erlaubte ihm nicht einmal, den Satz zu beenden.

Es entstand ein kurzes Schweigen, bis Stallings sagte: »Die beiden jungen Leute haben mich ein bißchen herumgefahren. Hier geht alles in die Brüche, stimmt's?«

Zuerst seufzte sie, dann nickte sie mit dem Kopf und antwortete: »Sie haben die Korruption im Marcos-Stil mit dem Firmenzeichen Aquinos verkauft, und jetzt sind sie alle schockiert, daß sich nichts geändert hat. Unsere Wirtschaft geht am Stock, aber wir tun nichts anderes, als mit Washington wegen dieser lausigen Militärstützpunkte herumzustreiten. Weißt du was, Booth? Wir sind aus der dritten Welt mitten hinein in das katastrophale Dilemma einer vierten Welt geschlittert, nach ganz unten, auf eine Stufe mit Bangladesh, und niemand hat es gemerkt, und niemand schert sich drum.«

»Was macht die Revolution, Minnie?«

»Die Berliner Mauer hat sie beinahe zerquetscht. Aber wir kämpfen weiter. Jemand muß es ja tun – auch wenn ich manchmal denke, wir sollten alles an die Japaner verkaufen, damit sie Golfplätze und Freudenhäuser draus machen könnten.«

Sie seufzte wieder und zündete sich eine Zigarette an, nachdem sie zuerst Stallings eine angeboten und der sie mit einem Kopfschütteln abgelehnt hatte. Als ihre Zigarette brannte, blies sie den Rauch gegen die Decke und sagte: »Was willst du von mir, Booth?«

»Einen Paß.«

»Was für einen?«

»U.S.«

»Für wen?«

Stallings langte in die Seitentasche seines braunen Popelinejacketts, brachte ein Paßfoto zum Vorschein, erhob sich und legte es auf den Schreibtisch. »Erkennst du sie wieder?« fragte er und setzte sich wieder auf seinen Klappstuhl.

Minnie Espiritu beugte sich vor, um einen Blick auf das Foto von Georgia Blue zu werfen. »Sicher. Das schwere Mädchen von '86. Die Ex-Secret-Service-Lady. Sie hat euch aufs Kreuz gelegt und fünf Jahre auf Staatskosten abgesessen. Und dann hat sie mit Corys Gegnern ein Geschäft gemacht, und die haben dafür gesorgt, daß ihr Urteil umgewandelt wurde.«

Minnie Espiritu schaute hoch zu Stallings, schenkte ihm ein Lächeln, das eher zu einem Grinsen geriet, und fragte: »Ist das jetzt Geschäft, Liebesgeschichte oder ein bißchen von beidem?«

»Ich bin ein extrem versöhnlicher Mensch.«

»Und außerdem bist du ein alter Idiot«, fügte sie hinzu, schaute auf ihre Zigarette, ließ sie auf den Betonfußboden fallen und trat sie mit der Schuhsohle aus. Sie stampfte immer noch darauf herum, als sie sagte: »Das kostet dich fünftausend U.S.-Dollar.«

»Du lieber Himmel.«

»Mein letztes Wort.«

»Wie ist die Qualität?«

»Perfekt. Wir haben in eurer Botschaft einen degenerierten Zocker aufgetrieben, haben uns seine Schuldscheine verschafft und sie ihm gegen zehn jungfräuliche Pässe verkauft. Wir können dir was anbieten, das aussieht, als käme es direkt aus Washington.«

»Gekauft.«

»Dann brauche ich den vollen Namen von der Blue, Geburtsort und Geburtsdatum.«

Stallings rechte Hand tauchte wieder in die Jackentasche und kam mit einem Zettel zum Vorschein. Er erhob sich, reichte Minnie Espiritu den Zettel, setzte sich wieder und fragte: »Wann kann ich ihn holen?«

»Wenn du das Geld dabei hast, kannst du drauf warten.«

»Dann warte ich«, antwortete Stallings, öffnete die drei mittleren Knöpfe seines Oberhemds und zog den Reißverschluß des Nylongeldgürtels auf.

Um 11.25 Uhr am folgenden Tag saßen Stallings und Georgia Blue in der Abflughalle der China Airlines auf dem Benigno Aquino International Airport und warteten auf ihren Flug nach Taipeh, als ein mittelgroßer, etwa vierzigjähriger Philippino auf sie zusteuerte, sie anlächelte und sagte: »Ihr beiden gebt ein hübsches Pärchen ab.«

Georgia Blue blickte von ihrem Time-Magazin auf, um den makellosen Anzug, die schwarzglänzenden, zurückgebürsteten Haare, die hellbeige Gesichtshaut, die neugierige Nase, das perfekte, wenn auch völlig nichtssagende Lächeln und die großen, braunen Augen, aus denen die wahre Klugheit des Mannes sprach, einer eingehenden Musterung zu unterziehen.

Sie erwiderte das Lächeln, gab Stallings einen Stoß und sagte: »Erinnerst du dich an Leutnant Cruz, Kleiner? Den hübschen Polizisten?«

»*Captain* Cruz«, korrigierte der Mann.

»Natürlich«, erwiderte sie. »Das wurde ja auch Zeit, oder? Meinen Glückwunsch.«

Cruz schenkte ihr ein dankbares Lächeln, bevor er sich an Stallings wandte, und sagte: »Wir beide sind uns vor fünf Jahren begegnet, mein Freund.«

»Ich weiß.«

»Ich bin aus zwei Gründen hier. Erstens möchte ich euch gerne hinterherwinken, und zweitens würde ich gerne von euch wissen, was das für ein seltsamer Telefonanruf war, den ich vor einer Woche oder zehn Tagen bekam. Aber bevor wir dazu kommen, zeigt mir doch bitte eure Pässe und die Flugtickets.«

»Warum?« wollte Stallings wissen.

»Warum nicht?«

Stallings zuckte die Achseln und gab ihm seinen Paß und die Tickets. Georgia Blue reichte ihren Paß gleich darauf nach.

Zuerst überprüfte Cruz die Tickets. »China Airlines nach Taipeh, und dann mit der Singapore Airlines nonstop und erster Klasse nach Los Angeles. Könnte ganz angenehm werden.«

Nachdem er ihnen die Tickets zurückgegeben hatte, studierte er Stallings Paß. »Wie war's in Jordanien?«

»Beim Abflug hat's geregnet.«

»Wirklich?« fragte Cruz, gab ihm den Paß zurück und machte sich daran, Georgia Blues Paß genauestens unter die Lupe zu nehmen. Schließlich schaute er sie an und sagte: »Hat Ihnen der verlängerte Aufenthalt auf den Philippinen Spaß gemacht, Miß Blue?«

»Nicht unbedingt.«

»Werden Sie uns wieder beehren?«

»Bestimmt nicht.«

»Bemerkenswertes Dokument«, sagte er und klopfte sich ihren Paß gegen den rechten Daumennagel. Er klopfte immer weiter, als könnte es ihm bei der Entscheidung helfen, ob er das Papier nun konfiszieren oder ihr zurückgeben sollte. Unter Cruz' cremefarbenem Jackett war eine leichte Bewegung seiner Schultern zu erkennen. Stallings interpretierte sie als Achselzucken. Sekunden später wußte er, daß er recht gehabt hatte, denn Cruz gab der

Blue ihren Paß mit den Worten zurück: »Wünsche angenehmen Flug.«

Bevor sie sich bedanken konnte, fragte Stallings: »Und was ist nun mit dem seltsamen Telefonanruf?«

»Richtig«, erwiderte Cruz. »Der Anruf. Nun, er kam aus Deutschland, aus Frankfurt, und der Anrufer stellte sich unter dem Namen Glimm vor. Enno Glimm. Kennen Sie ihn?«

Stallings schüttelte den Kopf.

»Er wollte von mir wissen, ob ich ihm Artie Wu und Quincy Durant empfehlen könnte, oder mich wenigstens für sie verbürgen. Ihre Ex. . .was? Expartner?«

»Empfehlen wofür?«

»Für irgendein unbestimmtes und zeitlich eng begrenztes Unternehmen. Glimm wurde nicht konkreter. Das einzige, was er mir konkret mitteilte, war, daß die Sache nicht hier bei uns stattfinden würde. Aber es war gar nicht so leicht, wenigstens das aus ihm herauszubekommen. Und als mir dann zu Ohren kam, daß Sie gerade auf der Durchreise hier sind, da dachte ich mir, frag doch mal nach, ob er weiß, was Wu und Durant vorhaben.«

»Hab' seit fünf Jahren nichts mehr von ihnen gehört.«

»Schade.«

»Und?« sagte Stallings. »Haben Sie die beiden empfohlen?«

»Ich habe zu Glimm gesagt, daß ich sie als Polizist niemandem empfehlen könne. Aber wenn ich kein Polizist wäre und jemanden bräuchte, der mich . . . sagen wir mal . . . sicher zum Tor der Hölle und wieder zurückbringt, dann würde ich mit Sicherheit Artie Wu und diesen . . . äh . . . Quincy Durant anrufen.«

Georgia Blue erhob sich und sagte: »Man hat gerade unseren Flug aufgerufen.«

Captain Hermenegildo Cruz legte den Kopf auf die Seite und lächelte hinauf zu Georgia Blue, die ihn – mit ihren hohen Absätzen – beinahe um Haupteslänge überragte. »Kommen Sie nicht wieder her«, sagte er zu ihr. »Spielen Sie nicht einmal mit dem Gedanken daran.«

Sie schenkte ihm ihr hübschestes Lächeln. »Was für ein feinfühliger Rat.«

12

Ione Gamble, die wieder hinter dem Schreibtisch des Baumwollmaklers aus Memphis saß, benötigte nur ihr Schweigen und einen Bleistift, um eine so greifbare Spannung zu erzeugen, daß Howard Mott meinte, sie beinahe schmecken und fühlen zu können. Würde sie diese Spannung nur noch um eine Nuance steigern, dann müßte sie so schmecken wie Elektrizität, dachte er, und sich anfühlen wie eine tödliche Drohung.

Er stufte diese Vorstellung der Gamble ganz hoch ein und fragte sich, welche Zutaten er sich möglicherweise für seine eigenen, zukünftigen Auftritte vor Gericht ausleihen könnte. Besonders bewunderte Mott, wie sie den Auftritt dadurch arrangiert hatte, daß sie sich ihr volles, brünettes Haar zu einem altjüngferlichen Dutt geknotet und sich alles Make-up aus dem Gesicht geschabt hatte, um dessen bemerkenswerten Charakter zu betonen und die ihm eigene Anmut auf ein Minimum zu reduzieren. Ein wenig wurde dieser Mangel an Anmut durch die ganz offensichtlich nackten Brüste unter einem einfachen, weißen Polohemd kompensiert.

Und schließlich war da noch der Bleistift – lang, gelb und frisch gespitzt –, den sie jetzt seit beinahe drei Minuten schweigend betrachtete und in diese und jene Richtung drehte, wobei sie darauf achtete, daß seine Spitze wie eine Kompaßnadel immer wieder in die Ausgangsstellung zurückschnellte, bis sie schließlich direkt auf Howard Motts Adamsapfel zeigte.

Mott saß wieder auf der Couch mit dem Chintzbezug. Jack Broach, der elegante Agent-Anwalt-Geschäftsführer, lehnte sich in seinen Ehrfurcht gebietenden Ohrensessel zurück, und er war es, der die gespannte Atmosphäre schließlich mit einer Frage auflöste: »Ione, würdest du bitte aufhören, mit dem Bleistift zu vögeln.«

Die Gamble schaute mit perfekt einstudiertem Ausdruck des Erstaunens und der Kränkung auf, dann starrte sie hinunter auf den Bleistift, als sähe sie ihn zum allerersten Mal in ihrem Leben. Sie öffnete langsam die Hand und ließ ihn von ihren Fingern kullern, bis er auf der Schreibtischplatte aufschlug. »Tut mir leid«, sagte sie. »Es . . . es ist mir gar nicht aufgefallen.«

Jack Broach spendete der Vorstellung mit dreimaligem Händeklatschen einen müden Applaus.

Ohne weiter auf Broach zu achten, schenkte sie Mott ein viel zu süßes Lächeln und sagte: »Ich hab' mich gerade gefragt, Howie, ob Sie wohl bereit wären, mir noch einmal – und zwar so verständlich wie möglich – zu erklären, warum Sie diese beiden hirnverbrannten Hypnotiseure engagiert haben.«

»Aber gerne«, erwiderte Mott. »Wie bereits erwähnt, hab' ich zum erstenmal durch einen vielversprechenden Artikel in einem britischen Rechtsjournal von ihnen erfahren. Aber engagiert hab' ich sie erst, nachdem ich mit drei angesehenen Londoner Anwälten gesprochen hatte, die mir die beiden wärmstens ans Herz legten, wie übrigens auch zwei hochrangige Beamte der Metropolitan Police. Mindestens ebensoviel Bedeutung hatte für mich jedoch die Tatsache, daß die Goodisons, Bruder Hughes und Schwester Pauline, Klienten von Enno Glimm waren . . .«

»Dem Hypnotiseursagenten«, warf sie ein.

». . . was an sich schon eine ausreichende Empfehlung wäre.«

»Sie meinen, weil Glimm eine Geld-zurück-Garantie geboten hat, daß seine Hypnotiseure sich nicht als Erpresser oder Scharlatane erweisen werden.«

»Richtig«, sagte Mott. »Und tatsächlich hat er ja auch bereits wiedergutmachende Maßnahmen eingeleitet, nicht zuletzt die Rückzahlung des Honorars von hundertfünfundzwanzigtausend Dollar, das Sie für die Dienste der Goodisons entrichtet haben.« Mott wandte sich an Broach. »Sie haben das Geld doch erhalten, oder?«

Broach nickte. »Telegrafisch. Gestern.«

Die Gamble nahm wieder den gelben Bleistift zur Hand und testete geistesabwesend seine Spitze mit dem Daumen. »Sie sagten eben, Glimm hätte ›wiedergutmachende Maßnahmen‹ eingeleitet. Was sind das für welche – einmal abgesehen von der Rückzahlung des Geldes?«

»Er hat auf eigene – nicht unerhebliche – Kosten eine Londoner Firma namens Wudu GmbH angestellt. Ihr Job ist es, die Goodisons aufzuspüren und Ihnen sowie mir jegliche Unterstützung zu geben, die wir brauchen.«

»Buchstabieren Sie Wudu.«

Nachdem Mott es buchstabiert hatte, sagte sie: »Was bedeutet der Name?«

»Nichts. Es ist nur ein Wortspiel mit den Nachnamen der beiden Partner, Arthur Wu und Quincy Durant.«

»Was ist dieser Wu – Chinese?«

»Ja.«

»Jetzt muß ich mich also darauf verlassen, daß zwei Trottel aus England mich vorm Galgen retten.«

»Gaskammer«, korrigierte Broach.

Bevor die Gamble ihrem Agenten eine bissige Antwort geben konnte, sagte Mott: »Beide, sowohl Wu als auch Durant, sind Amerikaner, und ich kann Ihnen versichern, daß es keine Trottel sind.«

»Was sind es denn – private Ermittlungsagenten für die Oberschicht?«

Mott wollte gerade antworten, als Broach mit den Fingern schnipste und ausrief: »Mein Gott, ja! Ivory, Lace und Silk, stimmt's?«

Die Frage war an Mott gerichtet, der nach einem kurzen Zögern mit dem Kopf nickte.

Offensichtlich irritiert fragte die Gamble: »Die Folksinger? Denen hab' ich zugehört, als ich noch ein ganz junges Ding war. Was zum Teufel haben die mit mir zu tun?«

»Mir dir gar nichts«, antwortete Broach. »Aber mit Wu und Durant 'ne ganze Menge. Erinnerst du dich nicht, wie Silk damals in den Siebzigern plötzlich verschwand?«

Die Gamble schüttelte den Kopf.

»Es waren dieselben beiden Burschen, Wu und Durant, die das Mädchen aufgespürt haben und dabei die ganze Pelican Bay auf den Kopf stellten.« Per Blickkontakt suchte er bei Mott um Bestätigung nach. »Stimmt's, Howie?«

»So ist es gewesen.«

»Und was ist mit ihnen passiert?« wollte die Gamble wissen.

»Mit Wu und Durant?«

»Nein, zum Teufel. Mit Ivory, Lace und Silk.«

Broach studierte eine Sekunde lang seinen Handrücken, dann drehte er die Hand um und studierte ihre Innenfläche. Eine der beiden Seiten mußte seinem Gedächtnis auf die Sprünge geholfen haben. »Ivory starb in Miami an einer Überdosis, glaub' ich. Lace heiratete einen halben Milliardär und zog sich aus dem Geschäft zurück. Und als ich zum letztenmal etwas von Silk hörte, tat sie gerade unten in El Salvador das Werk des Herrn.«

Die Gamble drehte sich um und schaute durch ihre Wand aus Panzerglas hinaus auf Canyon und Ozean. Sie genoß immer noch ihre Aussicht, als sie sagte: »Aus welchem Stall sind Sie, Howie?«

Ein etwas verwirrter Mott wandte sich fragend an Broach, der ihm erklärte: »Sie will wissen, welcher Religion Sie angehören – Wu und Durant.«

»Dürfte ich wissen, warum Sie das wissen wollen?« erwiderte Mott und würzte seine Frage mit etwas Schärfe.

Die Gamble wandte sich von ihrer Aussicht ab. »Die beiden dürfen glauben, was sie wollen. Aber vielleicht hilft es mir, mich in Sie hineinzuversetzen.«

»Es sind keine Darsteller in einem Stück.«

»Seien Sie doch nachsichtig mit mir.«

Mott ließ etwas nicht Sichtbares aus dem linken Ärmel seines dunkelblauen Jacketts schnellen und antwortete: »Ich glaube, daß sowohl Wu als auch Durant von Haus aus Methodisten sind, denn im Alter von vierzehn Jahren sind beide aus einem methodistischen Waisenhaus in San Francisco weggelaufen. Inzwischen mögen sie den Stall gewechselt haben – oder sie haben ganz abgeschworen.«

»Wann sehe ich sie?«

»Am späten Nachmittag oder frühen Abend?«

»Jederzeit«, sagte sie, und nach einer Pause fügte sie hinzu: »Wenn Sie die beiden mit einem einzigen Wort bezeichnen müßten, welches Wort wäre das?«

»Einfallsreich«, antwortete Mott, ohne zu zögern. »Extrem einfallsreich – auch wenn das zwei Wörter sind.«

»Einfallsreich genug, um dieses Goodison-Pack aufzustöbern?«

»Allemal.«

»Einfallsreich genug, um herauszufinden, wer Billy Rice getötet hat?«

Mott schaute ihr fest in die Augen, bevor er antwortete: »Sind Sie sicher, daß Sie es wissen wollen?«

Ione Gamble zog die Brauen zusammen und biß sich auf die Unterlippe. Dann hörte sie auf zu beißen, ihre Stirn glättete sich wieder, und sie sagte: »Ich bin sicher.«

Die Leiterin der Filiale der Bank of America an der Old Malibu Road war nicht besonders beeindruckt von den 50000 Dollar, die

Artie Wu an Booth Stallings telegrafisch überwiesen hatte. Routinemäßig eröffnete sie ein gemeinsames Girokonto auf seinen Namen, gab ihm zwei Unterschriftskarten, die Wu und Durant ausfüllen sollten, und zahlte ihm dann kommentarlos eine Summe von 5000 Dollar in bar aus. Als Stallings sie nach dem Namen eines Immobilienmaklers fragte, der ›größere Mietobjekte direkt am Strand‹ abwickelte, empfahl sie ihm ohne zu zögern einen gewissen Phil Quill.

»Er ist außerdem Schauspieler«, sagte sie. »Wahrscheinlich haben Sie ihn mal in *Miami Vice* oder in einer Episode von *Jake und der dicke Mann* gesehen.«

Quills Name kam Stallings irgendwie bekannt vor, aber nicht aus einer Fernsehserie. Das teilte er der Filialleiterin mit, und er entschuldigte sich gleichzeitig für sein Unwissen, indem er ihr noch einmal mitteilte, daß er die letzten fünf Jahre im Ausland verbracht habe, zuletzt in Amman als ständiger Beauftragter für die Wudu GmbH.

»Und ich war mir so sicher, daß sie *Miami Vice* längst auf arabisch synchronisiert haben«, sagte sie.

Nachdem sie am Abend zuvor auf dem Los Angeles International Airport angekommen waren, hatte Stallings von den Budget-Leuten einen Lincoln-Stadtwagen gemietet. Dann waren er und Georgia Blue auf den Freeway 405 gefahren und später auf dem Freeway 10 weitergefahren, der am Pazifischen Ozean endete. Fünfzehn Meilen weiter nördlich, auf dem Pacific Coast Highway, hatten sie sich plötzlich in Malibu wiedergefunden, nach einem Motel Ausschau haltend.

Georgia Blue bemerkte den Malibu Beach Inn zuerst, ein weitläufiges, zweistöckiges Gebäude, so kunstvoll im spanischen Kolonialstil erbaut, daß es beinahe alt ausgesehen hätte. Von einem kurzen Besuch in Malibu, im Jahre 1986, glaubte Stallings sich zu erinnern, daß damals am selben Platz ein anderes Motel gestanden hatte. Das verschwundene Motel hatte einen polynesischen Namen gehabt – etwas wie Manakura oder Tonga Lei oder vielleicht sogar Tondaleya.

Der Malibu Beach Inn vermietete ihnen zwei benachbarte Zimmer, von denen jedes 180 Dollar pro Nacht kostete. Es waren große, hübsch möblierte Räume mit Ozeanblick und tosender Brandung. Der Mann, der ihnen mit den Koffern half, sah aus wie ein Leibwächter im Ruhestand, oder vielleicht auch wie ein etwas alt gewordener Surfer. Ein schräges Grinsen huschte über sein Gesicht, als er Stallings darüber informierte, daß man in der Bibliothek des Motels einschlägige Videokassetten ausleihen konnte. Stallings sagte, er sei zu müde, gab dem Hotelboy, oder wie immer man ihn nennen sollte, ein Trinkgeld von fünf Dollar und klopfte an Georgias Tür, als der Mann gegangen war.

Sie antwortete ihm durch die geschlossene Tür, sie würde ihn morgen früh sehen. Stallings fand ein paar Miniflaschen Scotch in dem Minikühlschrank, mixte sich einen Drink, riß eine Dose mit Cashewnüssen auf und ging hinaus auf den Balkon. Dort saß er, trank seinen Scotch, aß die Nüsse und fragte sich, warum er nicht 1949 nach Malibu gegangen war und in Immobilien gemacht hatte.

Am nächsten Morgen gingen Stallings und Georgia Blue hinunter, um am Büfett in der Eingangshalle das Gratisfrühstück des Malibu Beach Inn einzunehmen. Stallings' Frühstück bestand aus zwei Tassen Kaffee. Georgia Blue hatte gerade zwei Gläser Milch, einen Vollkorntoast und einen ganzen Berg Obst zu sich genommen, als ein braungebrannter, untersetzter Mann die Eingangshalle betrat, sich umschaute, Stallings und die Blue entdeckte, ihnen ein umwerfendes Lächeln herüberschickte und schließlich mit kleinen, eiligen Schritten, die kaum den Fußboden aus mexikanischen Fliesen zu berühren schienen, auf sie zusteuerte. Diese kleinen, leichtfüßigen Schritte gaben Stallings' Gedächtnis einen Stoß, und endlich erinnerte er sich daran, wer dieser Phil Quill früher einmal war.

Der Immobilienmann trug Gabardinehosen mit doppelter Bügelfalte, die noch um einige Schattierungen heller als Kükengelb waren. Seine Füße steckten ohne Socken in Loafers mit dünnen Sohlen, die Georgia Blue und vielleicht sogar Stallings als Ferragamos erkannte, das dunkelblaue Polohemd stammte wahrscheinlich von Gap, und ein hellblauer Cashmerepullover für fünf- bis sechshundert Dollar hing ihm über den breiten Rücken; die Ärmel kreuzten sich im lockersten aller denkbaren Knoten über dem Brustbein. Quill hatte sich gerade eine Sonnenbrille in das dichte, immer noch blonde Haar geschoben, und jetzt sah man zwei blaue Augen, die sowohl zum Ozean als auch zum Pullover paßten.

Als er ihren Tisch erreicht hatte, sagte er mit leichtem Südstaatenakzent: »Ich bin Phil Quill, der Immobilienmakler. Betty in der Bank hat mir gesagt, Sie würden gerne ein Strandhaus für einen Monat oder so mieten.« Er lächelte wieder. »Vorausgesetzt, daß Sie, Ma'am, Miß Blue sind, und Sie, Sir, Mr. Stallings.«

Stallings erhob sich. »Das sind wir.« Dann schüttelte er die angebotene Hand und lud den Mann ein, sich auf einen Kaffee oder sogar ein ganzes Frühstück zu ihnen zu setzen.

»Ich hätte gerne eine Tasse Kaffee, aber ich werde sie mir selber holen.«

Quill trippelte mit eiligen Schritten davon. Georgia Blue blickte ihm nach und sagte: »Ich möchte mal wissen, warum der so geht.«

»Es gab mal eine Zeit, da konnte er es rückwärts oder seitwärts fast genauso schnell.«

»Wann?«

»Anfang der sechziger Jahre, als er noch als Quarterback für Arkansas spielte. In seinem Abschlußjahr schaffte er es bis in die Endrunde der Universitätsmeisterschaft.«

»Hast du ihn spielen sehen?«

»Im Fernsehen.«

Quill kehrte zurück, setzte sich, schlürfte an seinem Kaffee und stellte dann eine Frage. Die erste Hälfte richtete er an Georgia Blue, die zweite an Stallings. »Ich denke, Sie sollten mir ein bißchen auf die Sprünge helfen. Was für eine Art Haus suchen Sie denn?«

»Wir hätten gerne etwas direkt am Strand, mit mindestens fünf Schlafzimmern«, antwortete Stallings.

»Für wie lange?«

»Einen Monat – mit einer Option auf einen weiteren Monat.«

»Suchen Sie etwas hier in der Nähe, ganz weit draußen oder so mittendrin? Ich frage, weil Malibu etwa fünfundzwanzig Meilen lang ist und nur eine Meile breit.«

»Wie wär's mit dieser Gegend hier?« sagte die Blue.

»Nun, Miß Blue, die Gegend hier, das ist praktisch Carbon Beach, und das könnte teuer werden, jetzt im Februar, wo die Schneevögel aus Kanada eingeflogen kommen und die Europäer in Schwärmen über uns herfallen, um ihren Vorteil aus dem Zwei-Dollar-Pfund, der 96-Pfennig-Mark und dem beinahe 20-Cent-Franc zu ziehen.«

»Was nennen Sie teuer?« wollte Stallings wissen.

»Zehn-, fünfzehn-, zwanzigtausend im Monat.«

»Haben Sie in der Preislage etwas mit fünf Schlafzimmern?«

Quill strich sich flüchtig mit dem Daumen über sein eindrucksvolles Kinn, als würde es ihm das Nachdenken erleichtern. Beinahe automatisch berührte Stallings sein eigenes Kinn und sagte: »Das haben Sie immer gemacht, kurz bevor Sie einen Paß spielten, stimmt's?«

Stallings hatte schon lange keinen erwachsenen Mann mehr rot werden sehen, aber Quills Gesicht wurde jetzt von einem zarten Rosa überzogen. Der Versuch eines Lächelns endete beinahe in einer Grimasse. »Ich hoffe immer, daß mal jemand zu mir sagt: ›Hey, hab' ich Sie nicht in *Bloody Valentine* gesehen und in diesem MOW-Flop *Pickled Noon*?‹ Aber kein Mensch erinnert sich an die vierzehn Filme und einundfünfzig Serien-Episoden, in denen ich mitgespielt habe. Sie erinnern sich nur an Football.«

»Tut mir leid, daß ich davon angefangen habe«, entschuldigte sich Stallings.

»Nun, ich wäre eben lieber für das bekannt, was ich während der letzten fünfundzwanzig Jahre gemacht hab', und nicht für die kurze Zeit zwischen dem 18. und 21. Lebensjahr. Ich hätte damals zu den Profis gehen können, aber ich hab's nicht getan. Statt dessen bin ich gleich nach dem College hierhergekommen, und seitdem fühle ich mich als Schauspieler – auch wenn ich 1988 in einem einzigen Monat mehr mit Vermittlungsprovisionen verdient habe als mit der ganzen Schauspielerei zusammen, einschließlich der Wiederholungshonorare für die Fernsehrollen.«

»Für mich werden Sie immer ein Schauspieler sein, Mr. Quill«, sagte Georgia Blue.

»Ich weiß es zu schätzen, Miß Blue, aber jetzt wird es Zeit, daß ich mich in den Immobilienmakler Phil Quill zurückverwandle.«

Er schaute Stallings an, dann wieder Georgia Blue, zog die Brauen ein wenig zusammen, kratzte sich noch einmal flüchtig mit dem Daumen über das große Kinn und sagte: »Ihr scheint mir beide ganz vernünftige und liberale Leute zu sein, und liberal meine ich ohne negativen Beigeschmack. Deshalb sollte ich euch die Frage stellen.« Nach einer dramatisch wirksamen

Kunstpause fuhr Quill fort: »Käme für euch ein verdammt nobles Sechs-Schlafzimmer-Haus direkt am Carbon Beach für monatlich fünfzehntausend in Betracht, auch wenn der frühere Besitzer an Silvester in eben diesem Haus totgeschossen wurde?«

»Wer wurde totgeschossen?« fragte Stallings.

»William A. C. Rice der Reiche. Die Cops behaupten, Ione Gamble hätte ihn erschossen.«

»Und es liegt direkt am Strand?«

»Ihr habt fünfzig Meter Sand nur für euch.«

»Fünfzehntausend?« fragte Stallings nach.

»Jawohl, Sir.«

»Wie wär's mit zwölfeinhalb?«

»Wie wär's mit dreizehneinhalb?«

»Mit der Möglichkeit zu verlängern?«

»Ja, Sir, das ließe sich arrangieren.«

»Wir nehmen es.«

»Wollt ihr beiden es euch nicht erst einmal anschauen?«

»Sie sagten doch, es sei schön, Mr. Quill«, erwiderte Georgia Blue. »Lassen wir uns überraschen, wie schön es ist.«

13

Artie Wu, der einen Gepäckwagen vor sich herschob, ging vorneweg, als er, Otherguy Overby und Quincy Durant um 13.37 Uhr am selben Nachmittag die lange Rampe entlangkamen, die von der Zollkontrolle und der Einwanderungsbehörde in die internationale Ankunftshalle des Flughafens führte, wo Booth Stallings und Georgia Blue bereits warteten.

Durant schaute zu, als Wu Georgia Blue mit einem Lächeln, einer Umarmung, einem Kuß und ein paar freundlichen Worten begrüßte, bevor er sich umdrehte, um Stallings die Hand zu schütteln. Overby war als nächster dran. Er gab ihr einen Klaps auf die Wange, und sie wäre beinahe zusammengezuckt, dann sagte er etwas zu ihr, und sie hätte beinahe gelächelt.

Ein Durant ohne Lächeln trat auf sie zu und streckte ihr seine Hand entgegen. Sie griff zu und sagte: »Nur raus damit, Quincy.«

Er ließ ihre Hand los und sagte: »Versuch nicht noch mal, mich aufs Kreuz zu legen, Georgia.«

Sie starrten sich ein paar Sekunden lang an, bevor sie mit einem nachdenklichen Kopfnicken antwortete, welches Durant als ›Vielleicht nicht, vielleicht aber doch‹ interpretierte. Tatsächlich sagte sie: »Du hast dich kaum verändert.«

»Du auch nicht.«

»Doch, ich schon.«

Durant studierte die weiße Strähne in ihrem Haar. »Läßt du sie so?«

»Als Mahnung.«

»Mir gefällt sie«, sagte er und wandte sich ab, um Booth Stallings zu begrüßen.

Seines Jackett und der Krawatte ledig, die Ärmel seines maßgeschneiderten weißen Hemds sorgfältig aufgekrempelt, steuerte Otherguy Overby den gemieteten Lincoln in die Abkürzung zum Zubringer, der ihn zur Internationalen Ankunftshalle zurückbringen würde, wo Artie Wu inzwischen sein Telefongespräch beendet haben müßte.

Auf dem Vordersitz neben Overby saß Georgia Blue. Durant und Stallings hatten auf der Rückbank Platz genommen. Nachdem die vier den zweiten Stock der Parkgarage erreicht und das Gepäck im Kofferraum des Lincoln verstaut hatten, erbot sich Overby, den Wagen weiter zu fahren. Stallings warf ihm die Schlüssel zu. »Gerne«, sagte er.

»Wohin?« fragte Overby.

»Malibu«, antwortete Stallings, der sich für einen der wenigen Amerikaner hielt, für die Autos eher ein Ärgernis als eine Notwendigkeit sind. Es hatte Zeiten in seinem Leben gegeben, vor allem im Ausland und während der Jagd auf Terroristen, da war er bis zu achtzehn Monate lang ohne eine einzige private Autofahrt ausgekommen. Statt dessen war er zu Fuß gegangen, mit dem Fahrrad gefahren, oder er hatte Taxis und öffentliche Verkehrsmittel benutzt. Inzwischen war er beinahe davon überzeugt, daß er sich nie wieder ein eigenes Auto kaufen würde – es sei denn, er stolperte über einen Morgan oder vielleicht auch einen Jowett-Jupiter.

Overby entdeckte Wu, der am Randstein wartete. Nachdem der Lincoln angehalten hatte, setzte sich Wu neben Stallings auf die Rückbank und sagte: »Quincy und ich sind ...« Er brach mitten im Satz ab, als Overby fachmännisch einem Hotel-Kleinbus den Weg abschnitt und versuchte, sich auf der äußersten linken Spur des Flughafenzubringers einen Weg zu bahnen. Wu bemerkte, daß er den Atem angehalten hatte, bis er vom sicheren Ausgang des Manövers überzeugt war. Er benützte die angehaltene Luft, um seine Ankündigung auszusprechen. »Quincy und ich sind heute nachmittag um fünf mit Ione Gamble verabredet.«

»Hast du mit ihr gesprochen?« fragte Durant.

»Nein. Mit Howard Mott.« Er schaute Stallings an. »Dein Schwiegersohn bat mich, dir mitzuteilen, daß dein Enkel und Namensvetter blüht und gedeiht.«

Der frischgebackene Großvater lächelte sanft. »Sie haben den Jungen Booth Stallings Mott genannt. Es ist ihnen nicht in den Sinn gekommen, daß die anderen Jungs ihn spätestens in der zweiten Klasse, wenn nicht schon in der ersten B. S. nennen werden.«

Georgia Blue wollte wissen: »Hast du ihn schon gesehen?«

»Nein. Ich war seit fünf Jahren nicht mehr in Washington. Der Kleine ist doch ohnehin noch in der Glucks- und Raabääh-Phase. Ich glaube, ich sollte warten, bis er drei oder vier ist und etwas zu sagen hat.«

Overby war in nördlicher Richtung auf den Sepuvelda Boulevard gebogen und näherte sich dem Lincoln Boulevard. Wu beugte sich vor und fragte: »Wo soll's hingehen, Otherguy?«

»Nach Malibu«, sagte Booth.

Wu lehnte sich wieder zurück und fragte Stallings: »Irgendwelche Probleme mit dem Girokonto?«

»Keine. Ich habe Blankoschecks und Unterschriftskarten für dich und Quincy in meiner Tasche.«

»Schon irgendein Haus in Sicht?«

»Erinnerst du dich an Phil Quill?«

Wu runzelte die Stirn, dann hellte seine Miene sich auf. »Der Quarterback von den Wildschweinen?«

»Er hat uns ein Haus vermietet.«

»Seins?«

»Nein. Er arbeitet jetzt als Makler in Malibu – wenn er nicht gerade vor der Kamera sitzt, was er die meiste Zeit über zu tun scheint.«

»Schönes Haus?« fragte Durant.

»Direkt am Strand.«

»Wie viele Schlafzimmer?«

»Sechs. Und sieben Badezimmer.«

»Kostet?«

»Quill wollte fünfzehn, aber er kam uns bis dreizehneinhalb entgegen.«

»Wessen Haus ist es?« wollte Wu wissen.

Um Wus Reaktion nicht zu verpassen, drehte er sich um und schaute ihn an. Ihm fiel auf, daß auch Georgia Blue sich auf ihrem Sitz umgedreht hatte. »Die Besitzverhältnisse sind im Moment etwas in der Schwebe«, antwortete Stallings. »Aber das Haus hat William A. C. Rice dem Vierten gehört.«

Artie Wu brachte auf seine Weise sein Erstaunen zum Ausdruck, indem er ein paarmal verständnisvoll mit dem Kopf nickte und dazu sanft lächelte.

»Und?« sagte Stallings und richtete sich sowohl auf Lob als auch strengen Tadel ein.

»Ich denke, Rices Haus könnte sich als nützlich erweisen«, antwortete Wu. »Und ich finde außerdem, daß ihr bemerkenswert gute Arbeit geleistet habt, du und Georgia.«

»Ich kann mir nicht vorstellen, wie dieses Haus uns nützen sollte«, wandte Durant ein. »Außer daß man auf uns aufmerksam wird.«

»Genau das ist es«, sagte Wu.

Vom Fahrersitz her warf Otherguy Overby ein: »Zum Teufel, mir kommt gleich 'n halbes Dutzend Ideen, wie wir es nützen können.«

Wu lehnte sich gemütlich zurück, verschränkte die Hände vor seinem Bauch und schloß die Augen. »Dann laß doch mal zwei oder drei davon hören, Otherguy.«

Um 15.15 Uhr hatten die Reisenden bereits ausgepackt, eine Besichtigung von Billy Rices 15-Millionen-Dollar-Strandhütte vorgenommen und einen kurzen Strandspaziergang absolviert. Jetzt hatten sie sich alle in dem riesigen Wohnzimmer versammelt, wo Artie Wu wie von einem Magneten vom Lieblingssessel des toten Mannes angezogen worden war – einem kunstvoll gearbeiteten Klappsessel, dessen Lederbezug die Farbe von Portwein hatte.

Es gab keine versteckten Hebel, die auch nur darauf hinwiesen, daß es ein Klappsessel war. Statt dessen sah er aus wie ein ganz gewöhnlicher, mit Messingnieten beschlagener Ohrensessel – wenn man einen Drei- oder Viertausend-Dollar-Sessel gewöhnlich nennen will. Ein geschickt versteckter Knopf klappte die Lehne zurück, und damit konnte man sie auch in jede gewünschte Schräglage bringen. Ein anderer Knopf setzte den elektrischen Schüttelmechanismus in Gang. Und mit einem dritten Knopf konnte man die Musikanlage des Wohnzimmers in Betrieb nehmen.

Gleich neben dem Sessel befand sich die Telefonkonsole mit sechs Leitungen, von der aus Ione Gamble die Polizei angerufen hatte. Außerdem gab es einen ausziehbaren Lesetisch. Auf der linken unteren Seite hatte der Sessel eine geräumige Ledertasche, die immer noch mit Drehbüchern vollgestopft war. Das Licht fiel von einer Flurlampe herein, deren Chromständer und flacher Metallschirm zufällig in einer günstigen Position standen.

Booth Stallings und Georgia Blue saßen zusammen auf einem der drei Sofas, als wollten sie damit eine Art lose Verbindung andeuten, wenn nicht gar demonstrieren. Overby hatte sich einen Eames-Sessel ausgesucht, einen echten, und die Füße lagerten auf dem dazugehörigen Hocker. Durant stand, mit dem Rücken zum Raum, vor der weiten Glaswand und schaute hinaus auf den Ozean.

Nachdem er den anderen einen Drink angeboten und keine

Abnehmer gefunden hatte, sagte Artie Wu: »Booth hat jedem von uns tausend Dollar Taschengeld ausgezahlt. Er wird unser Schatzmeister, Logistiker und Haushaltsvorstand sein. Wenn euch jemand fragen sollte, dann seid ihr Kollegen von Dr. Stallings und seiner charmanten Forschungsassistentin Miß Blue. Irgendein Kommentar dazu?«

Stallings hatte einen. »Ich denke, daß ich als erstes ungefähr einen Tag lang die Nachbarschaft abklappern werde, Artie. Ich stell mich als Dr. Stallings vor, der alte Akademiker mit dem Schnellfeuermundwerk, der einem ein Loch in den Bauch quatscht. Ich hab' die Erfahrung gemacht, daß die Leute einem alle möglichen interessanten Dinge erzählen, nur damit man endlich den Mund hält und wieder geht.«

»Versuche herauszufinden, womit Billy Rice sich vergnügt hat, und vor allem mit wem«, sagte Wu.

»Das hab' ich vor.«

Wu schaute sich im Wohnzimmer um. »Noch irgendwelche Fragen?«

Durant hatte eine. Ohne sich umzudrehen, sagte er: »Woran arbeitest du, Booth? Falls die Nachbarn dich fragen.«

»An gar nichts. Ich erzähle ihnen, ich würde mich von der harten Arbeit in Amman ausruhen, während meine Kompagnons von der Wudu GmbH hier über ein vertrauliches Forschungsprojekt in L. A. verhandeln.«

»Gut«, meinte Durant und gab sich wieder der Inspektion des Ozeans hin.

»Wie bereits erwähnt«, fuhr Wu fort, »sind Quincy und ich um fünf Uhr mit Ione Gamble verabredet. Howard Mott wird ebenfalls anwesend sein. Ich muß hinzufügen, daß er sich mit einer der großen Anwaltskanzleien in der Stadt zusammengetan hat, die es ihm ermöglicht, Ione Gamble hier in Kalifornien zu vertreten. Ihr persönlicher Anwalt, Jack Broach – der gleichzeitig ihr Manager und Agent ist – nimmt möglicherweise auch an dem Treffen teil. Ich werde euch seinen Namen buchstabieren.«

Nachdem er ihn buchstabiert hatte, schaute Wu Georgia Blue an und sagte: »Fühl du ihm auf den Zahn, Georgia.«

»Nach was Bestimmtem oder ganz allgemein?«

»Ganz allgemein.«

Dann wandte Wu sich an Overby. »Otherguy, ich möchte, daß du mit der Jagd auf die vermißten Hypnotiseure beginnst.

Quincy ist es gelungen, einen der Werbeprospekte der Goodisons aufzutreiben, der auch Fotos von den beiden enthält. Außerdem hat er mit einer Expolizistin des Reviers in Paddington gesprochen, die ihm einen Überblick über die Gewohnheiten und Eigenheiten der beiden verschafft hat. Es steht alles in einer Aktennotiz, die er angefertigt hat.«

»Er hat mir schon eine Kopie davon gegeben«, sagte Overby.

»Gut. Wenn Georgia mit Jack Broach fertig ist, wird sie sich deiner Jagd auf die Goodisons anschließen.«

»Wieviel Zeit haben wir?« wollte Overby wissen.

»Nicht viel. Mott sagt, die Verhandlung sei für den 23. März vor dem Superior Court in Santa Monica angesetzt. Er hofft, daß er einen Aufschub erreichen kann, weil er sich Sorgen macht, daß sie verlieren wird, wenn es so bald zur Verhandlung kommen sollte.«

»Gab es irgendeine Verbindung zwischen dem toten Rice und den Goodisons?« fragte Overby.

»Nicht daß ich wüßte«, antwortete Wu. »Aber es kann nicht schaden, nach einer zu suchen.«

»Was ist, wenn wir herausfinden, daß die Goodisons tot sind?« fragte Georgia Blue.

Wu dachte einen Augenblick lang nach. »Dann ist unser Job hier erledigt – es sei denn, Enno Glimm sagt etwas anderes.«

»Und was ist«, meldete sich Durant, der immer noch auf den Ozean starrte, »wenn wir über einen Hinweis darauf stolpern, daß Ione Gamble Rice getötet und etwas mit dem Verschwinden der Goodisons zu tun hat?«

Bevor Wu antworten konnte, sagte Overby: »Wir könnten die Story verkaufen und uns zur Ruhe setzen – alle.«

Wu seufzte. »Ein geschmackloser Vorschlag – selbst für dich, Otherguy.«

»Nun erzähl mir bloß nicht, dir wäre das noch nicht in den Sinn gekommen, Artie.«

Wu seufzte ein zweites Mal und sagte: »Ich denke, wir sollten von zwei Annahmen ausgehen. Erstens: Daß die Goodisons am Leben sind, aber in einem Versteck. Vielleicht aus eigenem Willen, vielleicht auch nicht. Unsere zweite Annahme ist, daß Ione Gamble William Rice nicht getötet hat. Da die Cops aus der entgegengesetzten Richtung auf sie losgegangen sind, besteht die vage Möglichkeit, daß unser Herangehen an die Sache etwas

Neues zum Vorschein bringt, vielleicht etwas Entlastendes – auch wenn ich keine große Hoffnung habe.«

Es entstand ein kurzes Schweigen, während er jeden der Anwesenden einzeln anschaute und sich dabei viel Zeit ließ, vor allem, nachdem sein Blick Durants Rücken erreicht hatte. »Sonst noch was?«

»Wir brauchen mehr Autos«, sagte Overby.

»Ein Stück weiter die Hauptstraße entlang ist eine Budget-Filiale«, antwortete Stallings. »Dort können wir uns mieten, was wir brauchen.«

»Sonst noch was?« wiederholte Wu seine Frage.

Nach einer etwas längeren Pause sagte Georgia Blue: »Etwas stört mich. Es geht um die beiden Hypnotiseure – die Goodisons. Nach kalifornischem Recht ist die Aussage jedes Zeugen, der hypnotisiert wurde, mit einem Makel behaftet. Warum also hat Mott nicht einmal den weiten Weg bis nach London gescheut, um zwei Hypnotiseure aufzutreiben, wo er doch genau wußte, daß Ione Gamble nicht mehr zu ihrer eigenen Verteidigung würde aussagen können, wenn sie erst mal hypnotisiert wäre.«

Durant, der immer noch auf den Ozean starrte, sagte: »Das ist die zweite Frage, die ich Mott stellen werde.«

»Und wie lautet die erste?« wollte sie wissen.

»Warum er zwei *korrupte* Hypnotiseure importiert hat.«

»Vielleicht wußte er nicht, daß sie korrupt sind.«

»Das wäre dann meine dritte Frage«, sagte Durant. »Warum wußte er das nicht?«

14

Um 16.56 Uhr brachte Artie Wu den Lincoln vor dem Haus von Ione Gamble am Adelaide Drive zu einem ruckartigen Halt. Durant machte keinerlei Anstalten auszusteigen, statt dessen starrte er auf das Haus, als säßen sechs seiner ärgsten Feinde darin.

»Hast du was gegen spanischen Kolonialstil?« fragte Wu.

»Ich hab' was gegen deinen miserablen Fahrstil. Frage: Warum ist eine Fahrt mit dir für mich wie eine Steuerprüfung? Antwort: Weil ich weiß, daß sie verhängnisvoll ausgehen wird.«

»Wir sind sicher angekommen.«

»Durch Gottes Gnade.«

»Und was für eine Laus ist dir wirklich über die Leber gelaufen?«

»Wahrscheinlich die Goodisons«, sagte Durant und öffnete die Beifahrertür.

Kurz nachdem Wu die Zweiklangglocke betätigt hatte, wurde die Haustür geöffnet, aber nicht etwa von der salvadorianischen Haushälterin, sondern von Howard Mott, der einen dunkelblauen Anzug, ein weißes Hemd und eine unauffällige Krawatte trug. Er schaute sich seine Besucher kurz an, nickte zweimal mit dem Kopf und sagte: »Wenn Sie Mr. Wu sind, dann ist er Mr. Durant. Ich bin Howard Mott. Kommen Sie herein.«

Nachdem sie eingetreten waren und das Händeschütteln absolviert hatten, sagte Wu: »Zuerst möchte ich Ihnen für die Aufträge danken, die Sie uns im Laufe der Jahre vermittelt haben – vor allem für das Beirut-Geschäft.«

»Wie Sie wissen, war es der Witwe sowohl ein Vergnügen als auch eine wertvolle Hilfe«, erwiderte Mott. »Außerdem möchte ich mich für die Klienten bedanken, die Sie an mich verwiesen haben. Auch wenn ein paar von ihnen ziemlich merkwürdige Figuren waren. Andere waren faszinierende Menschen. Und, Gott sei Dank, waren sie alle solvent und ohne Ausnahme schuldig wie der Teufel persönlich.«

»Wenn sie das nicht gewesen wären, warum hätten sie sich dann einen Anwalt für tausend Dollar die Stunde nehmen sollen?« fragte Durant.

»Soviel verlange ich nicht. Noch nicht.«

»Wie war die Erfolgsquote?« wollte Wu wissen.

»Acht von den zehn, die Sie mir geschickt haben, wurden freigesprochen. Die anderen beiden lernen jetzt in Pennsylvania und Florida im leichten Strafvollzug das Pingpongspielen.«

Wieder starrte Mott sie an, diesmal zuerst Durant und dann Wu, bis er kaum merklich den Kopf schüttelte und sagte: »Ich dachte gerade, daß es seltsam ist, daß wir uns noch nie begegnet sind.«

»Wir versuchen, möglichst ohne juristischen Beistand auszukommen«, antwortete Durant.

»Sehr klug«, sagte Mott und fragte dann: »Mr. Overby ist nicht mitgekommen?«

»Nein.«

»Ich hoffe, ich werde ihn noch kennenlernen. Wir haben schon so oft miteinander telefoniert, daß er für mich beinahe so etwas wie ein Klient ist.«

»Das wird sich machen lassen«, sagte Wu.

»Und wie geht's meinem Schwiegervater?«

»Er ist verliebt«, antwortete Durant.

»Wirklich? In wen?«

»In eine ehemalige Agentin des Secret Service. Georgia Blue.«

Mott zog die Brauen zusammen. »War das nicht die Frau, die man in Hongkong wegen Mordes an die Philippinen auslieferte, und . . .«

Wu ließ ihn nicht ausreden. »Genau die.«

»Also. Alle fünf wieder vereint. Ist das nicht wie ein Familientreffen?«

»Zum Glück ist es zeitlich begrenzt«, sagte Wu. »Wie alle Familientreffen.«

Offensichtlich wollte Mott noch etwas sagen, die eine oder andere Frage stellen. Aber er kriegte den Mund nicht auf. Er beißt sich auf die Zunge, dachte Wu. Schließlich schaute Mott auf die Uhr und verkündete, daß das Treffen in Ione Gambles Büro im ersten Stock stattfinden werde.

»Nur wir vier?« fragte Wu, als sie die Treppe in Angriff nahmen.

»Hatten Sie sonst noch jemanden erwartet?«

»Sie erwähnten einen Jack Broach.«

»Jack konnte sich nicht freimachen«, sagte Mott.

Ione Gamble trug einen dunkelblauen, grobgestrickten Baumwollpullover mit tiefem V-Ausschnitt über einem T-Shirt, das aus Rohseide zu sein schien. Dazu hatte sie graue Flanellhosen und weiße Reebok-Turnschuhe angezogen. Als Mott die Anwesenden einander vorstellte, gab die Gamble zuerst Durant die Hand und murmelte eine Höflichkeitsfloskel, während sie seinen Aufzug musterte, der aus Tweedjackett, maßgeschneidertem Chambray-Hemd, Köperhosen sowie bejahrten Loafers bestand, die ein Paar Socken im farbenfrohen Schottenmuster umschlossen. Die Socken bekam sie allerdings erst zu sehen, nachdem er sich gesetzt und die Beine übergeschlagen hatte.

Als nächsten lächelte sie Artie Wu an, schüttelte ihm die Hand und sagte etwas Nettes zu ihm, während sie sein weißes, ohne Krawatte getragenes Hemd mit Lord-Byron-Kragen, den ein wenig ordinären, zweireihigen, blauen Blazer, die hellgrauen Hosen und die glänzenden, schwarzen, gekrispelten Wing-Tips – die er wie ein Abzeichen der Solidität trug – in Augenschein nahm. Außerdem fiel ihr auf, daß Wu im Gegensatz zu Durant einen Ehering trug.

Nachdem sie sich vorgestellt hatten, nahm die Gamble ihren Platz hinter dem Schreibtisch ein. Mott entschied sich für den Ohrensessel, während Wu und Durant sich die Couch mit dem Chintzbezug teilten.

Jetzt schlug Durant endlich die Beine über, zeigte die bunten Socken im Schottenmuster, lächelte Ione Gamble zu und sagte, was zu sagen er sich vorgenommen hatte: »Wir haben William Rices Haus in Malibu gemietet.«

Das Erstaunen verschwand so schnell wieder von ihrem Gesicht, wie es gekommen war. Sie ersetzte es durch einen eisigen Blick, den sie auf Durant richtete, während sie Mott eine Frage stellte: »Zahle ich für das Haus, Howie?«

»Enno Glimm zahlt dafür«, antwortete Mott.

Der eisige Blick wich einem Lächeln, und sie sagte: »Dann hoffe ich, daß es Ihnen dort gefällt. Es ist ein wunderschönes Haus.«

»War es ein glücklicher Zufall, daß Sie es mieten konnten?« fragte Mott.

Artie Wu nickte. »Es ist eines dieser zufälligen Ereignisse, die sich als nützlich erweisen können oder auch nicht. Aber, wie Miß Gamble bereits erwähnte, es ist ein fantastisches Haus.«

»Sagen Sie doch Ione zu mir, und ich nenne Sie Artie und – Quincy, okay?«

»Quincy«, bestätigte Durant. »Da wir gekommen sind, um Ihnen Fragen zu stellen, sollten wir vielleicht ein paar grundsätzliche Abmachungen treffen. Gibt es irgendwelche Themen, über die Sie nicht sprechen wollen?«

»Sollte es welche geben, werde ich Ihnen schon rechtzeitig das Maul verbieten.«

»Das sollte als Warnung ausreichen.«

»Gut«, sagte sie. »Womit fangen wir an?«

»Mit den Goodisons«, sagte Durant. »Pauline und Hughes.«

»Ja, die Goodisons. Nun, zwei Minuten nachdem wir uns kennengelernt hatten, sollte ich sie schon Paulie und Hughsie nennen. Ich lebe seit dreißig Jahren in dieser Stadt – ich spreche von L. A. –, und ich hatte nicht gerade das, was man eine beschützte Jugend nennen würde. Als ich zwanzig war, glaubte ich, so ziemlich jedem Schleimer und jeder Schleimerin auf Gottes Erde begegnet zu sein – bis ich die Goodisons kennenlernte.«

»Erzählen Sie uns von ihnen«, forderte Wu sie auf.

»In Ordnung. Ich traf mich dreimal mit ihnen, und nach der letzten Zusammenkunft erhielt Howie diesen Anruf von Hughes Goodison, der behauptete, alle möglichen neuen Informationen und wichtigen Tatsachen und so weiter zu haben. Wie auch immer, jedenfalls sagte Hughes, er rufe vom Bel-Air aus an, aber als Howie dort eintraf, waren die Goodisons bereits verschwunden.«

»Sind sie aus dem Hotel ausgezogen?« fragte Durant.

»Nein«, sagte Mott. »Sie sind einfach verschwunden und haben alles zurückgelassen.«

»Können wir vielleicht mit dem ersten Treffen anfangen?« bat Wu.

»Okay«, sagte sie. »Dann mal los. Also, die Goodisons fliegen aus London ein und ziehen ins Bel-Air. Dann rufen sie bei mir an, oder vielmehr Hughes ruft an, und nach dem üblichen Begrüßungsgeplapper kommt er zur Sache – der Hypnose. Hughes fände es nett, wenn ich zu ihnen ins Bel-Air käme, in ihre Suite, weil dort eine so ruhige, entspannende Atmosphäre herrsche. Ich will Sie jetzt nicht mit meinem Eindruck von seiner Stimme langweilen, aber sie hat so einen gekünstelt sonoren Klang, falls Sie mich verstehen, und da Sie ja aus London kommen, werden Sie mich schon verstehen.«

»Ja«, bestätigte Wu. »Wir verstehen.«

»Nun, ich hab' schon sehr früh gelernt, daß man nicht zu fremden Männern aufs Hotelzimmer gehen soll – schon als ich vier oder fünf war. Also erkläre ich Hughes, daß mein Haus auch eine Atmosphäre hat, die schön ruhig und entspannend ist, und daß die Hypnose, wenn überhaupt, hier stattfinden wird. Dann gebe ich ihm noch die Adresse, erkläre ihm den Weg, und die beiden kreuzen in einer Limousine hier auf.«

»Um welche Zeit war das?« fragte Durant.

»Gegen vier Uhr nachmittags.«

Durant schaute Mott an. »Waren Sie auch hier?«

»Nein.«

»Warum nicht?«

»Weil ich weder über die Ankunft der Goodisons in Los Angeles noch über ihre Verabredung mit Ione informiert worden war.«

Durant schaute die Gamble an. »Warum haben Sie's ihm nicht mitgeteilt?«

»Ich wollte ihn anrufen, aber dann kam Jack Broach mit 'nem Haufen Zeug vorbei, das ich unterschreiben mußte. Er war immer noch hier, als Goodison anrief, und ich bat ihn zu bleiben. Ich hab' Jack gefragt, ob ich Howie Bescheid sagen soll, und er hielt es für eine gute Idee. Aber als ich ihm dann sagte, daß es sich nur um ein erstes Kennenlernen handelt, noch nicht um eine Hypnosesitzung, meinte er, daß es nicht nötig sei, Howie deshalb zu bemühen. Also ließ ich's bleiben.«

Durant schaute wieder Mott an. »Haben Sie die Goodisons mal zu sehen gekriegt?«

»Nur einmal. Sie kamen ins Santa Monica Hotel, wo ich wohne, riefen mich über das Haustelefon an und wollten auf einen Drink heraufkommen. Ich schlug die Hotelbar vor, weil ich es dort gemütlicher fand. Wir tranken zusammen etwas, plauderten ein wenig belangloses Zeug, und sie gingen wieder.«

»Was hielten Sie von ihnen?«

Mott lächelte schwach. »Sagen wir mal, ich hatte das Gefühl, daß es ihnen an Charakter fehlt.«

»Gauner?«

»Ich bin kein Gedankenleser.«

»Hatte Enno Glimm sich für die beiden verbürgt?«

»Niemand hat sich für sie verbürgt, Quincy. Aber in London

waren viele Leute von ihnen begeistert, die es eigentlich besser hätten wissen müssen.«

»Sie sind Gauner«, sagte Durant. »Nachdem ich gehört hatte, daß sie verschüttgegangen sind, habe ich keine vierundzwanzig Stunden gebraucht, um herauszufinden, was das für Gauner sind. Ich verstehe nicht ganz, warum Enno Glimm und seine Leute nicht dasselbe getan haben.«

»Zu den Schuldzuweisungen kommen wir später«, sagte Wu. »Jetzt würde ich gerne Ione ein paar Fragen stellen. Hat jemand was dagegen?«

Nachdem niemand sich meldete, beugte Wu sich vor, stützte die Ellbogen auf die Knie und faltete die Hände. Er schenkte der Gamble so ein Lächeln, das man einfach erwidern muß. »Die Goodisons – was war Ihr allererster Eindruck von ihnen? Was für eine Nummer haben sie Ihnen vorgespielt?« fragte er sie.

Zuerst schaute die Gamble etwas mißtrauisch – dann jedoch interessiert. »Kennen Sie die beiden von London?«

»Nicht sie persönlich, aber Leute wie sie. Jeder hat eine ganz spezielle Nummer – besonders Hypnotiseure.«

»Wie sieht Ihre aus?«

»Wir beginnen normalerweise mit knappen, prägnanten Fragen und zum Schluß bieten wir einfühlsames Verständnis und ein gewisses Quantum an Hoffnung.«

Sie antwortete ihm mit einem bitteren, sogar ein wenig jämmerlichen Lächeln und sagte: »Sie haben recht. Die beiden hatten eine Nummer. Es war so, als käme man zum erstenmal zu einem Arzt. Noch bevor man ihm erzählt, wo es wehtut, zieht er bereits seine Show ab – er schießt diese kleinen, scharfen Seitenblicke auf einen ab, während er sich die persönlichen Daten notiert. So ähnlich haben's Hugh und Pauline auch gemacht. Während Hughes seinen Text herunterrasselte, studierte mich Pauline und suchte nach – na, wonach sie eben bei mir suchten. Dann war Pauline mit Reden an der Reihe, und Hughes begutachtete mich.«

»Sie sind äußerst aufmerksam.«

»In Howies Geschäft wie in meinem sind wir immer auf der Suche nach Blicken, Ticks oder Grimassen, die man übernehmen könnte, stimmt's, Howie?«

Mott stimmte ihr mit einem leisen Kopfnicken und einem noch leiseren Lächeln zu.

»Was passierte, als ihre Nummer vorbei war?« fragte Durant.

»Sie boten mir an, mich zu hypnotisieren – so eine Art Testlauf oder so. Als ich ihnen sagte, daß ich dazu noch nicht bereit war, boten sie mir an, eine Demonstration durchzuführen. Ich erklärte mich einverstanden, und Hughes versetzte Pauline in genau fünf Sekunden in Trance. Ich meine, zack – schon war sie weg. Dann nahm er sie mit zurück in die Zeit, als sie sechs Jahre alt war und bat sie, uns zu zeigen, was sie an ihrem ersten Tag in der Tanzschule gelernt hat. Sie stand auf, machte einen unbeholfenen, kleinen Tanzschritt und setzte sich wieder hin.«

»Und dann?« fragte Wu.

»Er weckte sie auf, sie sieht entspannt und glücklich aus und kann sich an nichts erinnern. Behauptet sie jedenfalls. Und dann fragte mich Hughes, ob er meine Empfänglichkeit testen dürfe. Ich erwiderte, daß ich immer noch nicht bereit sei, mich hypnotisieren zu lassen. Daraufhin packt er seinen ganzen öligen Charme aus und schleimt mich an, er könne doch niemanden hypnotisieren, der sich ihm widersetze, und er wolle doch nur meine Empfänglichkeit testen; das war ein Wort, das er überhaupt besonders zu mögen schien. Und dann fing er an von den Stars zu reden, die für *ihre* Empfänglichkeit bekannt seien. Etwa die Hälfte von denen sind lange tot, aber es war trotzdem eine eindrucksvolle Liste. Und weil ich Jack dabei hatte, willigte ich schließlich ein.«

Sie unterbrach ihren Bericht und fragte: »Mögt ihr Jungs Kaffee oder was zu trinken?«

Wu schüttelte den Kopf. »Ich denke, wir würden lieber das Ende der Geschichte hören.«

»Okay. Also, wir sitzen immer noch hier im Büro – ich, Jack, Hughes und Pauline. Dann befiehlt Hughes mir, mich zu entspannen, die Augen zu schließen, an die Farben des Regenbogens zu denken und sie einzeln aufzuzählen. Ich gehorche, und dabei habe ich irgendwie das Gefühl zu gehen – ich weiß nicht, wohin – unterzugehen, wahrscheinlich. Aber ich wehre mich dagegen und tauche wieder auf. Als ich die Augen öffne, schauen Hughes und Pauline enttäuscht aus der Wäsche, und Jack sieht leicht belustigt aus, so, wie er häufig aussieht. Ich werde die Goodisons los, indem ich ihnen verspreche, am nächsten Tag für eine weitere Sitzung zur Verfügung zu stehen.«

Sie unterbrach ihren Bericht, drehte sich samt Sessel um und blickte wieder durch das Panoramafenster hinaus auf Canyon und Ozean. Sie gab sich immer noch der Aussicht hin, als sie weitersprach: »Aber am nächsten Tag hatte ich bereits beschlossen, mich von niemandem hypnotisieren zu lassen – und schon gar nicht von den Goodisons.«

Sie drehte sich wieder um. »Ich hab' sie's trotzdem probieren lassen, und es passierte wieder genau dasselbe. Ich war am Abtauchen – aber ich riß mich wieder hoch. Auch ihr dritter und letzter Test meiner sogenannten Empfänglichkeit endete auf diese Weise. Danach sagte ich ihnen, daß es keine Sitzungen mehr geben würde, und das war das letztemal, daß ich sie gesehen habe.«

»Wie reagierten sie darauf?« fragte Wu.

»Nicht außergewöhnlich. Sie entschuldigten sich dafür, daß sie mir nicht helfen konnten, und das war's. Sie gingen.«

Durant schaute Howard Mott an. »Und das war derselbe Tag, an dem Sie den nervösen Anruf von Howard Mott bekamen?«

»Ja«, bestätigte Mott.

Artie Wu seufzte und erhob sich von der Couch. Er ging langsam hinüber zum Schreibtisch des Baumwollmaklers, nahm den langen gelben Bleistift zur Hand und begann, ihn zwischen Daumen und Zeigefinger beider Händc hin und her zu rollen. »Als Hughes zum erstenmal Ihre Empfänglichkeit testete, hat er dabei irgendwelche Gegenstände gebraucht, so was wie diesen Bleistift.«

Sie warf einen Blick auf den Bleistift. »Nein.«

»Aber er sprach von den Farben des Regenbogens?«

»Ja.«

»Er hat Sie gebeten, sich darauf zu konzentrieren. Richtig?«

»Ja.«

»Und sie laut aufzuzählen.«

»Ja.«

»Gelb ist auch eine Farbe des Regenbogens, oder, Ione?«

»Ja.«

»Mögen Sie das Gelb dieses Bleistifts?«

»Ja.«

»Schließen Sie die Augen und sagen Sie mir, ob Sie das Gelb noch immer sehen können.«

»Ja.«

»Beruhigt Sie diese Vorstellung?«

»Ja.«

»Wenn Sie ganz entspannt sind, Ione, werden Sie einschlafen.

Denken Sie wieder an den Regenbogen, dann wird es leichter. Fangen Sie beim Rot an. Wenn Sie zur letzten Farbe kommen, Gelb, dann werden Sie vollkommen entspannt sein.«

»Okay.«

»Sind Sie bei Gelb angekommen?«

»Ja.«

»Möchten Sie sich an etwas erinnern, woran Sie sich bis jetzt nicht erinnern konnten?«

»Ja.«

»Möchten Sie sich an die Nacht erinnern, in der Sie zu Billys Haus gefahren sind?«

»Ja.«

»Erinnern Sie sich daran, was in dieser Nacht passiert ist, Ione. Erinnern Sie sich laut daran – an alles, was passiert ist, nachdem Sie Ihr Haus verlassen hatten.«

Sie begann mit leiser Stimme zu sprechen, erzählte alles über die rasende Fahrt zur Strandvilla von William A. C. Rice dem Vierten, und was sie dort vorgefunden hatte und von dem Telefonanruf, den sie machte.

15

Ione Gamble saß immer noch hinter dem Schreibtisch des Baumwollmaklers aus Memphis, sie hatte die Augen geschlossen, und die Hände ruhten auf den Lehnen des Sessels. Ihre Lippen hatten ein leises Lächeln geformt, und sie sah ausgeruht, zufrieden, beinahe glücklich aus.

Nachdem er sie fast eine Minute lang angeschaut hatte, wandte sich Howard Mott an Wu und fragte ihn: »Kann sie mich hören?«

Wu schüttelte den Kopf.

»Sie hat ihn nicht getötet«, sagte Mott mehr zu sich selbst als zu Wu und Durant.

»Haben Sie geglaubt, daß sie's war?« fragte Durant.

»Ich versuche immer, mein logisches Denken nicht von Hoffnung beeinträchtigen zu lassen«, erwiderte Mott. Dann wandte er sich an Wu: »Wo haben Sie das gelernt?«

»Bei einer Karnevalsshow. Ich war sechzehn.«

»Siebzehn«, korrigierte Durant. »Es war bei Little Doc Mingos Amazing Carnival and Traveling Panorama. Little Doc war ein Liliputaner. Einen Meter groß. Er ließ sich regelmäßig von Szabo, dem Magischen Mesmerianer hypnotisieren. Szabo hieß in Wirklichkeit Hank Steem und das einzig Magische an ihm war, daß er mit sechsundachtzig noch täglich 'ne Flasche Fusel süffelte.«

»Hank war schon in Ordnung«, sagte Wu.

»Zum Schluß war er ein glücklicher Säufer«, meinte Durant. »Und gerade als wir für Handlangerdienste engagiert wurden, beschloß Hank, sich in das Haus seiner Tochter in Corpus Christi zurückzuziehen. Also hatte Little Doc gleich einen Ersatz – den großartigen Fu Chang Wu.«

»Das war ich«, fügte Wu mit einem Grinsen hinzu. »Quincy und ich wurden in El Paso angeheuert, und der Magische Mesmerianer wollte die Show in Longview verlassen – und das liegt am anderen Ende von Texas. In den vier oder fünf Wochen, bis wir dort waren, brachte Hank uns alles bei, was er über Hypnose wußte. Als Hank nicht mehr da war, steckte Little Doc mich in einen rot-schwarzen Seidenpyjama, den er irgendwo gefunden hatte, setzte mir einen komischen Hut auf den Kopf und machte Quincy zu meinem Assistenten.«

»Ihrem Schlepper?« fragte Mott.

»So was Ähnliches«, sagte Durant. »Wir hatten eine Nummer unter freiem Himmel, um die Trottel ins Zelt zu locken, aber dazu brauchten wir Freiwillige. Hank hatte uns beigebracht, wie man die Leute raussucht, die am leichtesten zu hypnotisieren sind – die Großmäuler und Kicherer, die Extrovertierten und Exhibitionisten. Während der Ansager den Leuten über den großartigen Fu Chang Wu ein Loch in den Bauch redete, mischte ich mich unter die Zuschauer und zeigte Artie die drei oder vier Leute, die ich für geeignet hielt. Als dann der Ansager nach Freiwilligen fragte, sprang ich als erster auf die Bühne, und anschließend überredete Artie die drei, vier von mir Auserwählten, sich mir doch anzuschließen.«

»Und was mußten die tun?«

»Die Lockvögel spielen«, sagte Durant. »Zuerst hypnotisierte Artie mich, und ich wurde steif wie ein Brett. Dann hob er mich hoch und legte mich über zwei Stühle – mit dem Kopf auf dem einen Stuhl und den Füßen auf dem anderen. Schließlich forderte er die drei oder vier Trottel aus dem Publikum auf, sich auf mich draufzustellen – und die taten das immer mit dem größten Vergnügen. Und das hat den Rest der Leute dann dazu gebracht, für vier Pennys pro Mann ins Zelt zu kommen und sich die ganze Show anzugucken, während die vier Trottel gründlich Gelegenheit erhielten, sich lächerlich zu machen.«

»Wie lange habt ihr beiden das gemacht?«

Durant schaute Wu an. »Fünf, sechs Monate, oder?«

Wu nickte. »Wir tingelten durch Texas, den Norden von Louisiana bis hinunter ins Cajun-Land – Crowley, Lafayette, New Iberia, Opelousas. Vor den Toren von New Orleans trennten wir uns von Little Doc. Von dort wollten wir uns entweder nach Südamerikan oder in den Südpazifik einschiffen.«

»Und wie ging's weiter?«

»Wir trafen in New Orleans einen Burschen, der uns riet, statt dessen nach Princeton zu gehen.«

Mott drehte sich um und studierte Ione Gambles Gesicht, auf dem noch immer dieses leise, zufriedene Lächeln lag. »Die Goodisons haben sie doch hypnotisiert, stimmt's? Sie haben sie nur glauben lassen, daß es nicht funktioniert habe.«

»Das ist nicht schwer«, sagte Wu. »Und bei Schauspielern ist es noch leichter. Sie halten ihre Gefühle immer nah an der Oberfläche, gleich bei der Hand, und das macht sie besonders empfänglich für suggestive Hypnose.«

»Wenn Ione aufwacht, wird sie sich dann daran erinnern, daß sie Bill Rice nicht getötet hat?«

Wu nickte. »Diesmal wird sie sich erinnern.«

»Haben wir nicht Jack Broach vergessen?« fragte Durant. »Wenn er bei ihrer ersten Sitzung anwesend war, dann muß er doch mitgekriegt haben, daß sie Bill Rice nicht erschossen hat. Warum zum Teufel hat er nichts gesagt?«

»Beim ersten Mal dürften die Goodisons sie nur bis an den Rand geführt haben, um zu sehen, wie leicht sie zu hypnotisieren ist. Und dann haben sie sie zurückgeholt, bevor sie etwas sagen konnte, und haben behauptet, es sei fehlgeschlagen. Broach könnte angenommen haben, daß sie nicht hypnotisierbar ist – was Ione schließlich auch von sich glaubte –, und bei den Sitzungen zwei und drei, bei denen die Goodisons wahrscheinlich ein Tonband laufen ließen, ist er dann einfach nicht mehr aufgetaucht.«

Mott schaute Ione Gamble an und sagte: »Sie müssen geglaubt haben, sie würde den Mord an Rice gestehen.« Er schüttelte den Kopf. »Und genau das war es, wovor sie Angst hatte.«

»Jetzt könnte man natürlich sagen«, warf Durant ein, »daß sie genau das getan haben, wofür sie bezahlt wurden – Ione Gamble zu helfen, ihr Gedächtnis zurückzugewinnen.«

»Den Teufel haben sie getan«, protestierte Mott. »Sicher, sie haben sie hypnotisiert, aber dann haben sie schnell auf den Löschknopf gedrückt und sie in dem Glauben gelassen, daß sie erstens nicht hypnotisiert worden sei und zweitens, daß sie sich niemals mehr würde erinnern können, was in der Mordnacht passiert ist.« Er schaute Wu an. »Sie sagten doch, daß es nicht schwer war, das zu tun.«

»Absolut nicht«, bestätigte Wu.

Howard Mott war noch nicht zufrieden. Er kratzte sich das Kinn, dann den linken Handrücken, schaute wieder Wu an und sagte: »Als sie mich spät in jener Nacht aus dem Bel-Air Hotel anriefen, behaupteten sie, in Schwierigkeiten zu sein. Zumindest Hughes behauptete das. Er war derjenige, mit dem ich gesprochen hab'. Aber er wollte mir nicht sagen, welcher Art diese Schwierigkeiten waren, und als ich dort eintraf, waren sie bereits verschwunden – und hatten alle ihre Sachen zurückgelassen. Alles sah so aus, als hätte sie etwas in die Flucht geschlagen.«

»Oder sie wollten, daß es so aussieht«, gab Durant zu bedenken.

»Vielleicht. Wie dem auch sei, eine Woche oder zehn Tage später – ich müßte das genaue Datum nachschauen – bekam ich den nächsten Anruf von Hughes. Er wollte sich mit mir über das Wetter unterhalten und wie schön es für die Jahreszeit noch sei. Ich fing an, ihm Fragen zu stellen, aber er fiel mir immer wieder ins Wort und sagte, ich müsse mir keine Sorgen um ihn und seine Schwester machen. Sie hätten unter privatem Streß gestanden und seien jetzt dabei, ein paar persönliche Probleme zu klären, auf die er nicht näher eingehen wolle. Es war offensichtlich ein Ablenkungsmanöver.«

»Was für Fragen haben Sie ihm gestellt?« fragte Durant.

»Ich fragte ihn, warum sie von der Bildfläche verschwunden seien. Wo sie steckten. Ob man etwas für sie tun könne. Wo sie zu erreichen seien. Aber er sagte immer nur, ich solle mir keine Sorgen machen.«

»Sind Sie sicher, daß es Hughes' Stimme war?« wollte Durant wissen.

»Ganz sicher.«

Mott drehte sich um und schaute Ione Gamble an, die immer noch hinter ihrem Schreibtisch saß, mit geschlossenen Augen, ein leises Lächeln auf den Lippen. »Wird sie sich wirklich daran erinnern, was sie uns erzählt hat?«

»An jedes Wort«, sagte Wu und stellte ihr mit leiser, beinahe verführerischer Stimme die Frage: »Erinnern Sie sich an den Regenbogen, Ione?«

»Ja, ich erinnere mich«, sagte sie, immer noch mit geschlossenen Augen.

»Lassen Sie uns die Farben noch einmal durchgehen. Wenn Sie zur letzten Farbe kommen – zum Gelb –, dann stehen Sie auf und fühlen sich ganz entspannt, ganz ausgeruht und erinnern sich an alles, was Sie gesagt haben. Und jetzt fangen Sie an, die Farben des Regenbogens aufzuzählen.«

Sechs Sekunden später schlug Ione Gamble die Augen auf, lächelte Artie Wu an, zog dann die Brauen zusammen, tauschte das Stirnrunzeln gegen einen fragenden Blick und sagte: »Ich habe auf den Chagall geschossen, nicht auf Billy, stimmt's?«

»Stimmt«, antwortete Wu. »Sie haben auf den Chagall geschossen.«

16

Otherguy Overby hatte bereits siebenundsechzig Minuten in der Lobby des Hotels Bridges herumgesessen, als er endlich jemanden entdeckte, der sich als nützlich erweisen könnte. Das Hotel war noch keine dreizehn Jahre alt, und doch hatte es sich bereits eine Art gediegener Schäbigkeit zugelegt, von welcher die Leute angezogen wurden, die eine Adresse mit der Postleitzahl von Beverly Hills brauchten.

Wenn auch nicht gerade billig, so war das Hotel doch vergleichsweise preiswert und war deshalb sehr beliebt bei ausländischen und amerikanischen Journalisten, Promotern, Schauspielern und alternden Gelegenheitsautoren, die davon überzeugt waren, daß ihre Lebensgeschichte einen wunderbaren Film abgeben würde.

In der Lobby, die mit einem Material getäfelt war, das wie Eiche aussehen sollte, standen jede Menge Couchen und Sessel herum, allesamt mit dunkelbraunem Naugahyde bezogen. An den Wänden hingen riesige Farbdrucke mitteleuropäischer Landschaften, und das Radio spielte einen der klassischen UKW-Sender von Los Angeles, allerdings so leise, daß es sich mehr nach einem Murmeln als nach Musik anhörte.

Der Kassenschalter war mit kugelfestem Glas gesichert, und hinter dem Empfangstresen stand ein melancholisch aussehender Mittvierziger. Er hatte einen dichten, schwarzen Schnauzbart und die deprimierte Miene eine Mannes, der neun Sprachen beherrschte und sich jetzt fragen mußte, wozu er sich die Mühe gemacht hatte.

Der Hausdetektiv – der von der Hotelleitung Sicherheitsbeauftragter genannt wurde – war ein schwarzarbeitender Sergeant der Polizei von Beverly Hills. Zweimal schon war er an Overby vorbeigegangen, ohne ihm mehr als einen Seitenblick zu widmen. Das mag daran gelegen haben, daß Overby auf einem der beiden Stühle in der Lobby Platz genommen hatte, Füße und Knie artig geschlossen; der große Filzhut lagerte auf seinem Schoß. Der Rest von ihm steckte in schwarzen Halbschuhen mit Schnürbändern, einem weißen Hemd, einer schmucklosen, grauen Krawatte und einem zweireihigen blauen Nadelstreifenanzug, den er in

London von der Stange gekauft hatte. Es war ein sorgsam gewählter Anzug, der Overby, solange er den Mund nicht aufmachte, als Ausländer abstempelte, möglicherweise als Nordeuropäer.

Der Jemand, den Overby sich als möglicherweise nützlich ausgeguckt hatte, war ein stämmiger, mittelgroßer Mann mit dreifachem Kinn. Er hatte gerade seine Post und das *Wall Street Journal* am Empfangstresen abgeholt und blätterte die vier oder fünf Umschläge durch, als Overby von hinten an ihn herantrat und ihm auf die rechte Schulter tippte.

Der Mann erstarrte – wenn auch nur für eine Sekunde –, dann wirbelte er auf seinen seltsam kleinen Füßen herum. Auf seinem Gesicht strahlte ein fröhliches Lächeln, als stünde er seinem ältesten und besten Freund gegenüber. Ein Großteil dieses Lächelns war auch noch da, als er seine rechte Hand ausstreckte und sagte: »Was zum Teufel willst du von mir?«

Overby erwiderte das Lächeln, schüttelte die Hand, ließ sie wieder los und antwortete: »Sie schicken dir das *Wall Street Journal* hierher, Dickie – und deine monatliche American-Express-Rechnung. Das bedeutet, daß du schon 'ne ganze Weile hier wohnst. Und es bedeutet außerdem, daß du schon lange genug wieder in der Stadt bist, um etwas zu wissen, das ich wissen muß.«

Richard Brackeen, 42, schob seine Post in die rechte Außentasche seines wunderschön geschneiderten schwarzen Anzugs, steckte das *Wall Street Journal* unter die linke Armbeuge und faltete vor der gewaltigen Rundung seines Bauches die Hände. Eine taubengraue Weste, geschmückt mit einer goldenen Uhrkette, an der ein Phi-Beta-Kappa-Schlüssel hing, ließ die gewaltige Bauchmasse noch größer erscheinen, als sie eh schon war.

Die Hände gefaltet, das fröhliche Lächeln noch immer an seinem Platz, hüpfte Brackeen auf den Absätzen ein Stück rückwärts und inspizierte Overby mit kleinen schnellen Äuglein, die die Farbe und den Schimmer von Quecksilber hatten.

»Wen zum Henker willst du darstellen, Otherguy? Jemanden, der gerade noch die letzte Maschine aus Bagdad erwischt hat?«

Overby ließ sein hartes weißes Grinsen aufblitzen, dann antwortete er: »Erzähl mir, was ich von dir wissen will, und du kriegst dreihundert, Dicky. Für irgend'nen Scheißdreck gibts nur hundert.«

»Ich hab' gehört, du warst in Mesopotamien – oder war es Transjordanien?«

»Und jetzt bin ich hier in L. A. Also?«

Das fröhliche Lächeln zog sich zurück, so daß die Lippen sich kräuseln konnten zu einem Gebilde, das beinahe einer Rosenblüte ähnelte. Das Dreifachkinn hüpfte zusammen mit einem nachdenklichen Kopfnicken auf und ab, und dann sagte Richard Brackeen: »Wollen wir nicht irgendwo eine kleine Erfrischung zu uns nehmen?«

Die Bar des Hotels Bridges nannte sich ›Die Zahlstelle‹. Sie hatte eine diffuse Beleuchtung, niedrige Tische und große weiche Sessel zu bieten. Um 17.20 Uhr am Nachmittag war sie bereits zu drei Vierteln besetzt, und das Stimmengewirr hatte sich von einem Summen zu einer Art Singsang gesteigert.

Brackeen, der mit dem Rücken zur Wand an einem Ecktisch saß, nannte die hübsche junge Cocktail-Kellnerin ›Kleines‹, als er einen Martini bestellte und dabei genaue Angaben nicht nur zur Marke des Gin, sondern auch des Wermut machte. Overby bestellte eine Flasche mexikanisches Bier und sagte, jede Marke sei ihm recht.

Die Kellnerin kam zurück, servierte die Drinks, kassierte bei Overby, grinste über das Trinkgeld, wandte sich an Brackeen und fragte ihn: »Wann fängst du an zu drehen, Dicky?«

»Dienstag.«

»Du hast doch gesagt, es könnte dabei eine Rolle für mich abfallen.«

Brackeen sah hoch zu ihr und zog die Brauen zusammen, als müsse er seine gesammelten Versprechungen erst einmal im Kopf abspulen lassen. Die Stirn hatte sich wieder geglättet, als er sagte: »Außer einer kleinen Rolle in der fünften Szene ist alles besetzt. Wenn du sie willst, kannst du sie haben.«

»Was muß ich spielen?«

Brackeen verlor bereits das Interesse. »Hast du schon mal bei einer richtigen Orgie mitgemacht?«

»Ich weiß nicht. Vielleicht. Ich glaub schon.«

»Was war das für eine? Mal mit Jungs und mal mit Mädchen und manchmal mit beidem?«

Sie nickte.

»Gut, der einzige Unterschied ist, daß es sich diesmal um eine zeitgeschichtliche Orgie handelt und du ein Kostüm tragen mußt – etwa zehn Sekunden lang.«

»Was meinst du damit, eine ›zeitgeschichtliche Orgie‹?«

»Historisch meine ich damit. Römisch, in diesem Fall.« Brakkeen hatte inzwischen alles Interesse an der Frau verloren und schlürfte seinen Martini.

»Aber es wäre eine echte Chance, ja?« sagte sie, ohne das geringste Anzeichen von Überzeugung.

»Sicher«, bestätigte Brackeen in genau demselben Tonfall.

»Okay. Ich mach es.«

»Dann laß deinen richtigen Namen, Telefonnummer, Adresse und Sozialversicherungsnummer in meinem Hotelfach.«

»Danke, Dickie.«

Brackeen nickte, die Cocktail-Kellnerin ging, und Overby sagte: »Ich dachte, die Jungs aus dem Chicagoer Osten wären hereingesegelt und hätten dich rausgeschmissen.«

»Ich hab' ihnen den Zelluloidkram gelassen, mehr nicht. Wer braucht heute noch den Projektor? Ich mache nur noch in Video und vertreibe die Kassetten über Versand. Ich setze Anzeigen in die Pornomagazine und habe außerdem ein paar hübsche ›Call-A-Porno‹ unter 900er-Nummern eingerichtet.« Das Gespräch über Geschäfte heiterte Brackeen sichtlich auf, und das fröhliche Lächeln kehrte zurück. »Außerdem bin ich zu einem ergebenen Anhänger der goldenen Geschäftsregel geworden, Otherguy: Senke die Löhne und steigere deinen Profit.«

»Hört sich gut an.«

Brackeen zuckte die Achseln. »Kommt meinen Bedürfnissen entgegen.«

»Mal angenommen«, sagte Overby, »du willst für ein paar Tage oder eine Woche oder auch ein, zwei Monate untertauchen.«

»Vor wem – den Cops?«

»Oder vor den Jungs aus dem Chicagoer Osten.«

»Ich würde nach Mexiko fahren – in ein kleines Dorf südlich von La Paz, wo kein Mensch was anderes als Spanisch spricht, mich eingeschlossen.«

»Mal angenommen, du würdest nur Englisch sprechen. Englisches Englisch.«

»Mit Akzent und allem?«

Overby nickte.

»Und du sprichst nicht vom Abtauchen in irgendeinem Ein-Zimmer-Apartment in Palms, mit einer Tiefkühltruhe voller Pizzas, einer Mikrowelle und einem Fernseher?«

Overby schüttelte den Kopf.

»Voller Service?«

Overby nickte und trank einen Schluck von seinem Bier.

»Nun, dann kenne ich nur einen Laden in der Gegend von L. A., und der gehört Colleen Cullen. Kennst du sie?«

»Ich glaube, jemand hat mal gesagt, sie hätte ein paar Schrauben locker.«

»Sie ist eine Partisanin, Otherguy, und Partisanen sind nun mal nicht ganz dicht.«

»Was hat sie denn so zu bieten – außer einem Zimmer und Verpflegung?«

Brackeen schaute auf, als müßte er erst über seine Antwort nachdenken, dann nickte er sich selber zu und sagte: »Mal angenommen, du brauchst eine nicht registrierte vollautomatische Waffe, um Heim und Herd zu verteidigen. Oder du möchtest mal schnell rauf nach Kanada, ohne den ganzen bürokratischen Rattenschwanz. Oder stell dir vor, du findest etwas, das von einem Lastwagen gefallen ist – drei Dutzend Fernsehapparate meinetwegen –, aber du weißt nicht, was du mit ihnen machen sollst. Gegen ein faires Honorar und ohne jedes Aufsehen hilft Colleen Cullen dir weiter.«

»Hat sie Vorurteile?« wollte Overby wissen.

»Wer hat die nicht? Vorurteile gegen wen?«

»Gegen Engländer, zum Beispiel.«

»Sie haßt Engländer.«

»Würde sie trotzdem Geschäfte mit ihnen machen?«

»Das ist wie überall, Otherguy, wo's um Profit geht, haben Vorurteile nichts verloren.«

Ein nachdenklicher Ausdruck legte sich auf Overbys Gesicht. »Würde sie das Geld nehmen, und sie dann ... na ja, du weißt schon?«

»Aufs Kreuz legen?« fragte Brackeen.

Overby antwortete mit einem leichten Schulterzucken.

»Sie ist eine hochangesehene Geschäftsfrau, und wenn sie täte, was du dir offensichtlich von ihr wünschst, würde sie ihren Ruf aufs Spiel setzen.«

»Wieviel?«

»Für das, worauf du anspielst, würde sie 'ne ganze Stange Geld nehmen.«

Overby langte in seine Hemdtasche und brachte drei zusammengefaltete 100-Dollar-Noten zum Vorschein. Er ließ Brackeen einen Blick darauf werfen, faltete sie noch einmal zusammen, bedeckte das Geld mit seiner Hand und schob es über den Tisch. Overbys Hand lag noch immer auf dem Geld, als er sagte: »Dreihundert für Colleen Cullens Telefonnummer und Adresse.«

»Soll ich's dir aufschreiben?«

»Sag sie mir einfach«, antwortete Overby. »Zweimal.«

17

Die Büros von Jack Broach & Co. lagen gleich südlich von Wilshire, auf der Westseite des Robertson Boulevard, ein paar Straßen nördlich des Blocks, in dem Jane Fonda früher ihr Aerobic-Studio hatte. Broachs Firma nahm alle drei Stockwerke eines kleinen U-förmigen Gebäudes ein, das sich hinter einer Fassade aus sorgsam ausgesuchten, gebrauchten Backsteinen versteckte, zwischen deren Kanten längst getrockneter Mörtel hervorquoll, als warte er noch darauf, mit der Kelle geglättet zu werden. Eine prachtvolle Jacaranda-Staude spendete einem Innenhof Schatten, der mit Schieferplatten ausgelegt war und in dessen Mitte ein dreistöckiger Brunnen aus mexikanischen Fliesen sprudelte, dessen kleines, sorgfältig mit der Hand beschriebenes Schild sich rühmte: ›Ich benütze nur wiederverwertetes Wasser‹.

Wer immer das Broach-Gebäude entworfen haben mochte, war ein Anhänger romanischer Bögen, denn Georgia Blue mußte unter dreien von ihnen hindurchgehen, bevor sie vor der blonden Empfangsdame stand. Nachdem die Blue ihren Namen und ihr Anliegen genannt hatte, murmelte die Empfangsdame etwas in einen Telefonhörer, dann lächelte sie Georgia an und teilte ihr mit, Mr. Broach werde sie in Kürze empfangen.

Nachdem sie sowohl Kaffee als auch Tee oder Perrier abgelehnt hatte, wartete die Blue in einem Sessel aus Chrom und Leder. Zerstreut zupfte sie am Saum ihres dunkelgrauen Anne-Klein-Kleides herum, das sie früher am Tag bei Neiman-Marcus mit einem Großteil der 1000 Dollar gekauft hatte, die ihr von Booth Stallings als Taschengeld ausgezahlt worden waren. Beinahe den gesamten Rest hatte sie in ein Paar Joan & David-Pumps investiert, und sie war erstaunt festzustellen, daß sie jetzt einen Schuh der Größe 7-A an den Füßen trug. Vor ihrem Aufenthalt im Mandaluyong-Gefängnis war 7-AAA ihre Größe gewesen.

Sie hatte die Schuhe und das Kleid von Neiman's gleich anbehalten und die Sachen, die sie im Kaufhaus Rustan's in Manila erstanden hatte, in einer Einkaufstüte verstaut. Kurz vor dem Parkplatz, wo ihr gemieteter Ford stand, hatte sie die Tüte in einen Abfalleimer gesteckt.

Nachdem sie in der Empfangshalle von Jack Broach & Co. sechzehn Minuten gewartet hatte, bekam Georgia Blue einen weiblichen Filmstar der Berühmtheitsklasse II bis III bei seinem eskortierten Abgang geboten. Zwei Minuten später wurde ein junger schwarzer Bursche von vielleicht 22 oder 23 Jahren – in T-Shirt, ausgefransten Jeans und mit 13 000-Dollar-Rolex am Handgelenk – von zwei männlichen, etwa dreißig Jahre alten Gestalten weißer Hautfarbe, die sich sehr anstrengten, nicht zu unterwürfig zu erscheinen, zum Ausgang geleitet.

Und schließlich bekam sie noch ein Gesicht zu sehen, das die Wartezeit von inzwischen neunzehn Minuten beinahe lohnend erscheinen ließ. Denn es war ein Gesicht aus ihrer Kindheit, aber eines, das vom Alter und der Sonne und wahrscheinlich zu viel Whisky aufgequollen und runzelig und dunkelrot geworden war. Das goldene Haar war dünner geworden und weiß, aber er bewegte sich immer noch im selben federnden Gang vorwärts, und sein Rücken war kerzengerade geblieben. Der alte Schauspieler warf einen flüchtigen Blick auf Georgia Blue, bemerkte, daß sie ihn anstarrte, schenkte ihr ein schiefes, ein wenig verrücktes Grinsen – er hätte ein Copyright dafür beantragen sollen – zwinkerte ihr kurz zu und war schon verschwunden.

Jack Broach erhob sich lächelnd aus seinem Sessel und kam eiligen Schrittes um den Schreibtisch herum, an dem ein französischer Möbeltischler des 18. Jahrhunderts wohl mindestens ein Jahr lang gearbeitet haben mochte. Erst nachdem er den Schreibtisch ganz umrundet hatte, begrüßte Broach sie freundlich mit Namen und bat sie, doch auf der Couch unter den ›drei kleinen Daumiers‹ Platz zu nehmen, wie er sich ausdrückte.

Die Blue drehte sich um und warf einen kurzen Blick auf die drei Federzeichnungen, bevor sie sich setzte. Nachdem sie Platz genommen hatten – sie auf der Couch, er in einem großen Ohrensessel – sagte Broach zu ihr: »Statt Ihre Fragen zu beantworten, würde ich Sie lieber engagieren oder Sie dazu überreden, einen Exklusiv-Vertrag bei mir zu unterschreiben.«

»Ach, wie nett«, erwiderte die Blue, und genausogut hätte sie sagen können: »Reden Sie nicht so einen Scheiß.«

Broach berührte genau an der Stelle seine Stirn, wo seine Geheimratsecken sich trafen, und sagte: »Diese Strähne – die ist echt, stimmt's?«

»Was meinen Sie?«

»Sie muß echt sein, denn Sie bräuchten sie nicht.«

Georgia Blue lächelte leise und wartete auf die nächste Frage.

Wieder verirrte Broachs rechte Hand sich zu seinem Haaransatz. »Wie lange hat es gedauert, bis sie grau war? Ein Jahr? Einen Monat? Wie lange?«

»Über Nacht«, antwortete sie.

»Du lieber Gott, was ist passiert?«

»Man steckte mich ins Gefängnis. Auf den Philippinen.«

Broach schien eher fasziniert als schockiert zu sein. »Für was?«

»Für fünf Jahre.«

»Ich meine . . .«

Sie ließ ihn nicht ausreden. »Sie haben behauptet, ich hätte jemanden getötet. Ich hab's abgestritten. Vor ein paar Tagen wurde meine Strafe ausgesetzt.«

»Nicht direkt eine Begnadigung, oder?«

»Nicht direkt.«

»Und vor dieser Geschichte?«

»War ich Agentin des Secret Service.«

»Ich wußte nicht, daß die auch weibliche Agenten haben.«

»Das wußte der Fiskus auch lange nicht.«

»Und jetzt arbeiten Sie für meinen Klienten?«

»Ich arbeite für Wu und Durant.«

»Wudu GmbH«, sagte er. »Originell.«

»Jedenfalls leicht zu behalten.«

»Die müssen Sie direkt aus dem Knast engagiert haben.«

»Es wartete schon jemand, als die Gefängnistore sich öffneten.«

»Dann müssen Sie sie schon vorher gekannt haben.«

»Nicht unbedingt – aber es stimmt. Ich kannte sie schon vorher.«

Broach lehnte sich in seinem Sessel zurück, legte die Fingerspitzen unter der Nase zusammen und musterte sie ein paar Sekunden lang. Dann faltete er die Finger zusammen, legte sie in den Schoß und sagte: »Wissen Sie, womit ich meinen Lebensunterhalt verdiene? Ich biete intensive Betreuung für kränkelnde Egos. Und verflucht selten begegnet man jemandem, der das nicht nötig hat.«

»Wie steht's mit Ione Gambles Ego?«

»Bemerkenswert robust.«

»Und, wie kümmern Sie sich um sie?«

»Ich gebe ihr Ratschläge.«

»Haben Sie ihr geraten, Hypnotiseure zu engagieren?«

»Der Rat kam von ihrem Strafverteidiger, auch wenn ich damit einverstanden war.«

»Haben Sie sie kennengelernt – die Goodisons?«

Er nickte.

»Und?«

Jack Broach beugte sich vor; den neuen und sehr ernsten Gesichtsausdruck deutete Georgia Blue als sein Sie-können-mir-vertrauen-Gesicht.

»Ich arbeite in der Talentbranche«, sagte er. »Ich entdecke Talente. Ich päpple sie auf. Ich verpacke sie. Und dann verkauf ich sie. Und manchmal muß ich feststellen, daß sie sich nicht mehr verkaufen lassen. Dieser Job macht mich zu einer Art Sachverständigem. Nach meiner ersten Einschätzung handelte es sich bei Hughes und Pauline Goodison um die üblichen Scharlatane. Und als ich meine erste und einzige Stunde mit ihnen und Ione hinter mir hatte, waren sie für mich endgültig zwei sehr kranke, arme Schweine.«

»Sie haben das der Gamble natürlich gesagt?«

»Ich wollte ihren Anwalt nicht verletzen.«

»Howard Mott?«

Broach nickte.

»Er hat die Goodisons empfohlen?«

»Mehr oder weniger.«

»Hat er oder hat er nicht?«

»Mott hatte von ihnen gehört«, erklärte Broach. »Daraufhin hat er sie überprüfen lassen und sie über eine höchst angesehene Londoner Agentur engagiert. Jeder, mit dem Mott in London gesprochen hat, versicherte ihm, die Goodisons seien einsame Spitze.«

»Wer hat der Gamble den Howard Mott empfohlen?«

»Sie bat mich, für sie den besten Strafverteidiger im ganzen Land zu finden. Ich schickte ihr fünf Leute vorbei, und sie pickte sich Mott heraus. Ich hab' ihr gesagt, sie hätte eine gute Wahl getroffen.«

»Glauben Sie das noch immer?«

»Natürlich.«

»Warum?«

»Ich verstehe Ihre Frage nicht.«

»Aber sicher verstehen Sie die«, erwiderte sie. »Sie empfehlen ihr Mr. Mott – unter anderen. Ione Gamble nimmt ihn. Er heuert die Goodisons an, und plötzlich geht alles den Bach runter. Meine Frage lautet: Glauben Sie immer noch, daß es klug war, Howard Mott auszuwählen?«

»Das hat nichts mit Klugheit zu tun. Ione fühlt sich geborgen bei Howard Mott. Sie vertraut ihm. Außerdem ist er ein verdammt fähiger Anwalt mit eindrucksvollen Empfehlungen.«

»Sie sind auch Anwalt, oder?«

»Warum?«

»Normalerweise stehen Anwälte füreinander ein.« Sie schwieg, ließ den Blick langsam durch den Raum schweifen, als wolle sie die Einrichtung taxieren, dann wandte sie sich mit der nächsten Frage an Broach: »Was tun Sie noch für Ione Gamble, außer Ratschläge geben?«

»Ich bin ihr bester Freund.«

»Was kostet es sie, Jack Braoch als besten Freund zu haben? Ich will nicht den Dollarbetrag, mir reicht der Prozentsatz.«

»Ich bin ihr Agent, ihr Manager und ihr persönlicher Anwalt. Dafür bezahlt sie mir zwanzig Prozent ihres Bruttoeinkommens. Meine Freundschaft kostet sie nichts.«

»Kümmern Sie sich um ihre Geldanlagen?«

Broach nickte.

»Ist sie pleite, wohlhabend, reich – was ist sie?«

»Mit ihrem Nettovermögen wäre sie vor zehn Jahren noch reich gewesen. Heute ist sie damit nur noch sehr wohlhabend.«

»Was war der Grund für das Zerwürfnis zwischen ihr und William Rice dem Vierten?«

»Keine Ahnung.«

»Raten Sie.«

»Wenn Ione es nicht errät, kann ich es schon lange nicht.«

»Stimmt irgendwas nicht mit ihr?« fragte Georgia Blue. »Ich meine, ist sie psychotisch, HIV-positiv, drogensüchtig, sexuell abartig, alkoholabhängig, oder leidet sie sonst unter irgendwelchen geistigen oder körperlichen Krankheiten, die ihre Karriere beeinträchtigen könnten?«

»Was zum Teufel meinen Sie damit?«

»Erpressung«, sagte Georgia Blue. »Also, wird sie erpreßt?«

»Nein.«

»Glauben Sie, daß sie ihn getötet hat – Rice, meine ich?«

»Nein.«

»Und was meinen Sie, wer's getan hat?«

»Ich habe nicht die leiseste Ahnung.«

»Und warum, glauben Sie, sind die Goodisons bei Nacht und Nebel verschwunden?«

»Wenn sie es sind, dann weiß ich es nicht.«

»Wenn Sie an der Stelle der Goodisons wären und untertauchen wollten, wohin würden Sie gehen?«

»In eine sehr große Stadt«, sagte Broach, dann lächelte er und fügte hinzu: »Vielleicht nach Los Angeles.«

»Danke, daß Sie mir Ihre Zeit geopfert haben, Mr. Broach«, sagte Georgia Blue, erhob sich, wandte sich um und nahm die drei Daumiers noch einmal genau in Augenschein. Dann wandte sie sich noch einmal Broach zu und sagte lächelnd: »Falls Sie es nicht ohnehin schon wissen, die drei Daumiers sind Fälschungen.«

Broach lächelte nun seinerseits, als er sich aus dem zu großen Ohrensessel erhob. »Aber ganz ausgezeichnete Fälschungen, stimmt's?«

»Nicht schlecht.«

»Haben Sie das beim Secret Service gelernt?«

»Man hat mir dort beigebracht, Fälschungen zu entlarven.«

»Auch gefälschte Menschen?«

»Das ist meine Spezialität.«

»Sind Sie sicher, daß Sie keinen Job brauchen?«

»Ganz sicher.«

»Darf ich Ihnen noch eine Frage stellen?«

Sie nickte.

»Gehen Sie heute abend mit mir essen?«

»Tut mir leid.«

»Vielleicht an einem anderen Abend?«

»Wer weiß?« sagte Georgia Blue, lächelte ihm zum Abschied zu, ging zur Tür, öffnete sie und war verschwunden. Jack Broach bewertete es als einen erstklassigen Abgang.

18

Hätte es den Hollywood Freeway nicht gegeben, dann wäre die alte Trussel-Villa im Jahre 1947 ganz sicher nicht vom Rande der damaligen Downtown von Los Angeles auf ein zweieinhalb Hektar großes Grundstück gleich unterhalb des Topanga Canyon gezogen.

Topanga, das früher einmal eine lockere Gemeinschaft von Freidenkern, Kiffern, Mystikern, Schwerarbeitern, Schauspielern, Schriftstellern, Malern und anderen gering kreditwürdigen Existenzen war, wurde in den siebziger und achtziger Jahren von der Oberschicht heimgesucht und von einem beinahe ländlichen Schlupfwinkel mit niedrigen Mieten in ein – wie ein Kritiker mal bemerkte – trautes Tal mit Neonmond verwandelt.

Die Fünfzehn-Zimmer-Villa, die 1947 die lange Reise nach Topanga machen sollte, war 1910 erbaut worden, gerade noch spät genug, um dem viktorianischen Pfefferkuchen-Wahnsinn zu entgehen. Das Haus, das im Jahre 1948 abgerissen werden sollte, weil es in der Trasse des Freeway stand, wurde nur deshalb gerettet, weil seine Eigentümerin, Miß Martha Trussel, die 1911 in diesem Haus geboren wurde und fest entschlossen war, auch darin zu sterben, den Seniorpartner ihrer Anwaltskanzlei zu sich rief, ihm eine Papiertüte mit 10000 Dollar – 1947 war das eine beträchtliche Summe – in die Hand drückte und zu ihm sagte: »Gehen Sie hin und schmieren Sie, wen immer Sie schmieren müssen, Henry.«

Die Erlaubnis wurde schnell erteilt, und schon bald darauf wurde die Villa in drei Stücke geteilt, auf Tieflader verfrachtet und mit drei bis vier Meilen pro Stunde auf das relativ ebene, zweieinhalb Hektar große Grundstück in Topanga Canyon gezogen, das Miß Trussel von ihrem toten Vater, der die zweieinhalb Hektar 1932 als Rückzahlung einer 300-Dollar-Schuld akzeptiert hatte, hinterlassen worden war.

Wegen Pannen, abschüssigem Gelände im Canyon und kleineren Unfällen dauerte es dreizehn Tage, bis sie das Haus auf sein neues Grundstück gebracht hatten. Die *Los Angeles Times* fand das Ereignis so berichtenswert, daß sie einem der Verkehrsunfälle, die es verursachte, ein dreispaltiges Foto widmete. Der Umzug wurde von Miß Trussel persönlich geleitet, die später auch das Zusammensetzen und die Modernisierung der Villa überwachte. Sie lebte allein in dem riesigen Haus – abgesehen von einer Reihe mexikanischer Haushälterinnen –, bis sie 1981 an einem Emphysem starb, die noch nicht angezündete Chesterfield in der einen und ein nicht angerissenes Streichholz in der anderen Hand.

Zu der Zeit war die alte Trussel-Villa so weit heruntergekommen, daß sie auf der Nachlaßversteigerung im Jahre 1982 nur 165 000 Dollar brachte. Die 22jährige Colleen Cullen ersteigerte sie mit zwanzig beglaubigten Schecks, jeder einzelne von ihnen über weniger als 9000 Dollar und von einer anderen Bank oder Kreditanstalt ausgestellt. Miß Cullen erzählte jedem, der es hören wollte, daß sie den Laden in eine Frühstückspension umkrempeln würde, und zwar die ›beste im ganzen Westen‹, wie sie in aller Bescheidenheit prahlte.

Vom San Fernando Valley aus windet sich der Highway 27 durch die Santa-Monica-Berge hinauf nach Topanga. Auf der anderen Seite windet er sich dann wieder herunter zum Ozean und dem Pacific Coast Highway. Dort, wo der Highway 27 den Ozean erreicht, nahmen ortskundige Fahrer, die nach San Francisco, Santa Barbara oder sogar nach Oxnard unterwegs waren, den Fuß vom Gas, quasi als Kniefall vor den Deputy-Sheriffs des County, die von der kürzlich eingegliederten Stadt Malibu angestellt waren, in deren Stadtsäckel chronische Ebbe herrschte.

Etwa auf halbem Weg zwischen dem Ozean und dem Valley, am höchsten Punkt des Highway 27, befindet sich der Summit Bar & Grill. Und dort oben saß Otherguy Overby hinter dem Lenkrad seiner gemieteten Ford-Limousine und studierte die Thomas Brothers-Landkarte des Los Angeles County. Ein paar Minuten später fuhr Georgia Blue neben ihm auf den Parkplatz, stieg aus ihrem Mietwagen aus und in seinen ein.

»Schon was gegessen?« fragte Overby, ohne den Blick von der Landkarte zu nehmen.

»Nein. Du?«

»Wir können uns hier was holen.«

Georgia Blue widmete dem Summit Bar & Grill einen kurzen, abschätzenden Blick, schüttelte den Kopf und sagte, sie würde später etwas essen.

»Du kriegst hier 'n gegrilltes Käsesandwich und 'ne Flasche

Bier«, sagte er. »An 'nem gegrillten Käsesandwich kann man doch nicht viel falsch machen, oder?«

»Die werden schon einen Weg finden.«

»Vielleicht hast du recht«, sagte Overby und klappte den Straßenatlas zu.

»Weißt du jetzt, wo wir hinmüssen?« fragte sie.

Overby nickte und ließ den Motor an. »Wie war dieser ... Broach?«

»Aalglatt.«

»Hatte er was Interessantes über Ione Gamble mitzuteilen?«

»Nur, daß er ihr bester Freund und gleichzeitig ihr Agent, Manager und persönlicher Anwalt ist. Ihr bester Freund ist er kostenlos, für den Rest verlangt er zwanzig Prozent von ihrem Bruttoeinkommen.«

»Was hat er über die Goodisons gesagt?«

»Daß er sie sofort als faule Eier durchschaut habe.«

Overby zuckte die Achseln, als sei das kalter Kaffee, dann fragte er: »Hast du schon mal was von Colleen Cullen gehört?«

Georgia Blue runzelte zunächst die Stirn, dann schaute sie Overby an und sagte: »Vor Jahren gab es in Chicago mal eine Cullen, die hatte Verbindungen zu den Black Panthers und der IRA, aber ihr Vorname war nicht Colleen. Warum?«

»Diese Cullen soll den besten Laden zum Abtauchen in ganz L. A. haben.«

»Und die willst du nach den Goodisons fragen?«

Ja, das wolle er.

»Und du meinst, sie gibt Gratisinformationen aus?«

»Wenn sie welche hat, wird's uns 'ne Stange kosten. Hast du noch die tausend, die du von Booth gekriegt hast?«

»Ausgegeben.«

»Für was?«

»Schuhe und ein Kleid.«

Overby nahm den Blick von der Straße und inspizierte zum erstenmal ihr neues Kleid und die Schuhe. »Hübsch. Wieviel?«

»Neunhundertsechzig und noch mal was, mit den Schuhen.«

Overby nickte beifällig und sagte: »Du und ich, Georgia, wir beide haben immer schon kapiert, daß erst die richtigen Klamotten einen so richtig in Schwung bringen.«

Overby lenkte seinen gemieteten Ford von der engen, gewundenen Asphaltstraße auf eine gepflasterte Zufahrt. Die Scheinwerfer des Ford beleuchteten ein grünes Schild mit goldener Aufschrift: ›Cousin Colleen's Bed & Breakfast Inn‹. Aufgepfropft auf das hölzerne Schild, als sei sie später erst hinzugefügt worden, blinkerte eine Reihe von kleinen, roten Neonbuchstaben: »Keine Zimmer frei.«

Als die Zufahrt kein Ende nehmen wollte, dachte Overby, daß man das Haus so weit wie irgend möglich von der schwarzen Asphaltstraße zurückversetzt hatte – wahrscheinlich bis zu dem Punkt, wo das flache Land in den steilen Anstieg eines der Santa-Monica-Hügel überging. Es standen viele Bäume herum, die Georgia Blue trotz der nächtlichen Finsternis nach Form und Größe als Pinien, Platanen und Eukalyptus identifizierte. Nach dem, was im Licht der Scheinwerfer zu erkennen war, konnte von einem Rasen nicht die Rede sein, statt dessen erkannte man vernachlässigte Blumenbeete, in denen vor allem Rittersporn, mexikanischer Mohn und andere dürrebeständige Arten wuchsen, deren Namen sie nicht kannte oder vergessen hatte.

Die gepflasterte Zufahrt endete gleich hinter dem großen Haus und mündete in einen fächerförmigen Parkplatz, der mindestens einem Dutzend Autos Platz bot. Jetzt standen dort jedoch nur zwei Wagen. Der eine war ein weißer, relativ neuer Toyota Pickup-Truck, der andere ein MG-Sportwagen ohne Verdeck. Overby ließ den Ford ausrollen, stellte die Automatik auf Parken, schaltete den Motor und die Lichter aus und schaute Georgia Blue an. »Nun?«

»Neun Stufen bis zu einer überdachten Terrasse, die Vorder- und Westseite einschließt«, antwortete sie. »Die Eingangstür ist aus massivem Holz und wird von zwei Hundert-Watt-Birnen beleuchtet, die in mattierten Glaskugeln stecken. Gleich rechts von der Tür befindet sich ein schmales Fenster mit bemaltem Glas. Irgendwelches Obst, glaub ich. Es ist ein zweistöckiges Haus, und es ist groß, wahrscheinlich fünfzehn, sechzehn oder siebzehn Zimmer. In einem Zimmer im ersten Stock brennt ein Licht, aber Erdgeschoß und zweiter Stock sind dunkel. Keine Autos, außer dem Toyota-Pickup und dem MG, und der scheint seit sechs Monaten oder sogar einem Jahr nicht mehr gefahren worden zu sein.«

»Keine Autos und keine freien Zimmer, das paßt doch nicht zusammen«, meinte Overby.

»Vielleicht kommen ihre Abtaucher alle mit 'nem Taxi.«

»Vielleicht«, erwiderte Overby und öffnete seine Tür. An der Treppe hatte sie ihn eingeholt, und sie stiegen zusammen hinauf. Overby fand einen Klingelknopf und drückte drauf. Statt eines Klingelns erklang ein lautes Schnarren. Als sich niemand rührte, drückte er noch einmal auf den Knopf – diesmal mindestens zwanzig Sekunden lang. Die nächsten zwanzig Sekunden warteten sie noch ab, dann versuchte Georgia Blue, die Tür zu öffnen. Sie war verschlossen. Overby zuckte mit den Achseln und wandte sich ab, als wollte er aufgeben. Wenn sie ihn nicht genau beobachtet hätte, wäre Georgia Blue die schnelle, ruckartige Bewegung seines Ellbogens entgangen, mit der er das schmale Fenster einschlug, dessen bunte, zwanzig mal dreißig Zentimeter große Scheibe eine Schale mit reifen Kirschen dargestellt hatte.

Overby drehte sich um, langte durch die zerbrochene Scheibe und öffnete die Tür von innen. »Ich muß wohl ausgerutscht sein«, sagte er mit seinem harten, strahlendweißen Grinsen, bevor er das Haus betrat.

Georgia Blue fand den Lichtschalter. Zwei Lampen leuchteten auf, die ein großes Foyer mit einem gepflegten Parkettboden in helles Licht tauchten. Die beiden Lampen waren mattierte Glaskugeln auf geriffelten Messingständern, die sich aus den beiden Treppenpfosten erhoben. Die Treppe führte halb hinauf zu der fünf Meter hohen Decke, bevor sie sich auf dem weiteren Anstieg wieder sich selbst zuwandte. Links von der Treppe führte ein Flur nach hinten in eine Art Speisekammer und wahrscheinlich weiter in die Küche. In der äußersten linken Ecke der Eingangshalle befanden sich zwei getäfelte Schiebetüren. In der rechten Ecke ebenfalls.

Overby räusperte sich, dann bellte er seine Frage heraus: »Jemand zu Hause?«

Als niemand antwortete, sagte Georgia Blue: »Die Türen auf der linken Seite führen wahrscheinlich in ein Eßzimmer und die rechts hinten ins Wohnzimmer.«

»Bei einem Haus dieses Alters dürfte es sich um einen Salon handeln.«

»Meinetwegen. Salon.«

Overby ging zu den Schiebetüren auf der rechten Seite und klopfte an. Als sich noch immer nichts rührte, schob er den einen Flügel zurück in seine Aussparung in der Wand und wiederholte seine Frage: »Jemand zu Hause?« Er wartete einen Augenblick, und als er immer noch nichts hörte, drehte er sich zu Georgia Blue um, die ihm zunickte.

Overby schlich sich leise in den Raum. Georgia Blue folgte ihm. Er tastete nach dem Lichtschalter, fand ihn und knipste ein paar Lichter an, die sich am anderen Ende des Raums befanden. Noch bevor er oder die Blue sich ihnen zuwenden konnten, bellte eine weibliche Stimme: »Wenn ihr euch rührt, schieße ich.«

Overby und Georgia Blue erstarrten. Dann fragte Overby, wobei er nichts außer den Lippen bewegte: »Sind Sie Colleen Cullen?«

»Hände auf den Kopf«, sagte die Stimme. »Schnell.«

Overby und Georgia Blue gehorchten.

»Dreht euch langsam um und dann kniet euch hin. Die Hände laßt ihr oben.«

»Gar nicht so einfach«, gab Overby zu bedenken.

»Probier's erst mal mit einem Knie, du Mistkerl.«

»Aber zuerst sollen wir uns umdrehen?« fragte Overby.

»Bist du so bescheuert, wie du redest? Dreh dich um, geh auf die Knie und zeig mir, ob du so blöd aussiehst, wie du dich anhörst.«

Overby und Georgia Blue drehten sich um, die Hände auf dem Kopf, und starrten die Frau an, die eine abgesägte, doppelläufige Schrotflinte mit gestutztem Schaft auf sie richtete.

»Was ist los?« sagte sie. »Hattet ihr etwas Blondes mit blauen Augen und Grübchen erwartet?«

»Ach, Sepiabraun ist doch auch ganz hübsch«, erwiderte Overby.

19

Beinahe zehn Sekunden lang schaute Georgia Blue die Frau mit der Schrotflinte nachdenklich an, dann glätteten sich die Falten auf ihrer Stirn, und sie sagte: »Jetzt erinnere ich mich.«

»Woran erinnerst du dich, Herzchen?«

»Junior Gibbons. Bevor er sich den Panthern anschloß, lebte er mit Margaret Cullen zusammen, die damals in Chicago Geld für die IRA gesammelt hat. Sie sind ihre Tochter, stimmt's?«

Der Doppellauf der Flinte bewegte sich, bis beide Mündungen auf Georgia Blue gerichtet waren. »Auf die Knie, Herzchen. Und du auch, Sportsfreund!«

Als die Blue und Overby auf den Knien kauerten, die Hände auf den Kopf gelegt, sagte die Cullen: »Okay, ihr wißt also meinen Namen und die Namen von meinem Papi und meiner Mami. Wie wär's, wenn ich jetzt eure Namen erfahren dürfte? Zuerst du, Herzchen.«

»Georgia Blue.«

»Und du?«

»Maurice Overby.«

»Moo-ries. Das hört sich nach 'ner besseren Wohngegend an, oder?«

Ihre Haut hatte zuviel Glanz für das Sepiabraun, das Overby ihr angedichtet hatte. Sie glich eher Kaffee, der zu zwei Dritteln in frischer Sahne aufgelöst war. Auch wenn ihre Augen zu groß waren, die Nase ein bißchen schmal und der Mund eine Spur zu breit, so war die Kombination aus allem doch so frappierend, daß sich einem ihr Gesicht stärker einprägte als eines, das einfach nur hübsch war, ja, sogar fast so stark wie ein wirklich schönes.

Unter dem Gesicht befanden sich ein langer Hals und ein Oberteil mit Trägern, das weiche Schultern und muskulöse Arme entblößte und unter dem man die Umrisse zweier fester Brüste ahnen konnte. Die hautenge Hose zeigte einen festen Hintern an und übertrieb die Länge ihrer langen Beine ein wenig. Ihre Haltung und die einstudierte, selbstbewußte Art, wie sie die Schrotflinte hielt, verrieten gute Koordination und möglicherweise ein gewisses Übermaß an Selbstvertrauen.

Mit einer beinahe automatischen Kopfbewegung schüttelte sie

sich das schwarze Haar aus den Augen. Das Haar trug sie in einem original 20er-Jahre Pagenkopf – hinten kurz, in der Mitte geteilt und an den Seiten so lang, daß es bis knapp über die Ohren hing. Nachdem die Augen vom Haar befreit waren, schaute sie Overby an und fragte ihn: »Und jetzt will ich hören, warum ihr in mein Haus eingebrochen seid.«

»Vielleicht sollten wir zuerst über Geld reden«, sagte Overby.

»Wessen Geld?«

»Meins.«

Der Lauf der Flinte sackte ein bißchen herunter, stieg aber ganz schnell wieder hoch. »Was ihr dabei habt, kann ich mir nehmen.«

»Ich hab' vielleicht dreihundert Mäuse in der rechten Hosentasche stecken. Und meine Partnerin hat höchstens sechzig. Aber wir sind hergekommen, weil wir hofften, hier etwas für richtiges Geld kaufen zu können, und irgendwie will mir nicht in den Kopf, daß jemand von uns dreihundertsechzig Bucks richtiges Geld nennen würde.«

Der Flintenlauf sackte wieder etwas ab, und diesmal blieb er unten. »Und was genau wollt ihr kaufen?«

»Informationen.«

»Worüber?«

»Über die Goodisons, Pauline und Hughes«, antwortete Georgia Blue. Sie erhob sich und beugte sich vor, um sich wirklichen oder imaginären Staub von den Knien zu klopfen.

»Hab' ich dir erlaubt aufzustehen, Herzchen?«

Georgia Blue richtete sich auf und sagte: »Als von Geld die Rede war, haben Sie das abgesägte Ding ganz vergessen.«

»Das könnte dir so passen«, erwiderte die Cullen und richtete die Doppelmündung wieder auf Georgia.

Jetzt erhob sich auch Overby und beugte sich herunter, um sich den Staub von den Knien seiner Londoner Anzughose zu bürsten. Noch während er klopfte, sagte er: »Kennen Sie die Goodisons, Colleen? Sagen sie ja, und tausend Dollar gehören Ihnen.«

»Wir haben uns mal gesehen«, antwortete die Cullen.

»Das wären tausend«, sagte Overby und richtete sich ganz auf.

»Und wieviel krieg ich, wenn ich sie in meinem Keller eingesperrt hab'?«

Overby ließ sich Zeit. Er suchte auf ihrem Gesicht nach Anzeichen für Hinterlist. Als er nichts entdecken konnte, sagte er: »Schade, daß es nicht so ist.«

Colleen Cullen ließ die Schrotflinte sinken, drehte sich um und ging zu einem großen runden Eichentisch, auf dem eine Messinglampe mit einem kugelrunden Schirm aus grünem Glas stand. Außerdem standen noch eine Flasche Virginia Gentleman, vier Gläser und ein Krug Wasser auf dem Tisch.

»Ich wollte mir gerade einen genehmigen«, sagte sie und legte die Schrotflinte auf den Tisch. »Trinkt ihr Bourbon?«

»Hin und wieder«, antwortete Overby.

Die Cullen schenkte drei der Gläser großzügig voll, schüttete ein wenig Wasser dazu und bediente erst Georgia Blue und dann Overby, nachdem sie zwei der Gläser mit einer Hand aufgenommen hatte.

»Ihr dürft euch ruhig setzen«, sagte sie, ging zurück zum Tisch und schob sich selbst einen Stuhl zurecht. Overby und die Blue setzten sich zu ihr.

»Laßt mich mal raten«, sagte Colleen Cullen und musterte Georgia Blue. »Du bist mal so 'ne Art Cop gewesen, stimmt's?«

Die Blue antwortete ihr, indem sie an ihrem Glas mit Bourbon nippte.

»Und du, Sportsfreund?« wandte die Colleen Cullen sich an Overby, »du dürftest hauptsächlich damit beschäftigt gewesen sein, vor den Cops wegzulaufen, stimmt's?«

Overbys leises Lächeln verriet nichts.

»Wenn ich euch jetzt von den Goodisons erzähle, wieviel kriege ich dafür?«

»Sie haben bereits tausend verdient.«

»Bis jetzt hab' ich nur leere Versprechungen gehört.«

»Wenn Sie uns erzählen, was Sie von den beiden wissen, kriegen Sie noch mal tausend. Und wenn Sie uns sagen, wo wir sie finden können, gibt's zweitausend.«

»Alles in allem viertausend?«

Overby nickte. »Viertausend.«

»Wer hat euch von mir erzählt?«

Overby zog die Brauen zusammen, als hätte er wenig Neigung, seinen Informanten zu verraten. Schließlich löste sich das Stirnrunzeln in einen Seufzer und eine Miene des Bedauerns auf. »Dickie Brackeen«, sagte er.

»Der Porno-Fritze?«

Overby nickte.

»Erzählen Sie uns von den Goodisons«, forderte Georgia Blue sie auf.

»Du hältst wohl nicht viel von Klatschgeschichten, was, Herzchen?«

»Die Goodisons«, wiederholte Georgia Blue.

»Okay. Die Goodisons. Hughsie und Paulie. Brüderchen und Schwesterchen. Sie ficken miteinander, aber ich nehme an, das wußtet ihr schon.«

Overby nickte.

»Letztens sollte ich mit ihnen ins Bett steigen.«

»Wann war das genau, letztens?« wollte die Blue wissen.

»Letztens, das war morgen vor einer Woche.«

»Lassen Sie uns ganz vorne anfangen.«

»Was ist mit meinem Geld?«

Overby beugte sich vor, legte eine besitzergreifende Hand auf die Schrotflinte und sagte: »Wenn meine Partnerin die Flinte kriegt, kriegen Sie einen Teil von dem Geld.«

Die Cullen klimperte ein paarmal mit den Augendeckeln, schneller als Overby mitzählen konnte. »Die Knarre kriegt sie nicht.«

»Okay. Sie behalten die Knarre, aber Georgia bekommt die Patronen.«

Ohne sich auf eine weitere Debatte einzulassen, schob Overby die Schrotflinte über den Tisch. Georgia Blue klappte sie auf, nahm die beiden Patronen heraus, steckte sie in ihre Handtasche und schob die noch aufgeklappte Waffe wieder zu Colleen Cullen hinüber.

Die Cullen legte eine Hand auf den Kolben und schaute Overby an. »Mein Geld«, sagte sie.

Overby langte in eine Hüfttasche und zog ein abgezähltes Bündel mit 100-Dollar-Noten hervor. Er reichte es der Cullen, die zweimal sorgfältig nachzählte, bevor sie den Blick hob und sagte: »Und wann kriege ich die nächsten tausend?«

»Nachdem Sie uns von den Goodisons erzählt haben.«

Colleen Cullen trank einen Schluck von ihrem Bourbon mit Wasser. »Vor zwei Wochen fuhren sie unangekündigt und völlig unerwartet mit einer großen alten schwarzen Limousine hier vor.«

Georgia Blue warf Overby ein triumphierendes Lächeln zu. Er ignorierte es und sagte zur Cullen: »Okay. Dann sind sie aus der Limousine ausgestiegen. Und dann?«

»Sie sagten das geheime Losungswort.«

»Und das lautete?«

»Fünftausend pro Woche.«

»Für beide zusammen?« fragte Georgia Blue.

»Für jeden.«

»Mein Gott!« rief die Blue aus.

»Das ist mit Vollpension, Herzchen.«

»Und was haben sie für zehntausend die Woche noch gekriegt?« wollte Overby wissen.

»Absolute Diskretion. Bei Geld-zurück-Garantie.«

Overby nickte zufrieden, als käme ihm der Preis zwar hoch, aber nicht übertrieben vor. »Wie oft kommen die Sheriffs hier vorbei?«

»Jeden Dienstag.«

»Und mit was fahren sie wieder ab?«

»Mit 'nem Tausender pro Nase – und den Tausender muß ich auch zahlen, wenn ich keine Gäste habc.«

»Okay«, sagte Georgia Blue. »Die Goodisons sind also eingezogen. Und dann?«

»Drei Tage lang ham'se sich in ihr Zimmer verzogen – sogar dort gegessen. Rund um die Uhr ist die Glotze gelaufen, immer nur dieser MTV-Scheiß, aber nicht übermäßig laut. Als wollten sie bloß 'n bißchen Krach im Hintergrund. Aber um ihr Gerammel auf'm Bett zu übertönen, war's wieder nicht laut genug.«

»Warum haben sie ihre richtigen Namen benutzt?« fragte Overby.

»Bei dem englischen Akzent? Scheiße. Die hatten kaum den Mund aufgemacht, da hab' ich sie schon nach den Pässen gefragt.«

»Haben sie Ihnen gesagt, daß sie Bruder und Schwester sind?«

»Ha'm behauptet, daß sie Mann und Frau sind. Na klar, hab' ich mir gedacht. Und eure Visagen sehen sich nur zufällig so ähnlich. Aber wenn Brüderchen und Schwesterchen miteinander bumsen wollen, dann ist das nicht mein Bier, also hab' ich ihn Mr. Goodison genannt, und sie Mrs. Goodison – zumindest so lange, bis sie mich baten, sie Hughsie und Paulie zu nennen.«

»Hatten sie Telefon in ihrem Zimmer?« fragte Overby.

»Es gibt nur ein Telefon fürs ganze Haus, und das hat 'ne Sicherung.«

»Haben die beiden mal gefragt, ob sie es benutzen können?«

»Einmal.«

»Kamen Anrufe für sie?«

»Dann hätte ich ihnen die Hölle heiß gemacht.«

»Wann haben sie den Fernseher und den MTV-Lärm ausgeschaltet?« wollte die Blue wissen.

»Hab' ich gesagt, daß sie ihn ausgeschaltet haben?«

»Ich nehm's einfach mal an.«

»Am Ende des dritten Tages ha'm sie das Ding abgedreht und auch nicht wieder angedreht. An diesem Abend sind sie aus ihrem Zimmer gekommen und waren auf einmal freundlich – 'ne Spur zu freundlich. Zuerst er. Dann sie. Und dann alle beide zusammen. Ringelpietz mit Anfassen. Ihre Klamotten ham'se auch abgelegt. Er hatte plötzlich nichts mehr an als seine Jockey-Unterhosen, und sie hüpfte in einem alten BH und Höschen herum, aber die Mühe hätten sie sich sparen können. Ich hab' ja gar nichts gegen einen flotten Dreier hin und wieder, aber nich mit zwei weichen Keksen wie denen. Da würde ich noch eher mit 'ner Schlange und 'nem Alligator unter die Decke kriechen. Also hab' ich schnell eine neue Hausordnung aufgestellt.«

»Und wie sah die aus?« erkundigte sich Georgia Blue.

»Regel eins: Finger weg von der Wirtin. Regel zwei: Schwänze und Muschis müssen den ganzen Tag über bedeckt sein.«

»Wie haben sie reagiert?« fragte Overby.

»Sie haben nur gekichert, und danach hab' ich mich nicht mehr viel um sie gekümmert, nur noch um ihr Essen, bis zu dem Morgen, wo sie abgefahren sind.«

»Morgen vor einer Woche?«

»Richtig«, bestätigte die Cullen.

»Haben die beiden ihre Abreise angekündigt?« fragte Georgia Blue.

Die Cullen schüttelte den Kopf. »Sie kamen einfach mit ihrem ganzen Zeug nach unten. Ein großer alter Lederkoffer und zwei Reisetaschen aus Segeltuch oder was das für'n neues Zeug ist, was die Bergsteiger heutzutage benutzen. Und richtig aufgetakelt hatten se sich auch – mal abgesehen davon, daß sie sowieso immer aufgetakelt aussahen.«

Overby nickte.

»Ich sage also irgendwas wie ›Ihr wollt schon wieder abfahren?‹ oder so. Da wird Hughes auf einmal ganz ernst und sagt, tut uns leid, aber wir müssen weiter oder irgendso'n Quatsch. Und dann fragt er mich noch, ob ich ihm vielleicht etwas persönlichen Schutz verkaufen könnte. Ich hab' keine Pariser im Haus, hab' ich ihm geantwortet.«

Die Cullen grinste, und Overby erwiderte ihr Grinsen. Nur Georgia Blue sagte: »Erzählen Sie weiter.«

»Also, da plustert sich Pauline plötzlich auf und fängt an zu brüllen, daß ich doch viel zu blöd bin, den Unterschied zwischen Kanonen und Kondomen zu kapieren. Je länger die hier rumbrüllt, desto höher wird der Preis, sage ich zu Hughes. Er holt aus und schmiert ihr eine, daß sie auf den Hintern fällt, und während sie da unten hockt und weiterschimpft, schachere ich mit Hughes um zwei neuwertige Chief Specials. Siebenhundertfuffzig pro Stück hab' ich ihm abgeknöpft, und ich hätte nur fünfhundert verlangt, wenn Paulinchen mich nicht so dämlich angemacht hätte.«

Overby nickte nachdenklich, dann fragte er sie: »Wieviel müßten wir für zwei 38er zahlen?«

»Sechshundert das Stück.«

»Wir denken darüber nach«, sagte er und wollte dann wissen: »Wie sind sie abgefahren?«

»In derselben schwarzen Limousine mit demselben Fahrer.«

»Dann war es also vorher arrangiert«, stellte Georgia Blue fest.

»Muß wohl. Und wo ist mein Geld?«

»Sie wissen nicht, wo die beiden hingefahren sind?«

»Ich hab' nicht gefragt, und sie haben's mir nicht auf die Nase gebunden.«

»Okay, Colleen«, sagte Overby. »Ich schlage folgendes Geschäft vor: Tausend haben Sie schon gekriegt. Für das, was Sie uns über die Goodisons erzählt haben, zahlen wir Ihnen noch mal tausend. Und einen dritten Tausender gibt's für zwei Kanonen – wenn sie in gutem Zustand sind. Und noch einen Tausender würden wir Ihnen für das polizeiliche Kennzeichen der Limousine zahlen. Das alles summiert sich zu viertausend, wie versprochen.«

»Wie kommt ihr auf die Idee, daß ich das Kennzeichen weiß?«

Overby zuckte die Achseln. »Entweder Sie wissen es, oder Sie wissen es nicht.«

»Also, warum nicht, zum Teufel?« sagte die Cullen, erhob sich und wollte nach der Schrotflinte langen, aber Georgia Blues Hand war schneller. »Die lassen Sie lieber hier«, sagte sie.

Die Cullen überlegte kurz, dann zuckte sie mit den Schultern und verließ den Salon durch eine Tür am hinteren Ende. Während sie draußen war, nahm Georgia Blue die beiden Patronen aus ihrer Handtasche, lud damit die Schrotflinte, ließ den Doppellauf einschnappen und spannte beide Hämmer.

Als Colleen Cullen fünf Minuten später wieder das Zimmer betrat, baumelte an jedem Zeigefinger ein 38er Smith & Wesson-Revolver. Sie blieb stehen und starrte auf die Flinte, die Georgia Blue auf sie gerichtet hatte.

»Willste mich abknallen, Herzchen?«

»Das weiß ich noch nicht.«

Langsam, den Blick immer noch auf Georgia Blue gerichtet, ging die Cullen um den Tisch herum und legte ganz vorsichtig den einen der beiden Revolver auf die Tischplatte. Overby nahm ihn an sich. Dann legte die Cullen die andere Waffe auf den Tisch, schaute immer noch Georgia Blue an und sagte: »Was jetzt?«

»Das polizeiliche Kennzeichen«, sagte Georgia Blue.

Nachdem Colleen Cullen es aufgesagt hatte, entspannte Georgia Blue die Schrotflinte, klappte sie auf, nahm die beiden Patronen heraus, legte die Flinte auf den Tisch und sagte: »Gib ihr das Geld, Otherguy.«

20

In seiner Rolle als Neuankömmling in Malibu verbrachte Booth Stallings an diesem Nachmittag und frühen Abend beinahe zwei Stunden damit, sich seinen etwas sprachlosen Nachbarn und ihren ganz und gar sprachlosen lateinamerikanischen Hausangestellten vorzustellen.

Dreimal wurde er ins Haus gebeten, zweimal schickte man ihn weg, zwei Türen wurden ihm vor der Nase zugeschlagen, viermal durfte er zu einem kurzen, kühlen Dialog auf der Schwelle stehenbleiben, und nur einmal wurde ihm höflich, wenn auch ohne jedes Verständnis zugehört, und zwar von einer Frau aus Düsseldorf, die hier Ferien machte und die, abgesehen von den beiden Worten ›Okay, großartig‹, die sie zusammen mit einem strahlenden Lächeln ständig ins Gespräch warf, nur Deutsch sprach.

Die Nachbarn, die sich zu einem Gespräch herabließen, wußten nichts Zweckdienliches über William A. C. Rice den Vierten zu berichten – jedenfalls nichts, was sie Stallings anvertraut hätten. Bis er an der Tür des Doppelhauses klingelte, das auf der anderen Seite des Highway genau gegenüber von dem Haus stand, in dem Billy Rice gestorben war.

Der Mann, der in dem einstöckigen, kanariengelben Haus an die Tür kam, war mindestens 74 oder 75 Jahre alt. Außerdem war er barfuß und trug offensichtlich nichts am Körper als seinen kurzen grünen Frotteebademantel, Zigarette, Pilotensonnenbrille und einen bernsteinfarbigen Drink – den er in der linken Hand hielt. Trotzdem dachte Stallings, daß ihm an dem zerfurchten Gesicht mit dem breiten, verbitterten Mund, in dessen linker Ecke eine Zigarette steckte, irgend etwas bekannt vorkam.

Die Zigarette hüpfte ein wenig auf und ab, als der Mann sprach, bevor Stallings auch nur ›Hallo‹ sagen konnte: »Glauben Sie ihm tatsächlich, daß er Sie für zwei Wochen nach Hawaii schicken wird?«

»Wem?«

»Dem Oberschlepper, der einen Mann in Ihrem Alter noch auf Abonnentenjagd für seine Zeitschriften jagt.«

»Ich hab' nichts zu verkaufen, mein Freund«, erwiderte Stallings mit einem Lächeln, von dem er hoffte, daß es vertrauenserweckend und unbefangen genug war. »Mein Name ist Booth Stallings, und ich möchte nur meine Aufwartung machen, weil ich Ihr neuer Nachbar bin.«

»Welches Haus?«

»Direkt gegenüber, das Haus, das dem armen Mr. Rice gehört hat.«

Der Mann nickte, nahm die Zigarette aus dem Mund, trank ganz automatisch einen Schluck von seinem Drink, steckte die Zigarette wieder an ihren Platz und sagte: »Billy Rice mag ja vieles gewesen sein, aber arm war er ganz bestimmt nicht.«

»Sie kannten ihn ganz gut, oder?«

»Können Sie 'nen anständigen Drink vertragen?«

»Ich fürchte ja.«

»Also, dann kommen Sie. Wir schenken uns einen ein, und Sie können sich mit Rick Cleveland, dem freundlichsten Nachbarn der Gegend, besser bekannt machen.«

Es entstand eine kurze, kaum wahrnehmbare Pause, bis Cleveland ihm die rechte Hand entgegenstreckte, als hätte er darauf gewartet, daß Stallings den Namen seinem Gesicht zuordnen würde. Nachdem Stallings die Hand ergriffen hatte, ging er das Risiko ein und sagte zu seinem Gegenüber: »Richtig, Sie sind ja Schauspieler.«

Dem kaum merklichen Kopfnicken folgte der Anflug eines erleichterten Lächelns, bevor Cleveland sich umdrehte und ins Wohnzimmer vorausging. »Ja, aber ich hab' in den letzten Jahren nicht viel gearbeitet.«

Stallings vermutete, daß es sich eher um zehn als um zwei Jahre handelte. »Wohnen Sie schon lange in Malibu?« fragte er.

»Seit einundfünfzig. Und in L. A. seit siebenunddreißig«, antwortete Cleveland und nahm eine halbleere Flasche Vat 69 von einem Tisch mit Marmorplatte. »Ist Ihnen Scotch recht?«

»Sicher.«

»Wasser?«

»Ein wenig.«

»Brauchen Sie Eis?«

Da nirgends etwas zu entdecken war, sagte Stallings: »Hab ich mir abgewöhnt.«

Als er seinen Drink in Händen hielt, drehte Stallings sich zu dem großen Fenster um, durch das man einen Ausblick auf den Pacific Coast Highway, das Haus von Billy Rice und – wenn man auf die Zehenspitzen stieg – einen schmalen Streifen des Pazifischen Ozeans hatte.

»Von oben hat man einen schöneren Ausblick«, sagte Cleveland, nachdem er sich in einem grauen Clubsessel niedergelassen hatte. Stallings entschied sich für die blaßblaue Couch vor dem Fenster, probierte von seinem Drink, schenkte seinem Gastgeber noch ein gutnachbarliches Lächeln und sagte: »Sie müssen hier einiges erlebt haben.«

»Kann man wohl sagen, aber ich reiche ja auch beinahe bis in die Steinzeit zurück, oder wenigstens bis ›Vom Winde verweht‹. Erinnern Sie sich an die jungen Südstaaten-Lümmel, die in den ersten Einstellungen um Scarlett herumschwirren. Ich war der eine, der sagen muß: ›Aber gerne, Miß O'Hara‹, oder hieß es ›Aber gerne, Miß Scarlett‹. Das weiß ich nicht einmal mehr genau. Aber wen kümmert das auch?«

»Die Kinofreaks vielleicht.«

»Die soll der Teufel holen.«

Nach einem zweiten, höflichen Schluck von seinem Drink sagte Stallings: »Haben Sie viel von Ihrem verstorbenen Nachbarn mitgekriegt?«

Cleveland drückte seine Zigarette aus und steckte sich eine neue an, bevor er antwortete. »Ich hab' den Dreckskerl verklagt, weil er mir meine Aussicht ruiniert hat. Aber er hatte bereits feste Abmachungen mit dem County und mit der Küstenkommission, und mir ist sehr bald klargeworden, daß nur Vollidioten mit jemandem einen Rechtsstreit vom Zaun brechen, der auf einer Milliarde Dollar hockt.«

»Ihr Verhältnis war also nicht besonders freundlich.«

»Ich hab' ihn mal in seinem Büro in Century City aufgesucht, nachdem ich erfahren hatte, wie hoch er sein gottverdammtes Haus zu bauen beabsichtigte. Er verwies mich an seine Anwälte. Das war unsere erste und einzige persönliche Unterhaltung.«

Stallings warf einen Blick über die Schulter auf das Ricesche Haus. »Waren Sie da jemals drin?«

»Nein.«

»Übermäßig gemütlich ist der Tempel nicht.«

»Warum haben Sie ihn dann gemietet?«

»Die Firma, für die ich arbeite, hat ihren Sitz in London, und wir planen eine Ausweitung nach L. A. Die beiden Firmeninhaber sind der Meinung, daß sie zu diesem Zweck ein bißchen Unterhaltung bieten müssen. Deshalb habe ich das Haus für zwei Monate gemietet – weil man den Eindruck hat, als wär es für eine einzige Party ohne Ende entworfen worden.«

»Ja, Partys hat er 'ne ganze Menge gegeben«, bestätigte Cleveland. »Aber man hat nichts davon mitgekriegt. Der Lärm war nicht der Rede wert, weil die Feste immer auf der Strandseite stattfanden. Und über Verkehr oder parkende Autos konnte man sich auch nicht beschweren, denn er hatte einen Fahrdienst, der die Autos der Gäste wegbrachte und sie irgendwo versteckte. Aber ihr Auto parkte oft auf dem Hof. Manchmal die ganze Nacht über.«

»Wessen Auto?«

»Ione Gambles – die hat ihn doch erschossen, Gott sei's gedankt.«

»Sie sind also davon überzeugt, daß sie ihn getötet hat?«

»Ganz sicher hatte sie die Gelegenheit dazu. Sogar zwei Gelegenheiten.«

»Wieso zwei?«

»Wissen Sie, ich schlafe nicht mehr so besonders«, sagte Cleveland und langte nach der Whiskeyflasche, um seinen Drink aufzufüllen. Nachdem er sich mindestens vierzig Kubikzentimeter nachgeschenkt hatte, stellte er die Flasche zurück auf die Marmorplatte. »Und selbst wenn ich mal schlafen kann, muß ich alle paar Stunden pinkeln gehen, wegen dieser verfluchten Prostata. Und wenn ich im oberen Klo vor der Schüssel stehe, was immer ewig dauert, dann schaue ich aus dem Badezimmerfenster auf den Ozean, weil das immer noch interessanter ist als das, was ich da unten tu oder zu tun versuche.«

Stallings nickte mitfühlend.

»Als ich am Silvesterabend gegen halb zwölf da oben beim Pinkeln bin, fällt mir ihr Wagen auf, der wieder auf Rices Hof steht. Sie hatte einen von diesen schicken Mercedes-Sportwagen, die für beinahe hunderttausend pro Stück verkauft werden. Aber ich denke mir nichts dabei und steure zurück ins Schlafzimmer zu meiner traditionellen Silvesterfeier, die so aussieht, daß ich mit meiner Flasche auf dem Bett liege und wildfremden Menschen dabei zuschaue, wie sie im Fernsehen Vollidioten aus sich machen. Um halb eins, als ich relativ sicher sein konnte, daß ich wieder mal ein Jahr geschafft hatte, mußte ich schon wieder pinkeln. Und da hab' ich's gesehen.«

»Was gesehen?« fragte Stallings.

»Daß der Wagen nicht mehr da war. Der von Ione Gamble.«

»Und?«

»Ich fand das merkwürdig, daß sie ausgerechnet am Silvesterabend nicht bei ihm blieb oder zumindest nicht mehr als die erste halbe Stunde des neuen Jahres mit ihrem Verlobten verbracht hat. Aber was ging mich das an, also ging ich wieder zu Bett. So gegen fünf Uhr mußte ich dann wieder pinkeln gehn. Und da ist ihr Auto plötzlich wieder da und hupt wie verrückt. Dann steigt sie aus und brüllt etwas, das ich nicht verstehe. Und danach ist sie dann ins Haus gegangen, entweder um ihn zu erschießen oder sich zu vergewissern, daß er auch wirklich tot ist.«

»Kaum zu glauben«, sagte Stallings. »Wie haben Sie das alles im Dunkeln erkennen können? Hatte Rice draußen die Hofbeleuchtung angelassen?«

»Nicht nur die Hofbeleuchtung. Die ganzen Weihnachtslampen haben auch noch gebrannt.«

»Was haben die Cops gesagt?«

»Wann?«

»Als Sie denen erzählten, was Sie mir gerade erzählt haben.«

»Nichts. Sie haben sich alles notiert, und dann wollten sie von mir wissen, wieviel ich am Silvesterabend getrunken hatte und ob es nicht an der Zeit wäre, mal wieder auf 'ne schöne Party zu gehen.«

»Hätte es beim erstenmal nicht auch jemand anders sein können?« fragte Stallings. »Ich meine, es könnte doch jemand einen ähnlichen Wagen haben?«

Cleveland zuckte die Achseln. »Das haben die Cops auch gesagt, und wissen Sie, was ich geantwortet hab'? Hundert zu eins, daß es ihr Wagen war.«

Es entstand ein Schweigen, das Stallings schließlich mit seiner letzten Frage brach: »Was glauben Sie, was man mit ihr machen wird?«

»Was ich glaube, oder was ich hoffe?«

»Beides.«

»Ich hoffe, daß sie einen Orden kriegt«, sagte Rick Cleveland. »Aber ich glaube kaum, daß es so läuft.«

21

Während der Sitzung, die Georgia Blue später das Colonel-Sanders-Seminar nannte, sorgte Booth Stallings für ein verblüfftes Schweigen, als er berichtete, daß der alte Schauspieler den Sportwagen von Ione Gamble zweimal gesehen hatte. Und die Stille wäre vollkommen gewesen, wenn nicht unterhalb des riesigen Wohnzimmers, in dem Wu, Durant, Overby, Stallings und Georgia Blue Kentucky Fried Chickens im Wert von 73 Dollar verspeisten, die schwere Brandung auf den Strand gedonnert wäre.

Booth Stallings, der designierte Logistiker, hatte die Hühnchen in der örtlichen Filiale besorgt und sie ohne weitere Erklärung serviert, bevor Wu und Durant über ihre Hypnosesitzung mit Ione Gamble berichteten. Danach referierten Georgia Blue und Otherguy Overby über ihre mit dem Agenten Jack Broach und Richard Brackeen, dem Pornofilmer. Anschließend erzählten Overby und die Blue abwechselnd von ihrer gemeinsamen Begegnung mit Colleen Cullen, der Wirtin der diskreten Pension.

Stallings berichtete als letzter, lächelte über die frappierende Wirkung, tauchte mit einer Hand in den großen Karton mit panierten Hühnchenteilen, brachte eine Keule zum Vorschein und begann daran zu knabbern, während er darauf wartete, wer sich wohl als erster zu seinem Bericht äußern würde.

Schließlich war es Artie Wu, der auf seinem Sessel herumrutschte, sich einmal kräftig räusperte und Stallings fragte: »Du sagst, dieser Cleveland ist Schauspieler?«

Stallings konnte nur nicken, weil ihm ein Bissen Huhn im Mund steckte.

»Wie alt ist er?«

Stallings kaute erst einmal weiter, schluckte hinunter und antwortete: »Vielleicht zehn Jahre älter als ich. Damit steht er schon an der Schwelle zur Senilität.«

»Und du meinst, auch die Leute vom Sheriff waren weniger an Mr. Clevelands Aussage als an seinem Alkoholkonsum interessiert?«

»Der Junge ist Gewohnheitstrinker, Artie. Ich nehme an, der

hat in der Nacht, als er Ione Gambles Auto zweimal sah – wenn's denn stimmt – nicht mehr oder weniger getrunken als in jeder anderen Nacht.«

»Also ist sein Gedächtnis nicht beeinträchtigt?«

»Das hab' ich nicht gesagt! Er gibt zu, daß er sich nicht mehr genau an den einen Satz erinnern kann, den er in *Vom Winde verweht* sagen mußte. Aber er hat mir auf den Zentimeter genau gesagt, wie hoch dieses Haus ist und auf den Penny genau, wieviel es ihn gekostet hat, Billy Rice deshalb zu verklagen.«

Durant hatte an dem großen Fenster gestanden und auf die Lichter von Santa Monica geschaut. Jetzt drehte er sich um, ließ einen Hühnerknochen in einen leeren Kentucky-Fried-Chicken-Karton fallen und sagte: »Vielleicht hast du Ione Gamble nicht weit genug gebracht, Artie.«

»Möglich«, antwortete Wu.

»Aber vielleicht haben die Goodisons sie weit genug gebracht«, warf Georgia Blue ein, die wieder neben Stallings auf der langen Couch saß. Zwischen den beiden stand ein Karton mit panierten Hühnerteilen.

Wu blickte sie an, lächelte leise und sagte: »Fällt dir noch mehr dazu ein, Georgia?«

Sie tupfte sich mit einer Papierserviette über den Mund, bevor sie antwortete: »Ist alles reine Spekulation.«

Wu seufzte. »Ob reine oder unreine, wir wollen es hören.«

»Okay. Ione Gamble hat dir doch erzählt, sie hätte sich nicht von den Goodisons hypnotisieren lassen, richtig?«

Wu nickte.

»Fandest du es schwer, sie in tiefe Trance zu versetzen?«

»Nein.«

»Nehmen wir mal an, die Goodisons sind genauso erfahren wie du.«

»Nehmen wir ruhig an, daß sie erfahrener sind.«

»Dann können wir davon ausgehen, daß es den Goodisons gelang, die Gamble während der zweiten Sitzung zu hypnotisieren, als niemand sonst dabei war, und daß sie es gar nicht gemerkt hat.«

Wu nickte bloß.

»Und in tiefer Trance könnte sie ihnen von ihren beiden Besuchen in Rices Haus erzählt haben – vorausgesetzt, es gab tatsächlich zwei Besuche.«

»Gehen wir mal davon aus«, sagte Durant.

Georgia Blue stimmte mit einem Kopfnicken zu. »Gut. Schon bei ihrem ersten Besuch ist sie angesoffen. Nach einem heftigen Streit erschießt sie Rice, fährt nach Hause, trinkt weiter und wird ohnmächtig. Als sie wieder zu sich kommt, leidet sie unter einem Filmriß und kann sich an nichts mehr erinnern – außer daran, daß sie immer noch stinkwütend auf Billy Rice ist.« Georgia Blue warf wieder einen Blick auf Wu. »Wäre das möglich?«

»Kaum.«

»Dann ist es wohl auch kaum möglich, daß die Gamble aufs neue von einer so großen Wut gepackt wurde, daß sie noch einmal da rausgefahren ist, auf den Chagall statt auf Rice geschossen, seine Leiche gefunden, aber sich nicht mehr daran erinnert hat, daß sie ihn schon früher am Abend erschossen hatte. Sie wählt 911, driftet wieder ins Aus und erinnert sich an gar nichts mehr, als sie wieder aufwacht.«

»Du nimmst an, daß die Goodisons bei der zweiten Sitzung jedes Wort auf Tonband aufgenommen haben, stimmt's?« fragte Durant.

Georgia Blue nickte. »Vielleicht sogar auf Video.«

Durant wandte sich an Wu. »Nun?«

Artie Wu studierte lange die hohe Zimmerdecke. »Ione ist außerordentlich leicht zu hypnotisieren. Und was das Aufnehmen auf Tonband betrifft . . .« Er unterbrach den Satz, nahm den Blick von der Zimmerdecke und schaute Durant an. »Aber darüber wolltest du nicht reden, oder?«

»Nein«, sagte Durant. »Denn wenn sie die Gamble hypnotisiert haben, dann haben sie das auch aufgenommen.«

»Mal angenommen, sie haben es aufgenommen«, sagte Georgia Blue, »dann sollten wir uns darauf einstellen, daß die Goodisons auf eine Erpressung aus sind.«

»Erpressung ist nur der erste Schritt«, erwiderte Overby. »Wahrscheinlich werden sie ihr eine Kopie der Stelle des Bandes schicken, wo sie über nichts anderes redet als über den Schuß auf das Gemälde und wie sie die Leiche von Rice gefunden hat. Das ist der Lockvogel. Und dann schicken sie ihr den Teil, wo sie erzählt, wie sie Rice abgeknallt hat. Okay, das ist vor Gericht kein zulässiges Beweismittel, aber die Cops wird es allemal auf Trab bringen. Also willigt sie ein zu zahlen, und die Goodisons werden sie um ihren letzten Heller erleichtern, einschließlich des Hauses.«

»Aber selbst dann machen sie noch nicht Schluß, oder, Otherguy?« fragte Durant.

»Sicher nicht. Alle Erpresser sind gierige Ungeheuer. Sie wissen nicht, wann sie Schluß machen sollen, weil ja alles so leicht geht, so ... ohne jede Anstrengung. Wenn die Goodisons sie erst einmal ausgequetscht haben wie eine Zitrone, dann werden sie versuchen, eine Kopie ihres Tonbandes an eines der Supermarkt-Revolverblätter zu verscherbeln. Und sollten sie das Ganze mit einem Camcorder aufgenommen haben, wie Georgie vermutet, dann können sie sogar versuchen, das Video bei einer von diesen miesen Fernsehshows loszuwerden, und Millionen von Zuschauern dürfen dabei sein, wenn Ione Gamble unter Hypnose erzählt, wie sie am Silvesterabend ihren Milliardärs-Verlobten getötet hat. Bis dahin dürften die Goodisons es zu einem mittleren Vermögen gebracht haben.«

»Würdest du es auch so machen, Otherguy?« wollte Durant wissen.

Overby schenkte Durant ein vorsichtiges, eisiges Lächeln. »So würden es ein paar Burschen machen, die ich kenne und die ihr auch kennt.«

»Wir sollten uns wünschen, daß vieles von dem, was Otherguy und Georgia vermuten, den Tatsachen entspricht«, sagte Wu mit einem stillen, weisen und freundlichen Lächeln. Booth Stallings dachte, daß ein paar der klügeren Heiligen ihn eigentlich um dieses Lächeln beneiden müßten.

Overby antwortete mit einem Lächeln, das zu zwei Teilen aus Wissen und zu einem Teil aus Boshaftigkeit bestand. »Sie verstehen's noch nicht, Artie.«

»Ich denke schon, daß Georgia es versteht – oder, Georgia?«

»Sicher.«

»Quincy?«

Durant nickte bloß.

»Booth?«

»Keinen Schimmer.«

»Wenn die Goodisons versuchen, Ione Gamble zu erpressen«, sagte Wu, »und ich glaube inzwischen, daß sie es versuchen werden, was braucht sie dann vor allem anderen?«

»Geld?« fragte Stallings.

»Sie braucht erst einmal einen Zwischenhändler«, sagte Wu.

Stallings nickte. »Einen Mittelsmann.«

»An wen denkst du dabei?« wollte Durant wissen.

»Natürlich an Georgia«, antwortete Wu und schien sich darüber zu wundern, daß man ihm diese Frage stellte.

»Natürlich«, sagte Durant mit leiser, tonloser Stimme.

»Komm endlich zum wichtigen Teil, Artie«, forderte Overby. »Zum Geld.«

»Mir kam der Gedanke«, sagte Wu, »daß die Wudu GmbH, Berkley Square, London kundtun sollte, daß sie vorübergehend nach Malibu umgezogen und ganz versessen darauf ist, schockierende, vielleicht sogar obszöne Life-Videos – zur Not auch Tonbänder – für einen mehrsprachigen, dokumentarischen Fernsehfilm zu erwerben, der weltweit gesendet werden soll. Für ein brauchbares Video sei man bereit – wieviel zu zahlen? Bis zu hunderttausend Dollar?«

»Warum nicht Pfund?« warf Durant ein.

»Noch besser.«

»Was hast du vor?« fragte Stallings. »Eine Anzeige in den *Hollywood Reporter* setzen?«

»Ich denke, wir sollten uns vollkommen auf Mundpropaganda verlassen«, antwortete Wu. »Und als Marktschreier kann ich mir niemand Geeigneteren vorstellen als Otherguy. Irgendwelche Einwände?«

Overby ließ den Blick von einem zum anderen schweifen und traf nirgendwo auf Widerspruch. Der fragende Blick wurde schnell wieder durch das vertraute strahlendweiße Grinsen ersetzt.

»Aber vergeßt bitte eines nicht«, sagte Wu. »Wir werden dafür bezahlt, die vermißten Goodisons zu finden, die ganz offensichtlich nicht gefunden werden wollen. Falls Georgias Theorie richtig ist, und ich wiederhole, daß ich Teile davon für richtig halte, dann werden die Goodisons früher oder später versuchen, Ione Gamble zu erpressen. Wenn es soweit ist, dann bekommen sie es mit einem von uns als Vermittler zu tun. Sollten sie versuchen, Bänder zu verkaufen – Audio- oder Videobänder –, dann haben wir bereits ein kaum zu übertreffendes Vorausangebot gemacht – und wieder müssen sie mit uns verhandeln. Hat jemand noch eine Frage oder möchte was hinzufügen?«

»Wer soll was machen?« fragte Durant. »Wenn du uns das erklären würdest.«

Wu schloß kurz die Augen, und dann nickte er mit dem Kopf.

Er hat den Schlachtplan bereits fix und fertig, vermutete Booth Stallings. Als Wu die Augen wieder aufschlug, schaute er Georgia Blue an. »Wie gesagt, Georgia, du wirst als Ione Gambles Vermittlerin fungieren. Aber bis wir dich für diese Aufgabe brauchen, wirst du dich weiter um Leben und Gewohnheiten von Jack Broach kümmern. Otherguy wird zunächst einmal unser Marktschreier sein und der potentielle Kunde für alles, was die Goodisons möglicherweise zu verkaufen haben. Quincy und ich werden uns um eine ganze Reihe von Dingen kümmern. Dazu gehört auch das Kennzeichen der Limousine, mit der die Goodisons abgefahren sind.«

»Bleibe nur noch ich«, sagte Stallings.

Wu schenkte Stallings ein Lächeln aufrichtiger Zuneigung. »Du wirst unser Mr. X sein, den die Wudu GmbH angeheuert hat, um auf der ganzen Welt nach sensationellen Videobändern zu stöbern.«

»Mit anderen Worten, ich sitze neben dem Telefon und warte darauf, daß mir jemand was verkaufen will«, sagte Stallings.

»Darum kann sich der Anrufbeantworter kümmern«, sagte Wu. »Was wir brauchen ist ein Chamäleon, jemand, der irgendwo reinkommt und blitzschnell in eine bestimmte Rolle schlüpfen kann. In dieser Hinsicht halte ich dich für den idealen Mann. Hast du irgendwelche Einwände?«

»Keine«, erwiderte Stallings, »solange du nicht von mir verlangst, daß ich die Rolle eines Jugendlichen spiele.«

22

Das winzige Holzhaus am südöstlichen Rand von Venice stand auf einem Grundstück von zweihundertfünfzig Quadratmetern, und die 82er Cadillac-Limousine, die davor geparkt war, wirkte länger, als das Grundstück breit war. Das Kennzeichen lautete ›LUXRY 3‹, und das war ein Hinweis darauf, daß es möglicherweise eine ganze Flotte von Limousinen gab. Diese Annahme erhielt weitere Bestätigung durch ein kleines, hübsch bemaltes Holzschild, das an eine der Verandastützen genagelt war. Auf dem Schild stand ›Luxury-Limousinen‹, und die Telefonnummer darunter war so lang wie der Firmenname.

Den kleinen Vorgarten teilte eine Betonmauer in zwei Hälften, von denen die rechte gerade genug Platz für etwas Rasen und fünf grob gestutzte Rosensträucher bot. Die linke Hälfte wurde von einer uralten Bougainvillea beherrscht, die an der kleinen Veranda hinauf und auf das Dach gewuchert war, als wollte sie den Schornstein verschlingen.

Die Bougainvillea verdeckte einen großen Teil des Daches, aber an manchen Stellen waren noch die alten, grünverwaschenen Schindeln zu sehen. Das übrige Haus war vor nicht langer Zeit in zwei Gelbtönen gestrichen worden – die Seitenwände in einem sehr hellen Gelb und die Zierleisten in einem wesentlich dunkleren. Durant fand, daß das Haus schrill und gemütlich zugleich aussah.

Er stieg auf der Beifahrerseite aus dem Lincoln, und Wu kletterte hinter dem Lenkrad hervor. Als sie auf der Veranda angekommen waren, begann im Haus ein Telefon zu läuten. Durant klopfte an der Tür. Als niemand aufmachte und das Telefon bereits beim neunten Klingeln angekommen war, drehte er am Türknopf und war erstaunt, daß die Tür sich öffnen ließ.

Sie führte direkt in ein Wohnzimmer. Das klingelnde Telefon stand auf einem kleinen, grauen Metallschreibtisch ganz hinten links in der Ecke. Auf einem geflochtenen, ovalen Läufer zwischen Eingangstür und Telefon lag ein etwa dreißig Jahre alter, männlicher Latino, dem jemand die Kehle durchgeschnitten hatte. Durant stieg über den Mann hinweg, zog ein Taschentuch heraus und nahm damit den Hörer vom immer noch klingelnden Telefon.

»Luxury-Limousinen«, sagte Durant.

Schweigen. Dann fragte eine Frauenstimme: »Carlos?«

»Er kann gerade nicht ans Telefon kommen«, sagte Durant in seinem etwas eingerosteten Spanisch. »Soll ich ihm was ausrichten?«

Die Frau legte auf.

Artie Wu war inzwischen auf der anderen Seite des Schreibtisches angekommen. Mit der Spitze eines Kugelschreibers schlug er die Seiten eines schwarz eingebundenen Ordners um. »Sein Hauptbuch«, sagte er, ohne hochzuschauen. »Der Februar fehlt vollständig.«

»Also los«, sagte Durant.

Wu nickte und klappte den Ordner mit dem Kugelschreiber zu.

Durant stieg über den toten Mann hinweg, aber Wu kniete sich neben ihn. Der Mann trug dunkelblaue Hosen, auf Hochglanz polierte, schwarze Slipper, ein weißes Hemd und eine schwarze Fliege zum Stecken. Sowohl die Fliege als auch das Hemd hatten sich mit Blut vollgesogen. Ein kleines, in Leder gebundenes Notiz- oder Tagebuch schaute aus der Hemdtasche. Wu zog es heraus, wickelte es in ein Taschentuch und schob es sich in die Hosentasche. Dann erhob er sich und lief zur Eingangstür hinaus, gefolgt von Durant, der nur noch kurz stehenblieb, um den inneren und den äußeren Türknopf mit seinem Taschentuch abzuwischen.

Gerade als sie den Lincoln erreicht hatten, kam auf der gegenüberliegenden Straßenseite, vier oder fünf Häuser weiter oben, eine Frau aus einer Tür gelaufen. Das Haus war ein brauner Zwilling des gelben, welches der Firma Luxury-Limousinen als Hauptquartier diente. Die Frau trug Jeans, ein weißes T-Shirt und weiße Turnschuhe. Auf diese Entfernung konnte man sie ebensogut für zwanzig wie für dreißig halten, aber sie bewegte sich eher wie eine Zwanzigjährige.

Während Wu und Durant eilig in ihren Lincoln kletterten, lief die Frau auf das gelbe Haus zu. Gerade als der Lincoln anfuhr, war sie vor der Bougainvillea angekommen und blieb stehen, um dem beschleunigenden Wagen nachzuschauen. Im Rückspiegel sah Artie Wu, wie sich ihre Lippen bewegten, und er nahm an, daß sie das Kennzeichen auswendig lernte.

»Wer hat die Kiste gemietet?« wollte er von Durant wissen.

»Booth.«

»Ruf ihn an. Er soll den Wagen als gestohlen melden.«

»Wo sollen wir ihn stehenlassen? Vor einem Einkaufszentrum?«

»Warum nicht?«

Sie fanden einen freien Platz auf der vierten Etage des Parkhauses am Santa-Monica-Einkaufszentrum Ecke Dritte Avenue und Broadway. Von hier aus war es nur noch ein kurzer Fußmarsch bis zum Rand des Kontinents. Sie fuhren ein paar Rolltreppen rauf und runter, bis sie ein Stockwerk fanden, auf dem es eine Reihe von Imbißständen mit ausländischem Essen gab. Wu kaufte zwei Tassen Espresso und brachte sie hinüber zu einem Tisch, an dem Durant bereits Platz genommen hatte.

Wu setzte sich und zog das Taschentuch heraus, in das er das Notizbuch gewickelt hatte. In goldenen Buchstaben war die Zahl 1991 auf den Einband geprägt. Das Taschentuch hatte praktisch das ganze Blut aufgesogen. Was noch übriggeblieben war, entfernte Wu mit Hilfe einer Papierserviette. Dann wickelte er sein Taschentuch in die Serviette, rollte das Ganze in eine weitere Serviette, knüllte alles zu einem Ball zusammen, stand auf und warf es in einen Abfalleimer.

Nachdem er wieder Platz genommen hatte, schlug Wu das Notizbuch auf und begann darin zu blättern. Durant nippte an seinem Espresso und befand ihn für zu schwach. Wu langte nach seiner Tasse, probierte und wandte sich wieder dem Notizbuch zu. »Guter Kaffee«, murmelte er.

Durant erhob sich. »Ich geh Booth anrufen.«

Wu nickte, völlig von dem Notizbuch in Anspruch genommen.

Nachdem Durant schließlich eine Reihe von Telefonzellen gefunden hatte, fiel ihm ein, daß er vergessen hatte, wieviel man hineinstecken mußte. War es ein Vierteldollar oder waren es fünfunddreißig Cents? Er warf drei Vierteldollar in den Schlitz und tippte die Nummer in Malibu mit der Vorwahl 456 in die Tastatur. Als Stallings sich nach dem dritten Klingeln meldete, sagte er: »Wir müssen den Lincoln loswerden.«

»Was soll ich machen?«

»Ruf die Autovermietung an – welche war das noch?«

»Budget.«

»Erzähl ihnen, der Wagen sei letzte Nacht gestohlen worden, und du hättest den Verlust gerade erst bemerkt.«

»Wo habt ihr ihn gelassen? Ich frage nur aus Neugier.«

»Auf der vierten Etage des Santa-Monica-Einkaufszentrums, Türen verschlossen und Fenster zu.«

»Dann werden sie ihn heute nachmittag finden«, sagte Stallings. »Soll ich euch einen neuen Wagen mieten?«

»Besorg uns etwas Größeres – es könnte sein, daß Artie bald seinen ersten Auftritt als der geheimnisvolle Mr. X hat.«

»Ich bin Mr. X«, verbesserte Stallings. »Er ist Mr. Z. Wie wär's mit 'nem Mercedes? Einem großen.«

»Ausgezeichnet«, sagte Durant.

Als Durant an den Tisch zurückkehrte, ruhten Wus gefalteten Hände auf dem ledernen Notizbuch. »Booth besorgt uns einen neuen Wagen«, berichtete Durant. »Einen Mercedes.«

Wu nickte und sagte: »Sein Name war Carlos Santillan. Im Mai wäre er einunddreißig geworden. Er hatte 76000 Dollar Schulden auf dem Haus, etwa 2600 auf dem alten Cadillac. Zusammen ergaben die monatlichen Raten etwa neunhundert und ein paar Zerquetschte. Er lebte allein, aber im Falle eines Unfalls sollte eine gewisse Rosa Alicia Chavez benachrichtigt werden. Sie wohnt nur ein paar Häuser weiter. Das muß die Frau gewesen sein, die angelaufen kam, um nachzusehen, was passiert war. Miß Chavez ist sechsundzwanzig.«

»Woher weißt du das?«

»Er hat ihren Geburtstag gleich hinter Adresse und Telefonnummer notiert.«

»Hat der Bursche alles aufgeschrieben?« fragte Durant.

»Sein Auto und das Haus hatte er bei Allstate versichert, sein Konto ist bei der Security Pacific. 1978 hat er die SaMoHi abgeschlossen.«

Durant zog die Brauen in die Höhe, dann nickte er. »Santa Monica High-School.«

»Er war eins siebenundsechzig groß«, fuhr Wu fort, »wog achtzig Kilo, hatte braunes Haar, braune Augen, und in vierzehn Tagen sollte ihm der Zahnstein entfernt werden.«

»Er hat tatsächlich alles aufgeschrieben«, meinte Durant.

»Alles. Gestern vor einer Woche hatte er eine Verabredung mit Mr. und Mrs. Goodison, die er in Cousin Colleen's Bed & Breakfest Inn in Topanga Canyon abholen sollte. Leider steht nicht in seinem Notizbuch, wo er sie hinbringen sollte. Ich glaube nicht, daß er es wußte.«

»Vielleicht hat er mit jemandem über die beiden gesprochen?« sagte Durant. »Sie sind ja weiß Gott seltsam genug.«

»Mit dem Jemand meinst du wahrscheinlich Rosa Alicia Chavez, oder?«

Durant nickte.

»Wenn wir versuchen würden, mit ihr zu reden, würde sie nach den Cops schreien«, sagte Wu. »Ich hoffe jedenfalls, daß sie das tun würde.«

»Stehen in seinem Notizbuch irgendwelche Organisationen, zu denen er gehörte – eine Gewerkschaft, Genossenschaft, vielleicht auch eine Bruderschaft?«

»Du meinst eine Organisation, die seinen Hinterbliebenen oder Erben eine kleine Vergünstigung zukommen lassen könnte?«

»Ich dachte so an zweitausend Dollar«, sagte Durant.

»Ich denke, das könnte die UVL übernehmen, die Unabhängige Vereinigung der Limousinenverleiher, die ich gerade eben aus der Taufe gehoben habe.«

»An wen denkst du? Otherguy?«

»Otherguy wäre ein guter Mann dafür«, sagte Wu. »Aber Booth würde sich noch besser machen. Er ist älter und, ja, irgendwie großväterlicher, auch wenn ich nicht glaube, daß ihm diese Beschreibung gefallen würde.«

»Aber sicher würde sie ihm gefallen«, widersprach Durant. »Es gefällt Booth, der Älteste zu sein. Er ist uns und Otherguy um zwanzig Jahre voraus, und Georgia um noch viel mehr. Und auch wenn ihm die Rolle des Hauspatriarchen Spaß macht, der eigentliche Grund dafür, daß er mit uns durch die Welt zieht, ist seine Überzeugung, daß wir genau solche Anachronismen sind wie er.«

»Von wegen«, erwiderte Wu. »Hast du dich jemals für einen Anachronismus gehalten?«

»Nein, aber es gibt Tage, an denen komme ich mir schon ein bißchen verschroben vor.«

»Ja, solche Tage hab' ich auch.«

23

Als erstes, noch vor der ersten Tasse Kaffee, hatte Georgia Blue an diesem Morgen die Zulassungsstelle für Kraftfahrzeuge angerufen. In kühlem, förmlichem Tonfall, gespickt mit etwas Geheimdienst-Jargon, hatte sie den Namen und die Adresse, die zu dem Kennzeichen LUXRY 3 gehörten, angefordert und auch erhalten.

Die Information gab sie an Durant weiter, der sich in der voll ausgerüsteten Küche des verstorbenen William Rice, die für ein mittleres Hotel hinreichend gewesen wäre, gerade die erste Tasse Kaffee eingeschenkt hatte. Durant warf einen Blick auf den Zettel, brummte einen kurzen Dank und verzog sich auf die Terrasse, wo er seinen Kaffee trinken konnte, ohne mit jemandem reden zu müssen.

Georgia Blue fand in einem Küchenschrank eine Thermoskanne, goß zwei Tassen Kaffee hinein, nahm sich einen Becher und trug ihn zusammen mit der Thermoskanne in ihr Schlafzimmer. Sie trank eine Tasse Kaffee, ging unter die Dusche, strich sich ein paarmal mit dem Kamm durch das Haar, das seit der Zeit auf den Philippinen ein paar Zentimeter gewachsen war, und schlüpfte schließlich in das Anne-Klein-Kleid und die Joan & David-Schuhe. Dann setzte sie sich neben dem Telefon auf das Bett, schenkte sich die zweite Tasse Kaffee ein, nahm den Hörer zur Hand und wählte die Nummer, die sie sich am Abend vorher notiert hatte.

Nachdem sich eine aufgeräumte Stimme mit »Jack Broach und Co.« gemeldet hatte, sagte Georgia Blue: »Mein Name ist Margo Dawson. Ich bin die Präsidentin der Mitsu-Bank in Beverly Hills. Ich rufe an, um mich zu erkundigen, ob Mr. Broach an einer geschäftlichen Verbindung mit uns interessiert wäre.«

»Da müssen Sie mit unserem Rechnungsprüfer sprechen, Mr. Corrigan.«

»Ist er im Hause?«

»Normalerweise kommt er so gegen halb zehn.«

»Vielleicht könnten Sie mir einen Hinweis geben. Ist Mr. Corrigan zufrieden mit Ihrer gegenwärtigen Bankverbindung?«

»Ich glaube schon. Sicher.«

»Bank of America, richtig?«

»Security Pacific.«

»Die Filiale am Wilshire Boulevard? Gleich hinter der Doheney Street?«

»Gleich bei der La Cienega.«

»Haben Sie vielen Dank. Ich werde später versuchen, Mr. Corrigan zu erreichen.«

Über die Auskunft erhielt sie die Nummer der Security-Pacific-Filiale. Es meldete sich eine Stimme vom Band, die ihr mitteilte, welche Nummer sie zu wählen habe, wenn sie Auskunft über ihren Kontostand wünsche. Georgia Blue unterbrach die Verbindung und rief noch einmal bei der Auskunft an. Nachdem sie ihren kühlen Secret-Service-Tonfall unter den Gefrierpunkt gesenkt hatte, teilte sie der Zentrale mit, daß sie mit einer richtigen menschlichen Stimme in dieser Security-Pacific-Filiale zu reden wünsche, nicht mit einer konservierten. Sie erhielt eine andere Nummer.

Jetzt meldete sich eine lebendige weibliche Stimme, und Georgia Blue sagte: »Ich würde mich gerne mit einem Ihrer neuen Mitarbeiter über die Eröffnung eines Geschäftskontos im mittleren Bereich sechsstelliger Summen unterhalten.«

Sehr schnell wurde sie mit einem Mr. Davidson verbunden, der sich höflich erkundigte, ob er ihr behilflich sein könne.

»Mein Name ist Blue. Ich bin stellvertretende Geschäftsführerin der Wudu GmbH, einer amerikanischen Firma mit Sitz in London. Wir sind gerade dabei, in Los Angeles eine Filiale zu eröffnen, und dazu brauchen wir eine Bank. Einer unserer Kunden nannte mir Ihr Unternehmen.«

»Wer war dieser Kunde?«

»Jack Broach.«

Nach einem kurzen Zögern sagte Davidson: »Ich verstehe. Ist Ihre Firma auch in der Unterhaltungsbranche tätig, Mrs. Blue?«

»Um Gottes willen, nein. Wir sind eine Beraterfirma in Sicherheitsfragen. Wenn eine Supermarktkette ihren Ladendieben zu Leibe rücken will, sind wir die richtige Adresse. Aber unsere eigentliche Spezialität ist das Entwerfen von Programmen zur Abwehr von Industriespionage.«

»Wie schreibt sich Wudu?«

Georgia Blue buchstabierte es und fügte hinzu: »Unsere Londoner Adresse lautet Bruton Street Nr. 8, Berkley Square, London

West 1. Als erste Einlage dachten wir an eine Viertelmillion. Pfund natürlich, nicht Dollar.«

Davidsons Tonfall wurde merklich wärmer, als er sagte: »Ich bin sicher, daß wir Ihnen zu Diensten sein können. Möchten Sie heute nachmittag vorbeischauen?«

»Am Vormittag wär's mir lieber.«

»Um welche Zeit?«

Georgia Blue schaute auf ihre 36-Dollar-Uhr. 9 Uhr 22. »Um halb zwölf?«

»Ich erwarte Sie«, sagte Davidson.

Nur Booth Stallings war im Wohnzimmer, als Georgia Blue es sieben Minuten später betrat. Er las gerade den Leitartikel der *Los Angeles Times,* aber er schaute auf und bot ihr den Sportteil an.

Sie schüttelte den Kopf und sagte: »Ich kenne die Spieler nicht.«

»Immer noch dieselben.«

»Was macht der Krieg?«

»Wir sind tapfer und die anderen sind Feiglinge.«

»Das ist gut. Worum geht's dabei?«

Stallings schaute sie erstaunt an, aber sie schien die Frage ernst gemeint zu haben. »Manche sagen ums Öl«, antwortete er. »Andere behaupten, es ginge darum, eine brutale Aggression zu stoppen und in Kuwait die Demokratie wieder einzusetzen.«

»Seit wann war Kuwait eine Demokratie?«

»Seitdem der Krieg angefangen hat.«

»Wie lang wird er dauern?«

»Bis in die erste oder zweite Märzwoche hinein. Einen langen Bodenkrieg mit vielen gefallenen amerikanischen Jungs kann sich das Land nicht leisten. Also werden wir's kurz machen, unsere Sachen packen, nach Hause fahren, eine schöne patriotische Orgie feiern und den Nahen Osten im Grunde so zurücklassen, wie wir ihn gefunden haben – abgesehen von einem Haufen toter Iraker.«

Georgia Blue schien von dem Kriegsgerede genug zu haben, denn sie schaute sich im Zimmer um und fragte: »Wo sind die anderen?«

»Wu und Durant sind losgezogen, um den Kerl aufzuspüren, der die Limousine gefahren hat. Otherguy ist in Otherguy-Geschäften unterwegs.«

»Und du?«
»Ich bin der Ersatzmann.«
»Ich brauche noch etwas Geld.«
Stallings nickte. »Wieviel?«
»Ein paar Tausender. Ich hab' nur ein Kleid und ein Paar Schuhe, und es sieht nach Regen aus.«
Stallings langte in seine Hosentasche und zog eine dicke Rolle mit Hundert-Dollar-Scheinen heraus. »Ich hab' nicht gefragt wofür, ich hab' gefragt wieviel.« Er zählte zwanzig Hundert-Dollar-Scheine ab, zögerte, zählte noch mal fünf dazu und gab sie Georgia Blue.
»Du bist ein Schatz«, sagte sie.
»Wenn ich die Wahl hätte, wäre ich lieber sexy als ein Schatz.«
»Um den Sexy-Booth kümmern wir uns heute abend.«
»Das klingt ja wie eine richtige Verabredung.«
»Ist es auch.«
Stallings erhob sich. »Fährst du in die Stadt?«
»Soll ich dich mitnehmen?«
»Zur Ecke Santa Monica und Wilshire Boulevard. Dort vermietet Budget seine Luxusschlitten.«
»Was für einen willst du holen?«
»Einen Mercedes für Wu und Durant.«
»Was ist mit ihrem Lincoln?«
»Ich fürchte, nach dem suchen schon die Cops.«
»Das hört sich nach Fortschritten an.«
»Ja«, sagte Stallings, »hört sich so an.«

Sie setzte ihn vor der vornehmen Budget-Filiale ab, die vom Miata bis zum Lamborghini so ziemlich alles anzubieten hatte. Zehn Minuten später war sie bereits wieder bei Neiman-Marcus, wo sie sich ein blau-graues Kostüm aus Wolle und Seide und einen perlmuttfarbenen Aquascutum-Regenmantel kaufte. Dieselbe Frau, die ihr auch das Anne-Klein-Kleid verkauft hatte, wollte von ihr wissen, ob sie mal als Mannequin gearbeitet habe. Als Georgia Blue die Frage verneinte, erwiderte die Frau, daß das schade sei, denn sie hätte in diesem Job Spitze werden können. »Und zwar absolute Spitze«, meinte die Frau.

Georgia Blue betrat um 11 Uhr 28 die Security Pacific-Bank. Drei Minuten später stand sie bereits vor dem Schreibtisch von Harold

Davidson, der sich ihr als stellvertretender Filialleiter vorstellte. Davidson hatte ein langes, braunes Gesicht mit kräftigem Kinn, klugen dunklen Augen und einem Mund, der sich in den Winkeln in die Höhe zog, so daß er unaufhörlich zu lächeln schien. Obwohl er noch keine vierzig Jahre alt war, hatte er nicht mehr viel Haar, aber immer noch besaß er diesen groben Körperbau der College-Basketballspieler, die weder groß noch flink genug sind, um es bei den Profis zu etwas zu bringen. Davidson half ihr aus dem Regenmantel und hängte ihn vorsichtig an die Hutgarderobe, an der kein einziger Hut hing. Georgia Blue vermutete, daß dort niemals Hüte hingen.

»London«, sagte Davidson, nachdem sie Platz genommen und er seine eins neunzig in seinen Sessel gewuchtet hatte.

»London«, bestätigte sie.

»Ist'n bißchen wie in London da draußen oder? Der viele Regen?«

»Ich weiß es nicht«, erwiderte Georgia Blue. »Die letzten fünf Jahre war ich Wudus ständige Vertreterin in Manila.«

»Auf den Philippinen«, sagte Davidson, legte den Kopf auf die Seite, machte sein Lächeln etwas breiter und fragte: »Hat Wudu sich vielleicht an der Jagd nach den vermißten Marcos-Milliarden beteiligt?«

»Sagen wir lieber, ich habe verschiedene Aufgaben für die Regierung von Frau Aquino erledigt.«

»Und jetzt sind Sie hier in L. A.«, sagte Davidson. »Haben Sie schon ein Büro gefunden?«

»Nein, aber wir haben vorübergehend ein Haus in Malibu gemietet, über einen Immobilienmakler namens Phil Quill, der sich wahrscheinlich auch um die nötigen Büroräume kümmern wird.«

»Quill«, wiederholte Davidson. »Phil Quill. Da läutet bei mir irgendein Glöckchen.«

»Er hat für Arkansas Football gespielt.«

»All-American, stimmt's?«

»Ich interessiere mich nicht für Football.«

Davidson nickte verständnisvoll. »Sagten Sie nicht, daß Jack Broach uns empfohlen hat?«

»Ich sagte, daß er Sie erwähnt hat.«

»Ist er einer Ihrer Klienten?«

»Nein. Aber wir arbeiten indirekt für eine seiner Klientinnen. Ione Gamble. Aber ich möchte betonen, daß weder Mr. Broach noch Miß Gamble unsere Klienten sind. Zur Zeit ist Enno Glimm unser einziger Auftraggeber.«

Davidson war beeindruckt. »Die *Camaraderie*? Glimm?«

Georgia Blue nickte.

Davidson nahm einen Stift zur Hand und zog sich seinen Notizblock heran. »Welche Art von Dienstleistungen werden Sie von unserer Bank benötigen, Miß Blue?«

»Das Übliche. Zuallererst brauchen wir mal ein flexibles Gehaltskonto für zehn bis, sagen wir, siebzig Angestellte. Sie müßten alle zwei Monate die Gehaltsschecks rausgeben und sich um die anfallenden Staats- und Bundesabgaben kümmern. Das sind alles Routinesachen, auch wenn wir manchmal sehr kurzfristig hohe Beträge benötigen werden.«

Bei der Erwähnung von Bargeld legte Davidson seinen Kugelschreiber hin und fragte: »Darf ich fragen, ob Sie Mr. Broach persönlich kennen?«

»Wir hatten gestern eine Besprechung.«

»Was hatten Sie . . . für einen Eindruck von ihm?«

Georgia Blue schaute ihn ein paar Sekunden lang an, dann antwortete sie: »Ich verstehe die Frage nicht. Wenn Sie nach seiner Gesundheit fragen, dann würde ich sagen, daß ihm nichts fehlte. Aber darauf wollen Sie nicht hinaus, oder?«

»Jack Broach ist einer unserer alten und wichtigsten Kunden«, sagte Davidson. »Aber als Sie Enno Glimm erwähnten, kam mir der Gedanke, Sie könnten die Agentur Broach womöglich nach einem Verkauf, einer Fusion oder gar einer Kapitalspritze abklopfen.«

»Enno Glimm hat nicht das geringste Interesse an der Agentur von Mr. Broach.«

Davidsons Mundwinkel zogen fast ganz nach unten. »Ich verstehe.«

»Wir sind eine kleine Firma, Mr. Davidson. Aber wenn Sie ein Geschäft mit mir machen wollen, dann sollten Sie mich ins Bild setzen. Ist Jack Broach & Co. am Ende? Oder ist es nur ein vorübergehender Engpaß?«

Davidson zog die Stirn in Falten, setzte zu einer Erklärung an, überlegte es sich anders und sagte schließlich: »Ich kann Ihnen beim besten Willen nicht mehr darüber sagen.«

Georgia Blue erhob sich aus ihrem Sessel. »Dann fürchte ich, daß wir nicht miteinander ins Geschäft kommen.«

Sie ging zu dem Hutständer hinüber, nahm ihren Mantel herunter, legte ihn sich über den rechten Arm und wandte sich noch einmal zu Davidson um, der inzwischen auch aufgestanden war. »Es tut mir leid, daß Sie so denken«, sagte er.

Sie schaute ihn an, dann sagte sie: »Die Firma Jack Broach & Co. ist gerade dabei, vor die Hunde zu gehen, stimmt's?« Als Davidson nicht antwortete und statt dessen nur auf seine Uhr schaute, fügte Georgia Blue hinzu: »Irgendwie hab' ich mir das gedacht.«

Während sie sich umdrehte und zur Tür ging, langte Davidson nach dem Telefonhörer, wählte eine Nummer und schaute ihr nach. Sie verließ die Bank gerade durch den Haupteingang, als sich am anderen Ende der Leitung eine freundliche Stimme meldete: »Jack Broach & Co.« Davidson nannte seinen Namen und verlangte Mr. Jack Broach persönlich.

24

Nachdem Georgia Blue ihn an der Kreuzung Santa Monica und Wilshire Boulevard in Beverly Hills abgesetzt hatte, rief Booth Stallings anonym bei der Polizei von Santa Monica an und teilte der Frau in der Telefonzentrale mit, daß sie den gestohlenen Lincoln auf der vierten Etage des Parkhauses am Santa-Monica-Einkaufszentrum finden könne.

Anschließend suchte Stallings sich ein Café in der Nähe, bestellte sich Waffeln, Wurst und Kaffee zum Frühstück. Nachdem er die Rechnung bezahlt hatte, schlenderte er den Wilshire Boulevard entlang, bis er zu einer Bank kam, wo er auf Rosa Alicia Chavez einen beglaubigten Scheck über 2000 Dollar ausstellen ließ.

Als er die Bank verließ, fiel ihm eine kleine Schnelldruckerei ins Auge, die nicht allzu beschäftigt aussah. Er ging hinein, setzte sein schönstes Lächeln auf, legte zwei Hundert-Dollar-Noten auf den Tresen und sagte zu dem Inhaber, er würde zweihundert Dollar wetten, daß die Druckerei nicht in der Lage sei, ihm innerhalb von dreißig Minuten ein Dutzend Geschäftskarten anzufertigen. »Sie haben schon verloren«, sagte der Inhaber und ließ die beiden Scheine in seiner Hosentasche verschwinden. Eine halbe Stunde später kam Stallings aus dem Laden, mit einem Dutzend Visitenkarten in der Tasche, auf denen zu lesen stand: ›Jerome K. Walters, geschäftsführender Präsident, Unabhängige Vereinigung der Limousinenverleiher.‹ Darunter standen eine erfundene Adresse am Colorado Boulevard in Santa Monica und ein paar nicht weniger fiktive Telefon- und Faxnummern.

Eine Viertelstunde später ging Stallings in das Budget-Büro und sagte, er sei der Mieter des gestohlenen Lincoln. Hinter dem Tresen saß eine hübsche Mittzwanzigerin, die beinahe überfloß von gutem Willen. Sie stellte sich als Gloria vor und teilte ihm mit, daß die Cops aus Santa Monica gerade angerufen hätten. Der Wagen sei praktisch unbeschädigt im Einkaufszentrum am Santa Monica Place gefunden worden.

»Was meinen Sie damit, ›praktisch‹ unbeschädigt?«

»Wir mußten einen Schlosser hinschicken, und die Cops werden den Wagen ein paar Tage behalten, um ihn gründlich nach Fingerabdrücken abzusuchen.«

»Aber doch wohl nicht auf meine Kosten, oder?«

»Natürlich nicht.«

»Gut«, sagte Stallings, dann runzelte er die Stirn und fügte hinzu: »Schaun Sie, Gloria, ich habe meinen Präsidenten und Vizepräsidenten aus London hier zu Besuch, und die beiden sind nicht gerade glücklich darüber, daß ihnen gleich am ersten Morgen die Räder unterm Hintern weggeklaut wurden. Deshalb möchte ich jetzt lieber einen Wagen, der nicht so leicht zu klauen ist – vielleicht sogar etwas Feineres, Ausländisches.«

»Wir hätten da einen schneeweißen Bentley.«

»Zu auffällig. Wie wär's mit einem hübschen schwarzen Mercedes?«

»Wir haben einen schwarzen 500 SL, einen schwarzen 300 E und ein wirklich schönes Stück, einen schwarzen 560 SEL.«

»Ich nehme den 560er.«

»Wollen Sie diesmal Vollkasko?«

»Worauf Sie sich verlassen können«, erwiderte Stallings.

Am östlichen Ende von Venice stieg Stallings aus der großen Mercedes-Limousine, ging den kurzen Weg aus Betonplatten hinauf und stieg auf die Veranda. Dort klopfte er an die Tür des braunen Hauses, das der dunklere Zwilling des gelben auf der anderen Straßenseite war. Eine rundliche Frau mittleren Alters mit Lockenwicklern im Haar öffnete ihm.

»Miß Chavez?« fragte Stallings, obwohl er genau wußte, daß sie es nicht war.

»Was woll'n Sie?«

»Sind Sie Miß Chavez?«

»Nein, ich bin Helen von nebenan. Rosa ist noch immer ganz durcheinander.«

»Ja, der arme Carlos«, sagte Stallings mit einem trübseligen Kopfschütteln. »Und die arme Miß Chavez. Wir sind alle so schrecklich traurig.«

»Wer ist wir?«

»Die UVL.«

»Was ist das?«

»Die Unabhängige Vereinigung der Limousinenverleiher.«

Helen von nebenan drehte den Kopf nach hinten und brüllte:

»Rosa! Hier ist 'n Typ von der Limousinenvereinigung.« Sie wandte sich wieder Stallings zu und sagte: »Kommen Sie lieber rein.«

Stallings betrat das Haus und fand sich zurückversetzt in die frühen 60er Jahre. Auf dem Fußboden lag ein Stonehenge-Baumwollteppich in verschiedenen Schattierungen von Weiß, Rot, Braun und Schwarz, ein exaktes Gegenstück zu einem Teppich, den Stallings und seine Frau im Jahre 61 bei Hecht & Co. in Washington D.C. gekauft hatten.

Außerdem gab es eine mit Tweed bezogene Couch auf Chromfüßen und einen Ohrensessel, der mit einem knotigen, grünlichen Stoff überzogen war. Der Couchtisch war aus geöltem Teak, und sein kleinerer Vetter, ein Beistelltisch, stand gleich neben dem grünen Sessel. Skandinavische Moderne, dreißig Jahre zu spät, dachte Stallings, als er sich unaufgefordert in dem grünen Sessel niederließ.

Die junge Frau auf der Tweedcouch trug ein schlichtes schwarzes T-Shirt und schwarze Jeans. Sie saß dort mit zusammengepreßten Knien und hielt ein zerknülltes Taschentuch zwischen den Fingern. Bis auf die verquollenen Augen und die etwas zu rote Nase war ihr ovales Gesicht, auf dem sie keinerlei Make-up trug, sehr hübsch. Stallings schätzte sie auf 23 oder 24 Jahre. Sie starrte ihm entgegen und sagte: »Er hat mir gar nicht gesagt, daß er einem Verein beigetreten ist.«

»Er ist auch erst letzten Monat beigetreten.«

»Und Sie sind gekommen, um mir zu sagen, daß Ihnen sein Tod leid tut. Das ist nett von Ihnen. Vielen Dank.«

»Ich bin auch gekommen, um Ihnen mitzuteilen, wieviel Sterbegeld Sie erhalten.« Stallings vertrieb Helen von nebenan, die immer noch in der Tür stand, mit einem bösen Blick.

Helen sagte: »Ich bin in ein paar Minuten wieder da, Kleines.«

Nachdem sie gegangen war, nahm Stallings den beglaubigten Scheck heraus, hob ihn in die Höhe und überreichte ihn Rosa Alicia Chavez auf etwas förmliche Weise.

»Zweitausend?« rief sie ungläubig aus.

Stallings schüttelte voller Bedauern den Kopf, setzte sich wieder hin und sagte: »Tut mir leid, daß es so wenig ist, aber er war erst seit so kurzer Zeit Mitglied.«

»So viel«, sagte sie.

»Ich weiß, es ist schwer für Sie, Miß Chavez, aber der Hauptgrund für unsere Vereinigung besteht darin, daß wir uns um einander kümmern und aufpassen, daß so schreckliche Dinge nicht passieren.«

Sie nickte und warf noch einen Blick auf den Scheck. »Sie wollen mir ein paar Fragen stellen, stimmt's?«

»Ich möchte Sie nicht zu sehr aufregen.«

Sie schaute hoch. »Ich kann Ihnen nur sagen, was ich schon den Cops erzählt habe.«

»Das wäre vollkommen ausreichend.«

Etwa fünf Minuten lang erzählte Rosa Alicia Chavez von dem Lincoln, den sie in voller Fahrt von Carlos' Haus hatte wegfahren sehen. Sie konnte das Baujahr angeben, die Farbe, seinen wahrscheinlichen Gebrauchtwagenwert und das amtliche Kennzeichen. Dann erzählte sie von dem Mann, den sie *›el chino grande‹* nannte, und auch von dem anderen, den sie als wirklich groß und dunkel und gefährlich aussehend beschrieb. Sie erzählte davon, wie die beiden aus dem Haus gelaufen waren, hinüber zu ihrem Lincoln, und was sie am liebsten mit ihnen tun würde – besonders mit *el chino grande*. Stallings machte sich Notizen.

Als ihr schließlich der Stoff ausging, fragte er: »Hat Carlos in letzter Zeit über irgendwelche seltsamen fremden Kunden gesprochen?«

Sie schüttelte den Kopf. »Nur über die *ingleses*.«

»Die Engländer?«

Sie nickte, und dabei lag ein merkwürdiger Ausdruck auf ihrem Gesicht, eine Mischung aus Abscheu und Faszination. »Ein Mann und eine Frau, die sich bei Carlos als Mr. und Mrs. vorgestellt haben. Aber er hat mir erzählt, daß sie sich so ähnlich wie Zwillinge waren.«

»Sie meinen, die beiden waren Geschwister?«

»Ja, Bruder und Schwester«, sagte sie und erschauerte dabei.

»Hat er ihre Namen genannt?«

»Nein, er hat nur gesagt, daß er sie zu einem Haus in Topanga Canyon gefahren hat, und eine Woche später ist er wieder hingefahren und hat sie abgeholt und woanders hingebracht.«

»Hat er gesagt wohin?«

»Zu einem Motel.«

»In L. A.?«

»In Oxnard.«

»Hat er gesagt in welches?«

Sie warf wieder einen Blick auf den Scheck, dann schaute sie hoch und sagte: »Er hat nur gesagt, daß sie Verrückte waren und daß er sie in ein Motel in Oxnard gebracht hat. Meinen Sie, daß die beiden Verrückten etwas mit dem großen Chinesen und dem langen Kerl mit der dunklen Haut zu tun haben?«

»Ich weiß es nicht. Es wäre natürlich möglich.«

»Und wenn ich Ihnen jetzt nicht sage, in welches Motel er sie gebracht hat, dann nehmen Sie mir den Scheck wieder weg, oder?«

»Nein.«

Sie wedelte mit dem Scheck in der Luft herum, beinahe so, als wollte sie Stallings damit drohen. »Hören Sie, wenn das hier ein dummer Scherz oder ein Trick sein sollte, ich weiß nicht, ob ich es ertragen könnte.«

»Es ist kein Trick und auch kein dummer Scherz. Sie haben unser tiefstes Mitgefühl.« Stallings erhob sich aus seinem Sessel.

Sie schaute zu ihm hoch und sagte sehr förmlich: »Ich danke Ihnen für Ihr Kommen und für das Geld. Darf ich Ihnen was zu trinken anbieten? Vielleicht einen Kaffee?«

Er lächelte. »Danke, nein.«

»Darf ich Ihnen noch eine Frage stellen?«

»Sicher.«

»Wie lange sind Sie schon Chauffeur?«

»Seit mehr als dreißig Jahren.«

Sie nickte mit großem Ernst und sagte: »So etwas hatte ich mir gedacht.«

25

Otherguy Overby brauchte nicht einmal eine halbe Stunde, um im Draw-Poker-Club in Gardena fast 500 Dollar zu gewinnen. An diesem Abend wandte er seinen ›einsilbigen Stil‹ an – »drei Karten bitte« oder »ich steige aus« oder »ich erhöhe um zehn« waren die einzigen Worte, die über seine Lippen kamen. Außerdem schaute er ständig über die linke Schulter nach hinten.

Zu seiner Rechten saß eine etwa fünfzig Jahre alte Spielerin, die einen Körper wie eine Dreißigjährige hatte, und ein Gesicht, dem zuviel Sonne ein Muster aus allerfeinsten Falten eingebrannt hatte. Sie trug einen blauen Overall und eine Baseballmütze der Dodgers, deren Schirm sie nach links gedreht hatte. Nachdem Overby ungefähr zum sechzehntenmal über die Schulter nach hinten geschaut hatte, sagte sie: »Erwarten Sie Verstärkung?«

»Ich bin hier mit 'nem Typen verabredet.«

»So wie Sie nach ihm spechten, muß er Ihnen ein Vermögen schulden.«

»Ich muß zahlen, nicht kassieren – falls er jemals auftauchen sollte.«

Die Frau lehnte sich zu ihm hinüber und senkte die Stimme: »Wenn Sie's nicht mehr aushalten, hätte ich eine Telefonnummer für Sie.«

Overby warf ihr einen finsteren Blick zu. »Seh ich aus wie ein Fixer?«

»Wer hat was von Drogen gesagt? Aber wenn ich Sie mir genau anschaue, dann sehen Sie eher wie 'n Bulle vom Rauschgiftdezernat aus.«

Overby hellte sein finsteres Gesicht ein wenig auf. »Ich kaufe Privatvideos.«

Erst nach zwei weiteren Runden fragte ihn die Frau: »Was sind das für Privatvideos?«

»Sie handeln von Leuten, die Dinge tun, die man nicht tun sollte.«

»Sie meinen sexuelle Dinge?«

Overbys Blick verfinsterte sich wieder. »Was ist los mit Ihnen, Lady? Zuerst bin ich ein Fixer, dann ein Bulle. Und jetzt stecken Sie mich ins Porno-Geschäft.«

Sie lehnte sich näher zu ihm und flüsterte: »Wie wär's mit 'nem Video, auf dem zwei Eheleute versuchen, ihr vier Monate altes Baby zu ertränken?«

Overbys verärgerter Blick verwandelte sich in nachdenkliche Aufmerksamkeit. »Möchten Sie eine Tasse Kaffee?«

»Gern«, sagte die Frau und klaubte ihre Chips zusammen.

Sie stellte sich als Cheyne Grace vor. Nachdem sie Cheyne buchstabiert hatte, erklärte sie ihm, daß man es ausspreche wie Shane, der alte Film oder auch Shayne, der alte Detektiv.

»Was für 'n alter Detektiv?« fragte Overby.

»Michael Shayne, Privatschnüffler. Wie hieß er noch gleich ... richtig, Lloyd Nolan hat ihn auf der Leinwand dargestellt.«

Overby rührte beinahe fünfzehn Sekunden lang in seinem Kaffee, warf einen Blick über die Schulter nach hinten und sagte: »Erzählen Sie mir von dem Video mit dem ertränkten Baby.«

»Dieser Bursche, den ich kenne, sagt, er kennt jemanden, der es gesehen hat.«

»Vielleicht sollte ich ein paar Takte mit ihm reden – mit diesem Burschen, den Sie kennen.«

»Ich bin so was wie seine Agentin.«

»So was wie?«

»Okay, ich bin seine Agentin. Wenn Sie mit ihm reden wollen, müssen Sie zuerst mit mir reden.«

Overby nickte, und nach einem weiteren Blick über die Schulter lehnte er sich zu der Frau hinüber und sagte mit leiser Stimme: »Okay. Das funktioniert folgendermaßen: Ich vertrete einen Mann, den ich mal Mr. Z nennen will, okay? Mr. Z kommt aus London – in England – und er stellt eine TV-Serie zusammen, die in die ganze Welt verkauft werden soll. Er braucht dazu weder Schauspieler noch Synchronsprecher. Das Gezeigte spricht für sich selbst, denn das sind alles Privatvideos, und zwar echte Schocker.«

»Zum Beispiel?«

»Zum Beispiel ein Video, für das Mr. Z hunderttausend englische Pfund gezahlt hat.«

»Wieviel ist das in amerikanischem Geld?«

»Ungefähr hundertachtzig Riesen.« Er schaute schon wieder über die Schulter nach hinten und senkte die Stimme zu einem vertraulichen Murmeln. »Da gab es vor ein paar Jahren einen

Mord in London«, sagte Overby. »Ein Mann kommt von einer Geschäftsreise aus den Staaten zurück und findet seine Frau und seine Schwiegermutter mit abgeschnittenen Köpfen.«

Die Frau bekam ganz große Augen. »Und das haben Sie alles auf Kassette?«

Overby seufzte, warf noch einen Blick über die Schulter und sagte: »Natürlich haben wir das nicht auf Kassette. Was wir auf Video haben, ist das Geständnis des Mörders, und wie er anschließend das Gas aufdreht und den Kopf ins Backrohr steckt. Das Geständnis haben wir unverändert gelassen, aber die Szene mit dem Backrohr haben wir auf sechs bis sieben Sekunden zusammengeschnitten – gerade lange genug, um Wirkung zu erzielen.«

»Wer war's?« fragte sie.

»Wer war was?«

»Der Mörder?«

»Ach so, ja, der Ehemann natürlich. Er war in Washington D.C. Dort besorgte er sich einen amerikanischen Paß, kaufte sich ein Rückflugticket für die Concorde, schnitt den beiden Frauen die Köpfe ab und war zurück in Washington, bevor ihn dort jemand vermißt hatte. Sechsunddreißig Stunden später flog er in der Economy-Class nach London zurück, entdeckte die beiden Leichen und rief die Polizei. Perfekter Mord, perfektes Alibi.«

»Warum hat er sie umgebracht?« fragte Cheyne Grace.

Overby versuchte es mit dem Standardmotiv. »Geld, was sonst? Seine Schwiegermutter hatte Kohle und seine Frau war ihre einzige Erbin. Also bringt er zuerst die Schwiegermutter um, läßt sich von seiner Frau was zu essen machen und tötet sie eine Stunde später. Die Autopsie bewies, daß die Schwiegermutter zuerst gestorben war, also hatte die Frau alles geerbt. Und der Ehemann erbte alles von seiner toten Frau. Die Schwiegermutter hatte ein hübsches Häuschen in Torquay hinterlassen, gleich am Meer. Dort nahm der Mann sein Geständnis auf und steckte anschließend den Kopf ins Backrohr.«

»Wieviel Geld hatte er geerbt?«

»Es waren etwa vierhunderttausend Pfund«, sagte Overby, nachdem er beschlossen hatte, den Mann nicht zum Millionär zu machen.

»Von wem haben Sie das Band gekauft?«

Overby lächelte; er war davon überzeugt, daß es das erste Lächeln seit drei Stunden war. »Das ist eine vertrauliche Information.«

Sie nickte verständnisvoll. »Die Geschichte mit dem ertränkten Baby, die hab' ich mir ausgedacht.«

»Ach, tatsächlich?«

»Ja, aber dieser Typ, den ich kenne, der kennt 'ne Menge seltsamer Leute. Verstehen Sie?«

Overby nickte nur.

»Also, wie kommen wir mit Ihnen in Kontakt – falls er tatsächlich etwas anzubieten hat?«

Overby nannte ihr aus dem Gedächtnis die 456er-Nummer des William-Rice-Hauses.

»Vier-fünf-sechs«, wiederholte Cheyne Grace sichtlich beeindruckt. »Das ist in Malibu.«

»Es ist das Haus von Mr. Z.«, sagte Overby. »Aber fragen Sie nicht nach ihm, fragen Sie nach Mr. X.«

»Das sind Sie, stimmt's? Mr. X?«

Bevor Overby antworten konnte, legte sich eine große Hand auf seine linke Schulter. Er fuhr herum und schaute hinauf zu einem Mann, der ein gutes Stück größer als eins neunzig war und eine fest gegürtete braune Buschjacke, eine dunkle Pilotenbrille und einen schweinsledernen Hut mit breiter Krempe trug. Der Mann hatte sich seit mindestens drei Tagen nicht mehr rasiert.

Er sprach mit einer leisen Baßstimme, die anklagend und drohend zugleich klang. »Es war ausgemacht, daß Sie allein sind, Mann.«

»Bin ich doch«, sagte Overby.

»Und wer zum Teufel ist das?«

Overby bat Cheyne Grace mit einem Blick um Verzeihung und zuckte die Achseln. »Macht es Ihnen was aus?«

»Nein«, sagte sie und erhob sich eilig. »Absolut nicht.«

Als sie gegangen war, nahm der Mann neben Overby Platz und sagte: »Sie beobachtet uns noch.«

»Gut.«

»Wie war ich?«

»Sie waren perfekt.«

»Ich hab' versucht, besonders viel Drohendes in den zweiten Satz zu legen: ›Und wer zum Teufel ist das?‹ Zuerst wollte ich sagen: ›Und wer zum Teufel ist sie?‹, aber das hätte sich vielleicht etwas zu geschraubt angehört. Was meinen Sie?«

»Es war genau richtig so«, sagte Overby und langte in die Brusttasche seines Jacketts. »Beobachtet sie uns noch?«

»Ja.«

»Okay. Ich werde Ihnen jetzt einen unversiegelten braunen Umschlag überreichen. In dem finden Sie dreihundert in Zwanzigern. Ich möchte, daß Sie die Scheine zählen. Aber im Umschlag. Lassen Sie sich ruhig Zeit dabei. Und dann sollen Sie mir zunikken.«

»Nur zunicken?« sagte der Mann. »Kein Satz?«

»Kein Satz.«

»Ich glaube, ich kann 'ne Menge in das Kopfnicken legen.«

»Davon bin ich überzeugt«, sagte Overby und gab ihm den braunen Umschlag.

Um ein Uhr mittags gönnte Overby sich in der Manhattan Beach Bar einen Martini als Aperitif. 1985, als er aus finanziellen Gründen dazu gezwungen war, hier den ›Haus-Sitter‹ für die Stars zu spielen, war er eine Weile lang Stammgast in dieser Bar gewesen. Der Barkeeper und Inhaber, ein Mann in den Vierzigern, schob ihm den Drink über die Theke und sagte: »Ich hab' da etwas, das dich interessieren könnte, Otherguy.«

»Ja? Was denn?«

Der Inhaber hatte die Ellbogen jetzt auf die Theke gelegt. Er warf verstohlene Blicke nach rechts und links, dann schaute er Overby an. »Da läuft so'n TV-Heini aus London rum, 'n großes Tier auf dem Videomarkt – Sparte Privatvideos. Man hört, daß er mit Geld um sich wirft.«

»Du sprichst von Privatpornos?« erwiderte Overby und warf einen Blick auf seine Uhr. Es war fünf Minuten nach eins. Vor genau zweieinhalb Stunden hatte er den Pokerclub in Gardena verlassen.

»Soll eher so was sein wie Geständnisse vor der Kamera«, sagte der Barbesitzer. »›Ich hab' meine Frau, meine Kinder und den Hund getötet, und jetzt zeige ich euch, wo ich sie begraben hab'.‹ So in der Art.«

»Würde mich interessieren«, sagte Overby.

»Dazu braucht man nicht viel mehr als 'n Camcorder und 'n Drehbuch.«

»Und einen Schauspieler vielleicht.«

»Willst du die Telefonnummer?«

Overby nickte.

Der Inhaber schrieb sie auf einen Bierdeckel, den er seinem Gast über die Theke schob. Overby warf einen Blick auf den Dekkel und erkannte die 456er-Nummer des Hauses von William Rice in Malibu.

»Du mußt nach einem Mr. X fragen«, sagte der Inhaber und Barkeeper. »Und vergiß nicht, daß ich immer noch Gebühren ans Syndikat zahlen muß.«

Overby steckte den Bierdeckel in die Tasche und sagte: »Hast du in letzter Zeit was unternommen?«

»Nächste Woche läuft 'n Werbespot von mir.«

»Ich melde mich wieder«, sagte Overby, trank seinen Martini aus, legte einen Zwanziger auf die Theke und verließ die Bar.

26

Um elf Uhr vormittags hatte Georgia Blue bei Jack Broach angerufen und ihm angeboten, sich mit ihm zum Mittagessen zu treffen. Er hatte sofort eingewilligt und ein Restaurant mit Elsässer Spezialitäten auf dem Sunset Boulevard in Beverly Hills vorgeschlagen, das gerade in Mode war. Nachdem sie sich für ein Uhr dort verabredet hatten, rief Broach eine zukünftige Klientin an und sagte die Verabredung zum gemeinsamen Mittagessen ab. Das veranlaßte diese zukünftige Klientin, eine etwas launische Schauspielerin, Broach der Unzuverlässigkeit zu bezichtigen. Da die Karriere dieser Schauspielerin ohnehin ins Nichts zu führen schien, erklärte Broach sich gutgelaunt für schuldig im Sinne der Anklage und legte auf.

Georgia Blue traf eine Viertelstunde zu spät in dem Elsässer Spezialitätenrestaurant ein. Sie hatte ein aufmerksames Publikum, als sie dem Chefkellner zu Broachs Tisch folgte. Die meisten Männer betrachteten ihr Gesicht, während die Frauen sich für ihre Kleidung interessierten. Und allen zusammen, oder zumindest fast allen, fiel die weiße Strähne in ihrem Haar auf, und ihr raumgreifender, selbstbewußter Schritt und wie gleichgültig ihr die allgemeine Aufmerksamkeit zu sein schien, die sie erregte.

Sie glotzten immer noch, als sie an Broachs Tisch trat. Inzwischen war Broach zu dem Schluß gekommen, daß die vielen Blicke und die damit verbundenen Spekulationen allemal mehr wert waren als sämtliche Provisionen, die ihm die launische Schauspielerin jemals eingebracht hätte, die ohnehin seit acht Monaten keinen Job mehr gehabt hatte.

Georgia Blue entschuldigte sich nicht für die Verspätung. Nachdem sie Platz genommen hatte, fragte Broach sie, ob sie einen Drink wolle. Sie bat um den Hausrotwein, falls es so etwas gäbe. Als die Getränke gebracht wurden, warf sie einen Blick auf die Speisekarte und bestellte die große Gemüse-Fleisch-Kasserolle, die Broach auf mindestens dreitausend Kalorien schätzte. Er bestellte sich eine Suppe und Salat.

Nachdem der Kellner gegangen war, trank sie einen Schluck Wein, lächelte Broach an und sagte: »Hat dieser nette Mr. Davidson von der Securitiy Pacific Sie angerufen?«

Broach nickte.

»Ich hatte gehofft, daß er es tut.«

Broach beschloß, sie nicht zu fragen, warum sie das gehofft hatte. Statt dessen wollte er abwarten, ob sein Schweigen sie zu einer näheren Erklärung veranlassen würde. Es veranlaßte sie nicht dazu. Statt dessen nippte Georgia Blue wieder an ihrem Weinglas, schaute sich im Lokal um und sagte: »Ein paar von denen kommen mir bekannt vor. Kann das sein?«

»Kann schon sein.«

»Ich war seit fünf Jahren nicht mehr im Kino. Hab' ich viel verpaßt?«

»Kommt drauf an, was Ihnen gefällt.«

»Komödien, in denen viel gesprochen wird.«

»Da haben Sie nichts verpaßt.«

»Was mögen Sie an Ihrem Job, Mr. Broach?«

»Das Geld. Die Geschäfte. Und hin und wieder sogar die Menschen und das, was sie zustande bringen.«

»Ich nehme an, Sie sind immer noch Ione Gambles bester Freund.«

»Das will ich jedenfalls hoffen.«

»Dann sollten Sie wissen, daß Sie es mit mir als Vermittlerin zu tun haben werden.«

»Und zwischen wem oder was wollen Sie vermitteln?«

»Zwischen ihr und denen, die versuchen werden, sie zu erpressen.«

Broach lehnte sich zurück in seinen Sessel und studierte Georgia Blues Gesicht. Schließlich sagte er: »Wenn es irgendeinen Versuch der Erpressung gäbe, hätte sie unter Garantie mit mir darüber gesprochen.«

»Sie weiß noch gar nichts davon.«

»Und was meinen Sie, wer versuchen wird, sie zu erpressen?«

»Hughes und Pauline Goodison.«

»Und was würden Sie in dem Fall als Iones Vermittlerin tun?«

»Hintergrundmaterial kaufen, das ihren Ruf und ihre Karriere ruinieren könnte.«

»Dann haben Sie meinen Segen.«

»Gut. Dann können wir jetzt über Geld reden.«

»Über das Geld, mit dem die Erpresser bezahlt werden sollen?«

»Ja. Genau über das Geld.«

»Wenn die Goodisons die Erpresser sein sollten, dann unterhalten Sie sich gerade mit dem falschen Mann. Sie sollten mit Enno Glimm reden.«

»Weil er garantiert hat, sie für jeden Schaden zu entschädigen, den die Goodisons ihr zufügen?«

»Das steht jedenfalls im Vertrag.«

»Aber es ist ja nur eine Vermutung, daß die Goodisons die Erpresser sein werden«, erwiderte Georgia Blue. »Was ist, wenn sie es nicht sind? Was ist, wenn sie vollkommen unschuldig sind?«

»Warum sind sie dann untergetaucht?«

Sie zuckte die Achseln. »Vielleicht hat sie jemand von der Bildfläche verschwinden lassen. Bevor Sie nicht bewiesen haben, daß die Goodisons die Erpresser sind, wird Enno Glimm Ihnen keinen müden Cent zahlen.«

»Und das bedeutet, Ione wird das Geld aufbringen müssen.«

Georgia Blue nickte.

Jack Broach probierte seinen Drink, dann stellte er ihn zur Seite, als verspürte er keinerlei Neigung, ihn noch einmal anzurühren. »Von wieviel Geld reden Sie?«

Georgia Blue starrte auf sein linkes Auge, als sie antwortete: »Ich rechne mit einer Million.«

»Deshalb haben Sie meiner Bank einen Besuch abgestattet, richtig?«

Sie hatte inzwischen mit einer genaueren Untersuchung seines rechten Auges begonnen. »Wir müssen doch wissen, ob genug Geld da ist, um das Lösegeld zu zahlen.«

»Und? Ist genug da?«

»Mr. Davidson ist sehr vorsichtig.«

»Glauben Sie, daß genug da ist?«

»Nein.«

»Warum nicht?«

Sie beendete die Untersuchung seiner Augen, trank ihr Glas aus, lächelte ihn an und sagte: »Die Daumiers. In Ihrem Büro. Ich meine die falschen Daumiers. Als ich sie sah, hab' ich mich gefragt, warum ein Jack Broach sich falsche Daumiers an die Wand hängt. Meine Antwort: Er mußte die echten verkaufen, weil auch in Hollywood härtere Zeiten angebrochen sind.« Sie legte die Ellbogen auf die Tischplatte, lehnte sich ganz nah und vertraulich zu ihm hinüber, lächelte ihn wieder an und sagte: »Sie sind pleite, Jack, hab' ich recht?«

»Bin ich das?«

Sie richtete sich wieder auf, zuckte die Achseln und schaute über seine rechte Schulter, als habe sie mitten im Lokal etwas Interessantes entdeckte. »Ich könnte ja noch ein bißchen herumschnüffeln. Aber ich könnte mir die Zeit auch sparen und Harold Mott bitten, Ione Gamble mitzuteilen, daß er eine genaue Aufstellung ihrer Vermögenswerte, Verbindlichkeiten und der verfügbaren Mittel an Bargeld benötige.«

Es entstand ein längeres Schweigen, dann sagte Jack Broach: »Warum diese Warnung?«

Sie schaute ihn mit völliger Unschuldsmiene an. »Reines Eigeninteresse.«

»Reden Sie weiter.«

»Wir wollen uns mal das Szenario des schlimmsten Falles vorstellen. Angenommen, die Erpresser verlangen eine Million. Ione Gamble akzeptiert und wendet sich wegen des Geldes an Sie, oder, präziser ausgedrückt, wegen des Geldes, das sie Ihnen anvertraut hat. Was dann?«

»Das ist Ihr Szenario.«

»Sie antworten ihr, daß sie ihren ganzen Besitz verkaufen oder verpfänden müßten, um die Million aufzubringen. Gut, sagt sie, dann mach das so, Jack. Könnten Sie eine Million aufbringen. In bar?«

Broach antwortete nicht.

»Nun, könnten Sie denn – sagen wir mal – dreihunderttausend zusammenkratzen? Ja, ich denke, das könnten Sie. Also, Sie besorgen dreihunderttausend Dollar und sagen zu Miß Gamble, die Million läge für die Vermittlerin bereit. Dann geben Sie mir die dreihunderttausend, und ich händige entweder Ihnen oder Ione Gamble das belastende Material aus, zusammen mit der Garantie, daß der Erpresser oder die Erpresserin sie nie wieder belästigen wird.«

»Und wenn sie weniger verlangen – vielleicht 'ne halbe Million?«

»Der Preis ist in jedem Fall dreihunderttausend. Ich laß nicht mit mir schachern.«

»Wieviel ist Ihre Garantie wert?« fragte er. »Ich bin kein Strafverteidiger, aber die besten dieser Zunft haben mich gewarnt, daß Erpresser niemals wissen, wann sie aufhören sollen.«

»Wenn sie tot sind, dann hören sie auf«, antwortete Georgia Blue.

27

Die Zwei-Zimmer-Suite, die Howard Mott für 350 Dollar täglich gemietet hatte, befand sich im fünften Stock eines zehn Stockwerke hohen Hotels an der Ocean Avenue in Santa Monica. Das Wohnzimmer der Suite – er hatte ein Arbeitszimmer daraus gemacht – bot einen herrlichen Ausblick auf den Ozean und den endlos langen Streifen grünen Rasens und schlanker, hochgewachsener Palmen, der sich Palisades Park nannte.

Unter diesen Palmen hatte ein Sortiment von Wegwerf-Menschen – die Bezeichnung ›Obdachlose‹ war für diese Leute noch ein Euphemismus – sein Lager aufgeschlagen. Es waren die arbeitslosen, entgleisten, süchtigen, enteigneten, altersschwachen Ausgestoßenen der Traumstadt – und zu ihnen hatte sich eine Reihe von berufsmäßigen Bettelmönchen, Schnorrern und jungen Landstreichern gesellt.

Santa Monica, eine Stadt, die für ihr großes Herz bekannt war, hatte seine Obdachlosen zunächst geduldet, hatte sie sogar mit Zelten und warmen Mahlzeiten versorgt. Aber inzwischen war die Stadt dieser Last überdrüssig, und man hoffte, ja man betete sogar, daß dieser beständige Bodensatz von Unterprivilegierten endlich weiterziehen möge, am besten an einen weit entfernten Ort, nach Wyoming oder nach Alaska oder doch wenigstens nach Palm Springs.

Als Wu und Durant um die Ecke Broadway und Ocean Avenue bogen und auf Motts Hotel zusteuerten, sahen sie sich einer endlosen Reihe von Bettlern gegenüber. Nachdem ihnen das Kleingeld ausgegangen war, verschwand Wu in einer Bank und kam gleich darauf mit fünfzig Dollar in Ein-Dollar-Scheinen wieder heraus. Ungefähr die Hälfte davon gab er Durant, und als sie sechs Straßen weiter das Hotel erreicht hatten, hatte Wu noch drei Scheine in der Hand. Durant hatte keinen mehr.

Howard Mott geleitete Wu und Durant vorbei an seinen zwei Sekretärinnen – die mit ihren Textcomputern beschäftigt waren – und hinein ins Schlafzimmer, wo Booth Stallings bereits auf der Kante des verbliebenen Teils eines Doppelbetts hockte und Kaffee trank.

»Wollt ihr auch welchen?« fragte Stallings und deutete auf seine Tasse.

Bevor Wu oder Durant antworten konnten, sagte Mott: »Ich nehme an, die Herren bevorzugen Bier, oder?«

»Wenn's keine Umstände macht«, erwiderte Durant.

»Es wird nur ein paar Minuten dauern«, sagte Mott. »Höchstens drei oder vier.« Er verließ das Schlafzimmer und zog die Tür leise hinter sich zu.

»Ich glaube, Howie will nicht hören, was möglicherweise nicht für seine Ohren bestimmt ist«, vermutete Stallings.

»Und was wäre das, Booth?« wollte Wu wissen.

»Ich hab' euch ein neues Auto gemietet – einen schwarzen Mercedes, den 560er. Er hat sogar Telefon. Außerdem hab' ich Rosa Alicia Chavez einen Barscheck über zweitausend Dollar gegeben, zusammen mit den besten Wünschen der Vereinigung unabhängiger Limousinenverleiher. Sie war äußerst dankbar und teilte mir mit, daß sie die beiden Mörder ihres Zukünftigen niemals vergessen wird, vor allem nicht den großen dicken, den sie *›el chino grande‹* nennt.«

»Und wie hat sie mich beschrieben?« fragte Durant.

»Dunkel, schlank, böses Gesicht.«

»Was sagt sie über die Goodisons?« fragte Wu.

»Ihr verstorbener Verlobter hat ihr nur erzählt, daß beide Goodisons nicht mehr alle Tassen im Schrank hätten und daß er sie, wie verabredet, in der Pension in Topanga Canyon abgeholt und zu einem Motel in Oxnard gebracht habe. Sie wußte nicht, in welches. Ich hab' Oxnard auf der Karte gefunden. Es liegt ungefähr drei Meilen nördlich von Malibu. Ich hab' im Fremdenverkehrsbüro angerufen, und dort teilte man mir mit, daß es ein paar Dutzend Motels in Oxnard gibt.«

»Was ist mit Otherguy?« fragte Durant.

»Als ich ihn zuletzt gesprochen hab', war er gerade dabei, Gerüchte über den florierenden Markt für Privatvideos in die Welt zu setzen, und über Leute, die Dinge tun, die man nicht tun darf. Er hat in einer Spielhölle in Gardena angefangen und will sich von dort aus weiter vorarbeiten.«

»Oxnard«, sagte Wu zu Stallings. »Wollen wir heute nachmittag nicht hinfahren und ein paar Motels unter die Lupe nehmen?«

Stallings nickte und wollte gerade etwas hinzufügen, als die Tür sich öffnete und Howard Mott mit drei geöffneten Flaschen mexikanischen Biers das Zimmer betrat. Eine behielt er für sich selber, die beiden anderen servierte er Wu und Durant. Dann fragte er: »Wer soll den Anfang machen?«

»Warum nicht Sie?« sagte Durant, nachdem alle einen Sitzplatz gefunden hatten – Mott hinter dem Schreibtisch, der dort stand, wo vorher das Doppelbett gestanden hatte, Wu gleich neben Stallings auf der Bettkante. Durant hockte auf der Fensterbank.

Als sei er völlig ausgedörrt, nahm Mott einen tiefen Schluck aus seiner Bierflasche, dann sagte er: »Wir haben ein kleines Problem. Die Schmierfinken von der Boulevardpresse belagern Iones Haus, und sie muß zum Zahnarzt.«

»Hört sich an, als sei das ein Job für Mr. Broach, den Superagenten«, meinte Durant.

»Er sitzt mit Ihrer Miß Blue beim Mittagessen. Das behauptet jedenfalls seine Sekretärin.«

»Ich nehme mal an, daß es sich nicht um Iones halbjährliche Routinekontrolle handelt?« fragte Wu.

»Es geht um einen schmerzenden Weisheitszahn, der gezogen werden muß, bevor es einen Abszeß gibt«, antwortete Mott. »Sie würde ja selbst hinfahren, aber man wird ihr gegen die Schmerzen Pentothal geben müssen. Der Zahnchirurg besteht darauf, daß jemand sie nach der Behandlung nach Hause fährt, und Ione besteht auf einem Begleiter, dem sie vertrauen kann, falls sie unter dem ›Wahrheitsserum‹, wie sie das Zeug nennt, zu plappern anfangen sollte.«

»Wann hat sie ihren Termin?« fragte Durant.

»Um zwei.«

»Ich fahre sie, falls ihr Wagen nicht mehr beschlagnahmt ist.«

»Sie hat ihn wieder«, bestätigte Mott.

»Was gibt's sonst noch, Howie?« fragte Durant.

»Sie haben den ursprünglichen Besitzer der Mordwaffe gefunden, dieser halbautomatischen Beretta. Sie gehörte den Paramount Studios. Jemand hat sie von einem Drehort geklaut, vor ungefähr neun Jahren. Zum Glück hat Ione in dem betreffenden Jahr keinen Film mit Paramount gemacht.«

»Wie hieß der Film?« fragte Stallings.

»Es war der Pilotfilm zu einer Serie, die nachher kein Sender kaufen wollte. ›*The Keepers*‹ sollte das Ding heißen. Ich hab' Kopien von den Drehbüchern und eine Liste mit den Namen des Filmteams und der Schauspieler. Vom Pilotfilm selbst hab' ich ein

Video. Alle Leute, die damit zu tun hatten, werden von den Cops verhört.«

»Könnte ich Kopien von dem ganzen Zeugs haben?« fragte Stallings.

»Fragen Sie Mary Jo«, antwortete Mott.

»Ist das die Blonde?«

»Die Brünette.«

Wu erhob sich. »Sonst noch was?«

Mott nickte. »Enno Glimm.«

»Hat er angerufen?« erkundigte sich Durant.

»Nein, aber Jenny Arliss hat angerufen. Sie und Glimm kommen heute nacht am Flughafen an. Aber sie müssen nicht abgeholt werden. Sie hat bereits einen Wagen bestellt, der sie zum Malibu Beach Inn bringt.«

»Hat sie den Grund ihres Kommens genannt?« fragte Durant.

Mott nickte. »Glimm will wissen, wie Sie sein Geld ausgeben.«

Die *Paparazzi* hatten sich an der nordwestlichen Straßenecke von Seventh Street und Adelaide Drive in Santa Monica versammelt. Sie waren mit drei Lieferwagen und fünf PKW angerückt und hatten nicht einmal einen halben Block entfernt von Ione Gambles Haus Posten bezogen. Durant – die Gamble saß neben ihm auf dem Beifahrersitz – setzte den fast neuen Mercedes 500 SL rückwärts aus der Auffahrt und fuhr um die nächste Straßenecke, an der die Fotografen warteten. Ganz automatisch addierte Durant die Anzahl der Leute zusammen, die für ihn Gegner, wenn nicht gar Feinde waren, und er kam auf insgesamt siebzehn – darunter fünf Frauen. Sechs von ihnen waren mit Camcordern bewaffnet, die anderen hatten eine oder mehrere Kleinbildkameras. Sie waren alle gleich jung, gleich schmuddelig und, wie Durant fand, in etwa so sympathisch wie Nebelkrähen.

»Was soll ich machen – abtauchen?« fragte die Gamble.

»Sie einfach ignorieren.«

Er hielt den Wagen mitten auf der Straße an, schob den Hebel der Automatik in Leerlaufstellung und trieb den Motor auf zirka 5000 Umdrehungen pro Minute. Die Paparazzi, die völlig unbeeindruckt waren, bildeten, keine zwölf Meter vor ihnen, eine unregelmäßige Reihe quer über die Straße. Durant setzte den linken Fuß fest auf das Bremspedal, legte den Gang ein, jagte den Motor wieder auf höchste Drehzahlen und nahm den Fuß von der Bremse.

Der Mercedes machte einen Satz nach vorne, seine breiten Hinterreifen krallten sich in den Asphalt. Die Beschleunigung preßte Durant und die Gamble in die Sitze zurück. Durant hatte irgendwo gelesen, daß der 500 SL von 0 auf 100 in weniger als sieben Sekunden beschleunigen konnte. Diese Behauptung schien ihm nicht aus der Luft gegriffen zu sein.

Die Paparazzis blieben nur für den Bruchteil einer Sekunde unschlüssig, dann stoben sie auseinander, die meisten von ihnen zur Beifahrerseite des Wagens. Ihnen blieb nicht einmal eine Sekunde, um zu zielen und auszulösen, als der Sportwagen vorbeiraste, dessen Insassen stur geradeaus starrten. Als die Fotografen sich schließlich auf ihre Lieferwagen und PKW verteilt hatten, war der Mercedes längst um die nächste Ecke verschwunden und raste auf der Seventh Street in südlicher Richtung davon.

Ione Gamble mußte zu einem Ärztehaus an der Ecke Wilshire und San Vicente Boulevard. Aber anstatt den direktesten Weg zu nehmen, der über den San Vicente Boulevard in östlicher Richtung geführt hätte, fuhr Durant durch kleine, von Bäumen gesäumte Nebenstraßen, bog an beinahe jeder Kreuzung nach Norden oder Süden ab, behielt aber im Grunde die östliche Richtung bei.

Schließlich sagte Ione Gamble: »Irgendwie scheinen Sie sich hier auszukennen.«

»Wu und seine Frau haben in Santa Monica gelebt.«

»Und Sie?«

»In Malibu – Paradise Cove.«

»Wo die Rumfrachter ihre Ladung gelöscht haben – während der Prohibition.«

»Das hab' ich um etwa fünfzig Jahre verpaßt.«

»Sie waren also in den Siebzigern dort?«

»In den späten Siebzigern«, antwortete er.

»Seit wann leben Sie in London?«

»Seit beinahe fünf Jahren.«

»Gefällt's Ihnen?«

»Ich weiß es immer noch nicht.«

»Hören Sie«, sagte die Gamble, »egal, wie laut die da oben

auch protestieren, ich will, daß Sie bei mir bleiben, von der ersten bis zur letzten Sekunde.«

»Sie werden denen nichts verraten.«

»Woher wollen Sie das wissen?«

»Weil er beide Hände in Ihrem Mund haben wird.«

Dr. Melvin Unger war nicht besonders scharf auf Zuschauer. Ione Gamble machte ihm klar, daß ihr Weisheitszahn bleiben würde, wo er ist, wenn Mr. Durant nicht anwesend sein dürfe. Dr. Unger, ein etwas blasser, sehr magerer Mann mit sanften braunen Augen, die entweder ausgesprochen freundlich oder ausgesprochen traurig schauten, blieb beinahe zehn Sekunden lang standhaft, dann gab er auf und gestattete, daß Mr. Durant im Behandlungszimmer blieb.

Der Doktor war ein Anhänger der vierhändigen Behandlungsmethode, deshalb ließ er seine zahntechnische Assistentin die Spritze mit Pentothal setzen. Ione Gamble lag jetzt beinahe in der Horizontalen auf dem Behandlungsstuhl. Als die Nadel ihr in eine Vene am linken Arm gestochen wurde, bat man sie, von zehn ab rückwärts zu zählen. Sie kam bis sechs, dann versank sie in dunkler Nacht.

Die Extraktion des Weisheitszahns dauerte nicht einmal zehn Minuten. Durant rechnete aus, daß Dr. Unger auf einen Stundenlohn von ungefähr 7200 Dollar kommen mußte, wenn er auf vollen Touren arbeitete. Ione Gamble war noch nicht zu sich gekommen, als Durant und die zahntechnische Assistentin sie mehr oder weniger in den Ruheraum schleppten und sie dort auf eine schmale Liege betteten.

Die Technikerin drückte Durant eine Schachtel Kleenex in die Hand und sagte: »Eigentlich sollte es nicht mehr bluten, und sonst geben Sie ihr ein paar von denen.«

»Wie steht's mit Schmerzen?«

»Keine Schmerzen«, sagte sie. »Höchstens ein leichtes Unwohlsein.«

»Wann kann sie wieder was essen?«

»In ein, zwei Stunden. Aber ich würde zu Suppe raten, lauwarm. Und ab heute abend kann sie essen, was sie will, aber vorsichtig.«

Nachdem die Zahntechnikerin gegangen war, setzte sich Durant zu Ione Gamble, betrachtete sie eine Weile lang und sagte schließlich: »Ione?«

»Ja.« Sie öffnete die Augen nicht.

»Hat sich jemand an Silvester Ihren Wagen ausgeliehen?«

»Nein.«

»Sind Sie an diesem Tag zweimal zum Haus von Billy Rice gefahren – einmal am späten Nachmittag und dann am frühen Morgen noch mal?«

»Nein.«

»Haben Sie Billy Rice erschossen?«

»Nein.«

»Wissen Sie, wer es getan hat?«

»Nein«, antwortete sie, als die Zahntechnikerin wieder hereingehastet kam und fragte: »Kommt sie zu sich?«

»Sieht so aus.«

»Lassen Sie mal sehen.« Sie beugte sich über Ione Gamble. Als würde sie zu einer Schwerhörigen sprechen, sagte sie: »Miß Gamble? Können Sie mich hören?«

Ione Gamble öffnete die Augen. »Ist es schon vorbei?«

Die Zahntechnikerin lächelte. »Es ist vorbei, und alles ist in bester Ordnung.«

»Mein Gott, dieses Pentothal ist ein wunderbares Zeug.«

Die Zahntechnikerin strahlte. »Finden Sie nicht auch?«

Die Gamble wandte den Kopf und sah Durant, der an der Wand lehnte. »Hab' ich was gesagt?«

»Nichts, womit ich was anfangen konnte«, antwortete er.

28

Nachdem sie das Ärztehaus wieder verlassen hatten, befolgte Durant Ione Gambles Ratschlag und fuhr den San Vicente Boulevard ganz bis zur Ocean Avenue in Santa Monica runter. Nach zwei scharfen Rechtskehren fuhr er einen kurzen, steilen Anstieg hinauf, eine selten benutzte Abkürzung zum Adelaide Drive.

Dieser Abschnitt des Drive war auf Druck der Bewohner der riesigen Villen, die auf seiner rechten Seite standen, in eine Einbahnstraße umgewandelt worden. Auf der linken Seite fiel das Gelände steil ab, es ging beinahe senkrecht nach unten, und es bot sich einem ein atemberaubender Ausblick auf Canyon, Berge und Ozean.

Am Ende des Einbahnstraßenabschnitts befand sich eine weiß gestrichene Eisenbarriere, die den Verkehr drosselte und der langen Reihe von riesigen Häusern den Charakter einer abgeschlossenen Siedlung verlieh. Nachdem er den Mercedes an der Barriere vorbeigezwängt hatte, fiel Durant eine Gruppe von sechs oder sieben jungen, gut durchtrainiert aussehenden Männern und Frauen auf. Einige von ihnen machten Stretchübungen, andere tranken in tiefen Schlucken aus Ein-Liter-Plastikflaschen mit Evian-Mineralwasser. Fast alle trugen sie Shorts, ärmellose Sporthemden, Joggingschuhe. Um halb vier an einem Nachmittag Ende Februar standen sie hier bei 15 Grad Celsius – mit fallender Tendenz – und schwitzten.

»Hüpfen die immer noch die Treppe rauf und runter?« fragte Durant.

»Tag und Nacht«, antwortete die Gamble.

»Hundertneunundachtzig Stufen von der Sohle des Canyons nach oben und hundertneunundachtzig wieder runter. Als würde man ein Vierzehn-Stock-Gebäude rauf- und runterhopsen. Ein paar von denen machen das drei- bis viermal am Tag. Und die ganz Guten nehmen zwei Stufen auf einmal.«

Durant wäre dazu nichts Besseres eingefallen als »Ach, die jungen Leute von heute«, also hielt er lieber den Mund. Sein Schweigen veranlaßte Ione Gamble zu einem Lächeln. »Ich denke genauso wie Sie, und dabei bin ich noch zehn Jahre jünger.«

»Wohl eher fünfzehn Jahre«, meinte Durant.

Sie schwiegen beide, bis er den Wagen auf ihre Auffahrt lenkte. »Wirkt Pentothal wie Opium?« fragte sie ihn, als er den Wagen abgestellt hatte.

»Warum?«

»Wenn es so ist, dann hab' ich endlich kapiert, warum die Engländer Opiumkriege gegen China geführt haben.«

»Um sich den Markt für Wohlbefinden zu sichern, ja?«

»Klar, aber was ich dort beim Zahnarzt gespürt hab', das war noch zehnmal mehr als Wohlbefinden. Das war die absolute Vollkommenheit.«

»Ich werde daran denken, wenn sie mir das nächste Mal Novocain verpassen wollen«, sagte Durant, schaltete den Motor aus und gab ihr die Schlüssel. Er hatte seine Tür schon halb aufgestoßen, da drehte er sich noch mal um und fragte sie: »Irgendwelche Ernüchterungen? Schmerzen? Unwohlsein?«

Sie schüttelte den Kopf. »Nur hin und wieder ein leichtes Stechen – gerade so viel, daß man sich fragt, ob's der Mühe wert ist, sich deshalb ein Aspirin zu holen.« Sie öffnete die Beifahrertür, blieb aber noch sitzen und sagte: »Warum kommen Sie nicht auf einen Drink mit rein, und auf eine beinahe fertige Senats-Bohnensuppe?«

Durant mußte zugeben, daß sich das Angebot interessant anhörte.

Er saß mit einem Scotch on the Rocks am Küchentisch und schaute ihr zu, wie sie eine große Dose Bohnen öffnete. Den Inhalt schüttete sie in einen Kochtopf und stellte ihn bei niedriger Hitze auf die Herdplatte. Sie fand etwas Knoblauch; dann entdeckte sie eine große Zwiebel, schnitt sie in zwei Hälften und entfernte die äußere Haut. Beim Knoblauch sparte sie sich die Mühe mit der Haut.

Nachdem die Gamble in einer kleinen Pfanne etwas Butter geschmolzen hatte, tat sie die Zwiebel und den Knoblauch in eine winzige Küchenmaschine, wirbelte das Ganze ein paarmal durcheinander und gab das kleingehackte Resultat in die zischende Pfanne. Nachdem Knoblauch und Zwiebel goldbraun geröstet waren, löffelte sie alles zusammen in die köchelnden Bohnen, rührte kräftig um, tat etwas Salz, ein bißchen Wasser, jede Menge Pfeffer und ein, zwei Prisen Tabasco dazu. Beinahe hätte sie das Lorbeerblatt vergessen, aber im letzten Moment warf sie es noch hinein, auch wenn sie zugeben mußte, daß es mehr dem guten Stil als der Abrundung des Geschmacks diente.

Sie suchte zwei Suppenteller, zwei Servietten, zwei Suppenlöffel und einen Laib dunklen Vollkornbrots zusammen, der vom Bäcker bereits in Scheiben geschnitten war. Schließlich fragte sie Durant, ob er außer seinem Scotch noch etwas anderes trinken wolle. Durant wollte nicht.

Nachdem sie die Suppe serviert hatte, setzte sie sich, nahm ihren Löffel zur Hand und sagte: »Dieses Rezept hat mir vor langer Zeit ein sehr junger Kongreßabgeordneter aus L. A. beigebracht. Als ich zum letztenmal etwas von ihm hörte, lebte er fast ständig im Exil vor den Toren Lissabons.«

»Chubb Dunjee«, sagte Durant und probierte von der Suppe.

Ihr Löffel kam ein paar Zentimeter vor ihrem Mund zum Stillstand. Mit erstaunten Kulleraugen fragte sie: »Sie kennen ihn?«

»Artie und ich sind ihm vor Jahren mal in Mexiko begegnet. Wenn sich Chubb mit etwas auskannte, dann waren es ... Abkürzungen.«

»Was hattet ihr Jungs da unten in Mexiko zu ...«

Das Klingeln des Wandtelefons in der Küche schnitt ihr das Wort ab. Die Gamble erhob sich von ihrem Platz, ging hinüber zum Telefon, legte den Hörer ans linke Ohr und sagte: »'allo?« Durant war davon überzeugt, daß es eine perfekte Imitation des Akzents ihrer salvadorianischen Haushälterin war.

Die Gamble hörte beinahe fünfzehn Sekunden lang zu, dann sagte sie: *»Un momento, por favor.«* Wieder war ihr Akzent makellos.

Mit der rechten Hand deutete sie zunächst auf das Telefon und zeigte dann mit derselben Hand auf den Flur, der zum Wohnzimmer führte. Durant nickte, erhob sich und eilte ins Wohnzimmer, wo er mit der rechten Hand den Hörer vom Nebenapparat nahm und gleichzeitig einen Blick auf seine Uhr warf. Es war 13 Uhr 13. Als er den Hörer an seine rechte Ohrmuschel legte, hörte er Ione Gamble sagen: »Wer spricht?«

»Erkennst du die Stimme nicht, Kleines?« sagte eine britisch klingende Männerstimme.

»Hughes, du Idiot. Was zum Teufel ist passiert?«

»Pauline und ich haben uns nur ein bißchen zurückgezogen – um über unsere Chancen nachzudenken«, antwortete Hughes Goodison.

»Und warum rufst du mich an?«

»Weil wir zu dem Schluß gekommen sind, daß du unsere größte Chance bist – auch wenn wir noch ein paar andere haben.«

»Du drückst dich nicht deutlich aus.«

»Aber sicher tu' ich das, Liebes. Gleich wirst du alles verstehen. Ich spiel dir jetzt ein Tonband von einem Gespräch vor, das du mit Pauline und mir geführt hast, während du in Trance warst. Es ist zwar nur ein kleiner Ausschnitt aus einem viel, viel längeren Band, aber es ist ein sehr hübscher Ausschnitt.«

Als nächstes erklang die Stimme von Ione Gamble, aber sie war gefiltert durch die Tonbandaufnahme und das Telefon. Außerdem klang ihre Stimme tiefer als normal und beinahe tonlos. »Ich wollte ihn umbringen«, sagte sie.

Dann fragte sie Hugh Goodison, dessen Stimme ähnlich verzerrt klang: »Billy Rice?«

»Ja.«

»Und? Hast du's getan?« fragte Goodisons Stimme.

Nach einer längeren Pause folgte die tonlose Antwort der Gamble: »Ja.«

»Das wär's, Ione«, sagte Goodison, jetzt wieder mit seiner normalen Stimme. »Wir möchten dir mitteilen, daß wir bereit sind, dir die gesamten neunundvierzigeinhalb Minuten des Bandes, das du eben gehört hast, zu verkaufen.«

»Du meinst, ihr wollt mir eine von den Gott weiß wie vielen Kopien verkaufen, die ihr davon angefertigt habt.«

»Um Himmels willen, nein, Pauline und ich, wir sind Risikovermeider. Wer immer auch unseren Preis zahlt, der bekommt das Original. Es gibt keine Kopien. Keine einzige.«

»Quatsch.«

Goodison kicherte. »Glaub, was du willst. Aber ich sag's dir noch einmal: Es gibt nur ein Tonband. Ein einziges.«

»Wieviel?« wollte die Gamble wissen.

»Eine Million – Dollars natürlich. Bar auf die Hand.«

»Und wenn ich nicht kaufen will oder kann?«

»Dann verkaufen wir an den Meistbietenden. Gerade heute haben wir von einem geheimnisvollen Mr. X gehört, der hier in der Stadt nach Geständnisvideos sucht, von Leuten, die, du weißt schon, die schlimme Sachen gemacht haben – und genau so etwas haben wir ja zu verkaufen.«

»Du hast gesagt, es gibt nur ein Band.«

»Eine Tonbandkassette – und ein Videoband. Mit diesen Camcordern kann man ja heutzutage die tollsten Sachen anstellen. Aber du bekommst natürlich beide Kassetten zum selben, absolut niedrigen Preis.«

»Ich biete zweihundertfünfzigtausend.«

»Das ist ein müder Scherz, Ione.«

»Fünfhunderttausend.«

»Tut mir leid.«

»Okay«, sagte sie nach einem tiefen Seufzer. »Eine Million – aber es wird eine Weile dauern, bis ich eine so große Summe beisammen hab'.«

»Ich gebe dir vier Tage, und keinen Tag mehr.«

»Und wenn ich's in vier Tagen nicht beschaffen kann?«

»Zufällig weiß ich genau, daß du es kannst«, erwiderte Goodison. »Aber wenn du es nicht kannst, dann sehe ich mich gezwungen, Kontakt zu Mr. X aufzunehmen, und dann können sich demnächst Menschen auf der ganzen Welt in ihre bequemen Fernsehsessel zurücklehnen und dem berühmten Filmstar Ione Gamble dabei zusehen, wie sie den Mord an dem bedauernswerten Billy Rice gesteht.«

»Wo soll ich anrufen, wenn ich das Geld tatsächlich zusammenkriege?«

»Das war schon wieder so ein müder Scherz, Ione.«

»Okay. Ruf du mich an. Aber eines wollen wir klarstellen, Hughes: Du bist ein widerlicher Drecksack, und deine Schwester hat nicht mehr alle Tassen im Schrank, und mit keinem von euch möchte ich noch einmal in Berührung kommen. Wenn ich das Geld zusammenkriege, dann wird jemand anders es euch bringen, jemand, der darauf bestehen wird, die Ware zu begutachten, bevor er sie bezahlt.«

»Und wer ist er?« fragte Goodison, und bei dem Wort ›er‹ hätte ihm beinahe die Stimme versagt.

»Wer hat etwas von einem ›er‹ gesagt?« erwiderte Ione Gamble und legte auf.

Als Durant in die Küche zurückkam, saß sie bereits wieder am Tisch, den Kopf gesenkt und die Hände vor sich gefaltet. Den Suppenteller hatte sie auf die Seite geschoben.

»Sie waren ausgezeichnet«, lobte sie Durant. Er setzte sich hin, nahm seinen Löffel zur Hand und probierte noch einmal von der Suppe. »Ehrlich, Sie waren einsame Klasse.«

Sie schaute hoch. »Wirklich?«

»Absolut perfekt.«

Sie schaute sich in der Küche um, als sei es das letzte Mal. »Ich werde es verkaufen müssen.«

»Was?«

»Das Haus.«

»Warum?«

»Sie haben's doch gehört. Wenn ich das Zeug nicht kaufe, dann verscherbelt er es an diesen Mr. X oder Y oder Z oder an wen auch immer. An die Dreckschleudern von der Boulevardpresse. Und wenn ich das Haus nicht verkaufe, kriege ich nie und nimmer eine Million zusammen.«

Durant aß noch zwei Löffel von der Suppe, nickte zustimmend und sagte: »Die Goodisons werden an niemand anderen verkaufen, und Sie werden ihnen keinen Cent bezahlen.«

Ione Gamble schaute Durant ein paar Sekunden lang skeptisch an, dann zog sie ihren Suppenteller zu sich heran und begann, mit Heißhunger zu essen. Ein paar Augenblicke später schaute sie wieder zu ihm hoch, zog die Stirn in Falten, grinste und sagte: »Ich möchte mal wissen, warum zum Teufel ich Ihnen glaube.«

29

Artie Wu, der vor dreizehn Jahren hiergewesen war, hatte Oxnard noch als vor allem von der Landwirtschaft abhängiges Nest mit eindeutig mexikanischem Einschlag und einem japanischen Bürgermeister in Erinnerung. Aber jetzt, nachdem er und Booth Stallings vier der insgesamt vierundzwanzig Motels der Stadt einen kurzen Besuch abgestattet hatten, las Wu ein Merkblatt für Touristen und mußte feststellen, daß Oxnard sich in ein Zentrum für die verschiedensten Gewerbezweige verwandelt hatte, welches sich eines Industrieparks, eines nagelneuen Museums für Sportwagen aus den Fünfzigern und Sechzigern sowie des einzigen Personenzugbahnhofs, der seit 1940 in den USA gebaut wurde, rühmen konnte.

Es war gegen vier Uhr am Nachmittag, als sie vor dem neunten Motel ankamen. Wu trug einen blauen Blazer, Khakihosen, ein weißes Hemd, das er über der nackten Brust bis zum Bauchnabel aufgeknöpft hatte. An den Füßen trug er schwarze Oxfords und weiße Socken. Stallings hatte ihm noch zu einem billigen Goldkettchen unter dem offenen Hemd geraten, aber Wu hatte geantwortet, daß er sein Image doch lieber nicht zu weit nach unten drücken wolle. Stallings selber trug einen grauen Anzug, ein weißes Hemd und eine dunkelgraue Krawatte mit braunem Punktmuster.

Nachdem sie vor dem neunten Motel aus dem gemieteten Mercedes geklettert waren, sagte Stallings: »Mir gehen langsam die Visitenkarten aus.«

»Vielleicht haben wir jetzt mal Glück«, erwiderte Wu und ging in Richtung der Hotelrezeption voran.

Das Haus mit dem schönen Namen ›The La Paz Inn‹ gehörte keiner Kette an. Es war noch ziemlich neu und besaß ein kleines Café, einen ebenso kleinen Swimmingpool und – wie Wu schätzte – etwa drei Dutzend Wohneinheiten. Hinter dem Empfangstresen stand ein untersetzter Mann in den späten Fünfzigern. Er hatte dünnes, seidig-graues Haar, trug eine Brille und schürzte mißtrauisch die Lippen, wie es sich viele Geschäftsführer und Inhaber von Motels angewöhnen, wenn sie mal eine Weile im Geschäft gewesen sind. Der Mann musterte Wu, verwarf den Gedanken, es mit einem potentiellen Kunden zu tun zu haben, und wandte sich Stallings zu, der sich bereits auf den Tresen lehnte.

»Kann ich was für Sie tun?« fragte der Mann in scharfem Tonfall, der Stallings Lust machte, ihm einen Bären aufzubinden.

»Ich hoffe doch«, antwortete Stallings und reichte ihm eine seiner letzten Visitenkarten, die ihn als Jerome K. Walters, den geschäftsführenden Vizepräsidenten der Unabhängigen Vereinigung der Limousinenverleiher, auswies.

Der Mann las die Karte durch, gab sie zurück und sagte: »Hier werden nicht viele Wagen verlangt.«

Stallings richtete sich auf, ließ den Blick mißbilligend durch das Foyer schweifen und nickte verständnisvoll. »Das kann man sich vorstellen. Aber deshalb sind wir nicht gekommen.« Er nahm die Halle ein zweites Mal in Augenschein, dann beugte er sich zu dem grauhaarigen Mann hinüber und sagte im sanften Tonfall des Verschwörers: »Wir sind wegen ein paar Nach-for-schun-gen gekommen.« Stallings betonte jede einzelne Silbe des Wortes Nachforschungen, als hätte er einen besonderen Narren an seinem Klang gefressen.

Der Mann hinter dem Tresen zog die Brauen zusammen. »Was für Nachforschungen?«

»Eines unserer Mitglieder, ein netter junger Mann mexikanischer Abstammung, hat ein Ehepaar hierhergefahren. Kurz bevor das Ehepaar sich in einem Motel angemeldet hat – nicht in Ihrem –, drückte der Mann unserem Mitglied zwanzig Dollar in die Hand, damit er losgeht und ihm eine Flasche Whiskey besorgt.«

»Und?«

»Also steuert unser netter junger Mann, glücklich, daß er behilflich sein kann, den nächsten Schnapsladen an. Und als er mit dem Fusel zurückkommt, hat das Pärchen sich in Luft aufgelöst. Sie haben sich nicht in dem Motel angemeldet. Und unser netter junger Freund sitzt mit einer offenen Rechnung über zwohundertfünfunddreißig Dollar da, nachdem er die beiden quer durch L. A. und bis nach hier oben gefahren hat.«

»Was für eine traurige Geschichte«, sagte der Mann.

»Die Sache ist nur, Mr . . .?«

»Deason.«

»Die Sache ist die, Mr. Deason, daß meine Organisation verpflichtet und entschlossen ist, solchen Dingen ein Ende zu machen. Wir wollen diese beiden Diebe dingfest machen – denn es sind Diebe und nichts anderes – und sie der Justiz zuführen. Die Cops haben nicht allzuviel Interesse, einem mexikanischen Limousinenchauffeur zu Hilfe zu kommen, den man um ein paar hundert Bucks betrogen hat. Deshalb setzen wir von der UVL eine Belohnung von fünfhundert Dollar in bar für jede Information aus, die uns zum gegenwärtigen Aufenthaltsort des Gaunerpärchens führt, *nicht* zu seiner Ergreifung und Verurteilung wohlgemerkt.«

»Haben die beiden auch Namen?«

»Aber sicher, Sir, haben sie. Ihre richtigen Namen lauten Hughes und Pauline Goodison.«

Deason schaute hinunter auf den Tresen, dann hoch zu Stallings, schüttelte bedauernd den Kopf und sagte: »Die hab' ich nicht auf meiner Liste.«

»So Ende Zwanzig, Anfang Dreißig«, beschrieb Stallings, »beide blond, sehen sich sehr ähnlich, weil sie Geschwister sind, aber geben sich für Eheleute aus. Sie sprechen mit starkem englischen Akzent.«

Etwas in Deasons Gesicht veränderte sich. Seine Augenlider fielen herunter, und seine geschürzten Lippen formten ein verschlagenes Lächeln. »Britischer Akzent sagten Sie?«

»Englisch. Britisch. Wie Sie wollen.«

»Und beide 'n bißchen lang und mager und blond?«

»Ganz genau.«

»Was werden Sie mit denen machen?«

»Ich und mein Mitarbeiter hier, Mr. Chang, wir werden den beiden einen Besuch abstatten. Und dann werden wir sie bitten, das Fahrgeld zu ersetzen, das sie unterschlagen haben. Anschließend werden wir sie auffordern, die Rechnung bei ihrem Hotelwirt zu begleichen. Bei Ihnen. Und dann setzen wir sie in unseren großen, schwarzen Mercedes da draußen und fahren sie ganz schnell aufs nächste Polizeirevier.« Stallings hielt inne. »Mit anderen Worten, Mr. Deason, wir machen eine hübsche private Festnahme.«

»Und was ist mit den fünfhundert Dollar Belohnung?«

»Die wird auf der Stelle ausgezahlt. Bar auf die Hand. Ohne Beleg.«

Hinter den geschlossenen Lippen fuhr sich Deason mit der Zunge über die obere und untere Reihe der Schneidezähne. Artie Wu interpretierte es als Ausdruck eines Entscheidungsprozesses.

»Zimmer 424«, sagte Deason. »Sie wohnen seit letztem Freitag hier. Eingetragen als Mr. und Mrs. Reginald Carter aus Manchester, England. Keine Ahnung, wie sie hergekommen sind, aber 'nen eigenen Wagen hatten sie nicht, und das gefiel mir schon mal nicht besonders. Sie hatten einen großen Koffer und zwei Reisetaschen. Weiter nichts. Aber hören Sie, ich will keinen geschäftlichen Nachteil. Sie haben mir drei Tage im voraus bezahlt, und ich will nichts weiter als den Rest, den die beiden mir schuldig sind, und die Belohnung, die Sie mir versprochen haben. Wenn Sie mit ihnen abgefahren sind, können Sie mit denen machen, was Sie wollen.«

»Ich wünschte, jeder würde soviel Gemeinsinn an den Tag legen wie Sie, Mr. Deason«, sagte Stallings und wandte sich an Wu. »Geben Sie dem Mann das Geld, Mr. Chang.«

Wu runzelte die Stirn. »Ich denke, wir sollten erst mal nachsehen, ob die beiden wirklich in 424 sind. Er sollte uns einen Schlüssel aushändigen. Ich denke, wir sollten die beiden überraschen. Und wenn's die richtigen sind, dann sollten wir dem Mann seine fünfhundert Dollar auszahlen.«

Stallings nickte zustimmend. »Unser Mr. Chang hat viel Erfahrung mit solchen Dingen. Deshalb sollten Sie ihm vielleicht wirklich den Schlüssel für Nummer 424 geben.«

Deason antwortete nicht. Statt dessen fuhr er sich mit der Zunge wieder über die unteren Schneidezähne, drehte sich halb nach hinten, nahm einen Schlüssel aus einem der Fächer, legte ihn auf den Tresen, trat schnell einen Schritt zurück und sagte: »Ich will hier keinen Krach, okay?«

Wu nahm den Schlüssel, musterte ihn mißtrauisch, musterte Deason auf die gleiche Weise und zog wieder die Stirn in Falten. »Sie meinen, Sie möchten nicht, daß etwas von dem Mobiliar beschädigt wird, richtig?«

»Vor allem der Fernseher nicht«, sagte Deason.

»Keine Sorge«, beruhigte ihn Wu, nickte in Richtung Tür und sagte zu Stallings: »Laß uns diesen Scheiß hier hinter uns bringen.«

30

Artie Wu würde später sagen, daß es sich bei dem Wagen um eine Chevrolet Caprice-Limousine handelte. Booth Stallings würde einräumen, daß er, obwohl er jeden amerikanischen Wagen aus den Jahren 1932 bis 1942 identifizieren konnte, die Nachkriegsmodelle nicht mehr auseinanderhalten könne. Er stimmte Wu zu, daß es sich bei dem Wagen um eine Limousine handelte und daß die tiefstehende Sonne um 4 Uhr 12 an diesem Februarnachmittag einen blendenden Reflex auf die Windschutzscheibe des Autos gezaubert hatte, der es unmöglich machte, den Fahrer zu identifizieren, der sie überfahren wollte.

Der Wagen war rückwärts aus einer Parklücke am unteren Ende des U-förmig angeordneten Motelgeländes gestoßen, während Wu und Stallings auf die Wohneinheit Nummer 424 zugingen. Sie hatten den Wagen nicht besonders beachtet, bis er plötzlich beschleunigte und laut Wus Aussage mit 30 Meilen pro Stunde, jedoch mit 50 Meilen pro Stunde, wenn man Stallings glauben durfte, auf sie zugefahren war.

Sie wichen nach links aus, aber der schwarze Caprice hielt immer noch auf sie zu, und es war Stallings, der als erster zwischen zwei geparkte Autos sprang, stolperte, zu Fall kam und auf Händen und Knien landete. Nachdem Wu ihm mit einem Riesensatz gefolgt war, stolperte er über Stallings hinweg, fiel ebenfalls hin, rappelte sich jedoch sofort wieder auf und kam zwischen den geparkten Autos hervor, um noch einen Blick auf den schwarzen Caprice zu werfen, der gerade nach rechts abbog und auf der Straße davonraste.

Wu eilte zurück zu Stallings und half ihm auf die Beine. »Irgendwas gebrochen?« fragte er seinen Partner.

»Das Ego ist etwas angekratzt. Hast du das Kennzeichen?«

»Nein.«

»Meinst du, daß es die Goodisons waren?«

Wu zuckte die Achseln. »Das werden wir gleich wissen.«

Während sie ihren Weg zum unteren Ende des Us fortsetzten, wickelte Stallings sich ein Taschentuch um die linke Hand, die er sich auf dem Asphalt aufgerissen hatte. Als sie vor Nummer 424 ankamen, war keiner von beiden erstaunt darüber, daß die schwarze Limousine vor eben dieser Wohneinheit rückwärts aus der Parklücke gestoßen war.

Obwohl Wu den Schlüssel für das Zimmer in der Hand hielt, sagte er: »Laß uns erst mal anklopfen.«

»Warum?«

»Es kann nie schaden, höflich zu sein.«

Stallings klopfte mit der unbeschädigten rechten Hand an die limonengrüne Tür. Als sich niemand rührte, trat er zurück und ließ Wu die Tür mit dem Schlüssel öffnen. Wu ging als erster hinein. Stallings folgte ihm, zog die Tür hinter sich zu und schnupperte die Zimmerluft.

»Riechst du's?«

Wu nickte nur.

»Explodiertes Kordit«, stellte Stallings fest. »Das bedeutet, daß hier jemand eine Kanone aus der Tasche gezogen und auf jemand anderen geschossen hat. Und wenn dabei jemand getroffen und getötet wurde, dann werden wir als nächstes seinen gelösten Stuhl riechen. Das ist so seit meiner Zeit als Soldat im Krieg: Wenn ich irgendwo Kordit rieche, dann bin ich innerlich schon darauf eingestellt, daß es im nächsten Moment nach Scheiße stinkt. Und irgendwie weiß ich es jetzt schon: Wenn ich gleich durch diese Badezimmertür trete, dann werde ich es wieder riechen müssen, Kordit und Scheiße, beides zusammen.«

»Dann bleib hier stehen und laß mich nachsehen«, sagte Wu.

»Tod, Kordit und Scheiße machen dir gar nichts aus, Artie?«

»Jedenfalls nicht halb soviel wie dein Gequassel.«

»Ich kann den Mund nun mal nicht halten, wenn ich nervös bin. Ich hab' keine Angst. Ich bin nur nervös. Wenn ich Angst hab', dann bin ich stumm wie ein Fisch.«

»Bleib hier«, sagte Wu, ging quer durch den Raum, öffnete die Badezimmertür, warf einen Blick hinein, drehte sich um und sagte: »Komm her und schau's dir an.«

Stallings sah zuerst die Frau. Sie lag zusammengekrümmt in einer Ecke der Duschkabine, die Knie vor die Brust gezogen. Sie trug eine weiße Bluse, schwarze Jeans und braune Sandalen an nackten Füßen. Direkt über der Nasenwurzel hatte sie ein kleines, sauberes Loch. Ihre Augen waren geöffnet.

Der Mann lehnte zwischen Waschbecken und Toilette an der Badezimmerwand. Die Hände lagen in seinem Schoß, das Gesicht war nach oben gegen die Zimmerdecke gerichtet. Das kleine saubere Loch hatte er in der linken Schläfe, und auch seine Augen standen offen. Sein Mund ebenfalls.

»Sie sehen sich schon ähnlich, findest du nicht?« fragte Stallings.

»Sehr.«

Stallings, der bis dahin die Luft angehalten hatte, schnüffelte zweimal und begann, durch den Mund zu atmen. »Mein Gott, wie ich diesen Gestank hasse!«

»Du darfst keine Fingerabdrücke hinterlassen«, sagte Wu.

»Hatte ich auch nicht vor«, erwiderte Stallings und fuhr dann fort: »Jetzt haben wir sie also gefunden. Und nun?«

»Jetzt laß uns mal schauen, was wir noch alles finden.«

Zwei Minuten später entdeckte Stallings in einem Papierkorb zwischen vier leeren Cola-Dosen eine zusammengeknüllte, von einem Computer ausgedruckte Quittung. Er benützte ein Taschentuch, um die Dosen herauszunehmen, dann zog er die Quittung mit spitzen Fingern aus dem Korb, glättete sie, warf einen Blick darauf und gab sie Wu. Die Quittung stammte aus einem Laden in Oxnard, der sich The You Store nannte. Nachdem Wu sie entziffert hatte, erklärte er Stallings, daß die Goodisons offensichtlich für einen Monat ein Schließfach gemietet hatten. Die $ 106,50 hatten sie in bar bezahlt. Die Nummer ihres Schließfachs war 3472.

»Meinst du, daß sie dort die Bänder aufbewahrt haben?« fragte Stallings.

»Wahrscheinlich.«

»Glaubst du, daß sie noch dort liegen?«

»Wahrscheinlich nicht.«

»Und wie reimst du dir das alles zusammen?«

»Genauso wie du, Booth. Der Killer hat einen von den beiden umgelegt, dann hat er dem anderen versprochen, ihn am Leben zu lassen, wenn er oder sie ihm sagen würde, wo die Bänder versteckt sind. Der oder die Überlebende hat geredet und wurde dann ebenfalls erschossen.«

»Dann waren die letzten Worte der oder des Überlebenden keine Worte, sondern Zahlen.«

»Vielleicht auch nicht«, sagte Wu. »Vielleicht waren die letzten Worte: ›Bitte nicht‹ oder ›Bitte bringen Sie mich nicht um‹ oder es war nur ein Wort und lautete: ›Bitte.‹« Er wandte sich zur Tür und sagte: »Gehen wir.«

»Und was ist mit den toten Herrschaften hier?«

»Wir gehen im Büro vorbei, zahlen Deason seine fünfhundert Dollar und erzählen ihm, die Goodisons – oder wie nannten sie sich noch?«

»Mr. und Mrs. Reginald Carter.«

Wu nickte. »Also, die Carters seien ausgeflogen. Und dann sagen wir ihm noch, er möge uns bitte unter der falschen Nummer auf unserer Visitenkarte anrufen, falls die Carters zurückkommen sollten.«

»Der Killer hat auch den jungen Chauffeur umgelegt, stimmt's?« meinte Stallings. »Er hat den Jungen dazu gebracht, ihm zu verraten, wo er die Goodisons hingebracht hatte, und dann hat er ihm die Kehle durchgeschnitten.«

»Was macht dich so sicher, daß der Killer ein Er ist?« fragte Wu.

Während sie durch das östliche Oxnard zum You Store fuhren, nachdem ihnen ein mürrischer Tankwart den Weg beschrieben hatte, kamen sie beide gleichzeitig auf denselben Gedanken.

»Der Fahrer des schwarzen Wagens . . .«, begann Stallings.

»Muß uns gekannt haben«, fuhr Wu fort. »Jedenfalls einen von uns.«

»Es sei denn, er hat uns für Cops gehalten.«

»Wir sehen nicht aus wie Cops. Du bist zu alt und ich bin zu, nun, sagen wir mal zu exotisch – besonders mit meinem bis zum Bauchnabel offenen Hemd.«

»Vielleicht getarnte Sittenpolizei«, meinte Stallings hoffnungsvoll.

»Sicher. Sittenpolizei. Du spielst den alternden Freier, und ich bin der dicke chinesische Zuhälter, der dich gerade zu einem Nachmittag sinnlicher Freuden mit zwei 13jährigen Halbjungfrauen bringt. Wenn der Fahrer des schwarzen Chevy das geglaubt hätte, wäre er in aller Ruhe an uns vorbeigefahren. Hat er aber nicht getan. Und was heißt das?«

»Daß er nicht nur uns, sondern auch wir ihn kannten. Oder zumindest einer von uns.«

»Ihn oder sie«, fügte Wu hinzu.

»Warum vergesse ich bloß immer die Damen der Schöpfung?« sagte Stallings. »Und das, obwohl die Einschußlöcher in den Köpfen der beiden klein genug sind, um von einer Waffe zu stammen, die ein sexistisch veranlagter Mensch als Damenrevolver bezeichnen würde.«

»Wahrscheinlich ein Revolver vom Kaliber .22 oder .25. Aber die Dinger werden auch von Profikillern bevorzugt.«

»Und warum keine kleine Halbautomatik?«

»Keine Spur von Patronenhülsen. Ich hab' danach gesucht.«

»Vielleicht hat er oder sie die Dinger aufgesammelt. Es waren ja nur zwei.«

Wu seufzte. »Vielleicht.«

Stallings schaute aus dem Beifahrerfenster, erkannte die Hausnummer einer Werkstatt und sagte: »Es muß zwei Straßen weiter auf der rechten Seite sein.«

»Gut.«

»Wie gehen wir vor?«

»Laß mich einfach machen«, sagte Wu.

Bevor sie aus dem Mercedes ausstiegen, borgte Wu sich Stallings' Krawatte aus und band sie um. Stallings befolgte Wus Rat und knöpfte sich sein Hemd bis unten auf. Außerdem öffnete er sich den Hosenschlitz – ebenfalls auf Wus Vorschlag hin.

Das Büro des You Store befand sich in einem kleinen Wohnwagen. Die Schließfächer selbst waren stählerne Versandcontainer, sie waren fast so groß wie Güterwagen und in schreienden Farben angemalt. Wu schätzte, daß sie beinahe die Fläche eines halben Hektars einnahmen.

Er nahm Stallings bei der Hand und führte ihn die drei Stufen zum Wohnwagenbüro hinauf. Eine junge rothaarige Frau saß hinter einem grauen Metallschreibtisch und starrte zu ihnen hoch. Wu lächelte ihr aufmunternd zu, ließ Stallings Hand los, drehte sich zu ihm um, musterte ihn kurz und murmelte dann: »Frank, dein Hosenstall steht offen.«

Stallings kicherte, schaute an sich herunter, zog den Reißverschluß zu, aber als Wu sich mit einem entschuldigenden Lächeln wieder der Frau zuwandte, zog er ihn wieder auf. Die Frau tat so, als hätte sie nichts bemerkt.

Wu lächelte immer noch, als er zu der Frau sagte: »Guten Tag.«

Sie erwiderte sein Lächeln nicht. »Kann ich Ihnen helfen?«

»Ich bin Reverend Dudley Chang von der Methodistenkirche in Roundhill, und ich würde gerne etwas Lagerraum für ein Mitglied meiner Gemeinde anmieten, der für eine Weile ins...

äh ... der sich eine Weile zurückziehen wird. Es handelt sich um unseren Mr. Jeffers hier, Mr. Frank Jeffers. Während er ... abwesend ist, würde er gerne seine Sachen gut aufbewahrt wissen.«

»Wasserdicht«, fügte Stallings hinzu. »Es muß wasserdicht sein. Und sicher vor Ratten. Ich will nicht, daß alles voll Rattenscheiße ist, wenn ich zurückkomme.«

»Hätten Sie etwas Raum für uns übrig?« fragte Wu mit einem peinlich berührten Lächeln.

»Kommt drauf an, wieviel Sie brauchen«, antwortete sie. »Wir vermieten nur ganze Container. Sie fassen ungefähr achtzig Kubikmeter. Wenn Sie 'n Haufen Zeug haben, sind die Dinger grad richtig für Sie.«

»Es ist 'n Haufen, der sich in fünfundsechzig beschissenen Jahren angesammelt hat, junge Frau«, bemerkte Stallings.

»Er kann schon einen ganzen Container brauchen«, fügte Wu hinzu. »Aber wir haben da ein kleines Problem.«

»Wie klein?«

»Mr. Jeffers glaubt an Zahlen.«

»Tut mir leid, aber das kapier ich nicht«, erwiderte sie.

»Zahlen, junge Frau«, sagte Stallings. »Zahlen kontrollieren unser Leben, bestimmen unser Schicksal und unsere Zukunft. Wenn man die richtigen Zahlen wählt, kann einem nichts passieren. Ich habe mich mein Leben lang auf Zahlen verlassen, und sie haben mich nie enttäuscht.«

Diesmal geriet Wus Lächeln zu einer aufrichtigen Entschuldigung. »Wir nehmen an, daß Ihre Container numeriert sind.«

»Ja. Das sind sie. Und?«

»Er hätte gerne dieselbe Nummer, die damals sein Zahlenschloß auf der High-School hatte.«

»Drei rechts, vierundsiebzig links, zwei ...«

»Bitte, Frank«, sagte Wu. Stallings schwieg, ließ den Kopf hängen und starrte auf seine Schuhe.

»Die Nummer, die er gerne hätte – falls sie überhaupt zur Verfügung steht –, lautet vierunddreißig-zweiundsiebzig. Ich hoffe, Sie sind ein wenig nachsichtig mit ihm.«

»Wie lange braucht er es?« wollte sie wissen.

»Bis zum Jahre 2026«, sagte Stallings. »Falls ich hundert werden sollte.«

»Sechs Monate«, sagte Wu.

Die Frau drehte sich zu ihrem Computer um, tippte ein paar

Zahlen in die Tastatur, studierte sie kurz auf dem Bildschirm, wandte sich wieder an Wu und sagte: »Sie haben Glück. Drei-vier-sieben-zwei ist gerade heute nachmittag frei geworden.«

Wu wandte sich mit seinem strahlendsten Lächeln an Stallings. »Hast du das gehört, Frank? Sie ist zu haben. Die gute alte Drei-Rechts-Vierundsiebzig-Links-Zwei-Rechts.«

Stallings warf ihm einen listigen Blick zu. »Ich will das Ding erst sehen. Ich muß wissen, ob auch alles paletti ist.«

»Mach den Hosenstall zu, Frank«, sagte Wu, wandte sich wieder an die Frau und flüsterte ihr zu: »Was kostet es für sechs Monate?« Er legte konspirativ den Zeigefinger auf die Lippen. Sie nickte verständnisvoll und schrieb etwas auf einen Notizblock. Dann drehte sie ihn um, damit er es lesen konnte: 100 Dollar im Monat plus Mehrwertsteuer.

Nachdem er einen Blick auf Stallings geworfen hatte, der gerade damit beschäftigt war, seinen Reißverschluß hoch und runter zu ziehen, langte Wu in seine Hosentasche, brachte ein paar zerknitterte Banknoten zum Vorschein und gab der rothaarigen Frau siebenhundert Dollar.

Dazu flüsterte er: »Das Wechselgeld hol ich mir später ab.«

Sie flüsterte jetzt ebenfalls: »Was fehlt ihm denn eigentlich?«

Wu lächelte traurig und antwortete: »Das Alter.«

Sie überreichte ihm einen Schlüssel zusammen mit einem fotokopierten Lageplan der Container. Ohne sich darum zu kümmern, ob Stallings sie verstehen konnte, sagte sie mit lauter Stimme: »Ich hab' einen Großvater, bei dem ist es genauso.«

Die Farbe des Containers war Grün, und das Ding vollständig leergeräumt. Stallings und Wu spazierten ein paar Minuten lang in ihm herum, aber es gab wirklich nichts zu sehen, nicht den geringsten Anhaltspunkt. Als sie wieder herauskamen, sagte Stallings: »Nun, was meinen Sie, Reverend?«

»Zwei Dinge«, antwortete Wu. »Erstens: Ione Gamble wird sehr bald von dem Fahrer des schwarzen Caprice hören. Und zweitens: Du solltest endlich deinen Hosenstall zumachen.«

31

Otherguy Overby, der in dem riesigen, portweinfarbenen Ledersessel des verstorbenen Billy Rice saß, nahm kurz vor dem dritten Klingeln den Hörer ab, sagte hallo und hörte, wie eine elektronisch verzerrte Stimme zu ihm sagte: »Mr. X, bitte.«

»Lassen Sie mich an den anderen Apparat gehen«, antwortete Overby, warf Georgia Blue, die sich von der langen Wohnzimmercouch erhob, einen Blick und ein Kopfnicken zu. Sie eilte hinüber in die Küche. Overby sah auf seine Uhr. Es war genau 17 Uhr 03, als er hörte, wie sie drüben in der Küche den Hörer von der Gabel nahm. Jetzt erst sagte Overby in sein eigenes Telefon: »So, das ist besser.« Ein dumpfes Kichern, das sich wie ein müder Donner anhörte, antwortete ihm.

»Sie haben schnell jemanden an den Nebenapparat geschickt, stimmt's?« sagte der Mann mit der verzerrten Baßstimme. »Nun, soll mir auch recht sein. Wenigstens sind Sie vorsichtig.«

Overby antwortete nicht. Das Schweigen dehnte sich aus. Während des Wartens dachte er darüber nach, daß die verzerrte Stimme des Anrufers klang, als wenn sie vom Boden einer Blechtonne käme. Der Anrufer schien es nicht eilig zu haben, dem Schweigen ein Ende zu machen, denn er hielt es noch eine Weile aus, bis seine metallisch widerhallende Stimme sich wieder meldete: »Wie man hört, interessieren Sie sich für Videobänder.«

»Das kommt ganz drauf an«, antwortete Overby.

»Worauf?«

»Auf die Qualität.«

»Wo liegt der Höchstpreis für Qualitätsware?«

»Für erstklassige Ware zahlen wir bis zu hunderttausend Pfund«, sagte Overby. »Das sind ungefähr hundertfünfundsiebzig- oder hundertachtzigtausend Dollar.«

»Hören Sie zu«, forderte die entstellte Stimme ihn auf.

Zuerst hörte man ein leises Klicken, das stark an das Geräusch des Schalters einer Quecksilberdampflampe erinnerte. Dann sagte eine männliche Stimme mit starkem britischen Akzent: »Sag mir deinen Namen.«

Eine weibliche Stimme, die Overby ziemlich müde oder verschlafen vorkam, antwortete: »Ione Gamble.«

Nach einer zu langen Pause, die Overby auf eine stümperhafte Klebestelle zurückführte, fragte die Männerstimme mit dem britischen Akzent: »Wann hast du erfahren, daß Billy Rice dich weder heiraten noch dir die Hauptrolle und die Regie in seinem Indianerfilm übertragen wollte? Wie war dir nach dieser Neuigkeit zumute?«

Diesmal entstand nur eine kurze Pause, bis die weibliche Stimme antwortete: »Ich wollte ihn töten.«

»Hast du's getan?« fragte die männliche Stimme.

»Ja«, antwortete die Frau, die behauptete, Ione Gamble zu sein.

Nach einem letzten sanften Klicken dröhnte wieder diese männliche Stimme aus den tiefsten Tiefen einer Blechtonne: »Na, was halten Sie jetzt von der Qualität?«

»War 'n bißchen kurz.«

»Das war ja auch nur eine Kostprobe«, meinte Blechtonne, wie Overby den Anrufer inzwischen getauft hatte. »Ich besitze neunundvierzig und eine halbe Minute an Material, das ebenso aufschlußreich ist. Vielleicht sogar noch aufschlußreicher. Sind Sie interessiert?«

»Könnte schon sein«, sagte Overby. »Wenn Sie es tatsächlich auf Video haben und nicht nur auf Tonband und wenn ich es mir zuerst einmal ansehen kann.«

»Ich rufe Sie wieder an«, sagte Blechtonne.

»Wann?«

»Morgen früh um acht. Bis dahin hab' ich mir überlegt, wie wir eine Vorführung arrangieren können.«

»Und wenn ich vorher zu Ihnen Kontakt aufnehmen müßte? Könnte ja sein, daß etwas dazwischenkommt.«

Blechtonne mußte wieder kichern. »Hübscher Versuch«, sagte er und unterbrach die Verbindung.

Georgia Blue wartete, bis Overby aufgelegt hatte, dann legte sie den Hörer wieder auf das Küchentelefon und kam zurück ins Wohnzimmer. Sie trug die Jeans und das weiße Sweatshirt, die sie bei einem Sechs-Minuten-Einkauf bei Gap am Wilshire Boulevard in Santa Monica erstanden hatte.

Mit tiefen Falten auf der Stirn starrte Overby das Telefon an, als Georgia Blue sich im Schneidersitz auf dem Teppich niederließ und zu ihm hochschaute. »Wie wirst du die Sache anpacken?«

»Was?«

»Ihn aufs Kreuz zu legen.«

»Wird nicht leicht. Nicht bei Blechtonne.«

»Blechtonne«, wiederholte sie. »Gefällt mir. Warum hat er wohl seine Stimme verändert? Meinst du, er hatte Angst, daß du sie auf Band aufnehmen könntest?«

»Oder daß ich sie erkennen könnte.«

»Hast du?«

»Nein. Du?«

»Nein«, antwortete sie. »Aber es muß Hughes Goodison gewesen sein, der Ione Gamble die Fragen gestellt hat. Und das könnte bedeuten, daß die Bänder verkauft oder gestohlen worden sind oder daß die Goodisons sich einen neuen Partner gesucht haben.«

Overby zog die Brauen zusammen. »Er hat mit keinem Wort etwas von Erpressung gesagt, oder? Blechtonne meine ich.«

»Nein.«

Overby zog die Stirn in noch tiefere Falten. Offensichtlich dachte er nach, bis sich das Stirnrunzeln plötzlich in sein hartes schneeweißes Grinsen auflöste. »Wenn ich sie wäre, die Goodisons, dann wüßte ich, was ich täte. Ich würde soviel wie möglich aus Ione Gamble herausquetschen, und dann würde ich jemanden wie Blechtonne anheuern, damit er die Bänder an den Meistbietenden verscheuert.« Er nickte, zufrieden darüber, den Plan durchschaut zu haben. »Sehr reich und sehr hübsch«, sagte er. »Es hat eine gewisse Symmetrie, weißt du?«

»Du meinst, daß Blechtonne sowohl die Erpressung als auch den Verkauf der Videokassette arrangiert?« fragte Georgia Blue.

»Sicher.«

»Das heißt, die Goodisons sehen von dem ganzen Geld keinen einzigen Cent, stimmt's?«

»Natürlich nicht«, bestätigte Overby. »Sie sind Amateure, und das große Geld holen sich die professionellen Geier. Sie hätten die Sache in aller schnelle für zwohundertfünfzig Riesen über die Bühne bringen sollen. Dann könnten sie jetzt schon längst irgendwo sitzen und das Geld ausgeben.«

»Was hältst du von dem Tonband?« wollte die Blue wissen.

Overby schüttelte verächtlich den Kopf. »An dem Ding hat jemand herumgebastelt, der keine Ahnung von so etwas hat. Goodison fragt sie nach ihren Gefühlen, nachdem Rice sie fallenließ, und sie sagt, daß sie ihn umbringen wollte. Und dann fragt Goodison: ›Hast du's getan?‹, und sie antwortet: ›Ja.‹ Das hat jemand in großer Eile zusammengeflickt.«

»Sie müssen noch was anderes in der Hinterhand haben.«

»Sicher«, sagte Overby. »Sie haben das Videoband. Mit Audiobändern ist das kein Problem, aus denen kann man so ziemlich alles herausholen. Aber bei Videobändern ist das anders. Da muß man sich um Lippenbewegungen, Körpersprache, Augenbewegungen und das alles kümmern. Aber wenn man einen wirklich guten Cutter findet, vielleicht sogar den allerbesten, dann kann man auch mit 'nem Videoband eine Menge anstellen.«

Georgia Blue schaute ihn an. »Du hast dir bereits alles zurechtgelegt, stimmt's?«

»Was?«

»Deine Otherguy-Masche.«

Overby musterte sie ein paar Augenblicke lang, bevor er den Kopf schüttelte. »Nein, Georgia, diesmal nicht.«

»Red doch nicht.«

Overby rutschte in seinem Sessel herum und musterte sie diesmal noch ein bißchen länger, bevor er sie fragte: »Wie lange kennen wir uns schon, Georgia?«

»Mein halbes Leben lang.«

Overby ließ die Jahre im Geiste vorüberziehen, zählte sie am Schluß zusammen und nickte zustimmend. »Ich werde dir jetzt einen guten Rat geben, und das ist etwas, was ich sehr selten tue, weil ich es nicht mag, wenn andere Leute mir gute Ratschläge geben. Okay?«

Sie zuckte die Achseln.

»Wenn du vorhaben solltest, hier eine kleine Nebenvorstellung zu geben, dann soll mir das recht sein, solange es meinen Anteil nicht berührt. Aber paß auf, daß du dir Durant nicht zum Feind machst. Die Touren, die du in Manila und Hongkong abgezogen hast, liegen ihm immer noch im Magen, und er wartet nur darauf, daß du ihm einen Anlaß bietest. Wenn du ihn richtig sauer machst, dann kann ihn nicht einmal mehr Artie zurückhalten. Also, wenn du ein Solo im Sinn haben solltest, denk an Durant.«

»Ich hatte fünf Jahre Zeit, an Durant zu ...«

Sie brach mitten im Satz ab, weil Booth Stallings das Wohnzimmer betrat, gefolgt von Artie Wu. Nach einem kurzen Blick in die Runde fragte Wu: »Ist Durant noch nicht zurück?«

»Noch nicht«, antwortete Overby.

»Ist er immer noch bei Ione Gamble?«

»Soviel ich weiß, ja.«

Wu ging zum Telefon, nahm den Hörer ab, schaute Overby an und fragte ihn: »Hast du ihre Nummer?«

Overby zog ein kleines Kärtchen aus seiner Brusttasche und fuhr mit dem Finger an einer Liste von einem Dutzend in sauberen Druckbuchstaben geschriebenen Namen entlang. Als er bei dem von Ione Gamble angekommen war, las er die Telefonnummer vor. Ohne die Nummer noch einmal zu wiederholen, tippte Wu sie in die Tastatur.

Ione Gamble rollte sich auf die Seite, nahm den Hörer nach dem vierten Klingeln vom Telefon auf dem Nachttisch und meldete sich: »Ja?«

»Hier spricht Artie Wu. Ist Quincy Durant noch bei Ihnen?«

»Ich werde nachschauen«, antwortete sie, deckte die Sprechmuschel mit der Handfläche ab, warf einen Blick nach links und sagte: »Artie Wu.«

»In Ordnung«, antwortete Durant, kletterte splitternackt aus dem Bett, ging hinüber auf die andere Seite, nahm der Gamble den Hörer aus der Hand und setzte sich auf die Bettkante, wobei er ihr den Rücken zuwandte. Sanft ließ sie ihren Zeigefinger über die sechsunddreißig kreuzweisen Stiche einer langen Narbe auf seinem Rücken gleiten. Sie fragte sich, bei was für einer Gelegenheit er sie sich wohl eingehandelt hatte, und beschloß, ihn eines Tages danach zu fragen.

Anstatt sich mit ›Hallo‹ zu melden, sagte Durant in die Sprechmuschel: »Ich wollte gerade gehen.«

»Das ist gut«, erwiderte Wu. »Wir haben ein paar Neuigkeiten.«

»Ich auch.«

»Dann solltest du sie uns mitteilen.«

»Ich bin in zwanzig Minuten da«, erwiderte Durant, legte den Hörer auf, drehte sich zu Ione Gamble um und küßte sie. Nachdem sie mit ihrem langen Kuß fertig waren, sagte Ione: »Danke für Trost und guten Zuspruch.«

»War es das, was du gebraucht hast?«

»Diese Funktion kann Sex unter guten Freunden manchmal haben.«

»Unter guten Freunden sowieso.«

Ihr Lächeln wurde zu einem Grinsen. »Und ich würde sagen, daß wir inzwischen sehr gute Freunde sind.«

32

An dem acht Meter langen, 459 Jahre alten Refektoriumstisch, an dem einst der verstorbene Billy Rice seine Gäste verköstigt hatte, saßen die gegenwärtigen Bewohner des Hauses um ein chinesisches Essen im Mandarinstil im Gesamtwert von 81,56 Dollar versammelt, das Booth Stallings beim China Den bestellt hatte, einem Speiselokal mit Zustelldienst in Malibu, das laut Overby vor ein paar Jahren noch The China Diner geheißen hatte.

Artie Wu, der sich noch nie was aus chinesischer Küche gemacht hatte, war als erster fertig. Er stieß seinen Teller zur Seite, zündete sich eine Zigarre an und begann mit seinem Bericht über seinen und Booth Stallings' Besuch in Oxnard. Als er beschrieb, wie der schwarze Chevrolet Caprice versucht hatte, ihn und Stallings zu überfahren, hörten Georgia Blue und Durant auf zu essen.

Und als er sagte: »Und dann fanden Booth und ich Hughes und Pauline Goodison erschossen in ihrem Motel-Badezimmer«, wären Overby, der verrückt auf chinesisches Essen war, beinahe die Stäbchen aus der Hand gefallen. Nur Booth Stallings aß in aller Ruhe weiter. Mit einem Löffel schöpfte er die Reste der Hummer- und Krabbensoße aus seiner Schale.

Wu beantwortete die kurzen, harten Fragen, die jetzt folgten, und dann berichtete er noch von der Fahrt zum You Store, wo sie nichts gefunden hatten. Es hagelte noch mehr Fragen, die Wu geduldig beantwortete, bevor er den Blick in die Runde schweifen ließ und sagte: »Okay, und wer ist der nächste?«

»Ich«, sagte Overby und gab einen beinahe wörtlichen Bericht von seinem Telefongespräch mit Blechtonne, der ihm mit entstellter Stimme ein Videoband mit dem Geständnis von Ione Gamble angeboten hatte.

Nachdem Overby fertig war, fragte Wu: »Dein Freund Blechtonne hat gesagt, er würde morgen wieder anrufen?«

»Um Punkt acht.«

Durant wandte sich an Wu: »Um welche Uhrzeit habt ihr die Leichen der Goodisons gefunden?«

»Es war so gegen Viertel nach vier, oder, Booth?«

»Höchstens ein, zwei Minuten früher.«

»Kann es sein, daß es genau um 16 Uhr 13 war?« fragte Durant.

»Kann sein«, antwortete Stallings. »Warum?«

»Weil ich nach etwas Ungewöhnlichem oder Geheimnisvollem suche, aber ich kann es nicht finden. Genau eine Stunde früher, um 15 Uhr 13, bekam Ione Gamble den Anruf von Hughes Goodison, und er bot ihr ganz genau die Ware an, die Otherguys neuer Freund Blechtonne ihm eine Stunde später feilgeboten hatte.«

»Du hast also das Gespräch zwischen der Gamble und Goodison mitgehört?« fragte Wu.

»An ihrem Nebenapparat.«

»Ich hoffe, sie hat eingewilligt zu zahlen.«

»Sie hat Goodison erklärt, daß sie Zeit brauche, das Geld aufzutreiben, und er gab ihr vier Tage.«

»Laßt uns versuchen, die Zeitabläufe zu rekonstruieren«, sagte Wu – wieder an Durant gewandt. »Wann hast du die Gamble abgeholt?«

»Wir haben so gegen zwanzig vor zwei ihr Haus verlassen und sind um Punkt zwei bei dem Kieferchirurgen eingetroffen. Um zwanzig nach zwei war ihr Weisheitszahn draußen. Dann dauerte es noch mal zehn bis fünfzehn Minuten, bis sie im Ruheraum das Pentothal einigermaßen abgebaut hatte. Aber vorher hab' ich noch ausprobieren müssen, wie wirksam Pentothal als Wahrheitsserum wirklich ist. Ich hab' sie gefragt, ob irgend jemand an Silvester ihren Wagen ausgeliehen hat. Oder ob sie an diesem Tag und in der Nacht zweimal zum Haus von Billy Rice gefahren sei. Oder ob sie ihn erschossen habe. Auf jede Frage hat sie mit Nein geantwortet.«

»Warum bist du so verdammt sicher, daß es genau 15 Uhr 13 war, als Goodison bei Ione Gamble anrief?« fragte Wu.

»Weil ich auf die Uhr gesehen hab', als ich den Hörer vom Nebenapparat nahm.«

Wus Blick wanderte hinauf zur Zimmerdecke. »Goodison ruft um 15 Uhr 13 die Gamble an, um 16 Uhr 13 ist er tot.« Er holte den Blick wieder herunter. »Kann sich irgendeiner von euch einen Reim darauf machen?«

Als niemand etwas sagte, schaute Wu nach links und sagte: »Jetzt bist du dran, Georgia.«

Ihr Gesicht blieb ausdruckslos, als sie in neutralem Tonfall sagte: »Jack Broachs Firma steht vor dem Bankrott.«

Artie Wu lehnte sich in seinen Sessel an der Stirnseite des Tisches zurück, verschränkte die Hände über dem Bauch, lächelte zufrieden und ließ die Zigarre im Mund, als er sagte: »Ich bin sicher, du hast noch mehr zu berichten.«

»Hab' ich«, antwortete sie. »Ich hab' mich zuerst bei Broachs Bank erkundigt, und die sind überhaupt nicht glücklich über seine Geschäftslage. Danach hab' ich mit Broach in Beverly Hills zu Mittag gegessen. Während des Essens hab' ich ihm mitgeteilt, warum ich der Meinung bin, daß er kurz vor dem Ruin steht, und nachdem der Kaffee serviert wurde, hab' ich ihm einen Vorschlag unterbreitet.«

»Das kann ich mir vorstellen«, sagte Durant.

»Laß sie erzählen«, warf Overby ein.

Durant zuckte mit den Achseln. Georgia Blue schaute ihn direkt an und sagte: »Nachdem ich Broach erklärt hatte, warum ich glaube, daß er pleite ist, fragte ich ihn, was passieren würde, wenn Ione Gamble zu ihm käme und ihn bitten würde, sagen wir, eine Million in bar für einen Erpresser lockerzumachen. Könnte er das zahlen, ja oder nein? Darauf sagte er nichts, kein Wort, und das überraschte mich nicht im geringsten. Also gut, sagte ich, wenn schon keine Millionen, können Sie dann wenigstens dreihunderttausend aufbringen? Wenn ja, dann könnte er ja zu Ione Gamble sagen, die Million läge für die Vermittlerin, meine Wenigkeit, bereit. Als Gegenleistung für die dreihunderttausend bot ich ihm das gesamte belastende Material der Erpresser, zusammen mit der persönlichen Garantie, daß die Erpresser, seien es nun mehrere oder nur einer, ihn nie wieder belästigen würden. Broach erwiderte, daß er wenig Vertrauen in eine solche Garantie hätte, weil er immer nur gehört habe, daß Erpresser den Hals nicht vollkriegen können. Ich antwortete ihm, daß sie Ruhe geben würden, wenn sie tot seien.«

Es entstand eine längere Pause. Während dieser Pause verwandelte Otherguy Overbys leises Lächeln sich in sein hartes schneeweißes Grinsen. Durant schaute die Blue einfach nur an, mit ausdruckslosem Gesicht, wenn man von der dünnen Linie seiner zusammengepreßten Lippen einmal absah. Artie Wu nickte ein paarmal, völlig gedankenverloren, wie es den Anschein hatte. Booth Stallings schenkte sich lauwarmen Tee in eine Tasse, rührte etwas Zucker dazu und trank ihn aus, während er die Blue über den Rand der Tasse hinweg im Auge behielt.

Georgia Blue kümmerte sich nicht um die anderen. Sie nahm ihre Stäbchen zur Hand, um damit die letzten Reste auf dem Teller in ihren Mund zu expedieren. Sie kaute langsam, beinahe nachdenklich, schluckte hinunter, legte die Stäbchen wieder auf den Tisch und tupfte sich mit einer Serviette die Mundwinkel ab. Dann lehnte sie sich zurück in ihren Sessel, lächelte höflich – als hätte es nur eine vorübergehende Flaute in der Unterhaltung gegeben – und wartete darauf, daß jemand etwas Interessantes sagen würde.

Artie Wu brach das lange Schweigen mit einer Frage: »Wie hat Mr. Broach reagiert?«

»Ich dachte, er hätte inzwischen Ione Gamble angerufen«, antwortete die Blue. »Oder ihren Anwalt, Mr. Mott. Oder vielleicht sogar euch. Aber offensichtlich ist meine Hoffnung enttäuscht worden.«

»Nun komm schon, Georgia«, sagte Durant. »Hat er gesagt: ›Das ist mal 'ne fantastische Idee, Miß Blue‹, oder: ›Ich hab' keine Ahnung, wovon Sie reden‹, oder sogar: ›Passen Sie auf Ihr loses Mundwerk auf, Gnädigste‹?«

»Was er getan hat?« sagte sie, wobei sie Durant ignorierte und direkt zu Wu sprach. »Er hat den Scheck unterschrieben, hat noch zwanzig Prozent Trinkgeld hinzugefügt, dann hat er gelächelt und gesagt: ›Solch ein Geschäft müssen wir bald wieder einmal abschließen, meine Liebe.‹«

»Wann hat euer Mittagessen begonnen, und wann war es zu Ende?« fragte Wu.

»Es hat nicht vor Viertel nach eins begonnnen, weil ich zu spät gekommen bin, und um zwei waren wir fertig.«

»Wohin bist du anschließend gegangen?« wollte Durant wissen.

»Einkaufen. Ich hab' mir 'n paar Sachen bei Saks gekauft, und eine Jeans und 'n Sweatshirt bei Gap. Außerdem hab' ich noch in 'nem Laden in Santa Monica vorbeigeschaut und dort ein Paar blaue Keds erstanden. Dann bin ich nach Hause gefahren und hier so gegen Viertel vor oder zehn vor fünf angekommen. Otherguy war schon hier.«

»Hast du ihm von Jack Broach erzählt?« fragte Durant.

»Kein Wort«, antwortete Overby.

Stallings hatte immer noch tiefe Furchen auf der Stirn, als er Georgia Blue fragte: »Wenn ich dich recht verstanden habe, dann hast du angeboten, den oder die Erpresser zu töten, ihm oder ihnen das Zeug wegzunehmen, mit dem die Gamble erpreßt werden sollte, und das alles für ein Pauschalhonorar von dreihunderttausend Dollar. Richtig?«

»Falsch«, sagte sie.

»Laß mich mal, Georgia«, schaltete Artie Wu sich ein. »Was sie getan hat, Booth, war genau das, worum ich sie gebeten hatte: Sie hat Jack Broach nach allen Regeln der Kunst auf den Zahn gefühlt. Und dabei hat sie herausgefunden, daß er und seine Agentur finanziell gesehen in einem erbärmlichen Zustand sind. Wie erbärmlich, das kann man an seiner Reaktion sehen, oder vielmehr am Fehlen einer Reaktion, als Georgia ihm diesen intriganten Vorschlag machte. Er hat ihn nicht sofort zurückgewiesen. Er war auch nicht empört. Er hat sie nicht darauf hingewiesen, daß er, als Anwalt, schließlich dem Gesetz verpflichtet sei – und mit den Cops hat er ihr auch nicht gedroht. Für mich deutet sein Schweigen darauf hin, daß er interessiert war, wenn auch mit aller Vorsicht, einer verständlichen Vorsicht, denn schließlich mußte er damit rechnen, daß ihm eine Falle gestellt wurde, daß Georgia möglicherweise einen Sender bei sich trug.«

»Da steckt noch mehr dahinter, Artie«, sagte Overby. »Du oder Quincy, einer von euch hat mir erzählt, daß Broach alle finanziellen Dinge für die Gamble regelt, richtig? Ich meine, er ist ihr Agent, ihr Manager und ihr persönlicher Anwalt. Er kümmert sich um ihre Investitionen, zahlt ihre Rechnungen, Kreditkarten, Abzahlungskonten, Versicherungsprämien, Hypotheken, Zinsen, alles, und vielleicht hält er sogar ihr persönliches Girokonto auf einem Stand von fünf- oder zehntausend Dollar. Sie selber muß also nicht einen einzigen Gedanken an Geld verschwenden. Ich meine, an gewöhnliches Kleingeld. Sie muß sich bloß darum kümmern, ob sie ihr für die nächste Filmrolle nun zwei, drei oder fünf Millionen zahlen. Stimmt's?«

Wu nickte.

»Nun nehmen wir mal an, daß Broach ein paar schlechte Geldanlagen für sie getätigt hat und vielleicht sogar für sich selbst auch. Könnte ja sein, daß er ein paar Aktien ohne Deckung verkauft hat, und nun muß er für die Verluste aufkommen. Oder er hat sogar etwas von Ione Gambles Rücklagen ausgeborgt, um einen eigenen Engpaß zu überbrücken. Bis jetzt mußte er sich deshalb keine Sorgen machen, denn seine beste Klientin würde schließlich in einer Megaproduktion die Hauptrolle spielen, Regie führen und obendrein noch den milliardenschweren Produzenten ehelichen. Danach müßte sie sich bis an ihr Ende keine Sorgen mehr um Geld machen – was sie ohnehin bis dahin nicht mußte. Und plötzlich wird dieser Billy Rice erschossen, und die Gamble wird festgenommen, und unser Freund Jack Broach befindet sich auf einmal in der prekären Lage, Geld für eine Kaution, einen Staranwalt und zwei Hypnotiseure aufbringen zu müssen. Und um dem Ganzen noch die Krone aufzusetzen, kommt ein Erpresser daher und verlangt eine Million Dollar. Die einzige, die bis jetzt noch kein Geld von ihm wollte, ist die Gamble selbst. Und nun kommt also Georgia mit ihrem eleganten, risikolosen Plan und bietet ihm die Chance, siebenhunderttausend Dollar von dem Geld abzuschreiben, das er sich von der Gamble geliehen oder ihr meinetwegen geklaut hat. Er sagt nicht ja zu diesem Vorschlag, er sagt auch nicht vielleicht, aber ganz sicher sagt er auch nicht nein dazu.«

Booth Stallings schaut Georgia Blue noch immer mit gerunzelter Stirn an. »Ich bin wirklich neugierig auf Jack Broachs Reaktion auf dein Angebot. Wie hat er es aufgenommen? Wie ein ganz normales Angebot von einem angesehenen Mitglied der florierenden Dienstleistungsbranche dieses Landes?«

Artie Wu lächelte und sagte: »Was hast du denn zu ihm gesagt? Du mußt es doch vorher einstudiert haben.«

»Er sagte, er sei zwar kein Strafverteidiger, aber die Besten dieser Branche hätten ihm versichert, daß Erpresser niemals aufgeben. Und da hab' ich eben geantwortet: ›Tun sie doch. Wenn sie tot sind.‹ An dieser Stelle fand unser Mittagessen ein schnelles Ende.«

»Perfekt«, sagte Artie Wu. »Absolut perfekt.« Er warf einen Blick auf seine Uhr. »Booth und ich werden die moralischen Nuancen der Angelegenheit morgen früh weiterdiskutieren. Es ist spät geworden. Quincy und ich haben noch die Verabredung mit Enno Glimm und Miß Arliss. Und morgen früh um acht will Blechtonne anrufen, unser mutmaßlicher Erpresser. Vielleicht sollten wir uns um sieben Uhr alle zum Frühstück wiedertreffen.« Er warf einen Blick auf Stallings. »Was dürfen wir zum Frühstück erwarten, Booth?«

»Kaffee, Orangensaft und McMuffins mit Ei.«

»Ausgezeichnet«, lobte Wu, während er sich erhob.

»Bevor wir gehen«, sagte Durant, »hab' ich noch zwei Fragen an Georgia.«

Sie zögerte, dann zuckte sie die Achseln, und Durant fragte sie: »Wie bist du auf die Idee gekommen, daß Broach kurz vorm Bankrott steht?«

»Ich habe in seinem Büro drei gefälschte Daumiers entdeckt.«

Durant nickte nachdenklich. »Das ist eine gute Antwort. Meine zweite Frage lautet: Warum hast du uns von dem Angebot erzählt, das du ihm gemacht hast? Du hättest möglicherweise dreihunderttausend steuerfrei einstreichen können, wenn du es für dich behalten hättest.«

»Was immer ich dir auch darauf antworten würde, Quincy, du würdest es doch nicht glauben.«

»Das ist auch eine sehr gute Antwort«, mußte Durant zugeben.

33

Sie beschlossen, die Dreiviertelmeile vom Riceschen Haus zu ihrem Treffpunkt mit Enno Glimm im Malibu Beach Hotel zu Fuß zu gehen. Sie machten diesen Spaziergang, weil Wu behauptete, daß dadurch ein Großteil der Kalorien des chinesischen Abendessens verbrannt würden. Später gab er allerdings zu, daß er durchaus vorhabe, die verbrannten Kalorien mit zwei Big Macs, einem kleinen Schokoladen-Shake und vielleicht noch einer Portion Pommes frites wieder aufzufüllen.

Durant hörte Wus Gedankenspielen über Ernährungsfragen nur mit einem Ohr zu, als ihm plötzlich die schwarze Limousine auffiel, die nur ungefähr fünfzig Meter vom Riceschen Haus entfernt geparkt war. Sie fiel ihm nicht wegen ihrer Marke, ihrem Baujahr oder ihrer Farbe auf, sondern weil er schon vor langer Zeit zu der Erkenntnis gelangt war, daß, wenn nachts im Dunkeln vier erwachsene Männer in einem geparkten Auto sitzen, die Wahrscheinlichkeit sehr groß ist, daß diese Männer entweder eine Festnahme, einen Raub oder schwere Körperverletzung im Schilde führen.

Die vier Türen der Limousine flogen auf, als Wu und Durant sich dem vorderen linken Kotflügel bis auf drei, vier Meter genähert hatten. Vier Männer, alle vier in Schwarz gekleidet, stiegen aus. Keiner von ihnen war älter als dreißig, und alle trugen sie die gleichen schwarzen Hosen, schwarze Joggingschuhe und schwarze Sweatshirts. Selbst ihre vier Baseballmützen waren schwarz.

Als Wu und Durant auf Höhe des Wagens waren, nahmen die beiden Typen, die an der Seite des Randsteins ausgestiegen waren, links von Durant Aufstellung. Das zweite Pärchen war auf der Straßenseite aus dem Wagen gesprungen und steuerte jetzt zielstrebig auf Wu zu. Als sie schon nahe dran waren, lächelte Wu und sagte: *»Buenas tardes, senores.«* Diese Begrüßung ließ den einen der beiden, der Wu bereits erreicht hatte, gerade so lange zögern, daß Wu ihm mit aller Kraft in die Eier treten konnte. Der Mann stieß einen zischenden Laut aus, klappte zusammen und hielt sich den Unterleib.

Durant, der das andere Pärchen im Auge behalten hatte, wich

dem Stoß mit einer Messerklinge aus, packte die Hand mit dem Messer am Gelenk, fand mit dem Daumen den Schlüsselnerv und drückte fest zu. Der Mann stieß einen Schrei aus, ließ das Messer fallen und ging in die Knie. Durant gab das Handgelenk frei, trat dem Mann gegen den Kopf, schnappte sich das Klappmesser vom Gehsteig und schleuderte es auf den zweiten Mann, der gerade damit beschäftigt war, etwas aus seiner rechten Hüfttasche zu zerren.

Der Griff des Klappmessers prallte dem Mann gegen die Brust, dann fiel es scheppernd auf den Gehsteig. Der Mann schaute nach unten, als müßte er sich erst davon überzeugen, daß ihm die Klinge nicht ins Herz gedrungen war. Bevor er wieder hochschauen konnte, schmetterte Durant ihm die Handballen gegen die Ohren. Der Mann hatte den Mund jetzt offen, als würde er einen tonlosen Schrei ausstoßen, ging in die Knie, rollte sich auf dem Gehsteig zusammen und begann leise vor sich hin zu wimmern, die Hände auf beide Ohren gelegt.

Durant wirbelte herum und sah, daß Wus erster Möchtegern-Angreifer sich immer noch die Hände zwischen die Beine preßte und leise Klagelaute ausstieß. Der andere bekam kaum noch Luft, denn ein kräftiger Unterarm drückte ihm von hinten die Kehle zu.

»Wenn du redest, kriegst du von mir etwas Luft«, sagte Wu und lockerte die Klammer ein wenig.

Der Mann holte dreimal keuchend Luft, bevor er sagte, daß ein Typ sie für 500 Dollar pro Nase angeheuert habe, um vor dem Haus am Strand im Auto auf einen braungebrannten, hochgewachsenen Mann und einen dicken Chinesen zu warten.

Wu erhöhte den Druck auf die Kehle des Mannes um eine Nuance. »Und dann?« fragte er und ließ wieder etwas locker.

Der Mann sog Luft in sich hinein und benützte sie zum Weiterreden. »Wenn ihr in einem Auto weggefahren wärt, hätten wir euch an den Rand gedrängt und euch, nun, ein bißchen bearbeitet.«

»Nur ein bißchen oder ein bißchen mehr?«

»Vielleicht ein bißchen mehr als ein bißchen.«

»Wer war das – der Kerl, der euch angeheuert hat?«

Der Mann behauptete, es nicht zu wissen, er schwor bei allem, was ihm heilig war. Wu erhöhte den Druck auf die Kehle, ließ wieder los und fragte: »Wie hat er euch bezahlt?«

»Er hat gesagt, das Geld steckt im Handschuhfach des Wagens, und den Wagen hatte er auf den Parkplatz von Carl's Junior gestellt – einem Schuppen Ecke La Brea und Santa Monica Boulevard, wo die Strichjungen rumhängen.«

»Wie hat er euch benachrichtigt?«

»Per Telefon, wie sonst? Er sagte, der Wagen sei heiß, und wir könnten ihn behalten, wegwerfen, ganz nach unserem Belieben.«

»Wann hat er euch angerufen?«

»Ganz spät heute nachmittag – so gegen sechs.«

»Wie lange solltet ihr vor dem Strandhaus warten?«

»Bis zwei Uhr nachts. Dann sollten wir uns trennen und es morgen noch mal probieren, für noch mal 500 pro Kopf in einem anderen heißen Wagen, den er uns besorgen wollte.«

Wu nahm seinen Unterarm von der Kehle des Mannes, richtete den Mann auf den schwarzen Caprice aus und sagte: »Haut ab. Alle vier. Aber wenn er wieder anruft, dann könnt ihr ihm sagen, daß der Chinese weiß, wer er ist.«

»Wer ist es denn?« fragte ihn Durant, während sie der schwarzen Limousine nachschauten, die langsam vom Randstein wegfuhr.

»Derselbe Kerl, der heute nachmittag die Goodisons getötet hat und der Booth und mich überfahren wollte«, antwortete Wu, drehte sich um und nahm den unterbrochenen Spaziergang zum Malibu Beach Inn wieder auf.

»Du hast doch den Fahrer gar nicht erkannt, heute nachmittag«, meinte Durant, der neben Wu in Gleichschritt fiel.

»Nein, aber es war derselbe Wagen – dieselbe Marke, dasselbe Modell, dieselbe Farbe –, und daraus hab' ich den logischen Schluß gezogen.«

»Das scheint mir eher ein logischer Salto zu sein«, meinte Durant. »Was meinst du, wieviel schwarze Chevrolet Caprices bei General Motors letztes Jahr vom Band gelaufen sind?«

»Wahrscheinlich mehr, als sie verkauft haben.«

»Sie werden schon genug davon verkauft haben, denn es ist ein sehr anonymer, komfortabler Wagen, den Cops ebensogerne fahren wie Taxifahrer und alte Knaben, die's gerne 'n bißchen schmalzig haben. Zu schade, daß du in Oxnard das Kennzeichen nicht erkannt hast.«

»Warum zu schade?«

»Weil wir dann sicher sein könnten, daß es derselbe Wagen ist.«

»Und was hätten wir davon, wenn's doch sowieso 'n geklauter Wagen ist?«

»Wir hätten wenigstens einen eindrucksvollen Beweis deines Beobachtungsvermögens.«

»Ich hab's nicht nötig, irgendwas zu beweisen«, erwiderte Wu und beschleunigte seinen Schritt.

Die einzige auffällige Veränderung an Enno Glimm war das knallige Grün und Rot seines Hawaiihemds, das er über einer Hose trug, die ganz offensichtlich zu einem Nadelstreifenanzug gehörte. Glimm saß in einem Sessel im Wohnraum seiner Zwei-Zimmer-Suite im zweiten Stock des Inn. Zu seiner Linken saß Jenny Arliss auf einer Couch. Sie trug weiße Hosen und ein marineblaues T-Shirt. Nachdem Glimm sie eher flüchtig begrüßt hatte, wählten Wu und Durant sich zwei zueinander passende Ohrensessel aus.

Nachdem sie Platz genommen hatten, sagte Glimm: »Dieser Laden hat nicht mal ein Restaurant.«

»Man kann sich eine Pizza bringen lassen«, schlug Durant vor.

Glimm ignorierte den Vorschlag. »Also, dann lassen Sie mal hören. Was haben Sie bis jetzt erreicht?«

»Bis jetzt«, antwortete Wu, »haben wir die Leichen von Hughes und Pauline Goodison gefunden, die ermordet worden sind, und damit haben wir Ihren Auftrag eigentlich schon erfüllt, der im Prinzip nur lautete: ›Finden Sie die Goodisons.‹«

»Mein Gott«, murmelte Jenny Arliss.

Glimm sagte gar nichts. Er erhob sich von seinem Sessel, ging hinüber zum Fenster und zog den Vorhang gerade so weit auf, daß er in ein paar Meilen Entfernung die Lichter von Santa Monica sehen konnte. Während er auf sie herunterschaute, sagte er: »Am Tag soll das ein fantastischer Blick von hier oben sein. Schade, daß ich ihn nicht mehr zu sehen bekommen werde.« Er ließ den Vorhang los und drehte sich zu Jenny Arliss um: »Besorg uns zwei Plätze für die nächste Maschine nach New York.«

»Ich denke, wir sollten uns erst einmal den Rest der Geschichte anhören«, erwiderte sie.

»Jetzt mach endlich die verfluchte Reservierung«, raunzte er, ging zurück zu seinem Sessel, setzte sich, richtete seinen blaßblauen Blick zuerst auf Wu, dann auf Durant und sagte: »Okay. Dann mal los.«

Sie brauchten genau sechsunddreißig Minuten für ihre Ausführungen. Während der ersten sieben Minuten sprach Jenny Arliss leise in den Hörer des Zimmertelefons, dann unterbrach sie Wus Bericht, um Glimm mitzuteilen, daß sie zwei Plätze erster Klasse für die Ein-Uhr-Maschine reserviert habe und daß sie morgens gegen halb zehn am Kennedy Airport ankommen würden und um 12 Uhr nach Heathrow weiterfliegen könnten. Glimm nickte bloß und forderte Wu auf, mit seinem Bericht fortzufahren.

Wu war gerade dabei, von seiner improvisierten Hypnosesitzung mit Ione Gamble zu erzählen. Glimm hörte schweigend zu und stellte keine Zwischenfragen, nicht einmal, als Durant davon berichtete, wie sie den ermordeten Chauffeur, Carlos Santillan, gefunden hatten. Auch nicht, als vom möglichen Bankrott der Firma Jack Broach & Co. die Rede war. Und nicht einmal beim Angriff der vier Männer auf Wu und Durant, keine zehn Minuten vor ihrem Eintreffen in Glimms Suite. Abgesehen von den ersten zehn Minuten des gemeinsamen Rechenschaftsberichts stenographierte Jenny Arliss alles auf einem Spiralblock mit. Durant nahm an, daß sie eine wörtliche Mitschrift anfertigte.

Nachdem Wu und Durant fertig waren, entstand eine längere Pause, bis Enno Glimm schließlich fragte: »Wieviel?«

»Wieviel was?« erwiderte Durant.

»Wieviel wird der Erpresser für die Bänder verlangen, die er den Goodisons gestohlen hat?«

»Wahrscheinlich eine Million«, antwortete Durant. »Das ist beinahe so was wie ein Standardpreis. Eine eingängige Summe. Leicht zu teilen. Und trotzdem immer noch genug, um die Leute in dem Glauben zu lassen, damit seien alle ihre Probleme gelöst – auch wenn das heutzutage nicht mehr Geld ist, als 1973 dreihunderttausend waren.«

Glimm knurrte irgendwas auf deutsch, das sich irgendwie höhnisch anhörte, dann fiel er zurück ins Englische: »Sie sagen, die Gamble hätte diesen – wie hieß er noch gerade? –, diesen Billy Rice nicht getötet.«

»Wir glauben nicht, daß sie's getan hat«, meinte Durant.

»Aber die Tonbänder der Goodisons behaupten das Gegenteil.«

»Wir glauben, daß man an ihnen herumgeschnitten hat.«

»Wirklich?«

»Es ist nur ein Verdacht.«

»Zum Teufel, wenn man wirklich an ihnen herumgedoktert hat, warum können Sie und Howard Mott das nicht beweisen?«

»Dazu müßten wir sie erst haben«, sagte Wu. »Und wenn Ione Gamble sie nicht erwirbt, dann wird der Erpresser sie an die Medien verkaufen, die sich für solchen Dreck erwärmen können. Sollte der Inhalt der Bänder vor ihrem Prozeß gedruckt oder gesendet werden – der Erpresser behauptet, er hätte ein Audio- und ein Videoband –, dann könnte die Wirkung in der Öffentlichkeit einen Effekt auf das Urteil haben, unabhängig davon, ob die Bänder getürkt sind oder als Beweismittel zugelassen werden.«

»Ist sie bereit, eine Million zu zahlen?« wollte Glimm wissen.

»Ja, wenn sie es schafft, das Geld aufzubringen«, antwortete Durant.

Glimm schaute auf seine rechte Hand, nickte mehr sich selbst als den anderen zu und fragte dann, während er jetzt einen Blick auf seine linke Hand warf: »Aber Sie meinen, dieser Jack Broach könnte all ihr Geld verloren haben und sein eigenes dazu, richtig?«

»Das glauben wir«, antwortete Durant.

Glimm schaute nicht mehr auf seine Hände. Er stand auf, ging zurück zum Fenster und starrte wieder hinunter auf die Lichter von Santa Monica. So stand er beinahe eine Minute lang dort, bis er sich umdrehte, zuerst Wu und dann Durant anschaute und sagte: »Wollt ihr beiden noch 'n bißchen dazuverdienen?«

»Wieviel?« fragte Durant.

»Noch einmal fünfhunderttausend Dollar.«

»Wir wären interessiert«, antwortete Wu.

»Okay. Ihr bekommt die fünfhunderttausend zusätzlich zum vereinbarten Honorar, wenn ihr zwei Dinge tut. Erstens: Ihr haltet mich aus der Sache raus. Es besteht keine Verbindung mehr zwischen mir und dieser Angelegenheit. Zweitens: Ihr paukt Ione Gamble heraus. Beweist, daß sie diesen ... wie hieß der ... Billy Rice nicht getötet hat.« Dann sagte er zu Jenny Arliss: »Zerreiß deine Notizen, und wirf sie ins Feuer.«

Die Arliss nickte, klappte ihren Block zu, steckte den Kugelschreiber weg, schaute Durant an und sagte: »Ich finde, wir sollten ein bißchen mehr über Ihre Georgia Blue hören. Nach allem, was Sie erzählt haben, scheint es sich bei ihr um das schwächste Glied in der Kette zu handeln.«

»Für Georgia bin ich zuständig«, erwiderte Durant.

Artie Wu lächelte leise und nickte ein paarmal, so, wie er es fast immer tat, wenn er schockiert oder erstaunt war. Außer Durant schien niemand es bemerkt zu haben.

»So, wie ihr Jungs es beschrieben habt, könnte diese Miß Blue noch alles vermasseln«, meinte Glimm.

»Sie ist die beste, die es gibt«, sagte Durant. »Und deshalb lohnt sich das Risiko.«

»Sie meinen, sie ist die beste aller Frauen?« fragte Jenny Arliss.

»Sie ist ganz allgemein die beste«, antwortete Durant.

»Wie lange kennen Sie sie schon?«

»Seit siebzehn oder achtzehn Jahren.«

»Wie alt ist sie?«

»Sechsunddreißig oder siebenunddreißig.«

Die Arliss zog die linke Augenbraue hoch. »Eine Teenagerliebe von Ihnen?«

Artie Wu schaltete sich in die Unterhaltung ein, bevor Durant die Frage beantworten konnte. »Ich stimme Quincy zu, daß es keine Bessere als Georgia gibt. Außerdem muß ich betonen, daß es meine Entscheidung war, sie einzustellen. Und deshalb bin ich mindestens genauso verantwortlich für ihre Handlungen.«

»Und trotzdem traut ihr keiner von euch über den Weg, stimmt's?« fragte Enno Glimm und kicherte. Bei seinem ersten Besuch in der Wudu GmbH in London hätte er auch beinahe einmal gekichert. Damals hatte Durant sich gefragt, wie sich das wohl anhören würde, und er hatte sich vorgestellt, daß es ein trockenes, kratzendes Geräusch sein müsse – wie ein kleines, böses Tier, das versucht, sich mit Hilfe von Krallen und Zähnen aus einer Pappschachtel zu befreien. Jetzt mußte er feststellen, daß seine Vorstellung richtig war.

Nachdem er fertig gekichert hatte, sagte Glimm: »Keine Sorge, ich hab' auch schon oft Leute eingestellt, weil sie die besten waren – auch wenn ich nicht sicher wußte, ob ich ihnen trauen konnte. Was meint ihr, weshalb ich euch angeheuert hab'?«

»Wie freundlich«, bemerkte Wu.

»Ist das Geschäft gemacht?« fragte Glimm, als wüßte er die Antwort bereits.

Durant nickte als erster, gleich darauf tat Wu es ihm nach.

Glimm sah beinahe zufrieden aus, als er sich an Jenny Arliss wandte und zu ihr sagte: »Ruf unten beim Empfang an. Sie sollen die Rechnung fertigmachen und uns einen Wagen bestellen.«

Er wandte sich wieder Wu und Durant zu. Nachdem er sie beinahe eine halbe Minute lang aufmerksam gemustert hatte, nickte er ihnen zum Abschied zu und sagte noch einmal: »Macht eure Sache gut.« Damit verschwand er im Nebenzimmer.

Durant erhob sich und ging zu Jenny Arliss hinüber, die gerade den Hörer auf die Gabel legte. Er streckte eine Hand aus und sagte: »Ich nehme die Notizen an mich.«

Sie gab ihm den Stenoblock. »Sie trauen wohl niemandem, was?«

»Den wenigsten.«

»Das ist gut so«, sagte sie.

34

Kurz nach Mitternacht saß Booth Stallings in seinem Bett und las Kopien von Dokumenten, die er am selben Nachmittag von Mary Jo Sonstnochwie bekommen hatte, der brünetten Kanzleisekretärin, die für Howard Mott arbeitete.

Das erste Dokument, das er gelesen hatte, war ein Bericht des Police Department von Los Angeles über die 9-mm-Beretta, die am 2. Februar 1982 vom Drehort des Pilotfilms für die Serie *The Keepers* in den Paramount-Studios gestohlen worden war.

In dem Bericht stand, daß der Requisiteur der TV-Produktion die Waffe irgendwo am Drehort abgelegt hatte, als er kurz nach Drehschluß noch einmal zum Regisseur gerufen worden war. Als er zurückkam, um die Waffe zu holen, war sie verschwunden und alle Schauspieler und Mitglieder des Aufnahmeteams ebenfalls. Der Diebstahl wurde sofort gemeldet, untersucht und schließlich vergessen, bis die Beretta als die Waffe wiederauftauchte, mit der William A. C. Rice der Vierte erschossen wurde.

Als nächstes las Stallings eine Liste mit den Namen der Schauspieler und Mitglieder des Aufnahmeteams, die bei dieser Produktion mitgewirkt hatten. Vom Aufnahmeteam sprang ihm keiner der Namen ins Auge, dafür aber drei andere. Die beiden ersten Namen waren Rick Cleveland und Phil Quill. Cleveland war der alte Schauspieler, der eine winzige Rolle in ›Vom Winde verweht‹ hatte und der im Pilotfilm zu den *Keepers* den Pater Tim Murray spielte, einen alten Priester. Phil Quill, der Immobilienmakler aus Malibu und ehemalige Quarterback der Universität Arkansas, spielte den Joe Lambert, einen zwanghaften Glücksspieler. Beide wohnten sie im Jahre '82 in Malibu, und als ihren Agenten gaben sie Jack Broach an, und genau das war der dritte Name, der Stallings ins Auge gesprungen war.

Die Ermittlungsbeamten des County-Sheriffs von L. A. hatten nach dem Mord an Rice alle drei Männer verhört. Irgend jemand hatte die Vernehmungen auf drei Absätze zusammengekürzt. In dem Bericht war Broach als erster an der Reihe, entweder wegen der alphabetischen Reihenfolge oder, wie Stallings vermutete, aufgrund der Hackordnung in der Filmindustrie.

»Broach behauptet, daß seine Agentur sowohl Cleveland als

auch Quill nicht mehr betreut«, stand in dem Bericht zu lesen. »Außerdem behauptet er, nur noch eine ›schwache Erinnerung‹ an den Pilotfilm zu der Serie *The Keepers* zu haben und niemals am Drehort gewesen zu sein. Broach sagt, er wisse nicht, ob seine ehemaligen Klienten Quill und Cleveland befreundet seien, aber wegen des Altersunterschieds habe er seine Zweifel. Broach behauptet, keine Ahnung zu haben, wie seine Klientin Ione Gamble in den Besitz der Waffe gekommen sein könnte.«

Richard Cleveland – oder Rick, wie er sich Stallings vorgestellt hatte – war der nächste. »Cleveland gibt sein Alter mit 75 Jahren an«, stand in dem Bericht. »Er wurde am 5. 3. '72 und am 2. 8. '84 jeweils wegen Alkohols am Steuer festgenommen. Sonst keine Vorstrafen. Bei seiner Vernehmung am 3. 1. '91 und am 9. 2. '91 roch sein Atem deutlich nach Alkohol. Cleveland sagt, er habe in dem Pilotfilm zu den *Keepers* einen ›törichten alten Pfaffen gespielt und ein Kruzifix getragen, keine Pistole‹. Er gibt zu, Phil Quill gekannt zu haben, und sagte, dieser sei ein ›besserer Ballspieler als Schauspieler und Häuser verkaufen könne er noch besser als beides zusammen‹. Am 3. 1. '91 rief Cleveland das Polizeirevier in Malibu an, um zu berichten, daß der schwarze Mercedes von Ione Gamble am 31. 12. '90 um 23 Uhr und am 1. 1. '91 um ungefähr 5 Uhr 13 auf William Rices Auffahrt geparkt habe. Cleveland gab an, Rice verklagt zu haben, weil dieser ihm (Cleveland) den Ausblick auf den Ozean verbaut hatte. Er behauptet, Rice nur ein einziges Mal begegnet zu sein, ihn unsympathisch gefunden zu haben und keineswegs traurig zu sein, daß dieser nun tot sei. Auf die Frage nach seinem Alkoholkonsum gab er an, eingeschriebenes Mitglied bei den Anonymen Alkoholikern von Malibu zu sein. Ungefragt gab er seiner Meinung Ausdruck, daß Ione Gamble Rice ermordet habe, ›weil er sie sitzengelassen hat‹. Ebenfalls ungefragt sagte er, die Gamble sei eine gute Schauspielerin, aber nur eine mittelmäßige Regisseurin.«

Phil Quill war weniger Platz eingeräumt worden. »Quill«, stand in dem Bericht, »gibt an, in dem Pilotfilm zur Fernsehserie *The Keepers* den Schurken gespielt zu haben. Die 9-mm-Beretta sei von Jerry Tinder benützt worden, der die Hauptrolle in dem Streifen gespielt habe (Tinder starb nach Angabe des Police Department New York am 18. 3. '88 an AIDS). Quill behauptet, kein enger Freund von Richard Cleveland zu sein, aber wenn sie sich im Hughes-Supermarkt in Malibu über den Weg laufen, grüßen sie sich.

Quill ist lizenzierter Immobilienmakler in Malibu. Er gibt an, William A. C. Rice IV niemals begegnet zu sein, auch wenn Rices Anwälte nach dessen Tod auf seine Firma zurückkamen, um das Haus zu vermieten, bis die endgültigen Besitzverhältnisse geklärt sind.«

Nachdem Stallings die Berichte in den großen Umschlag zurückgesteckt und diesen in der Nachttischschublade verstaut hatte, hörte er an seiner Tür ein leises Klopfen. Er schaute auf die Uhr. Es war 0 Uhr 43. Stallings kletterte aus dem Bett, ging zur Tür und öffnete sie. Georgia Blue betrat das Schlafzimmer. Sie trug ihren neuen Regenmantel als Bademantel und hatte zwei Gläser sowie eine Flasche J&B Scotch dabei.

»Ich dachte, wir könnten uns noch einen Gute-Nacht-Trunk genehmigen«, sagte sie und stellte Gläser samt Flasche auf die Kommode. »Wasser?«

»Im Badezimmer.«

Sie schenkte zwei großzügig bemessene Portionen Whiskey ein, trug die Gläser ins Badezimmer, fügte ein bißchen kaltes Wasser hinzu, kehrte ins Badezimmer zurück und reichte Stallings einen der beiden Drinks. Er setzte sich auf die Bettkante. Sie nahm neben ihm Platz und sagte: »Er hat angefangen.«

»Was?«

»Der Bodenkrieg.«

»Aha.«

»Hört sich nicht gerade überrascht an.«

»Ach, weißt du, seit wann arbeiten sie jetzt darauf hin, seit sechs Monaten? Den Irak haben sie total zusammengebombt, und die Panzer, die Artillerie, die Flugzeuge und Schiffe, die sie brauchen, haben sie beisammen. Es wird sehr schnell vorbei sein – wie ich vorausgesehen hatte.«

»Es scheint dich auch nicht besonders zu interessieren.«

»Wenn die Gefahr einer Niederlage bestünde, würde es mich vielleicht interessieren. Es kommt mir so vor wie einer von diesen dummen Kriegen, deren Ausgang bereits feststeht und der von ein paar Söldnertruppen geführt wird, die wir Freiwillige nennen. Dieses Land wird nie wieder einen konventionellen Krieg verlieren. Wenn es so aussieht, als könnte er verloren werden, wird er nicht geführt.«

»Vor allem, wenn's gegen Weiße geht«, sagte Georgia Blue.

Stallings grinste. »Seit fünfundvierzig haben wir nicht mehr gegen Weiße gekämpft.«

»Wie geht's jetzt weiter?« fragte sie.
»Sprichst du immer noch vom Golfkrieg?«
»Nein.«
»L'Affaire Gamble?«
Sie nickte. »Wenn die vorbei ist.«
»Ich denke, dann werden wir alle wieder abmarschieren.«
»Wu mit Durant? Du mit Otherguy?«
Stallings schüttelte kaum merklich den Kopf. Sein sanftes Lächeln schien angenehmen Erinnerungen zu gelten. »Ich denke, daß Otherguy nach fünf Jahren bereit ist, die Firma aufzulösen. Ich bin's jedenfalls.«
»Er mag dich.«
»Otherguy war ... ist ...«, Stallings suchte nach den richtigen Worten, »... eine Art Weiterbildung nach der Promotion.«
»Was wirst du tun?«
Er schaute sie an. Es war ein kühl abschätzender Blick. »Was würdest du vorschlagen?«
»Wir zwei könnten ein Team bilden.«
»Und was würden wir machen? Auf reichem, ehrwürdigem Terrain in Palm Springs ein paar Variationen des Bankcoups von Lagos folgen lassen?«
»Ich rede ja nicht von der Ewigkeit«, sagte sie. »Ich rede von sechs Monaten – allerhöchstens einem Jahr.«
»Leben in teuren Hotels, exquisite Weine schlürfend?«
»Warum nicht?«
Stallings stand auf, ging hinüber zur Kommode, schenkte sich noch etwas Whiskey ein, nippte an seinem Glas, wandte sich wieder zu ihr um und sagte: »Was hätte ich zu tun?«
»Ich weiß noch nicht genau. Vielleicht gar nichts.«
»Aber wahrscheinlich schon etwas.«
»Wahrscheinlich.«
»Daß ich auf dich stehe, Georgia, bedeutet noch lange nicht, daß ich ein Einfaltspinsel bin.«
»Ich weiß.«
»Was ist, wenn Durant dahinterkommt?«
»Wird er nicht.«
»Und wenn doch?«
Sie zuckte die Achseln, stellte ihren Drink auf den Nachttisch und machte sich daran, den Gürtel ihres Regenmantels aufzuziehen. »Es wird ihm egal sein«, sagte sie.

»Ich werde ihn nicht hintergehen«, erwiderte Stallings. »Und Artie auch nicht.«

»Wir müssen sie nicht hintergehen«, beruhigte sie ihn, während sie den Mantel aufknöpfte.

»Otherguy?«

»Otherguy auch nicht.«

»Und wen müssen wir dann hintergehen?«

»Jack Broach und Co.«

»Mein Gott, du wirst doch nicht immer noch auf diesem Nur-tote-Erpresser-können-nicht-mehr-erpressen-Trip sein, oder?«

Georgia Blue öffnete den letzten Knopf ihres Mantels. Während sie sich vom Bett erhob, ließ sie den Mantel auf den Teppich gleiten. »Du hast mich immer noch nicht verstanden, was?«

Stallings achtete nicht auf ihre Frage. Er starrte ihren perfekten Körper an, erinnerte sich an ihn, entdeckte ihn neu und weigerte sich, seinem beinahe pubertären Anfall von Erregung auf den Zahn zu fühlen. Statt dessen kippte er seinen Drink herunter und eilte auf sie zu. Sie schauten sich kurz in die Augen, als müßten sie sich einigen oder wenigstens verstehen, und dann küßten sie sich. Es war ein sehr langer, beinahe wilder Kuß, bei dem Zähne gegeneinander klickten und ihre Zungen – wie Stallings fand – miteinander fochten.

Als sie mit ihrem Kuß fertig waren, mußten beide nach Luft schnappen. Trotzdem schaffte es Georgia Blue, eine Frage herauszukeuchen. »Nun, ist es so?«

»Ist es wie?«

»Wie eine richtige Verabredung?«

»Ganz genau so«, sagte Booth Stallings.

35

Um 7 Uhr 59 am nächsten Morgen hatten die fünf sich bereits wieder um den langen Refektoriumstisch im Speisezimmer versammelt und warteten darauf, daß das Telefon klingeln würde. Aus den Verpackungen und Überresten ihrer Eier-McMuffins hatte Otherguy Overby einen ordentlichen Haufen gemacht. Georgia Blue stand von ihrem Platz auf, nahm die Kaffeekanne von der Anrichte und schenkte Overby, Durant und sich selber nach – Wu und Stallings lehnten per Kopfschütteln ab.

Das Telefon auf dem langen Tisch klingelte, als Blue sich gerade wieder hingesetzt hatte. Wu ließ es viermal klingeln, bevor er den Hörer von der Gabel nahm und sich meldete.

Die elektronisch verzerrte Stimme des Mannes, dem Overby den Namen Blechtonne gegeben hatte, sagte: »Sie hören sich aber nicht wie Mr. X an.«

»Ich bin Mr. Z, der Mann, der die Entscheidungen trifft«, antwortete Wu.

»Ich könnte mir vorstellen, daß Sie ein Cop sind.«

»Was für ein schrecklicher Gedanke.«

»Also, was zum Teufel suchen Sie am Telefon von Billy Rices Strandhaus? Erklären Sie mir das.«

»Mr. X und ich treten auch als Vermittler auf.«

»Vermittler zwischen mir und wem?« fragte Blechtonne.

»Zwischen Ihnen und demjenigen, der Ihnen abkauft, was Sie zu verkaufen haben.«

»Also, ich habe Ihrem Mr. X ja bereits erzählt, was ich zu verkaufen habe.«

»Und jetzt können Sie es mir erzählen.«

»Ich habe ein Audio- und ein Videoband der hypnotisierten Ione Gamble, die den Mord an Billy Rice gesteht. Das habe ich zu verkaufen.«

»Sie sagten etwas von einer Probevorführung.«

»Ich hab' meine Meinung geändert. Keine Vorführung.«

»Warum nicht?«

»Weil es nur dieses eine Videoband gibt, und um es Ihnen zugänglich zu machen, müßte ich es kopieren und Ihnen per Eilboten zustellen lassen. Aber wenn ich das täte, dann hätten

Sie das gleiche wie ich und könnten es für ein Heidengeld verscherbeln.«

Wu seufzte. »Und wieviel wollen Sie für Ihre Katze im Sack haben? Hunderttausend?«

»Jetzt fangen Sie an, meine Zeit zu verschwenden, Mister«, sagte Blechtonne. »Ein Anruf nach Florida, und die schicken sofort jemanden los. Um zwei könnte er bereits hier sein, mit dreihundert Riesen in bar.«

»Wer ist das, den Sie in Florida an der Hand haben?«

»Eines von den Revolverblättern, die in Supermärkten verkauft werden.«

»Und warum tun Sie's dann nicht?«

»Ich will ein schnelles Geschäft«, sagte Blechtonne. »Vielleicht sollte ich das Zeugs direkt an Ione Gamble verkaufen.«

»Für wieviel?«

»Eine Million.«

»Unmöglich«, sagte Wu.

»Okay. Sie haben gerade nein gesagt, also darf ich mich wohl verabschieden.«

Wu antwortete schnell. »Wieviel Zeit haben wir?«

»Das Geschäft muß heute noch über die Bühne gehen.«

»Sie können nicht von ihr erwarten, daß sie heute noch eine solche Summe zusammenbringt.«

»Warum nicht? Die Banken öffnen um neun und schließen um vier. Manche haben sogar bis fünf oder sechs offen. Ich gebe ihr Zeit bis achtzehn Uhr. Entweder machen wir das Geschäft dann oder überhaupt nicht.«

»Rufen Sie mich um fünf Uhr wieder an«, sagte Wu.

»Dieselbe Nummer?«

»Dieselbe Nummer.«

»Okay«, willigte Blechtonne ein. »Aber um fünf gibt's nur noch ja oder nein. Keine Vielleichts mehr.«

»Keine Vielleichts«, versprach Wu, bevor Blechtonne die Verbindung unterbrach. Wu legte den Hörer auf die Gabel, schob das Telefon auf die Seite, stützte die Ellbogen auf den Tisch und schaute Overby an.

»Das war Blechtonne, Otherguy«, sagte er. »Ione Gamble muß bis heute abend eine Million Dollar aufbringen.«

Overby zog in widerwilligem Respekt die Mundwinkel nach unten. »Er geht also aufs Ganze?«

»Offensichtlich.«
»Und was ist mit den Boulevardblättern?«
»Die sind sein Rückzug und Druckmittel.«
Overby nickte mit professioneller Anerkennung und sagte: »Hört sich vernünftig an.«
Wu drehte sich zu Georgia Blue um. »Du wirst als unsere Vermittlerin auftreten, Georgia. Quincy ist deine Reserve. Ich rufe Howard Mott an und teile ihm mit, daß wir Nachricht vom Erpresser haben, der eine Million für die Bänder verlangt.«
»Das bedeutet, daß wir uns an Jack Broach wenden müssen«, sagte Georgia Blue.
»Ja«, bestätigte Wu.
»Der vielleicht dreihunderttausend aufbringen kann, wenn überhaupt.«
»Das hast du uns ja berichtet«, sagte Wu.
»Er wird sie mir mit einem Augenzwinkern in die Hand drükken – die dreihunderttausend Dollar.«
»So ist es.«
»Und ich werde sie Blechtonne überreichen. Ich fürchte nur, daß er nachzählen wird.«
»Ich glaube kaum, daß Quincy und du es soweit kommen laßt.«
Es entstand ein kurzes Schweigen, dann sagte Durant: »Dann brauche ich eine Kanone.«
»Hier«, sagte Overby. Er langte in seine Seitentasche, brachte den 38er Revolver zum Vorschein, den er Colleen Cullen abgekauft hatte, und schob ihn über den Tisch. Durant nahm ihn sich, untersuchte ihn, ließ ihn in die rechte Seitentasche seines Jacketts fallen und sagte: »Und was ist mit Georgia?«
»Die hat bereits einen Ballermann«, antwortete Overby.
Bevor Durant seinen Kommentar dazu abgeben konnte, sagte die Blue: »Du mußt mir nur den Rücken freihalten, Quincy.«
»Und mir selbst«, fügte Durant hinzu.
Artie Wu beendete das Gezänk mit einer Ankündigung. »Ich habe eine gute Nachricht, was unsere Bezahlung betrifft.«
Bis auf Durant, dessen nachdenklicher Blick weiter auf Georgia Blue ruhte, schauten ihn alle erwartungsvoll an.
»Gestern nacht hat Enno Glimm uns ein ziemlich interessantes Angebot gemacht«, fuhr Wu fort. »Wenn wir diese Angelegenheit in aller Stille zu Ende bringen können und ihn und

seine Firma da völlig raushalten – was natürlich bedeutet, daß wir Ione Gamble von dem Mord entlasten müssen –, dann will er uns eine halbe Million zusätzlich zahlen. Sollte es uns gelingen, dann sind Quincy und ich der Ansicht, daß wir diese Summe in fünf gleiche Portionen aufteilen sollten – also hunderttausend für jeden. Ihr solltet das als Leistungsprämie verstehen.«

»Oder als Ansporn, nicht auf eigene Rechnung zu arbeiten«, fügte Durant hinzu, ohne den Blick von Georgia Blue zu wenden.

Diesmal war es Overby, der einer Retourkutsche von Georgia mit einer Zwischenfrage zuvorkam: »Hat Glimm nicht zugesagt, Ione Gamble für alle Verluste zu entschädigen, die ihr durch die Goodisons eingebrockt wurden?«

»Richtig«, antwortete Wu.

»Dann zahlt uns Glimm also eine halbe Million dafür, daß er nicht für die ganze Million aufkommen muß, die Blechtonne haben will. Oder hab' ich das falsch verstanden?«

Wu lächelte. »Ein solcher Gedanke könnte ihm tatsächlich gekommen sein.«

»Also, auch wenn wir die Gamble vom Mord an Rice entlasten, kann sie von Glimm immer noch einen ganzen Batzen verlangen.«

»Mit welchem Argument?« wollte Durant wissen.

»Woher zum Teufel soll ich das wissen?« antwortete Overby. »Darüber muß Mott sich den Kopf zerbrechen. Einkommenseinbußen. Seelische Qualen. Wozu hat man denn Anwälte?«

»Was für eine interessante Überlegung, Otherguy«, schaltete Wu sich ein. »Du kannst sie später am Vormittag Miß Gamble persönlich vortragen.«

Overby war auf einmal ganz Ohr. »Was willst du damit sagen?«

»Ich will damit sagen, daß du als ihr Leibwächter fungieren wirst.«

»Ich nicht.«

»Warum nicht?«

»Ich bin doch kein Mietbulle.«

»Jetzt bist du einer«, sagte Durant.

Overby setzte zu weiteren Widerworten an, überlegte es sich jedoch anders, ließ sich in seinen Sessel zurückfallen und funkelte jeden an, dessen Blick er begegnete. Es entstand erneut ein längeres Schweigen, das durch Georgia Blues Lachen beendet wurde.

»Was findest du so lustig?« fragte Overby.

»Artie ist so komisch«, antwortete sie. »Jeder hier hat ein Kindermädchen. Artie beobachtet Booth. Quincy behält mich im Auge. Und Ione Gamble beobachtet dich.«

Wu schaute sie mit freundlichem Lächeln an. »Hätten wir vorher abstimmen sollen, wer was tun darf, Georgia?«

»Geheim?«

»Natürlich.«

»Und wer würde die Stimmen auszählen, Artie?«

»Ich natürlich«, antwortete er, immer noch lächelnd. »Wer sonst?«

Nachdem Wu Howard Motts Telefonnummer in die Tastatur getippt hatte, lauschte er den Klingelzeichen, während sein Blick auf Booth Stallings ruhte, der als einziger außer ihm selbst noch an dem langen Tisch saß. »Du hast nicht viel zu der Diskussion beigetragen, Booth«, sagte er.

»Ich glaube, ich hab' mal das Salz verlangt.«

Bevor Wu etwas erwidern konnte, meldete sich Howard Mott mit mißmutiger Stimme: »Wer ist da?«

»Artie Wu.«

»Sie haben mich aufgeweckt. Sollte ich mich ein bißchen unwirsch anhören, so liegt das daran, daß ich es bin.«

»Lange Nacht?«

»Ich habe bis drei Uhr Briefe diktiert. Vielleicht sogar bis halb vier.«

»Ich habe Neuigkeiten.«

»Gute oder schlechte?«

»Die Entscheidung überlasse ich Ihnen. Der Erpresser hat angerufen.«

»Aha.«

»Er verstellt seine Stimme mit einem elektronischen Trick. Otherguy hat ihn deshalb Blechtonne getauft.«

»Weil er sich anhört, als würde er vom Boden einer Blechtonne telefonieren«, sagte Mott.

»Genau.« Wu war immer glücklich, wenn er es mit einem hellen Köpfchen zu tun hatte, dem er nichts erklären mußte. »Er möchte Ione Video- und Audiobänder verkaufen, auf denen sie unter Hypnose den Mord an Billy Rice gesteht. Der Preis ist eine Million Dollar. Er möchte – ich sollte besser sagen: er verlangt –, daß wir ihm um fünf Uhr heute nachmittag mit einem Ja oder einem Nein antworten.«

»Sie wissen, daß Ione eine solche Summe nicht in der kurzen Zeit lockermachen kann, Artie. Also, was wollen Sie wirklich von mir?«

»Ich möchte Ihnen einen Vorschlag machen.«

»Vielleicht bekommen Sie darauf keine Antwort von mir.«

»Vielleicht, aber ich schlage Ihnen trotzdem vor, daß Sie Jack Broach anrufen und ihm mitteilen, daß Ione heute nachmittag um fünf eine Million Dollar braucht. Sagen Sie ihm auch warum. Und dann müssen Sie nur noch zuhören, was er Ihnen antwortet.«

Es entstand eine längere Pause, bis Mott fragte: »Sie nehmen an, anstatt rundweg abzulehnen könnte Jack sagen: ›Okay, geht in Ordnung.‹ Stimmt's?«

»Sollte er ja sagen oder ›Okay, geht in Ordnung‹, dann teilen Sie ihm bitte mit, daß Georgia Blue das Geld bei ihm abholen wird.«

»Ganz allein?« fragte Mott, um dann schnell hinzuzufügen: »Lassen Sie nur. Ich will's gar nicht wissen.«

Wu sagte darauf nichts, und es entstand wieder eine Pause, bis Mott ihn fragte: »Was habt ihr vor, Artie? Ich will keine Einzelheiten.«

»Etwas, das Ione möglicherweise entlasten wird.«

»Möglicherweise?«

»Um das zu beantworten, müßte ich in Einzelheiten gehen«, sagte Wu. »Aber etwas sollten Sie auf jeden Fall tun, Howard. Sie sollten Ione das Gefühl geben, daß wir vorankommen. Rufen Sie sie einfach an, und sagen Sie ihr, daß Durant und Georgia bei ihr vorbeischauen werden, um sie auf den neuesten Stand zu bringen und ihr den neuen Leibwächter vorzustellen.«

»Wer ist das?«

»Hab' ich noch nicht entschieden.«

»Das glauben Sie doch selbst nicht.«

»Haben Sie Geduld mit mir, Howard.«

Nach der nächsten längeren Pause hörte Wu ein Grunzen von Howard Mott, der anschließend das Thema wechselte, indem er fragte: »Was machte Enno Glimm für einen Eindruck?«

»Einen nervösen«, antwortete Wu. »Er hat uns zusätzliche fünfhunderttausend Dollar angeboten, wenn wir ihn ganz aus der Sache raushalten und Ione rauspauken. Und dann ist er nach London zurückgeflogen.«

»Artie«, sagte Mott.

»Ja.«

»Ich muß wirklich nicht alles wissen«, sagte Mott und unterbrach die Verbindung.

Wu legte den Hörer zurück auf die Gabel und zog einen Moment lang die Stirn in Falten, bevor er sich an Stallings wandte. »Was meinst du, Booth?«

»Ich glaube, daß dein Telefonkumpel Blechtonne nicht bloß die Bänder geklaut, sondern auch den Chauffeur umgelegt hat, Mr. Santillan. Dann hat er die Goodisons erledigt und versucht, dich und mich vor dem Motel in Oxnard zu überfahren.«

»Hübsch.«

»Es wäre noch hübscher, wenn er auch Billy Rice ermordet hätte«, sagte Stallings.

»Hat er aber nicht«, erwiderte Wu.

»Nein.«

»Aber du glaubst, daß du weißt, wer's getan hat.«

»Vielleicht.«

»Würdest du mir deinen Verdacht mitteilen?«

»Kommt drauf an«, sagte Stallings.

»Auf was?«

»Darauf, was mit Georgia passiert.«

Artie Wu zupfte an seinem Ohrläppchen, während er einen Punkt gleich unterhalb von Stallings linker Schulter zu fixieren schien. »Du bist davon überzeugt, daß ich Georgia auf den Pfad der Versuchung geschickt hab' und nicht auf den der Versöhnung, stimmt's?«

»Ganz sicher hast du ihr den Weg gezeigt.«

»Und warum hab' ich ihr Quincy als Begleiter mitgegeben?«

»Darauf kann ich mir keinen Reim machen.«

»Was macht Quincy für einen Eindruck auf dich? Verglichen mit vor fünf Jahren?«

Stallings dachte über die Frage nach. »Er ist mürrisch geworden und beinahe so unnahbar wie der Mond – auch wenn er noch nie eine Frohnatur war.«

»Und Georgia?«

»Sie ist auch nicht mehr weit vom Mond entfernt.«

»Weißt du jetzt, was ich getan habe?« fragte Wu und betonte jede einzelne Silbe. »Oder was ich zumindest hoffe, getan zu haben? Ich habe die beiden auf eine Art Kur geschickt.«

»Eine Kur, bei der sie leicht getötet werden können – wenn sie sich nicht vorher gegenseitig umbringen.«

»Aber weißt du, was das Interessanteste daran ist, Booth? Sie wissen beide, was ich mit ihnen vorhabe, und keiner von beiden hat protestiert.«

»Vielleicht wirkt die Kur, vielleicht aber auch nicht«, meinte Stallings. »Aber solange ich nicht das Gefühl habe, daß du Georgia reinlegst, mache ich mit.«

»Ich mag Georgia sehr gerne«, sagte Wu. »Das weißt du.«

»Warst du mal in sie verknallt?«

»Nein«, antwortete Wu. »Aber damals gab's ja auch schon Agnes.«

»Durand war's mal«, sagte Stallings. »In sie verknallt, mein ich.«

Wu nickte.

»Und Otherguy auch.«

Wu bewegte seine Schultern gerade so viel, daß ein leises Achselzucken herauskam.

»Und jetzt bin ich's«, gestand Stallings.

»Du bist ein glücklicher Mann, Booth«, sagte Wu. Nach einer kurzen Pause fragte er ihn: »Worüber sprachen wir vorhin?«

»Darüber, wer Billy Rice getötet hat.«

Wu nickte. »Ist es eine Ahnung?«

»Mehr ein Gedanke als eine Ahnung.«

»Gedanken sind auch nicht schlecht«, sagte Wu und nickte ein paarmal. »Brauchst du etwas?«

»Geld, aber ich werde nachher einen Scheck über fünftausend bei der Bank einlösen.«

»Soll ich mitkommen?«

Stallings schüttelte den Kopf und erhob sich.

»Was meinst du, womit du zurückkommen wirst?«

»Wie wär's mit einem unterschriebenen Geständnis?«

»Das wäre ganz ordentlich für den Anfang«, sagte Artie Wu.

36

Zu dritt folgten sie der salvadorianischen Haushälterin und dem schlappohrigen Kaninchen die Treppe hinauf, die zu Ione Gambles Büro führte, als der sieben Jahre alte Labrador seinen Auftritt als Leibwächter hatte.

Otherguy Overby, der die Nachhut bildete, drehte sich gerade rechtzeitig um, als sich ihm achtzig Kilo Hund gegen die Brust warfen. Eine Sekunde später fand Overby sich auf dem Hosenboden wieder, auf der fünften Treppenstufe sitzend, während der Labrador ihm quer übers Gesicht leckte und dabei winselnde Laute der Freude und des Vergnügens hervorbrachte.

Schließlich mußte Overby dann doch grinsen. Er begrüßte den Hund mit einer kurzen, stürmischen Umarmung, dann schob er ihn von sich weg und sagte: »He, Moose, wie geht's dir?« Der Hund antwortete ihm mit einem breiten Zungenschlag quer übers Gesicht, dann legte er seinen Kopf auf Overbys Knie und schaute mit einem Blick zu ihm hoch, der uneingeschränkte Bewunderung auszudrücken schien.

In diesem Moment erschien Ione Gamble auf dem oberen Treppenabsatz und fragte Durant: »Was ist passiert?«

»Der Hund hat gerade Ihren neuen Leibwächter außer Gefecht gesetzt«, antwortete Durant und beeilte sich, ihr Georgia Blue vorzustellen.

Nachdem sie sich bekannt gemacht hatten, schaute die Gamble hinunter auf Overbys Rückansicht und rief ihm zu: »Ist mit Ihnen alles in Ordnung?«

Overby erhob sich langsam, drehte sich noch langsamer um, schaute hinauf zu Ione Gamble und antwortete: »Mir fehlt nichts.«

»Allmächtiger Gott!« rief sie aus. »Das ist ja Otherguy Overby höchstpersönlich.«

Overby schenkte ihr ein Lächeln – Durant fand es fast ein bißchen trübe – und sagte: »Wie geht's Ihnen, Ione?«

»Wie ich sehe, kennt ihr euch«, bemerkte Georgia Blue.

Ione Gamble nickte. Immer noch starrte sie auf Overby herunter, dessen schwaches Lächeln beinahe verschwunden war. »Zum erstenmal sind wir uns 74 begegnet«, sagte sie. »Ich war achtzehn und Overby war – wie alt? Dreiunddreißig?«

»Dreißig«, korrigierte Overby.

»Und zum zweitenmal?« fragte Georgia Blue.

»Zehn Jahre später.«

»Elf«, meinte Overby. »Es war 85.«

»Okay. 85. Ich hatte gerade dieses Haus gekauft und mußte in London einen Film drehen. Also brauchte ich jemanden, der auf das Haus aufpaßte. Eine Freundin empfahl mir einen ›absolut perfekten Haus-Sitter‹, wie sie sich ausdrückte. Also bat ich sie, mir diesen Menschen vorbeizuschicken. Nun, und da erschien Maurice Overby, seines Zeichens Haus-Sitter der Stars.«

»Erzählen Sie ihnen, wer das Haus gerettet hat, Ione.«

»Sie waren das. Die Feuerwehrleute wollten ihn evakuieren, weil ein Waldbrand den Canyon herauffegte. Aber Otherguy hielt die ganze Nacht auf dem Dach Wache, mit einem Gartenschlauch bewaffnet. Niemand kam zu Schaden, und das Haus fing kein Feuer. Aber als er sechs Wochen später wieder auszog, trauerten meine Tiere – vor allem Moose – so sehr um ihn, daß sie kaum noch fressen wollten. Dieser verfluchte Kerl hatte ihre Zuneigung geraubt, und zwei Monate lang mußte ich ihm jeden Sonntag fünfzig Bucks zahlen, damit er wenigstens eine Stunde herüberkam und mit ihnen spielte.«

Overby zuckte die Achseln. »Freundschaft unter Tieren.«

»Wenn Sie ihn nicht als Leibwächter akzeptieren wollen, müssen Sie's bloß sagen«, forderte Durant sie auf.

»Wie lange werde ich einen brauchen?«

»Zwei oder drei Tage, allerhöchstens.«

»Wenn er länger als drei Tage bleibt, werden sich meine Tiere wieder in ihn verlieben. Andererseits ist Otherguy bissig und verschlagen. Er wird einen guten Leibwächter abgeben. Also, gehen wir in mein Büro. Ihr könnt euch ein Bier bringen lassen, oder was ihr wollt.« Sie warf einen Blick auf Overby, der noch immer auf der Treppe saß. »Sie auch.«

Ione Gamble zeigte ihnen den Weg zu ihrem Büro, den Durant bereits kannte. Er ging voraus. Georgia Blue folgte ihm. Als Overby den oberen Treppenabsatz erreicht hatte, mit Moose im Schlepptau, warf sie Gamble einen schnellen Blick über die Schulter, um sich zu vergewissern, daß die anderen bereits in ihrem Büro verschwunden waren. Dann drehte sie sich zu Overby um und sagte: »Du wirst mich doch wenigstens in die Arme nehmen, oder?«

Nachdem er sie umarmt und ihr einen Kuß auf die rechte Wange gegeben hatte, sagte sie: »Warum hast du ihnen nicht erzählt, daß wir uns kennen?«

»Ach, Ione, es ist doch schon so lange her.«

»Irgendein Teufel hat mich geritten, dich ein bißchen auf den Arm zu nehmen. War's okay für dich?«

Er nickte. »Wie alles, was du tust.«

»Und? Wie geht's dir wirklich?«

»Könnte mir nicht besser gehen«, antwortete er, und Ione Gamble hatte so ein Gefühl, daß er ausnahmsweise einmal die Wahrheit sagte.

Um Viertel vor elf am Vormittag wollte noch niemand ein Bier, also servierte die Haushälterin Kaffee.

Nur Ione Gamble, die wieder hinter ihrem Baumwollmakler-Schreibtisch Platz genommen hatte, blieb bei ihrem Dr.-Pepper-Diättrunk.

Nach einem Schluck von dem milden Getränk schaute sie Durant an und sagte: »Ich hab' mit Howard Mott gesprochen. Er rief vor einer Dreiviertelstunde an und teilte mir mit, daß der Erpresser für die Goodison-Bänder eine Million Dollar will. Ich hab' ihn gefragt, was ich tun soll, und Howie meinte, daß er gegen jede Art von Lösegeldzahlung sei. Aber immerhin steht mein Ruf auf dem Spiel, und deshalb überläßt er mir die Entscheidung.«

»Das ist so gut wie keine Antwort«, sagte Overby, der es sich in dem Ohrensessel bequem gemacht hatte. Moose lag zusammengerollt zu seinen Füßen.

»Nein, das stimmt nicht«, widersprach die Gamble. »Howie hat das gesagt, bevor ich etwas entscheiden konnte. Ich soll mich bei Jack Broach erkundigen, ob ich überhaupt bis heute nachmittag um fünf eine Million zusammenbringen kann. Und wenn ich das nicht kann, ist die ganze Frage ohnehin hypothetisch.« Sie zögerte. »Akademisch?«

»Oder irrelevant«, fügte Georgia Blue nach kurzem Zögern hinzu. Durant, der neben ihr auf dem Chintzsofa saß, nickte zustimmend mit dem Kopf.

»Nun, ich habe Jack angerufen und ihn gefragt, ob es möglich ist. So gerade eben, sagt er, aber ich müßte dazu meine Aktien und Pfandbriefe und alle meine Rentenpapiere angreifen. Natürlich wollte er wissen, wozu ich eine Million in bar brauche. Ich hab' ihm gesagt, daß Howie gesagt hat, daß eine Georgia Blue das Geld bei ihm abholen würde.«

»Und was hat Mr. Broach dazu gesagt?« fragte die Blue.

»Er schien erleichtert zu sein und sagte, daß er Sie für eine äußerst tüchtige Frau hält.«

»Müssen Sie irgend etwas unterschreiben?« fragte Durant Ione Gamble.

Sie schüttelte den Kopf. »Jack hat Unterschriften-Vollmacht von mir.«

»Niemals würde ich jemandem Unterschriften-Vollmacht geben«, warf Overby ein.

Ione Gamble tat Overbys Kommentar ab, indem sie genervt die Augen verdrehte, und wandte sich sogleich wieder Georgia Blue zu. »Haben Sie viel Erfahrung mit solchen Dingen?«

»Ja.«

»Georgia war früher beim Secret Service«, erklärte Overby.

»Tatsächlich?«

Die Blue nickte.

»Und was meinen Sie, was ich tun sollte?«

»Holen Sie sich die Bänder. Sie haben gar keine Wahl.«

»Aber man hat mir gesagt, daß die Bänder bei Gericht ohnehin nicht als Beweismittel zugelassen werden, weil ich unter Hypnose stand.«

»Es geht hier nicht mehr um Beweismittel«, gab die Blue zu bedenken. »Es geht um den Filmstar Ione Gamble. Wenn Sie die Bänder nicht in die Hand bekommen, dann wird man sie an die Mord-und-Totschlag-Serien im Fernsehen und an Revolverblätter verkaufen. Man wird die Aufnahmen von Ihnen im Fernsehen zeigen und Gott weiß was für Kommentare darunter legen – vielleicht geht man sogar in die Einzelheiten Ihres Sexuallebens mit Billy Rice. Und alles, was im Fernsehen kommt, wird von den Revolverblättern noch einmal zu prägnanten Schlagzeilen verwurstet, die das alles noch mal in die Welt hinausbrüllen, die ganze Geschichte.«

Georgia Blue schwieg einen Moment lang, dann fuhr sie fort: »Okay, Sie mögen hart im Nehmen sein und auch einiges einstekken können. Aber es wird noch vor der Verhandlung eine Lawine von Publicity über Sie hinwegrollen – und zwar ausschließlich negative.«

»Vielleicht kommt es ja gar nicht zum Prozeß«, sagte Overby.

»Vielleicht nicht«, gab Georgia Blue zu.

»Damit wollen Sie mir im Grunde nur sagen, daß diese Bänder mich in die Gaskammer bringen können.«

»Das ist 'ne Spur zu melodramatisch«, erwiderte die Blue. »Ich will damit sagen, daß diese Bänder Ihnen ganz sicher nichts Gutes bringen werden, Ihnen jedoch eine Menge Ärger machen können.«

Die Gamble schaute Durant an. »Was meinen Sie?«

»Ich glaube, Georgia hat recht.«

Ione Gamble wandte sich wieder an Georgia Blue: »Beim Secret Service müssen Sie viel Erfahrung im Personenschutz gesammelt haben.«

Georgia Blue nickte.

»Waren Berühmtheiten darunter?«

»Imelda Marcos. Mrs. Bush – als er damals Vizepräsident wurde. Und ein paar andere mehr.«

»Dann sind Sie also Expertin.«

»Das war ich.«

»Wenn ich also einen Leibwächter brauche, warum ist es Otherguy? Warum machen Sie das nicht?«

»Da müssen Sie Mr. Durant fragen.«

Die Gamble drehte sich zu Durant um. »Wir wissen ja nicht sicher, daß Ihr Leben in Gefahr ist«, erklärte er ihr. »Aber wir halten es für möglich, und Otherguy ist die Vorsichtsmaßnahme, die wir treffen. Er ist durchaus qualifiziert dafür.«

»So qualifiziert wie Miß Blue?«

»Das ist niemand von uns.«

Georgia Blue wollte Durant einen Blick zuwerfen, schaute aber schnell wieder zur Seite.

»Sie und Miß Blue wollen also . . .«

»Nennen Sie mich doch bitte Georgia.«

»Sie und Georgia wollen dem Erpresser die Bänder also für eine Million abkaufen?«

»Erzähl du's ihr, Georgia«, sagte Durant.

»Wenn alles vorbei ist«, teilte ihr Georgia in aller Ruhe mit, »wollen wir Ihnen die Bänder und Ihre Million zurückgeben, und möglicherweise sogar den Erpresser.«

Ione Gamble schien in ihrem hölzernen Schaukelstuhl zusammenzuschrumpfen. »Möglicherweise?« Sie flüsterte das Wort beinahe.

»Es kann natürlich auch passieren, daß der Erpresser es nicht überlebt.«

Ione Gamble zog sich noch weiter in ihren Schaukelstuhl zurück, so, als wollte sie sich so weit wie möglich von Durant und Georgia entfernen. Sie starrte auf ihre Schreibtischplatte, streichelte das schlappohrige Kaninchen, als brauche sie dessen Beistand, bis sie schließlich Overby anschaute und sagte: »Ich glaube, ich will nichts weiter hören, Otherguy.«

37

Es war 14 Uhr 42, als Georgia Blue in Jack Broachs Büro in Beverly Hills sich daran machte, die 300 000 Dollar zu zählen. Auf seinem französischen Schreibtisch aus dem 18. Jahrhundert lagen dreißig Banknotenbündel gestapelt, jedes dieser Bündel enthielt 10 000 Dollar in Hundert-Dollar-Noten. Die Blue stand davor und zählte schweigend. Als sie fertig war, verstaute sie das Geld vorsichtig in einem dunkelblauen Nylonbeutel, den sie für 8,95 Dollar plus Mehrwertsteuer in einem Drugstore erstanden hatte.

Broach saß hinter seinem Schreibtisch. Er sprach kein Wort, bis sie den Reißverschluß des Nylonbeutels zugezogen hatte. Dann erst lächelte er und sagte: »Genau eine Million, stimmt's?«

Georgia Blue nahm ihm gegenüber in einem Sessel Platz und schaute ihn einen Moment lang an. »Ganz genau«, antwortete sie schließlich.

»Eine Quittung über diesen Betrag könnte sich eines Tages als nützlich erweisen.«

»Nützlich für Sie, nicht für mich.«

»Ich dachte, ich probier's mal.«

Sie zuckte die Achseln. »Sonst noch was?«

Er beugte sich zu ihr vor, die Ellbogen auf die reichverzierte Schreibtischplatte gestützt, die sorgsam manikürten Hände ineinander verschränkt. Sein Gesicht drückte ehrliches Interesse, ja sogar Neugier aus. »Ich wüßte gerne, wie das Ganze jetzt funktionieren soll – den technischen Ablauf, meine ich.«

»Die Einzelheiten«, fügte sie hinzu.

Er nickte.

»Das ist normal«, fuhr sie fort. »Die meisten Leute werden neugierig, wenn sie zum erstenmal in einem solchen Schlamassel stecken. Dann fangen sie an, Wer-tut-wann-was-Fragen zu stellen. Wahrscheinlich hat das mit dem vielen Geld zu tun, das dabei im Spiel ist.«

»Das heizt die Neugier schon ein bißchen an«, mußte Broach zugeben.

»Okay. Also, die Sache funktioniert folgendermaßen: Wenn Blechtonne am späten Nachmittag anruft . . .«

»Blechtonne?«

»Das ist unser Name für den Verkäufer. Er hat seine Stimme am Telefon elektronisch verzerrt.«

»Ich verstehe.«

»Wenn er also anruft . . .«

Wieder wurde sie von Broach unterbrochen. »Wer wird den Anruf entgegennehmen?«

»Artie Wu. Ich werde wahrscheinlich von einem Nebenapparat aus mithören. Vielleicht hört auch Quincy Durant mit, vielleicht aber auch nicht.«

Broach nickte zufrieden.

»Wie auch immer«, sagte sie, »wenn Blechtonne anruft, werden wir ihm sagen, daß das Geld bereitliegt.«

»Die Million?«

»Die Million. Und dann werden wir uns auf einen Ort für die Übergabe einigen. Es wird ein stiller, abgelegener Ort sein.«

»Was wird das für ein Ort sein?«

»Ein Ort, wo er in Ruhe das Geld zählen und ich mir auf einem Recorder die Kassette ansehen kann.«

»Haben Sie schon einen bestimmten Ort im Auge?«

»Ja.«

»Wo?«

»Tut mir leid.«

»Natürlich«, sagte Broach. »Sicherheitsgründe.«

»Gesunder Menschenverstand«, fügte sie hinzu. »Artie und Blechtonne werden den Übergabeort aushandeln. Blechtonne wird unseren ersten Vorschlag ablehnen, wir werden seinen Alternativ-Vorschlag ablehnen. Dann wird Artie den Ort empfehlen, den wir von Anfang an wollten, und er wird Blechtonne unmißverständlich klarmachen, daß das Geschäft platzt, wenn er wieder nicht akzeptieren sollte.«

Broach runzelte die Stirn. »Das hört sich riskant an. Alle Ultimaten bergen ein Risiko.«

»Blechtonne will verkaufen, wir sind die Käufer und sitzen am längeren Hebel. Nachdem er schließlich zugesagt hat, werden wir noch um den Zeitpunkt feilschen müssen. Wir werden ihm acht Uhr vorschlagen, er wird auf neun oder zehn Uhr bestehen. In dieser Frage lassen wir ihn gewinnen, denn wenn ihm keine Zeit bleibt, den Übergabeort in Augenschein zu nehmen, wird er sich dort nicht blicken lassen, und wer könnte ihm das verdenken?«

»Interessant«, sagte Broach. »Werden Sie allein hingehen?«

»Warum?«

»Weil mir eingefallen ist, daß Sie dies hier«, – er legte eine Hand auf die Nylontasche – »mit jemandem teilen müßten, wenn Sie nicht allein hingehen.«

»Ich werde nicht allein hingehen«, sagte Georgia Blue, erhob sich aus ihrem Sessel und nahm die Nylontasche vom Tisch.

Auch Broach erhob sich. »Wen wird man Ihnen mitgeben?«

»Durant«, sagte sie. »Aber teilen werden wir überhaupt nichts.«

Damit drehte sie sich um und schlenderte – die Nylontasche in der rechten Hand – zur Tür. Sie öffnete die Tür, schaute sich noch einmal um, lächelte ihn an und ging hinaus. Jack Broach mußte auch diesen Aufbruch unter die perfekten Abgänge einreihen.

Georgia Blue ging auf der Westseite des Robertson Boulevard in südlicher Richtung davon, sie bewegte sich mit schnellen, ausgreifenden Schritten vorwärts, bis sie den gemieteten Ford erreicht hatte. Die blaue Geldtasche trug sie in der linken Hand, ihre Rechte hatte sie tief in der neuen Umhängetasche vergraben, in der der 38er Revolver steckte, den Overby von Colleen Cullen erworben hatte.

Als sie bei dem Ford angekommen war, öffnete sie die vordere Beifahrertür, warf den Nylonbeutel hinein, stieg eilig in den Wagen und verriegelte die Tür. Durant ließ den Motor an, warf einen Blick über die linke Schulter nach hinten und fuhr aus der gut bemessenen Parklücke heraus. »Wie ist es gelaufen?« fragte er.

»Gut«, antwortete sie. »Er war sehr interessiert an dem – wie er es nannte – technischen Ablauf.«

»Ich denke, übersetzt hieße das ungefähr: Sind Sie allein oder ist jemand bei Ihnen?«

»Außerdem hat er die Vermutung geäußert, ich müßte das Geld teilen, wenn jemand dabei wäre.« Sie klopfte auf die blaue Geldtasche.

»Und was hast du geantwortet?«

»Ich hab' ihm gesagt, Durant käme mit mir und ich würde gar nichts teilen.«

Durant grinste, dann kicherte er. Sie schaute ihn fragend an und sagte: »Das dürfte dein erstes Lachen seit ein paar Monaten gewesen sein.«

»Bis jetzt gab es ja auch noch keinen Grund.«

»Nicht einmal, als du mit dem Filmstar zur Sache gekommen bist?«

Er warf ihr einen schnellen, gar nicht besonders erstaunten Seitenblick zu. »Sind wir das?«

»Sie hat's nicht verbergen können, du schon. Aber schließlich hat du ja auch viele Jahre Erfahrung. Ich glaube nicht, daß es außer Otherguy noch jemand gemerkt hat. Sie sieht ja auch sehr gut aus. Ich glaube, ich mag sie ganz gern, auch wenn ich immer noch nicht glauben kann, daß sie so berühmt ist.«

»Sie war während der letzten vier, fünf Jahre groß im Geschäft.«

»Dann sollte ich mir vielleicht mal ein paar von ihren Filmen angucken.«

»Dazu mußt du nicht mal mehr ins Kino gehen«, sagte er. »Du kannst sie dir für ein paar Dollar in jeder Videothek ausleihen und sie dir zu Hause anschauen. Mit selbstgemachtem Popcorn aus der Mikrowelle. Und bei den langweiligen Passagen spulst du einfach weiter.«

»Ist das der kulturelle Fortschritt, den ich verpaßt habe?«

»Ein anderer fällt mir beim besten Willen nicht ein«, erwiderte Durant.

Danach fuhren sie eine Weile schweigend weiter. Durant nahm die Ausfahrt vom Robertson Boulevard auf den Santa Monica Freeway und fuhr in westlicher Richtung zum Pacific Coast Highway hinüber. Drei Minuten später brach Georgia Blue das Schweigen. »Wir sollten vielleicht besser . . . ach, was soll's?«

»Was sollten wir besser?« fragte Durant.

»Ich wollte dir vorschlagen, daß wir bei der Bank of America vorbeischauen, um etwas Geld zu holen, aber dann ist mir eingefallen, daß wir ja schon dreihunderttausend dabei haben.« Sie tätschelte die Nylontasche.

»Wofür brauchst du Geld?«

»Erinnerst du dich, wie Otherguy von Colleen Cullen und ihrer diskreten Pension erzählt hat?«

Er nickte. »Topanga Canyon.«

»Ich denke, wir sollten sie für diese Nacht mieten. Die ganze Pension.«

»Für wieviel?«

»Wahrscheinlich wird sie zehntausend verlangen. Wir bieten ihr fünftausend an und einigen uns auf siebeneinhalb.«

»Wo wird sie sein, wenn die Sache losgeht?«
»Du bist ihr noch nicht begegnet, oder?«
»Nein.«
»Wenn du sie kennengelernt hast«, sagte Georgia Blue, »dann sag mir, wo sie deiner Meinung nach sein soll.«

Nachdem er mit dem Bus nach Santa Monica gefahren war, nahm Booth Stallings ein Taxi, das ihn vor der Budget-Filiale für extravagante Automobile in Beverly Hills absetzte. Hinterm Tresen saß dieselbe Angestellte, die ihm den Mercedes 560 vermietet hatte, mit dem Wu und Durant unterwegs waren. »Hi, Mr. Stallings, nun erzählen Sie mir nicht, jemand hätte den Mercedes geklaut.«

Stallings, dem gerade eingefallen war, daß die Frau Gloria hieß, dachte daran, daß ihr trotzdem noch ein finsterer Moment bevorstand. Er erwiderte ihr Lächeln. »Bis jetzt noch nicht, Gloria.« Er zögerte, dann zog er die Stirn leicht in Falten und fügte hinzu: »Wie war noch Ihr Nachname?«

»Den hab' ich Ihnen noch gar nicht verraten. Er lautet Ransome, mit ›e‹ am Ende. Zu Ihren Diensten, Sir.«

»Nun, Miß Ransome mit ›e‹ am Ende, ich brauche noch einen Wagen.«

»Ihre Geschäfte müssen ausgezeichnet gehen – was immer ihr auch da draußen in Malibu treibt.«

»Filmgeschäfte«, sagte Stallings. »Im großen Stil.«

»Wirklich? Das ist wunderbar. Also, an was hatten Sie gedacht? Wohlgemerkt, jetzt reden wir wieder von Autos.«

»Wenn Sie ein paar Jahre älter wären, könnten wir von einem Wochenende in Tahoe reden.«

»Ich bin schon mit älteren Männern unterwegs gewesen.«

»In Tahoe?«

»Nein, aber einmal ist immer das erstemal.«

»Ich mache Ihnen einen Vorschlag, Gloria«, sagte Stallings und lehnte sich an den Tresen. »Nachdem wir dieses Filmgeschäft hier unter Dach und Fach haben, werde ich mir ein Wochenende in Tahoe und einen neuen Wagen gönnen, und ich könnte mir vorstellen, daß ich dabei gerne etwas Gesellschaft hätte.«

»Was für einen Wagen?« fragte sie.

»Ich dachte an einen Mercedes 500 SL.«

»Gütiger Himmel! Wissen Sie auch, was so ein Ding kostet?«

»So um die hundert Riesen. Aber jetzt würde mich erst mal interessieren, wieviel Miete ich für so einen zahlen muß. Ich dachte, ich könnte so'n Ding erst mal für 'n paar Tage probefahren, bevor ich mich endgültig festlege.«

»Das müssen ja einträgliche Filmgeschäfte sein.«

»Hab' ich doch gesagt. Im großen Stil. Im ganz großen Stil.«

»Einen 500 SL kriegen Sie bei uns für vierhundert am Tag, aber Sie müssen eine Summe in bar hinterlegen.«

»Wieviel?«

»Fünftausend.«

»Das ist in Ordnung. Haben Sie einen bereitstehen?«

»Da muß ich erst nachschauen.« Sie drehte sich zu ihrem Computer um, tippte für ein paar Augenblicke darauf herum und warf schließlich einen Blick auf den Bildschirm: »Sie haben Glück. Wir haben nur einen einzigen, und der ist gerade frei.«

»Sie haben bloß einen?«

»Die Dinger sind verdammt teuer, und so oft werden sie auch wieder nicht verlangt.«

»Ist er schwarz?«

Sie nickte. »Haben Sie was gegen Schwarz?«

»Nein, ich habe nur gefragt, ob es wohl derselbe ist, den ein Freund von mir an Silvester gemietet hat.«

»Soll ich nachschauen?«

Stallings schenkte ihr sein wärmstes Lächeln. »Wenn's Ihnen nicht zu viel Mühe macht.«

38

Quincy Durant gefiel das Äußere von Cousin Colleens Pension nicht besonders, und er machte auch keinen Hehl daraus. Georgia Blue entgegnete ihm, daß es ihm im Dunkeln noch viel weniger gefallen hätte.

Durant hielt den gemieteten Ford gleich neben der roten Neonschrift an, die auf ewig zu verkünden schien, daß ›Keine Zimmer frei‹ seien. Er betrachtete den riesigen alten Kasten aus der Entfernung und fand, daß es der richtige Aufbewahrungsort für ein paar Greise wäre, die hier vor alten Schwarzweißserien wie *Perry Mason* oder *I Love Lucy* ihre letzten Schnaufer tun könnten. Als hätte sie seine Gedanken gelesen, sagte Georgia Blue: »Der richtige Platz, um sich flachzulegen, bis das saftige Treuhandvermögen auf die Bahamas transferiert ist.«

Durant brummte etwas in seinen Bart, dann fuhr er weiter die lange, gepflasterte Auffahrt hinauf. Er betrachtete sich die Bäume und die dürreresistenten Pflanzen und dachte, daß ihnen ein bißchen Feuchtigkeit doch ganz gut täte. Als sie den fächerförmigen Parkplatz erreicht hatten, fiel Georgia Blue auf, daß der MG-Sportwagen fehlte, auch wenn der Toyota-Pickup noch dort stand.

Durant parkte gleich neben dem Pickup und sagte: »Was sollen wir mit dem Geld machen?«

»Im Kofferraum einschließen?«

»Kofferräume hat man in drei Sekunden offen.«

»Dann mußt du es tragen«, sagte sie.

Nachdem sie aus dem Ford geklettert waren, folgte Durant ihr die sechs Stufen hinauf, die zur Veranda führten. Als sie sich der Türklingel näherten, fiel ihr auf, daß man die Buntglasscheibe, die eine Schale mit Kirschen dargestellt hatte, durch eine Scheibe ersetzt hatte, auf der eine Schale mit purpurroten Weintrauben zu sehen war.

Die Blue drückte die Türklingel etwa fünf Sekunden lang. Zehn Sekunden später flog die schwere Eingangstür auf, und Colleen Cullen erschien. Sie zielte wieder mit ihrer doppelläufigen, abgesägten Schrotflinte auf sie. Ganz automatisch registrierte Durant, daß beide Hähne gespannt waren und daß sie auf beiden Abzügen einen Finger liegen hatte.

»Was immer du im Schilde führst, Herzchen, die Antwort lautet nein. N-E-I-N. Nein.«

»Wir wollen den ganzen Laden für heute nacht mieten«, sagte Georgia Blue.

»Alles voll. Ausgebucht. Kein Zimmer frei.«

»Erzähl ihr von dem Geld«, sagte Durant zu Georgia Blue.

»Großer Gott, der kann ja sprechen«, rief die Pensionswirtin. »Macht einfach den Mund auf, und schon kommt was raus. Wer ist dieser Mr. Braungebrannt, Herzchen?«

»Mein Partner.«

»Und was ist mit Moo-riies?«

»Wir sind alle drei Partner.«

»Erzähl ihr von dem Geld«, wiederholte Durant.

»Was hast du in der Tasche da, Mr. Braungebrannt?« fragte Colleen Cullen und deutete mit der Schrotflinte.

»Geld«, sagte Durant.

»Aufmachen. Ich will's mir anschauen.«

»Nicht hier draußen.«

»Ich hab' hier eine doppelläufige abgesägte Schrotflinte, und die sagt: ›Mach es auf!‹«

»Miß Blue hat die Hand in ihrer Umhängetasche stecken«, erwiderte Durant. »In der Tasche hat sie 'nen Achtunddreißiger. Soviel ich weiß, haben Sie ihn ihr verkauft. Seine Mündung ist auf Ihr rechtes Auge gerichtet. Wenn Sie auch nur daran denken, den Abzug durchzudrücken, sind Sie eine tote Pensionswirtin.«

Colleen Cullen und Durant starrten sich an. Keiner bewegte sich oder sagte etwas oder zuckte auch nur mit einem Augenlid, bis Georgia Blue sagte: »Lassen Sie uns reingehen, Colleen, und alles bei einem Drink besprechen.«

Die Cullen, die immer noch Durant anstarrte, antwortete: »Über wieviel Geld willst du mit mir reden?«

»Reichlich«, versprach Georgia Blue. »Aber nicht hier draußen – drinnen.«

»Okay«, sagte die Cullen und machte zwei schnelle Schritte rückwärts, die Flinte immer noch auf Durant gerichtet. »Aber Mr. Braungebrannt geht voran. Und dann du, Herzchen.«

Während sie Durant nach drinnen folgte, wies sie ihn an: »Nach rechts.«

Sie erreichten die geschlossenen Schiebetüren. »Mach sie auf«, sagte die Blue.

Durant schob die beiden Türflügel in ihre Zwischenräume in der Wand, betrat das riesige Wohnzimmer, warf ein paar schnelle Blicke in die Runde und wandte sich dann an Colleen Cullen. »Hughes und Pauline Goodison wurden gestern in ihrem Motel in Oxnard erschossen.«

Die Cullen reagierte mit einem deutlich erkennbaren Schrekken.

Aber die Flinte bewegte sich nicht. »Darauf brauche ich einen Drink«, sagte sie. »Whiskey steht auf dem großen runden Tisch in der Ecke. Du schenkst ein, Mr. Braungebrannt. Drei Bourbon. Wasser. Kein Eis.«

Durant drehte sich um, ging zu dem großen runden Tisch, schenkte die Gläser aus der Flasche Virginia Gentleman – die danach halbleer war – großzügig voll und fügte aus einem Krug etwas Wasser hinzu. Das alles machte er mit der rechten Hand, während die Linke den Griff der blauen Nylontasche fest umschlossen hielt.

Als die Drinks eingeschenkt waren, drehte er sich zu Colleen Cullen um, die ihre Flinte auf Georgia Blue gerichtet hatte. »Ich werde die Tasche jetzt öffnen und etwas auf den Tisch legen«, sagte er zur Cullen. »Wenn's Ihnen nicht gefällt, erschießen Sie sie.«

Ohne auf ihre Zustimmung zu warten, zog Durant den Reißverschluß auf, zog ein Bündel im Wert von 10000 Dollar aus der Tasche und legte es auf den Tisch.

Dann nahm er eins der Gläser in die Hand und trank einen kräftigen Schluck.

Colleen Cullen trieb Georgia Blue mit Hilfe ihrer Flinte bis zum Tisch. Dort nahm sie das Notenbündel und ließ den Daumen einmal an den Kanten der Scheine entlanglaufen. Es war eine gleichgültige, beinahe verächtliche Geste, bei der sie ihre Blicke von Durant zu Georgia Blue und zurück zum Geld wandern ließ.

Anschließend nahm sie einen der Drinks zur Hand, die Durant gemixt hatte, und probierte davon, während sie ihre Gäste über den Rand des Glases hinweg im Auge behielt.

Sie stellte das Glas wieder auf den Tisch, legte auch die zweite Hand wieder an die Waffe, trat zwei Schritte zurück und fragte: »Wenn ich jetzt die beiden Abzüge durchdrücke, um wieviel bin ich dann reicher?«

»Um dreihunderttausend Dollar«, antwortete Georgia Blue, »etwa eine Sekunde lang, bis wir Sie getötet haben.«

»Und wenn ich dich als erste umlege, Herzchen?«

»Dann würde Mr. Durant Ihnen das linke Auge ausschießen.«

»Du schießt den Leuten in die rechten Augen und er ihnen in die linken. Ist das eine Regel oder was?«

»Nehmen Sie das Geld und zählen Sie es«, forderte Durant sie auf.

»Scheiße, ich brauch's nicht zu zählen. Ich weiß, wieviel da liegt. Zehntausend Dollar. Glaubst du, ich weiß nicht, wie hoch ein Zehntausend-Dollar-Bündel in Hundertern ist?«

»Dann wollen wir jetzt zum Geschäftlichen kommen«, sagte Durant. »Wir zahlen Ihnen siebeneinhalbtausend dafür, daß wir Ihr Haus heute abend von neunzehn Uhr bis Mitternacht exklusiv benützen dürfen.«

Die Cullen runzelte die Stirn. »Und wofür sind die restlichen zweieinhalbtausend?«

»Sicherheit.«

Die Cullen wandte sich an Georgia Blue: »Was zum Teufel meint er damit?«

»Wenn die Sache hier schiefläuft, sollen Sie sie wieder geradebiegen«, erklärte ihr Georgia Blue mit ruhiger Stimme.

Colleen Cullen drehte sich um, legte die Flinte auf den großen runden Tisch, zog sich einen Stuhl heran und setzte sich direkt vor ihren Drink. Sie nahm das Glas zur Hand, trank noch einen Schluck, dann forderte sie Durant und Georgia mit einer Handbewegung auf, sich zu ihr zu setzen. Die beiden kamen der Aufforderung nach, Georgia nahm zu ihrer Rechten Platz, Durant links von ihr.

»Das Ganze ist kein Drogendeal, oder?« fragte Colleen Cullen zweifelnd.

Georgia Blue schüttelte den Kopf.

»Lösegeldzahlung?«

Die Blue nickte.

»Hat es was mit den Goodison-Kreaturen zu tun?«

»Ein wenig.«

Die Cullen nickte langsam mit dem Kopf, dann drehte sie sich zu Durant um. »Und mich braucht ihr als Reserve.«

»Richtig.«

»Wo?«

»Draußen.«

»Mal angenommen, die legen euch beide um, schnappen sich das Geld und türmen. Was soll ich dann machen?«

»Sie töten«, sagte die Blue.

»Und das Geld?«

»Behalten«, sagte Durant.

»Alles?«

»Alles«, sagte er.

39

Booth Stallings kam mit zwei 40-Zentimeter-Käse-Salami-Pizzas, einem großen gemischten Salat und einem Sechserpack mexikanischen Biers aus Johnnie's New York Pizzeria am Pacific Coast Highway in Malibu. Nachdem er alles zusammen auf dem Beifahrersitz des gerade gemieteten schwarzen Mercedes 500 SL Sportwagen abgelegt hatte, ging er hinten um den Wagen herum, glitt hinters Lenkrad, ließ den Motor an und reihte sich vorsichtig in den Verkehr auf dem Highway ein. Ein paar Straßen weiter wendete Stallings, parkte den Mercedes am Straßenrand und trug das vorgezogene Abendessen für vier Personen die anderthalb Blocks zurück zum Strandhaus. Er kam um 16 Uhr 52 dort an, acht Minuten bevor mit Blechtonnes Anruf zu rechnen war.

Um 16 Uhr 59 hatte Stallings sich um Teller, Besteck, Servietten und Gläser gekümmert, Georgia Blue hatte die Pizzas und den Salat serviert und Durant vier Flaschen Bier geöffnet. Artie Wu saß an der einen Stirnseite des alten Refektoriumstisches, ein Telefon stand neben seinem Ellbogen. Um 17 Uhr 01 biß Wu ein großes Stück von seiner Pizza ab. Sekunden später, Wu hatte den Mund noch immer voll, klingelte das Telefon. Wu kaute in aller Ruhe weiter, während Georgia Blue aufsprang und zum Telefon im Wohnzimmer hastete. Nach dem fünften Klingeln nahmen sie und Wu – der den Mund noch immer halbvoll hatte – gleichzeitig ihre Hörer ab.

»Ja?« meldete sich Wu.

»Ich bin's«, sagte die widerhallende Stimme von Blechtonne.

»Das ist nicht zu überhören.«

»Was ist mit meinem Geld?«

»Liegt bereit.«

»Und? Wo soll es stattfinden?«

»Ich bin für Vorschläge offen«, sagte Wu und biß noch einmal kräftig in sein Stück Pizza.

»Es gibt da ein Haus im Valley . . .«

»Sie sprechen vom San Fernando Valley?«

»Ja.«

»In der Nähe des Ventura Freeway?«

»Nicht weit davon entfernt.«

»Tut mir leid«, sagte Wu, trank einen Schluck und fuhr dann fort: »Wo wir uns auch verabreden, es muß mindestens zehn Minuten von jedem Freeway entfernt sein. Andernfalls könnte die Versuchung, zuzuschlagen, die Beute zu packen und über den 101 oder den 405 davonzurasen, nun, sagen wir einmal übermächtig werden.«

»Was glauben Sie eigentlich, mit wem zum Teufel Sie hier verhandeln?«

»Mit einem Erpresser«, antwortete Wu. »Aber wenn Sie einmal genau darüber nachdenken würden, kämen Sie zu dem Schluß, daß diese Versuchung auch uns überkommen könnte.«

Es entstand eine Pause, dann sagte Blechtonne: »Okay, dann schlagen Sie einen Platz vor.«

»Topanga Canyon«, antwortete Wu. »Ungefähr in der Mitte zwischen dem Ventura Freeway und dem Pacific Coast Highway. Es ist eine Pension ohne Gäste. Absolute Ungestörtheit ist garantiert. Und dort können Sie nicht nur in Ruhe Ihre Million zählen, sondern es gibt auch einen Videorecorder, auf dem wir uns die Kassette anschauen können.«

»Und es ist eine enge, gewundene Straße. Ideal für einen Überfall«, sagte Blechtonne.

»Sie verkaufen, wir kaufen«, gab Wu zu bedenken. »Unser Risiko ist beträchtlich größer als Ihres.«

»Das hört sich ja ganz nach einem Entweder-Oder an.«

»Eine durchaus angemessene Interpretation«, sagte Wu und schob sich das letzte Stück Pizza in den Mund.

Wieder entstand eine Pause, bis Blechtonne schließlich sagte: »Okay, und wie komme ich dahin?«

Wu zog eine Karte aus seiner Hemdtasche und las ihm in aller Ruhe vor, wie er zu Colleen Cullens Bed & Breakfast Inn finden würde. Nachdem er fertig war, wiederholte Blechtonne die Wegbeschreibung fehlerlos und ohne zu stocken. Dann fragte er: »Um wieviel Uhr?«

»Acht?« schlug Wu vor.

»Zu früh.«

»Dann um zehn«, sagte Wu.

»Lieber um neun.«

»In Ordnung. Neun Uhr.«

»Wen schicken Sie vorbei?«

»Warum?«

»Was heißt hier ›warum‹? Weil ich es wissen will. Darum.«

»Wollen Sie wissen wen oder wie viele?«

»Wie viele«, sagte Blechtonne. »Wen Sie mir da schicken, ist mir scheißegal.«

»Zwei«, antwortete Wu. »Damit der eine auf den anderen aufpassen kann.«

»Zwei Leutchen, ja? Okay, dann bring ich auch jemanden mit.«

»Das ist Ihr gutes Recht«, sagte Wu. »Um neun Uhr also?«

»Punkt neun«, bestätigte Blechtonne und legte auf.

Um 18 Uhr 55 stand Georgia Blue von dem alten Refektoriumstisch auf und verkündete, daß sie sich ein wenig hinlegen wolle. Zehn Minuten später erhob sich auch Durant und sagte, daß auch er sich ein Stündchen aufs Ohr legen werde. Am Tisch blieben also nur noch Wu und Stallings zurück. Ihre bisher nicht angerührten dritten Tassen mit Kaffee wurden derweil vor ihren Nasen kalt.

Wu zündete sich eine Zigarre an, blies den Rauch nach oben und schaute Stallings an. »Ich habe etwas vor, Booth. Vielleicht hört es sich etwas hinterhältig an.«

Stallings nickte bloß.

»Ich traue Blechtonne zu, daß er mehr als nur einen Mann mitbringt.«

»Das könnte man ihm nicht übelnehmen, zumal Georgia und Durant diese – wie war noch ihr Name? – Colleen Cullen mit einer abgesägten Schrotflinte vorm Haus postieren werden.«

Wu paffte an seiner Zigarre, betrachtete nachdenklich die Asche und sagte: »Ich halte es durchaus für möglich, daß Blechtonne diese Colleen Cullen bis neun Uhr heute abend mit einem besseren Angebot umgedreht hat – oder sich ihrer gleich entledigt hat.«

Stallings dachte darüber nach. »Hältst du es für möglich oder wahrscheinlich?«

»Für möglich«, sagte Wu. »Hast du heute abend schon was vor?«

»Erst viel später.«

»Machst du . . . Fortschritte?«

»Vielleicht.«

»Aber du willst nicht darüber reden?«

»Noch nicht.«

»Ich brauche eine Stunde deiner Zeit«, sagte Wu und blies einen Rauchring nach rechts.

»Für was?«

Artie Wu langte in seine rechte Gesäßtasche und brachte eine kleine, halbautomatische Pistole zum Vorschein. Es war eine Sauer, ein deutsches Fabrikat, das neun 7.65-mm-Geschosse faßte, insgesamt 18 Zentimeter lang war und in geladenem Zustand nicht mehr als 600 Gramm wog. Wu schob die Pistole zu Stallings hinüber, der sie vom Tisch nahm, sie sorgfältig untersuchte, sie dann in seine eigene Hüfttasche schob und fragte: »Wen soll ich damit erschießen?«

»Ich möchte, daß du sie Otherguy bringst.«

»Wann?«

»Jetzt.«

»Was noch?«

»Sag Otherguy, er soll so schnell wie möglich zu Colleen Cullens Pension fahren.«

»Noch bevor Durant und Georgia hinfahren?«

»Ja.«

»Warum?«

Diesmal blies Wu den Rauch nach links. »Du warst doch während des Krieges bei der Infanterie.«

Stallings nickte.

»Und hast einen Zug geführt?«

»Richtig.«

»Hast du Kundschafter losgeschickt?«

»Ich hab' welche losgeschickt, und manchmal sind sie nicht zurückgekommen.«

»Und dann wußtest du, daß vorne was nicht in Ordnung ist.«

»Und warum niemand scharf drauf war, sich als Kundschafter losschicken zu lassen.«

»Er wird sich schon losschicken lassen«, sagte Wu.

»Und was ist mit Ione Gamble, deren Leib er doch eigentlich bewachen soll?«

»Ich würde sie gerne bei Howard Mott abliefern und dort lassen, bis alles vorbei ist.«

»Weiß Howie schon Bescheid?«

»Ich werde ihn anrufen.«

»Wirst du Georgia und Durant über Otherguys Mission informieren?«

»Nein«, sagte Wu, langte in seine Hosentasche, holte ein Bund mit Autoschlüsseln hervor und wollte sie Stallings geben. »Nimm du den Mercedes.«

Stallings schüttelte den Kopf und stand auf. »Ich hab' mir heute nachmittag selber einen Wagen gemietet.«

»Gut.«

Stallings schaute ein paar Sekunden lang auf Wu herunter, dann sagte er: »Warum gehst du eigentlich nicht – an Stelle von Otherguy, meine ich.«

»Weil ich dort nicht gebraucht werde.«

»Das hoffst du.«

»Das hoffe ich«, erwiderte Wu.

»Okay, und was soll ich Otherguy noch erzählen, außer dem Quatsch mit dem Kundschafter, meine ich.«

»Sag ihm, er soll's wieder zusammenflicken.«

»Was soll er zusammenflicken?«

»Was immer dort zu Bruch geht«, sagte Artie Wu.

40

Mit ihrem Hund Moose im Schlepptau erreichte Ione Gamble den unteren Treppenabsatz, wandte sich nach rechts und betrat ihr Wohnzimmer gerade in dem Moment, als der sitzende Booth Stallings die halbautomatische Sauer aus seiner rechten Gesäßtasche zog und mit ihr auf den stehenden Otherguy Overby zu zielen schien.

»Oh, Scheiße, bitte nicht!« schrie Ione Gambel. Es war beinahe ein Kreischen.

Stallings erhob sich und drehte sich – die Pistole noch immer in der Hand – zu ihr um. Er drehte sich nicht besonders schnell um, aber es war schnell genug, um Ione Gamble den Schreck in die Glieder fahren zu lassen. Ihre Augen schienen auf einmal doppelt so groß zu sein, die Kinnlade fiel nach unten, und die Hände flogen hoch, mit nach außen gedrehten Handflächen, als wollte sie die Kugeln aus der Waffe des betagten Mörders damit abwehren.

»Um Himmels willen, Ione«, sagte der aufgebrachte Overby. »Das ist Booth Stallings – Howies Schwiegervater.«

Langsam sanken ihre Hände wieder herunter. Der Mund klappte wie eine Falle zu, und die Augen nahmen wieder Normalgröße an. Eine Röte stieg ihr ins Gesicht, als sie den jetzt ärgerlich verzerrten Mund so weit öffnete, daß sie damit sagen konnte: »Ich mag keine Leute, die in meinem Wohnzimmer mit Schußwaffen herumfuchteln.«

»Ich habe nicht herumgefuchtelt«, erwiderte Stallings. »Ich wollte die Waffe übergeben.«

Er drehte sich um und hielt Overby die Pistole mit dem Griff zuerst hin.

Overby nahm sie, warf einen Blick darauf und ließ sie in seine Jackettasche fallen, als sei das etwas, was er jeden Morgen nach dem Anlegen der Armbanduhr zu tun pflegte.

Wieder stieg Zorn Ione Gamble ins Gesicht, und ihre Stimme klang verbittert und anklagend. »Du hattest noch nicht mal 'ne Kanone? Was für'n Scheißleibwächter bist du eigentlich, daß du nicht mal 'ne eigene Kanone hast?«

»Gibt's hier etwa jemanden, den du gerne umgelegt hättest?« fragte Overby. Bevor die Gamble darauf antworten konnte, ging er zu ihr hinüber und sagte: »Hör mal, Ione, du mußt jetzt etwas tun, du mußt ...«

Sie unterbrach ihn nicht mit Widerworten, sondern einfach dadurch, daß sie sich langsam in einen Sessel sinken ließ und ihre Hände wie in einem Krampf im Schoß vergrub. Ihre Schultern zitterten, als sie sprach. Es war kaum mehr als ein Gemurmel. Ein bühnenreifes Gemurmel, dachte Overby.

»Als er sich umdrehte ... mit dieser Pistole ... ich hatte noch nie im Leben soviel Angst ...«

Overby unterbrach sie ungerührt: »Ione, du mußt nach oben gehen und ein paar Sachen zusammenpacken. Es wird nicht länger als fünf Minuten dauern. Und dann wird unser Freund Booth dich zu Howie ins Hotel hinüberbringen, wo du die Nacht verbringst.«

Sie funkelte ihn an. »Willst du mich loswerden?«

»Geh und pack deine Sachen, Ione.«

Sie stand auf und ging zu Stallings hinüber, musterte ihn einen Moment lang und schenkte ihm dann ein Lächeln, dem er anmerkte, daß es voller falscher Versprechungen war. Sie langte hinauf, um sich einen imaginären Fussel von der Schulter zu wischen, dann fragte sie ihn: »Und was tun Sie nun genau für Wudu?«

»Ich bin der weise alte Mann. Die Datenbank der Erinnerung. Außerdem bin ich Beschaffer vom Dienst, designierter Finanzsekretär und überhaupt das Mädchen für alles.«

»Und vorher?« fragte sie und tat immer noch so, als sei sie wirklich interessiert.

»Soldat. Berufsstudent, Regierungsberater, umherziehender Professor ohne Aussicht auf Anstellung. Häufiger Nutznießer aller möglichen Denkfabriken und Stipendien. Und seit neuestem: etwas betagter Juniorpartner der Firma Overby & Stallings.«

Auf einmal war Ione Gambles echtes oder vorgegebenes Interesse verflogen und hatte einem neuen Zorn Platz gemacht. »Sie und Otherguy, ihr seid *Partner*?« Stallings kam es vor, als hätte er sich eines Verbrechens oder zumindest eines schweren Vergehens schuldig gemacht.

»Ione«, sagte Overby.

»Was ist?«

»Geh jetzt endlich deine Scheißtasche packen.«

Die Gamble drehte sich zu ihm um, offensichtlich wild entschlossen, zu widersprechen, herumzustreiten oder gar zu randalieren, aber Overby machte nur eine Kopfbewegung in Richtung der Tür. Stallings fand, daß es durchaus nicht nur eine Kopfbewegung war. Es war vielmehr ein wortloser gebieterischer Befehl, der keinen Widerspruch duldete. Sie zögerte, dann drehte sie sich um, steuerte auf das Foyer zu, wäre beinahe noch einmal umgekehrt, überlegte es sich jedoch anders und verschwand aus dem Wohnzimmer. Moose lief ihr nach. Nachdem Overby sich vergewissert hatte, daß sie wirklich die Treppe hinaufgegangen war, kam er zurück ins Wohnzimmer und fragte Stallings: »Wer macht Artie mehr Sorgen – Durant oder Georgia?«

»Er äußerte nur ein gewisses Mißtrauen gegenüber Colleen Cullen.«

Overby dachte kurz über die Pensionswirtin aus Topanga nach, kam zu einer Einschätzung und teilte sie Stallings mit: »Ja, für Geld könnte man Colleen umdrehen.« Dann zog er die Stirn in Falten und studierte Stallings' Gesicht, wie man eine unleserliche Handschrift studieren würde. »Wiederhol noch mal, was Artie gesagt hat – wörtlich.«

»Er hat gesagt, du sollst wieder zusammenflicken, was in Topanga zu Bruch geht.«

»Bist du sicher, daß er ›was‹ gesagt hat, und nicht ›wer‹?«

»Er sagte ›was‹.«

Overbys hartes weißes Grinsen erstrahlte kurz und wich sogleich einem Ausdruck der Vorfreude. »Weißt du was, Booth? Diese Sache könnte doch noch ganz schön interessant werden.«

Mit Ione Gamble als Fahrgast fuhr Stallings seinen gemieteten Mercedes-Sportwagen die Seventh Street hinunter zur Montana Avenue, auf der es ein Stück in Richtung Ozean weiterging, bevor er dann auf der Fourth Street wieder Richtung Süden fuhr, weil die Gamble meinte, die Fourth Street sei sowohl die sicherste als auch die schnellste Verbindung. Danach sprach sie kein Wort mehr, bis sie den Wilshire Boulevard erreicht hatten.

»Ich hab' genau so einen Wagen«, sagte sie.

»Nicht ganz. Dieser ist gemietet. Ihrer nicht.«

»Wie heißt sie? Ihre Tochter meine ich – Howies Frau.«

»Lydia.«

»Ist sie Ihr einziges Kind?«

»Ich habe noch eine Tochter. Joanna. Aber die ist 'n bißchen daneben geraten.«

Ione Gamble schwieg wieder, bis sie nur noch eine Straße vor Howard Motts Hotel mit Ozeanblick waren. »Meinen Sie, es besteht eine Chance, daß diese Sache noch einigermaßen gut ausgeht?«

»So wie im Kino? Nein, keine Chance.«

»Ich glaub's, ehrlich gesagt, auch nicht«, sagte sie.

Als es 20 Uhr 15 und damit Zeit zu gehen war, stellten sich Durant und Georgia Blue noch einmal Artie Wu vor, der immer noch an der Stirnseite des alten Refektoriumstisches saß und sich an einer Zigarre und einem Glas ausgezeichneten Armagnacs erfreute. Wu hatte in einem leeren Mehlbehälter eine versteckte Flasche davon gefunden. Er nahm an, daß Billy Rice selber sie dort versteckt hatte, weil ein Armagnac von dieser Qualität viel zu schade war, um ihn mit jemanden zu teilen.

Georgia Blue trug die schwarzen Jeans von Gap, ein schwarzes Sweatshirt aus demselben Laden und ihre dunkelblauen Ked-Turnschuhe ohne Socken. Das rotbraune Haar war unter einem Turban versteckt, den sie aus einem dunkelblauen Seidenschal gebunden hatte. Sie hob das Sweatshirt ein wenig an, um den 38er Smith & Wesson-Revolver zu zeigen, den der enge Bund ihrer Jeans gegen ihren flachen Bauch preßte.

Wu nickte zustimmend und wandte sich Durant zu, der eine graugrüne Tweedhose mit Aufschlägen trug, die ganz offensichtlich zu einem alten, aber teuren Anzug gehörte. An den Füßen trug er ein Paar abgetragene New-Balance-Joggingschuhe, während seinen Oberkörper ein dunkelbraunes Sweatshirt bedeckte, auf das die griechischen Buchstaben der Phi-Delta-Theta-Bruderschaft gedruckt waren.

»Ich wußte gar nicht, daß du ein Phi-Delta-Mann bist«, sagte Georgia Blue und versuchte dabei gar nicht, den spöttischen Unterton zu unterdrücken.

»Das Ding hab' ich oben auf dem Regal eines Wandschranks gefunden«, erwiderte Durant, während er den anderen 38er Smith & Wesson-Revolver vorzeigte, den Overby und die Blue Colleen Cullen abgekauft hatten. Er prüfte ihn sorgfältig, dann schob er ihn zurück in die Hosentasche. »Die Hose hab' ich aus einem alten Kleidersack in der Garage«, erklärte er.

»Ich hab' mich schon gewundert«, sagte Wu. »Also dann. Ein, zwei Dinge muß ich euch noch mit auf den Weg geben. Sollte etwas schiefgehen, dann versucht mich hier anzurufen. Wenn sich niemand meldet, ruft Howard Mott an. Und sollte etwas Erfreuliches passieren, dann macht ihr's genauso – zuerst versucht ihr's hier, dann bei Howie.«

»Das bedeutet, daß du vielleicht nicht hier sein wirst«, stellte Durant fest.

»Das ist möglich.«

»Wenn du nichts anderes vorhast, Artie, dann komm doch einfach mit uns. Du kannst uns den Rücken freihalten.«

»Ihr braucht mich nicht«, antwortete er. »Zusammen seid ihr bei solch einer Sache besser als alle anderen. Wohlgemerkt, ich sagte: Zusammen. Getrennt seid ihr zwar auch gut, aber nicht – ich sage es nur sehr ungern –, nicht unbedingt absolute Spitze. Aus diesem Grund bevorzuge ich die Teamarbeit – so häßlich sich das auch anhören mag.«

»Bist du krank oder was?« fragte Durant.

»Warum?«

»Immer wenn's dir nicht gutgeht, kriegst du so etwas Dozierendes.«

»Ich leide vielleicht unter einer Art Vorahnung«, antwortete Wu.

»Und das ist der eigentliche Grund dafür, daß du nicht mit uns kommen willst«, warf Georgia Blue ein.

»Genau.«

»Welcher Art ist deine Vorahnung, Artie?« wollte Durant wissen. »Daß der Himmel dir auf den Kopf fällt?«

»Wenn ich's dir sagen würde, wär's ja keine Vorahnung mehr, sondern eine Prophezeiung, und mir steht der Sinn noch nicht danach, als Prophet aufzutreten.« Sein Blick schweifte zu Georgia Blue, wanderte hinüber zu Durant, kehrte zu Georgia zurück. »Sonst noch was?«

»Du kannst uns Glück wünschen«, sagte sie.

»Ich wünsche euch von ganzem Herzen, daß ihr kein Glück nötig habt.«

41

Nachdem er Howard Mott und Ione Gamble in ihrer Hotelsuite zurückgelassen hatte, wo sie jetzt in Ruhe darüber diskutieren konnten, wer von beiden wo oder ob sie überhaupt schlafen sollten, fuhr Booth Stallings zum nächsten Schnapsladen auf dem Pacific Coast Highway und kaufte eine Flasche sehr teuren Scotch Whiskey.

Eine halbe Meile vorm Strandhaus von Billy Rice wurde der Verkehr immer langsamer, bis es nur noch im Schrittempo weiterging. Als Stallings schließlich um die letzte Kurve kroch, sah er die flackernden Lichtbalken der schwarzweißen Polizeiautos. Als er näher kam, zählte er drei von den Schwarzweißen, die zum Department des County-Sheriffs von Los Angeles gehörten, und zwei gleichaussehende schwarze Limousinen, von denen er annahm, daß es die Autos der Zivilfahnder des Sheriffs waren. Die Fahrzeuge standen alle direkt vor dem Riceschen Anwesen.

Zwei uniformierte Beamte standen auf dem Mittelstreifen des Highway, fuchtelten mit ihren Taschenlampen herum und versuchten, die Schaulustigen zum Weiterfahren aufzufordern. Da er in einem 100000-Dollar-Auto saß, ließ Stallings das linke Seitenfenster herunter und fragte den einen Beamten mit einer Stimme, von der er hoffte, daß sie sich nach einem 100000-Dollar-Auto anhörte, was denn zum Teufel hier eigentlich los sei.

Der Polizist war um die dreißig und hatte sich den obligatorischen Revolvermann-Schnauzbart stehen lassen. »Nur eine kleinere häusliche Auseinandersetzung«, antwortete er. »Niemand wurde verletzt. Es gibt nichts zu sehen. Bitte fahren Sie weiter.«

»Das ist das Haus von Billy Rice, stimmt's?«

»Ich habe nicht die leiseste Ahnung, wessen Haus das ist.«

»Ich spreche von dem Produzenten, der am Neujahrsmorgen erschossen wurde.«

»Bitte fahren Sie Ihre Scheißkiste hier weg, Sir. Und zwar gleich.«

Stallings fuhr ungefähr dreißig Meter weiter, bis er eine Parklücke im Halteverbot fand, in die er den Mercedes lenkte. Er kletterte aus dem Wagen, stopfte sich die braune Papiertüte mit der Flasche Scotch in die Jackentasche und sprintete quer über den

Highway, wobei er beinahe von einem Wagen erfaßt worden wäre, dessen Fahrer ihm ein unflätiges Schimpfwort nachrief.

Stallings ging auf der Strandseite des Highway zurück, bis er auf Höhe des Hauses von Billy Rice war. Er kam gerade rechtzeitig, um mit anzusehen, wie Artie Wu, der immer noch dieselben Sachen trug wie bei ihrem frühen Pizza-Abendessen, von zwei Zivilpolizisten zu einer der beiden schwarzen Limousinen geführt wurde. Die Hände hatte man ihm mit Handschellen auf den Rücken gefesselt. Sein Gesicht war völlig ausdruckslos. Einer der Polizisten öffnete die Tür zum Fonds der Limousine, während der andere Wu eine Hand auf den Kopf legte, damit er sich beim Einsteigen nicht den Kopf anstieß. Als Wu sich umdrehte und sich bückte, um auf die Rückbank zu klettern, begegneten sich seine und Stallings' Blicke. Keiner der beiden Männer ließ sich auch nur mit einem Augenzucken anmerken, daß er den anderen kannte.

Eine kleine Schar von vielleicht einem Dutzend Zuschauern hatte sich gleich vor den eisernen Toren versammelt, die die Zufahrt zum Riceschen Haus bewachten. Einige von ihnen waren Leute, die Stallings von seinen mißglückten Höflichkeitsbesuchen in der Nachbarschaft kannte. Diese Leute mied er, statt dessen nahm er sich von den ihm unbekannten Nachbarn denjenigen zur Seite, der ihm den intelligentesten Eindruck zu machen schien. »Den chinesischen Typen hab' ich schon mal bei Hughes im Supermarkt geseh'n. Was hat er ausgefressen?«

»Einen mexikanischen Taxifahrer ermordet.«

»Hui«, rief Stallings aus. »Ist er der einzige, der festgenommen wurde?«

»Bis jetzt ja.«

»Da muß wohl ein Fluch auf diesem Haus liegen. Billy Rice haben sie's dort in der Silvesternacht besorgt, und jetzt haben se den Chinesen hochgenommen.«

»Unglaublich, mit was man hier draußen Tür an Tür wohnen muß«, sagte der Nachbar. »Die vermieten hier an jedes Arschloch, wenn er nur genug Kohle hat. Ich nehme an, der Chinese ist 'n Kokainhändler.«

»Muß wohl. Wie sollte der sich diesen Tempel sonst leisten können?« sagte Stallings und ging seines Wegs. Als der Verkehr mal wieder zum Stillstand gekommen war, überquerte er eilig den Highway, steuerte auf das gelbe Doppelhaus zu und klopfte an die Tür. Sekunden später öffnete ihm Rick Cleveland, der Mann, der sich bei ›Vom Winde verweht‹ die ersten Sporen verdient hatte. Cleveland trug wieder einen Bademantel, aber dieser war kanariengelb und reichte ihm bis über die Waden. Außerdem hatte er nagelneue Sandalen an den Füßen, und in der linken Ecke seines breiten verbitterten Mundes steckte eine brennende Zigarette.

»'n bißchen Aufregung bei euch da drüben, was«, sagte er, und die Zigarette hüpfte dabei auf und ab.

»Das kann ich Ihnen flüstern«, erwiderte Stallings. »Darf ich mal Ihr Telefon benutzen?«

»Bedienen Sie sich«, forderte Cleveland ihn auf, stieß die Tür weit auf, trat einen Schritt zurück und folgte Stallings dann ins Wohnzimmer.

Cleveland deutete auf das Telefon. »Es ist gleich da drüben.«

Stallings zog die in eine Tüte gewickelte Flasche aus seiner Jacke und reichte sie Cleveland. »Schenken Sie uns einen ein, während ich telefoniere.«

Der alte Schauspieler wickelte die Flasche aus. Beim Anblick des Etiketts erstrahlte sein Gesicht. »Jesses. Von dem Stoff hatte ich seit Jahren keinen guten Schluck mehr.«

Stallings nahm den Hörer von der Gabel und tippte Howard Motts Nummer in die Tastatur. Während es am anderen Ende klingelte, fiel ihm auf, daß Cleveland sich ihm auf bequeme Hörweite näherte, während er sich am Verschluß der Flasche zu schaffen machte.

Als Mott sich meldete, sagte Stallings zu ihm: »Die Leute des Sheriffs haben Artie gerade in Handschellen abgeführt. Er soll einen mexikanischen Taxifahrer getötet haben.«

»Sie können gerade nicht frei sprechen, stimmt's?« sagte Mott.

»Nein.«

»Wo haben sie ihn hingebracht? Nach Malibu ins Gefängnis?«

»Wahrscheinlich.«

»Dann sollte ich besser tätig werden. Wir haben nur ein Problem: Uns fehlt's an Babysittern.«

»Ich mache Ihnen einen Vorschlag«, sagte Stallings und hob dabei die Stimme etwas an. »Ich habe hier einen Freund von mir, einen alten Schauspieler, der uns vielleicht aushelfen würde, während Sie sich um Artie kümmern.«

»Das wäre eine Möglichkeit, Booth.«

»Ich dachte, daß der Vorschlag Ihnen gefallen würde. Mal sehen, was mein Freund dazu sagt.«

Er drehte sich zu Rick Cleveland um, der zwei gut bemessene Drinks eingeschenkt hatte und keine anderthalb Meter von ihm entfernt stand. Der Alte nippte bereits an einem der Gläser, während er das andere in der linken Hand hielt.

»Möchten Sie sich heute abend fünfhundert Bucks verdienen, mein Freund?« fragte ihn Stallings.

»Wie?«

»Indem Sie mir dabei helfen, auf Ione Gamble aufzupassen.«

»Sie wollen mich verarschen.«

»Ja oder nein?«

»Ja, zum Teufel.«

In die Sprechmuschel sagte Stallings: »Wir sind in zwanzig bis fünfundzwanzig Minuten bei Ihnen.«

»Wenn Sie angekommen sind, schauen Sie bitte in der unteren linken Schublade des Schreibtisches meiner Sekretärin nach«, trug Mott ihm auf.

»Dem Schreibtisch der Blonden?«

»Der Brünetten.«

»Und noch etwas, Howie.«

»Was?«

»Bringen Sie Artie ein paar Zigarren mit.«

Rick Cleveland trug ein Tweedjackett, ein blaues Oberhemd und verwaschene Levi's Jeans, als er und Booth Stallings den verbotswidrig geparkten Mercedes 500 SL erreichten. Cleveland blieb stehen und starrte das Auto an. »Du lieber Himmel, der sieht ja genauso aus wie der Wagen, den Ione Gamble in dieser Nacht gefahren hat.«

»Das liegt daran, daß es derselbe ist.«

Sie brauchten einundzwanzig Minuten bis zu Howard Motts Hotel. Mott öffnete ihnen die Tür zu seiner Suite, ließ sich Rick Cleveland vorstellen und stellte ihm im Gegenzug Ione Gamble vor, die in dem einzigen Sessel saß, der im Büro der Sekretärinnen stand. Die Gamble lächelte den alten Schauspieler an und sagte: »Ich muß Sie wohl an die hundertmal auf Leinwand und Bildschirm gesehen haben. Merkwürdig, daß wir uns nie begegnet sind.«

»Ich hab' in letzter Zeit nicht viel gearbeitet«, erklärte ihr Cleveland und warf neugierige Blicke auf die beiden Schreibtische und die beiden Textcomputer.

»Ich muß jetzt gehen«, sagte Mott. »Nett von Ihnen, daß Sie uns aus der Verlegenheit helfen, Mr. Cleveland.«

»Ich bin froh, daß ich mich nützlich machen kann«, erwiderte Cleveland. »Ich hoffe jedenfalls, daß ich es kann.«

Mott lächelte ihnen noch einmal zu und ging hinaus. Nachdem er die Tür hinter sich zugezogen hatte, hob Ione Gamble den Blick, schaute Stallings an und sagte: »Sie und Ihr junger Freund hier sind jetzt also meine Leibwächter.«

Weil es keine Frage war, sah Stallings sich auch nicht genötigt, darauf zu antworten. Statt dessen ging er hinüber zum Schreibtisch der brünetten Sekretärin und zog die unterste Schublade auf. Das einzige, was sie enthielt, war eine halbautomatische Pistole vom Kaliber .25.

Es war eine sehr kleine Westentaschenwaffe italienischer Fabrikation, die fünf Patronen faßte. Stallings hätte sie beinahe in einer Hand verbergen können. Aber er wollte, daß Ione Gamble sie sah. »Es ist eine Kanone, Ione. Aber ich werde Sie nicht damit erschießen. Sie sollen nur wissen, daß Ihr neuer Leibwächter bewaffnet ist.« Er ließ die kleine Pistole in seine Jackentasche fallen.

»Und was machen wir nun, mit dieser einzigen, winzigen Waffe?« fragte sie ihn.

»Wir warten.«

Rick Cleveland setzte sich hinter den Schreibtisch der blonden Sekretärin. »Worauf warten wir denn?«

»Auf das, was auch immer passieren mag«, antwortete Stallings.

»Und was meint ihr beiden, was passieren könnte?«

»Etwas Entsetzliches«, sagte Ione Gamble.

42

Um 20 Uhr 49 an diesem Abend lag Otherguy Overby flach auf dem Bretterboden des Baumhauses und spähte hinunter zu Colleen Cullen, die gerade den letzten Kontrollgang über ihr zwei Hektar großes Grundstück beendet hatte. In der linken Hand hielt sie eine sechzig Zentimeter lange Taschenlampe, die rechte drückte den verkürzten Kolben der Schrotflinte – deren Lauf geradeaus gerichtet war – fest in ihre rechte Hüfte.

Um 20 Uhr 51 hatte Colleen Cullen die Pension erreicht, stieg die neun Stufen zur Veranda hinauf und betrat das Haus. Eine Minute später gingen drinnen die Lichter aus. Nur die beiden 100-Watt-Birnen auf der Veranda brannten noch.

Overby hatte das Baumhaus kurz nach 20 Uhr entdeckt, als er langsam durch das geschlendert war, was er zunächst für eine Art Urwald gehalten hatte, was aber in Wirklichkeit nichts anderes als ein relativ gut gepflegtes, etwas über einen Hektar großes Gehölz aus Pinien, Platanen, Eukalyptus und ein paar sehr alten Steineichen war. Eine Weile vorher war er am Tor zu der langen gepflasterten Auffahrt mit ihrem immer beleuchteten roten Neonschild vorbeigefahren. Er war auf der schmalen Asphaltstraße noch eine Viertelmeile weitergefahren, hatte den gemieteten Ford auf dem Seitenstreifen abgestellt, war ausgestiegen, hatte den Wagen abgeschlossen und war in dem Gehölz verschwunden, das er zunächst für ein Dickicht hielt.

Acht Minuten später stolperte er über eine Wurzel, versuchte, das Gleichgewicht zu halten, fiel aber trotzdem auf den Hintern und starrte genau zu der Stelle hinauf, wo das Baumhaus in einer Platane vom Mond beschienen wurde. Der Baum stand gleich neben der langen gepflasterten Auffahrt und keine zwanzig Meter vom Haus entfernt. Overby schätzte, daß das Baumhaus noch nicht sehr alt war und sich mehr als vier Meter über der Erde befand. Sechs Kanthölzer, jedes von ihnen über einen halben Meter lang, waren im Abstand von sechzig Zentimetern an den mächtigen Stamm der Platane genagelt worden und bildeten eine grobe Leiter. Das Baumhaus selber war überhaupt kein Haus, sondern eine trapezförmige Plattform, die man in die erste Gabelung der Platane gezwängt hatte. Sie war knapp zwei Meter lang und ungefähr eins zwanzig bis eins fünfzig breit. Der Rahmen, der sie trug, bestand aus weiteren Kanthölzern, die Plattform selbst war aus Fichtenbrettern zusammengezimmert. Ganz offensichtlich war das Ding für Kinder viel zu gefährlich, und Overby, der als kleiner Junge nie ein Baumhaus gehabt hatte, fragte sich, ob Colleen Cullen es sich wohl gebaut hatte – oder hatte bauen lassen –, weil auch sie als Kind keines besaß.

Kurz vor 21 Uhr raste eine schwarze Ford-Limousine die gepflasterte Zufahrt hinauf und setzte dann rückwärts in den fächerförmigen Parkplatz, als wollte der Fahrer den Wagen für eine schnelle Abfahrt bereitstellen. Overby schaute vom Baumhaus aus zu, wie Georgia Blue, vom Mond und den beiden Verandalichtern beleuchtet, vom Beifahrersitz glitt. Sie hielt einen Revolver zwischen beiden Händen und ließ ihre Blicke schnell über den ganzen Vorplatz huschen. Quincy Durant stieg auf der Fahrerseite aus, eine Pistole in der rechten Hand, die blaue Nylontasche für 8,95 Dollar plus Mehrwertsteuer in der linken. Durant lief mit eiligen Schritten zur Treppe der rund um die Pension herumführenden Veranda hinüber.

Georgia Blue folgte ihm – rückwärts gehend. Blicke und Mündung suchten immer wieder den Vorplatz des Hauses ab. Als Durant die unterste Treppenstufe erreicht hatte, blieb er stehen und sagte über die Schulter hinweg etwas zu ihr, das Overby nicht verstehen konnte. Anschließend wartete Durant auf die Blue, bis sie Rücken an Rücken standen. Overby nickte anerkennend.

Durant ließ sich Zeit für den Aufstieg zur Veranda. Georgia Blue, die ihm immer noch den Rücken zuwandte, ging sogar noch langsamer. Erst wenn sie beide Füße auf eine Stufe gesetzt hatte, nahm sie die nächste in Angriff. Als sie auf diese Weise beide die Eingangstür erreicht hatten, drückte Durant auf den Klingelknopf. Einen Augenblick später erstrahlte jede Glühbirne in jedem Zimmer auf jeder Etage der alten zweistöckigen Villa. Da oben auf seinem Baumhaus-Ausguck freute sich Overby über Colleen Cullens Idee, mit einem Hauptschalter für die Elektrizität das ganze Haus auf einmal zu beleuchten. Er fragte sich nur, wie sie es geschafft hatte, die beiden Verandalampen brennen zu lassen und nahm sich vor, sie danach zu fragen.

Durant drehte den Türknopf. Die Eingangstür ließ sich öffnen, und er ging hinein. Georgia Blue folgte ihm rückwärts; ihre Pistole hielt sie noch immer im zweihändigen Griff und bewegte sie in einem Winkel von ungefähr sechzig Grad von der einen Seite zur anderen. Nachdem die Eingangstür der Pension hinter den beiden ins Schloß gefallen war, warf Otherguy Overby einen Blick auf seine Digitaluhr. Es war genau 20:59:33.

Eine inzwischen vertraute Stimme schallte von oben die Treppe herunter. »Ihr seid wenigstens pünktlich.«

Als Durant und Georgia Blue hochschauten, sahen sie Colleen Cullen auf dem mittleren Treppenabsatz. Langsam stieg sie ins Foyer hinunter, die abgesägte Flinte ruhte in der rechten Armbeuge. Die linke Hand zog sie am Geländer entlang. Durant fand, daß es – abgesehen von der Schrotflinte, den schwarzen Jeans, dem schwarzen Baumwollpullover und den schwarzen, bis oben geschnürten Boxerstiefeln – ein beinahe anmutiger Auftritt war.

»Sind wir die ersten?« fragte Georgia Blue.

»Hab' grade draußen meine Runde gemacht«, antwortete die Cullen. »Außer Karnickeln und Waschbären ist nichts zu sehen.«

»Wo soll die Sache über die Bühne gehen?« wollte Georgia Blue wissen.

»Wo alles über die Bühne geht. Im Salon.« Die Cullen drehte sich um und ging ihnen voraus auf die Schiebetür zu.

»Sie zuerst, Colleen«, sagte Durant, als sie die Tür erreicht hatten. Sie zuckte die Achseln, schob den linken Türflügel auf und betrat den Salon, gefolgt von Durant und Georgia Blue. Als sie alle drinnen waren und auf den großen runden Eichentisch zusteuerten, auf dem Drinks bereitgestellt waren, bellte hinter ihnen eine Männerstimme im Befehlston: »Stehenbleiben!«

Durant und die Blue blieben auf der Stelle stehen. Colleen Cullen jedoch wirbelte herum, aber sie richtete die Mündung der abgesägten Schrotflinte nicht etwa auf den Eindringling, sondern auf Georgia und Durant.

»Nun macht schon, bewegt eure Hände nach oben«, befahl sie.

Durant ließ die blaue Geldtasche auf das Eichenparkett fallen und hob die Hände in Schulterhöhe. Georgia Blue hielt ihre Hände dagegen nur etwas von ihrem Körper weg.

»Der Mann hinter euch hat 'ne Uzi«, sagte Colleen Cullen. »Ihr solltet wissen, was das ist.« Ihr Blick schnellte zu Georgia hinüber. »Und jetzt sag ich dir, was du zu tun hast, Herzchen. Zuerst ziehst du dir mit zwei Fingern der linken Hand das Hemd vorne aus der Hose. Dann nimmst du zwei Finger der *rechten* Hand und ziehst ganz vorsichtig die Kanone zwischen deinem Höschen und deinem hübschen Bauch hervor und legst sie mir in die Hand.«

Georgia Blue befolgte die Anweisung. Als der 38er Revolver in Colleen Cullens linker Hand lag, warf sie einen schnellen Blick des Wiedererkennens darauf. »Wie's scheint, darf ich dich noch mal verhökern, kleiner Freund.«

Sie schob sich die Waffe in die linke Gesäßtasche, dann drehte sie sich etwas zur Seite und richtete die Flinte auf Durant. »Und jetzt du, Mr. Braungebrannt. Nur zwei Finger.«

»Was dagegen, wenn ich den Daumen nehme?« fragte Durant, während er den Revolver vorsichtig aus der Hosentasche zog. Er legte ihn ihr in die offene Hand und lächelte sie an. »'n besseres Angebot gekriegt, Colleen?«

»Sicher.«

»Wieviel besser?«

»Ihr könnt es nicht mehr übertreffen.«

»Zu spät für einen letzten Versuch?«

»Viel zu spät«, sagte sie. »Ich dreh mich jetzt um und leg diese Dingerchen auf den Tisch. Ihr beiden werdet schön stillhalten. Denkt an die Uzi in eurem Rücken. Wenn ich die Kanonen los bin, dann kommen wir ... nun ... was weiß ich, wozu wir dann kommen.«

Die Cullen drehte sich um und ging sechs Schritte auf den großen runden Eichentisch zu. Gerade als sie zu ihrem siebten Schritt ansetzte, krachte ein kurzer Feuerstoß aus einer automatischen Waffe. Vier Schüsse, dachte Durant, aber er korrigierte seine Einschätzung, als er sah, daß nur drei Kugeln den schwarzen Pullover der Cullen kurz oberhalb des Hosenbundes – ungefähr dort, wo sich die Wirbelsäule befand – durchlöchert hatten.

Die Schüsse stießen sie nach vorne, und ihre Beine gaben zuerst nach. Bevor sie auf dem Boden aufschlug, krachten beide Läufe ihrer Flinte los. Die Geschosse rissen zwei runde Löcher in die Eichenplatte. Die Löcher erinnerten Durant an eine fette, ausgemalte 8, die auf den Bauch gefallen war.

Durant rührte sich nicht. Aber Georgia Blue. Zuerst seufzte sie, dann drehte sie sich um, ging zu dem nächsten Sessel, setzte sich hinein, schlug die Beine übereinander, unterstützte den einen Ellbogen mit dem Knie, legte das Kinn in die Hand und funkelte jemanden an, aber dieser Jemand war nicht Durant. »Was Dümmeres ist Ihnen wohl nicht eingefallen.«

»Ein Zeuge weniger«, sagte die Männerstimme, die ihnen befohlen hatte stehenzubleiben.

»Sie können doch nicht alle umlegen«, erwiderte sie. »Zuerst den Chauffeur. Dann die beiden Goodison-Trottel da unten in, wie hieß das – Oxnard? Und jetzt Colleen. Das ist bescheuert.«

»Jetzt ist nur noch einer übrig«, sagte er. »Und den überlaß ich Ihnen.«

»Warum mir?«

»Damit Sie sich Ihren Anteil verdienen und sich an den Kosten beteiligen, was sonst?«

»Ich glaube kaum, daß sie das tun wird«, schaltete Durant sich ein.

»Warum nicht?« fragte der Mann.

»Weil für sie nichts drin ist in dem Geschäft.«

»Sind dreihunderttausend Dollar etwa nichts?«

»Diese Tasche da, vor meinen Füßen«, sagte Durant.

»Die Geldtasche?«

»Die Geldtasche«, bestätigte Durant. »Nur daß da kein Geld drin ist. Nichts außer 'n paar Zeitschriften. Hauptsächlich alte Nummern des *Architectural Digest.*«

»Das ist natürlich gelogen.«

»Sehen Sie doch nach.«

»Ob gelogen oder nicht, ich fürchte, Georgia wird Sie trotzdem erschießen müssen, als eine Art – wie sollen wir's nennen – Buße?«

»Buße ist hübsch«, sagte Durant. »Aber wenn Sie wollen, daß sie mich erschießt, müssen Sie ihr erlauben, eine Kanone zur Hand zu nehmen. Und wenn sie das tut, wird sie zuerst Sie umlegen und dann versuchen, mit mir irgend etwas auszuhandeln, um ihren eigenen Kopf zu retten. Auf eins kann man sich bei Georgia verlassen: Sie weiß, wann sie aufgeben muß.«

»Schubsen Sie die Tasche mit dem Fuß hier rüber«, sagte der Mann.

Durant trat einen Schritt zurück und gab der Tasche einen Stoß.

»Treten Sie noch einen Schritt zurück.«

Durant kam der Aufforderung nach, und der Mann trat in sein Blickfeld. Durant grinste. »Du lieber Gott, wenn das nicht Jack Broach ist, Hollywoods Superagent. Fünfzig Jahre zu spät zum Zweiten Weltkrieg gekommen. Greifen wir heute nacht Calais an, Jack?«

Broach zeigte sein charmantes Lächeln. »Da wäre ich gerne dabeigewesen, Mr. Durant. Nur zu gerne.«

Broach trug eine Strickmütze der Navy, die er sich über beide Ohren gezogen hatte. Außerdem hatte er einen wollenen marineblauen Rollkragenpullover angezogen und schwarze Hosen, die sich über Springerstiefeln bauschten, die so aussahen, als hätte er sie mit Spucke blankpoliert. Auch wenn Durant die Stiefel etwas übertrieben fand, mußte er sich doch darüber wundern, wie selbstverständlich der Filmagent mit der Uzi hantierte.

Plötzlich erstarb das Lächeln auf Broachs Gesicht. Er kniete neben der Geldtasche nieder, hielt aber den Blick und die Mündung der Uzi weiterhin auf Durant gerichtet. Mit der linken Hand tastete er nach dem Reißverschluß der Tasche, fand ihn, zog ihn auf und warf einen schnellen Blick nach unten. Die Tasche war randvoll mit Hundert-Dollar-Scheinen.

Während Broach nach unten schaute, riß Georgia Blue die kleine halbautomatische 25er aus dem Halfter am Fußgelenk ihres rechten Beins – es war eben jenes Fußgelenk, welches auf ihrem linken Knie gelegen hatte.

Sie schoß dem am Boden knienden Jack Broach in den linken Oberarm. Broach grunzte, entweder vor Schmerz oder weil er überrascht war, ließ die Uzi fallen, faßte mit der rechten Hand auf die Wunde und starrte Georgia Blue erstaunt an. »Sie haben auf mich geschossen?« sagte er, und es klang wie eine Frage und eine Anklage gleichzeitig.

Georgia Blue stand jetzt auf ihren beiden Füßen. Sie hielt die kleine Pistole zwischen beiden Händen und schrie: »Geben Sie auf, Jack!«

Aber seine Hand war bereits wieder zur Seite gezuckt, um die Uzi zu packen, die auf den Boden gefallen war. »Vielleicht sollte ich Mr. Durant doch eigenhändig erschießen.«

»Versuchen Sie's doch«, sagte sie.

Broach zog die Stirn in Falten, als sei er gleichzeitig erstaunt und traurig über den Lauf der Ereignisse. »Wir hatten doch eine Abmachung, Sie und ich.«

»Wo sind die Bänder, Jack?«

»Was für Bänder?« sagte er. »Es gab keine Bänder, jedenfalls keine, mit denen man was anfangen könnte, denn Ione hat Billy Rice nicht getötet, und fragen Sie mich jetzt nicht, wer ihn getötet hat, denn ich weiß es nicht.«

»Und die Goodisons?« fragte Georgia Blue.

»Die wurden auf einmal ganz ungeduldig und wollten aus der Sache mit der Erpressung aussteigen und ihre Geschichte an eines der Revolverblätter verkaufen, und das mußte doch verhindert werden, oder?«

»Er soll die Uzi fallenlassen, Georgia«, sagte Durant.

»Was meinst du, einen Kopfschuß?«

»Ein Kopfschuß wäre nicht schlecht.«

»Mit Ihnen war das natürlich eine ganz andere Sache als mit den Goodisons«, sagte Broach, »denn wir beide, wir sind vom selben Schlag. Und so haben wir auch unser Abkommen getroffen.«

»Ohne Bänder kein Geschäft, Jack«, erwiderte sie. »Tut mir leid.«

Jack Broach schüttelte den Kopf, als sei er tief enttäuscht. Er erhob sich, die Uzi in seiner rechten Hand zeigte nach unten, der Zeigefinger war weit entfernt vom Abzug. Er schien gar nicht zu merken, wie das Blut, das ihm über den Arm lief, auf den Boden tropfte.

Durant stieß zwischen den Zähnen hervor: »Er soll diese verdammte Knarre fallenlassen, Georgia.«

»Ich gehe jetzt«, sagte Broach und ging langsam auf die offene Schiebetür zu. Kurz bevor er sie erreichte, blieb er noch einmal stehen und drehte sich zu Georgia Blue um, die immer noch mit ihrer halbautomatischen Pistole auf ihn zielte. »Egal, was Sie jetzt behaupten, Georgia, wir hatten eine Abmachung.«

Damit drehte er sich wieder um und ging hinaus ins Foyer. Gleich neben der Treppe stand Otherguy Overby. Er hielt die halbautomatische Sauer, die er sich von Artie Wu ausgeborgt hatte, in der rechten Hand.

Als Broach Overby sah, versuchte er noch, die Uzi hochzureißen. Ohne zu zögern schoß Overby dreimal auf ihn. Als Broach auf dem Parkett lag, alle viere von sich gestreckt, ging Overby zu ihm hinüber, schaute neugierig auf ihn hinunter, stieß ihn einmal mit der Fußspitze an und schaute dann hoch zu Durant, der gerade durch die Tür kam, eine von Colleen Cullens Revolvern in der rechten Hand. Kurz nach ihm tauchte Georgia Blue in der Tür auf. Ihre kleine fünfschüssige Pistole baumelte an ihrer Seite herunter, als hätte ihre Besitzerin sie längst vergessen.

Overby schaute wieder hinunter auf den toten Mann. »Jack Broach?« fragte er Georgia Blue.

Sie nickte.

»Was ist mit den Bändern?«

»Es gibt keine Bänder«, sagte sie.

»Jedenfalls keine brauchbaren«, fügte Durant hinzu.

Overby zog die Brauen zusammen, dann ließ er den Blick durch den Raum schweifen. »Was ist mit Colleen?«

»Broach wollte keine Zeugen«, antwortete die Blue.

»Außer dir«, fügte Durant hinzu.

»Er brauchte mich nicht als Zeugin. Er brauchte mich als Mitverschwörerin.« Sie schwieg einen Moment lang. »Immerhin hatte ich ein Abkommen mit ihm, oder?«

»Der Kerl hatte eine Uzi«, sagte Overby. »Eine verdammte Uzi. Wieso läuft ihr beiden immer noch lebendig herum?«

»Das ist alles Georgias Schuld«, meinte Durant.

43

Nachdem Booth Stallings das Telefon auf dem Schreibtisch der blonden Sekretärin in Motts Hotelsuite wieder eingehängt hatte, wandte er sich zu Ione Gamble um, die sich immer noch im einzigen Sessel des Zimmers lümmelte. »Noch mehr schlechte Nachrichten?« fragte sie.

»Jack Broach ist tot«, sagte Stallings. »Jemand hat ihn erschossen. Er war der Erpresser, der Kerl, den wir Blechtonne genannt haben.«

Der Schock verzerrte Ione Gambles Gesicht und ließ ihr beinahe die Augen aus dem Kopf treten. »Jack ist tot?« stammelte sie schließlich.

Stallings nickte.

»*Er* hat mich erpreßt?«

»Broach war schon immer ein hinterhältiger Scheißkerl«, sagte Rick Cleveland, der noch immer hinter dem Schreibtisch der brünetten Sekretärin saß. Er hob ein Glas Scotch in die Höhe, sagte: »Auf den alten Jack«, schüttete es herunter und schenkte es aus der Flasche, die bereits zu einem Drittel geleert war, wieder voll.

Das Entsetzen war von Ione Gambles Gesicht gewichen, an seine Stelle war ein seltsamer Ernst getreten, der alle anderen Gefühle ausgelöscht zu haben schien. »Sie kannten Jack?« fragte sie Cleveland, als erkundige sie sich nach einem gemeinsamen Bekannten, den sie beide seit Jahren nicht mehr gesehen hatten.

»Ich kannte ihn, seitdem er hier seinen Laden aufgemacht hatte«, sagte Cleveland. »Ich war einer seiner ersten Klienten. Als er dann zu groß oder ich zu klein wurde, ließ er mich fallen.«

Sie nickte höflich, schaute wieder Stallings an und fragte ihn: »Warum wollte Jack mich erpressen? Brauchte er Geld? Ich hätte ihm doch was geliehen.«

»Sie haben nichts zum Verleihen«, erwiderte Stallings. »Er hat Ihnen alles geklaut. Das Wort unterschlagen trifft es vielleicht besser.«

»Ich habe kein Geld mehr?«

»Nicht mehr viel.«

»Und Jack hat es mir gestohlen, sagen Sie?«

Stallings nickte bloß.

»Wie soll ich dann Howie Mott bezahlen?«

»Sie müssen sich keine Gedanken um das Honorar für Howie Mott machen.« Stallings zog die kleine halbautomatische Pistole vom Kaliber .25 aus der Tasche, legte sie auf den Schreibtisch und schien sie dort sogleich zu vergessen.

»Er wird mich nicht umsonst verteidigen«, sagte sie. »Das kann ich nicht von ihm erwarten.«

»Es wird keinen Prozeß geben. Jedenfalls nicht gegen Sie.«

»Was zum Teufel ist hier los, Booth?« Der ernste Blick war plötzlich von offenem Zorn abgelöst worden. »Versuchen Sie's, mir zu erklären, in Babysprache, wenn's sein muß.«

»Wir fahren jetzt zum Polizeipräsidium von Malibu«, sagte Stallings. »Vielleicht ist es auch bloß ein Polizeirevier.«

»Wir alle drei?«

»Nur Rick und ich.« Stallings nahm die kleine Pistole zur Hand. »Und dort wird Rick erklären, daß nicht Sie Billy Rice erschossen haben, sondern er.«

»Das soll kein Witz sein, oder?« fragte sie.

»Wissen Sie eigentlich, was es kostet, sich einen Wagen wie Ihren zu mieten, Ione?«

»Worauf zum Teufel wollen Sie hinaus?«

»Vierhundert am Tag, plus fünfzig Cent pro gefahrener Meile. Das kostet es. Und dazu fünftausend als Sicherheit – in bar oder mit Kreditkarte, vorausgesetzt Sie haben soviel Kredit. Unser Freund Rick hat sich an Silvester so einen Wagen ausgeliehen. Stimmt's, Rick?«

»Das glaube ich kaum.«

»Aber sicher doch. Und dann haben Sie ihn noch in derselben Nacht gegen elf oder halb zwölf auf Billy Rices Zufahrt gelenkt, ihn dort geparkt, sind ausgestiegen und haben an der Tür geklingelt. Es wurde Ihnen geöffnet, vielleicht sogar von Rice persönlich. Ich bin gekommen, um den alten Streit beizulegen, haben Sie gesagt. Oder irgendwas anderes in der Preislage. Als ihr dann beide allein im Wohnzimmer wart, haben Sie zweimal auf Rice geschossen und die Waffe auf den kleinen Ulmenholztisch in der Halle gelegt, gleich unter dem Hockney, wo Sie sicher sein konnten, daß jemand sie finden und vielleicht sogar in die Hand nehmen würde. Und genau das hat Ione getan.« Stallings schaute sie an. »Rick hat sogar die Eingangstür offengelassen, damit Sie ins Haus konnten. Die Kanone, die Rick benutzte, hat eine gewisse

Bedeutung, denn sie wurde von einem Drehort bei Paramount gestohlen, wo sie einen Pilotfilm drehten. Rick stand auf der Besetzungsliste. Stimmt's, Rick?«

Cleveland ignorierte Stallings' Zwischenfrage, trank seinen Whiskey aus und schenkte sich das Glas wieder voll.

Ione starrte Cleveland an, der den Blick gesenkt hielt. »Warum haben Sie das getan?« fragte sie. »Warum haben Sie Billy getötet?«

Rick Cleveland stürzte den frischen Drink hinunter, verzog das Gesicht und stellte sich schließlich dem Blick der Gamble. »Weil dieses Arschloch mir meine Aussicht verbaut hat. Darum.«

»Ihre Aussicht?«

»Sie haben doch auch eine Aussicht, oder? Natürlich haben Sie eine Aussicht. Und jetzt stellen Sie sich mal vor, da kommt so ein Schnösel daher und setzt Ihnen einen riesigen Kasten vor die Nase. Wären Sie da nicht sauer?«

»Nicht genug, um ihn umzubringen.«

»Und wenn die Aussicht das einzige wäre, was Ihnen vom Leben noch geblieben ist?« fragte Rick Cleveland.

Um kurz nach zwei wurde Rick Cleveland auf dem Polizeirevier in Malibu in die Zelle gesperrt, aus der man Artie Wu gerade entlassen hatte. Cleveland hatte inzwischen freimütig gestanden, William A.C. Rice IV erschossen zu haben, ja, er hatte sogar laut verkündet, daß er es unter ähnlichen Umständen wieder tun würde.

Um 3 Uhr 16 entdeckte die Highway Patrol in der Pension in Topanga Canyon auf einen anonymen Anruf hin die Leichen von Colleen Cullen und Jack Broach. Otherguy Overby, der anonyme Anrufer, hatte vorsichtshalber die Highway Patrol angerufen, weil er wußte, daß Colleen Cullen die Leute des Sheriffs gelegentlich bestochen hatte, damit sie einigermaßen unbehelligt ihren einträglichen Unterschlupf für Abtaucher betreiben konnte.

Um 3 Uhr 38 drückte Overby, der eine blaue Nylontasche in der Hand hielt, auf die Türklingel von Ione Gambles Haus am Adelaide Drive in Santa Monica. Nachdem sie den Besucher gebeten hatte, sich zu erkennen zu geben, öffnete eine vollständig bekleidete Ione Gamble ihm die Tür.

»Laß uns nach oben in dein Büro gehen, Ione«, sagte Overby.

»Noch mehr Scheiße ertrage ich heute nacht nicht mehr.«
»Was ich dir bringe, wird dir gefallen«, sagte er.

Es war eine außerordentlich wache Ione Gamble, die hinter ihrem Baumwollmakler-Schreibtisch saß und Overby dabei zuschaute, wie er die blaue Tasche mit dem langen Reißverschluß vor sie hinstellte. »Was ist das?« fragte sie ihn.

»Mach sie auf.«

»Warum?«

»Weil eine hübsche Überraschung drin ist.«

Die Gamble erhob sich und zog den Reißverschluß der Tasche auf, die immer noch mit Bündeln von Hundert-Dollar-Noten vollgestopft war. »Mein Gott«, sagte sie. »Wem gehört das?«

»Dir. Dreihunderttausend – fast. Es ist ein Teil des Geldes, das Jack Broach dir geklaut hat. Ich hab's zurückgeklaut. Natürlich nicht ganz alleine. Georgia Blue und dieser verfluchte Durant haben mir dabei geholfen.«

»Das ist die mysteriöse Million, stimmt's? Die Million, mit der die Bänder zurückgekauft werden sollten – nur daß es weder eine Million noch irgendwelche Bänder gab.«

»So ungefähr«, bestätigte Overby.

»Was soll ich damit machen?«

»Du hast doch einen Safe im Haus. Leg's da rein. Und wenn du was davon brauchst, dann nimm's dir.« Overby erhob sich. »Ich muß jetzt gehen – aber es hat verflucht gutgetan, dich mal wiederzusehen, Ione.«

»Was wirst du jetzt machen?«

Overby lächelte zufrieden. »Nicht viel, fürs erste.«

»Setz dich, Otherguy.«

Er setzte sich wieder. Sie musterte ihn lange, bevor sie zu ihm sagte: »Willst du mein Agent werden?«

44

Als Quincy Durant, der an dem alten Refektoriumstisch im Eßzimmer des verstorbenen William Rice saß, den Hörer nach einem Ferngespräch mit Enno Glimm auf die Gabel zurücklegte, war es in Londen 14 Uhr 05 am frühen Nachmittag und in Malibu 6 Uhr 05 am Morgen. Durant wandte sich an Otherguy Overby: »Mr. Glimm ist sehr zufrieden mit euren Bemühungen. Vielleicht gebe ich es nicht ganz genau wieder, aber er sagte so etwas wie: ›Ihr habt verflucht gute Arbeit geleistet.‹«

»Und was ist mit dem Geld?« fragte Overby.

»Jenny Arliss wird es uns telegrafisch überweisen. Glimm will es über die Westminster Bank abwickeln. Wenn um neun die Banken aufmachen, müßte es eigentlich da sein.«

»Alles?« wollte Overby wissen.

»Alles.«

»Und unser Anteil bleibt so hoch, wie Artie gesagt hat?«

»Kein Mensch will dich übers Ohr hau'n, Otherguy.«

»Wenn man nicht fragt, kriegt man keine Antwort.«

Es entstand eine Pause, dann sagte Durant: »Wie geht's ihr?«

»Wem?«

Durant schaute ihn nur an.

»Ach. Du sprichst von Ione. 'n bißchen müde, vielleicht auch 'n bißchen verwirrt. Aber das Geld hat ihr wieder Mut gemacht. Nicht allzuviel, aber immerhin etwas.« Nach einem Zögern entschied er sich für eine Lüge: »Sie hat nach dir gefragt.«

»Was hat sie gefragt?«

»Du weißt schon. Ob's dir gut geht, was für Pläne du hast. So was in der Art.« Nach einer kurzen Pause fügte er hinzu: »Außerdem hat sie mich gefragt, ob ich ihr Agent werden will.«

Wieder einmal preßte Durant seine Lippen zu dieser unversöhnlichen Linie zusammen. Seine Blicke bohrten sich in Overby, während er den Mund gerade weit genug öffnete, um zu fragen: »Und was hast du gesagt? So sicher wie's Amen in der Kirche hast du nein gesagt.«

Overby schenkte Durant sein hartes schneeweißes und diesmal seltsam fröhliches Grinsen. »Ich hab' gesagt, Ione, das ist die beschissenste Idee, die du in deinem ganzen Leben gehabt hast.«

Wie erschöpft ließ Durant sich in den Eßzimmersessel zurückfallen. »Ich verstehe dich nicht mehr, Otherguy.«

Overby nickte nachdenklich. »Da bist du nicht der einzige.«

Nachdem sie ungefähr hundert Meter den Strand entlangspaziert waren, kehrten Artie Wu und Howard Mott um und gingen wieder zum Haus zurück. Sie gingen ein paar Augenblicke lang schweigend nebeneinander her, dann sagte Mott: »Ich nehme an, Sie haben das über den Krieg gehört?«

»Daß er vorbei ist? Einer der Polizisten hat's mir erzählt. Vielleicht war es die Sorge um mein eigenes Schicksal, aber es hat mich merkwürdig kalt gelassen. Wir leben wohl in einer komischen Zeit.«

»Der Krieg wird denen bei den Wahlen nützlich sein.«

»Meinen Sie? Wann sind die – in zweiundzwanzig Monaten? Wenn's mit der Wirtschaft weiter zurückgeht, wird sich kein Mensch mehr daran erinnern. Aber wirklich kein einziger.«

»Gehen Sie noch wählen?« frage Mott.

»Pflichtbewußt.«

»Dafür oder dagegen?«

»Dagegen«, antwortete Wu. »Ich glaube kaum, daß heutzutage noch jemand für etwas stimmt.«

Schweigend gingen sie weiter, bis Wu auf Mott herunterschaute und sagte: »Also, Howie, wie haben Sie mich rausgeholt?«

»Beziehungen.«

Wu nickte ein paarmal, das Nicken sollte wohl anzeigen, daß er kapiert hatte und gleichzeitig ein Hinweis auf seine Neugier sein. »Ich würde gerne Näheres darüber erfahren.«

»Ich habe einen der Seniorpartner der Kanzlei angerufen, mit der ich in dem Gamble-Fall zusammenarbeite. Er war mir noch eine Gefälligkeit schuldig – eine ziemlich große sogar. Ich habe ihm ganz offen erklärt, daß ich mich wieder in seiner Schuld fühlen würde, wenn er eine Möglichkeit sähe, die ganze Sache niederzuschlagen. Außerdem erwähnte ich, daß ich – wenn nötig – ungefähr ein Dutzend Zeugen aufmarschieren lassen könnte, die unter Eid aussagen würden, daß Sie und Durant genau zu der Zeit, als die gute Rosa Alicia Chavez den *chino grande* gesehen haben will, auf der Ocean Avenue Ein-Dollar-Scheine verteilt haben.«

»Hat er Ihnen geglaubt?«

»Nein, aber es war Munition für ihn. Also hat er jemanden angerufen, der ihm eine Gefälligkeit schuldig war, und dieser Jemand hat jemand anderen angerufen, und so ging's die Leiter nach oben, bis sie bei einem Jemand angelangt waren, der mit einem einzigen Anruf dafür sorgen konnte, daß Sie auf freien Fuß gesetzt wurden.«

»Jetzt bin ich in Ihrer Schuld«, sagte Artie Wu.

»Das sind Sie wirklich«, bestätigte Mott. Schweigend gingen sie ein paar Schritte weiter, dann fragte Mott: »Warum haben Sie eigentlich stillgehalten?«

»Die mußten einfach jemanden verhaften«, erklärte Wu. »Da gab's diese vielen Mietwagen-Quittungen und Kreditkarten-Transaktionen. Zu viele Leute wußten, daß wir in der Stadt waren. Wir mußten den Cops jemanden geben. Georgia durfte es nicht sein, weil sie wegen ihres Passes, der nicht ganz koscher ist, die größte Schwachstelle war. Otherguy wäre noch eine Möglichkeit gewesen. Er wäre da elegant wieder rausgesteppt, aber er hatte Kontakte, auf die wir nicht verzichten konnten, und ganz unter uns: Wir hätten uns bis ans Ende unserer Tage das Hohelied seines großartigen Opfers anhören müssen. Dann gab's noch Booth. Aber der ist Gott sei Dank seinem eigenen Steckenpferd nachgegangen – der Rick-Cleveland-Connection –, und außerdem hat er sich um das Geld gekümmert und uns bewirtet – wenn auch miserabel. Also blieben noch Durant und ich. Und da ich nicht auf mein Durant-Blue-Experiment verzichten wollte, mußte ich mich selbst zur Verfügung stellen. Und ich hatte ja auch, ehrlich gesagt, selber nichts Nutzbringendes beizutragen.« Wu lächelte zu Mott hinunter. »Frage zufriedenstellend beantwortet?«

»Interessant«, sagte Mott.

»Bleiben Sie zum Frühstück?«

»Was gibt's denn?«

»Ich denke, Booth wird bald mit ein paar Eier-McMuffins anrücken.«

»Ach, vielleicht sollte ich Ione anrufen und sie fragen, ob sie nicht Lust auf einen frühen Lunch hätte, vielleicht im Bel-Air? Was meinen Sie?«

»Ausgezeichnete Idee«, sagte Wu.

Das Austeilen der fünf beglaubigten Schecks und der fünf Umschläge mit je 5000 Dollar in bar wurde um 10 Uhr 19 ohne großes Zeremoniell von Booth Stallings erledigt. Durant entschuldigte sich anschließend und ging zum Telefon in seinem Schlafzimmer, um Ione Gamble anzurufen und sie zum Lunch einzuladen.

»Zum Lunch bin ich besetzt«, antwortete sie, »aber ich wäre zum Abendessen frei.«

»Ich fliege ab.«

»Zurück nach London?«

»Für eine Weile.«

»Wirst du zurückkommen?«

»In etwa einem Monat.«

»Dann komm mich besuchen«, sagte sie, »und wir holen das Abendessen hier bei mir nach.«

»Das werde ich tun«, sagte Durant, und er legte den Hörer mit dem Bewußtsein auf die Gabel, daß er sie nicht anrufen würde, weder in einem Monat noch in einem Jahr. Und sie wußte genau, daß er es nicht tun würde.

Als Durant an Georgia Blues offener Schlafzimmertür vorbeikam, sah er sie an ihrem Fenster stehen und auf den Ozean hinausschauen. Der Umschlag mit dem Scheck und den 5000 Dollar lag auf dem Bett, als hätte sie ihn achtlos dort hingeworfen.

»Alles in Ordnung?« fragte er sie.

Sie drehte sich um. »Mir geht's gut.«

»Ich hab' mich geirrt, oder?«

»Ja? Hast du das?«

»Ich glaub ja. Ich danke dir.«

»Auf Wiedersehen, Quincey«, sagte sie und wandte sich wieder dem Ozean zu.

Durant und Wu fuhren ab, um die Maschine nach New York zu bekommen. Von dort aus hofften sie mit der Concorde nach London weiterfliegen zu können. Nachdem Otherguy Overby seine Sachen gepackt hatte, rief er beim Gemstar-Limousinendienst in Malibu an und bat um eine Fahrt zum Bridges Hotel, wo er für eine Woche eine kleine Suite gemietet hatte. Wenn sich im Bridges nichts Interessantes auftun würde, könnte er es ja in San Francisco versuchen. Und dann blieb ihm immer noch Hongkong – zumindest bis 1997.

Nachdem er Overby vorm Haus verabschiedet hatte, ging Booth Stallings in Georgia Blues Schlafzimmer. Sie packte gerade ihre Sachen in eine kleine Reisetasche. Er ließ sich in einem Sessel nieder und schaute ihr dabei zu, wie sie das graue Kleid zusammenfaltete, das sie bei Neiman's gekauft hatte. Nachdem es verpackt war, fragte er sie: »Wie schlimm war's – in dieser Pension?«

»Ich hatte die Wahl zwischen Durant und Jack Broach, und ich habe mich für Durant entschieden. Broach wußte es, so sah es jedenfalls aus, und er ging einfach. Oder er versuchte es. Er hätte es wohl auch geschafft, wenn Otherguy nicht gewesen wäre.«

»Was hat Durant gesagt?«

»Er hat sich bedankt. Was hätte er sonst sagen sollen?«

Sie schaute sich im Zimmer um, konnte nichts mehr zum Einpacken entdecken und zog den Reißverschluß ihrer Tasche zu. Dann nahm sie den Umschlag vom Bett und stopfte ihn in ihre Handtasche. Anschließend kniete sie neben dem Bett nieder, langte unter die Matratze und brachte die kleine, halbautomatische 25er zum Vorschein, mit der sie Broach in den linken Oberarm geschossen hatte, gleich unterhalb der Schulter. »Hier«, sagte sie und warf Stallings die Waffe zu, der sie mit einer Hand auffing.

»Mit dem Ding hab' ich auf Broach geschossen«, sagte sie.

»Sieht nach 'ner Kanone fürs Wadenhalfter aus.«

»Ist es ja auch.«

»Wo hast du die her?«

»Erinnerst du dich an den Tag, als ich bei Gap einkaufen war?«

Er nickte.

»Hinterher bin ich in eine Bar gegangen und hab' den Typen hinter der Theke gefragt, ob er wüßte, wo eine Dame sich etwas Schutz kaufen könne? Er hatte zufällig einen Freund, der liefern konnte.«

»Soll ich sie für dich wegwerfen?« fragte Stallings.

Sie nickte.

»Willst du immer noch mit mir durchbrennen und in teuren Hotels wohnen und Champagner süffeln, bis uns das Geld ausgeht?«

Sie lächelte. »Willst du?«

Stallings wußte, daß sie mit ihm gekommen wäre, wenn er ja gesagt hätte, aber er wußte auch, daß es ein böses Ende genommen hätte. Also sagte er leise für sich ja, und laut sagte er: »Eigentlich nicht.«

»Mich findest du in New York. Wenn du was brauchst – oder deine Meinung ändern solltest. Howie hat meine Nummer.«

Er nickte und wandte sich ab, um aus dem Zimmer zu gehen.

»Booth«, sagte sie.

»Ja?«

»Ich steh immer noch ein bißchen auf dich.«

Nachdem Stallings die 25er in den Ozean geworfen und dem Immobilienmakler Phil Quill die Schlüssel für das Ricesche Haus zurückgegeben hatte, war es 14 Uhr 47. Er kletterte in den Mercedes 500 SL und fuhr zu der Budget-Filiale in Beverly Hills, wo er der immer strahlenden Gloria Ransome die Autoschlüssel überreichte.

Sie begrüßte ihn mit gewohnter Herzlichkeit, und zusammen gingen sie hinaus, damit sie sich überzeugen konnte, daß der Wagen weder einen eingedrückten Kotflügel noch eine zersplitterte Seitenscheibe hatte. Auf dem Rückweg ins Büro fragte sie ihn, was für Fortschritte sein Filmgeschäft mache.

»Wir haben einen Film«, antwortete Stallings, der sich vage daran erinnerte, daß einmal jemand jemand anderen mit diesen Worten zitiert hatte.

Nachdem sie ihm mit »Wow« und »Fantastisch« und »Das ist ja toll« geantwortet hatte, als sei ihr und nicht ihm dieses Glück widerfahren, fragte Stallings sie: »Arbeiten Sie morgen?«

»An den Wochenenden hab' ich frei.«

»Wollen Sie nach Tahoe mitkommen?«

»Machen Sie Witze?«

Er schüttelte den Kopf. »Ab wann haben Sie frei?«

»Sechs?« Sie betonte es wie eine Frage, als fürchte sie, es könnte ihm zu spät sein.

»Ich hole Sie um sechs hier ab. Vielleicht mieten wir uns ein Flugzeug und düsen noch heute abend los.«

»Oh, mein Gott!«

»Bis sechs, Gloria«, sagte Stallings, lächelte ihr zu und verließ das Büro. Er überquerte die Straße und ging auf der nördlichen Seite des Santa Monica Boulevard weiter, bis er zu einer Parkbank kam, auf der er neben einem Mann Platz nahm, der weit über sechzig war und sich als pensionierter Cutter vorstellte. Sie unterhielten sich ein bißchen über die Regierung und die wirtschaftliche Lage und stellten Vergleiche zwischen dem gerade beendeten Golfkrieg und den Kriegen in Korea und Vietnam und dem Zweiten Weltkrieg an. Der pensionierte Cutter schien bestens informiert, aber dabei keinesweg optimistisch zu sein.

Als der Mann sich erhob, um nach Hause zu gehen, schaute er noch einmal auf Stallings herunter und sagte: »Sie sind noch nicht pensioniert, oder?«

»Noch nicht ganz«, bestätigte Stallings.